# 元曲三百首

线装中华国粹

周游◎编译

二十一世纪出版社集团
21st Century Publishing Group
全国百佳出版社

图书在版编目（CIP）数据

元曲三百首 / 周游编译 .—南昌：
二十一世纪出版社集团，2018.7
（线装中华国粹系列）
ISBN 978-7-5568-3396-2

Ⅰ.①元… Ⅱ.①周… Ⅲ.①元曲—选集②元曲—译
文Ⅳ.①I222.9

中国版本图书馆 CIP 数据核字 (2018) 第 064047 号

元曲三百首　　周　游　编译

策　　划　张秋林
责任编辑　周向潮　张波虹
出版发行　二十一世纪出版社集团（江西省南昌市子安路 75 号　330009）
www.21cccc.com　cc21@163.net
经　　销　全国各地书店
印　　刷　南昌印刷十二厂有限公司
版　　次　2018 年 7 月第 1 版　2018 年 7 月第 1 次印刷
印　　数　0001 ～ 15000 册
开　　本　720mm×980mm　1/16
印　　张　22
字　　数　360 千字
书　　号　ISBN 978-7-5568-3396-2
定　　价　28.00 元

赣版权登字—04—2018—100

# 目录

contents

# 前言

元曲是中华民族灿烂文化宝库中的一颗璀璨的明珠，它在思想内容和艺术成就上都体现了独有的特色，和唐诗、宋词、明清小说鼎足并举，成为我国文学史上一座重要的里程碑。相对于唐诗、宋词，元曲是一个更为复杂的文学体裁，它主要包括散曲和杂剧。

杂剧是在宋金时期诸宫调基础上发展起来的，由套数组成的曲文，间杂以宾白和科范，专为舞台上演出的中国传统艺术形式。杂剧的体裁，首先是一本四折的形式，这是受宋杂剧演出时分为四段的影响，四折之外又可以加两个“楔子”。杂剧有三个构成部分：宾白、唱词、科介。三者交相配合，推动剧情的发展，刻画人物的性格。

曲是继诗、词而兴起的一种中国文学体裁。曲大致分为两种：一种进入戏剧的唱词，是戏曲，或称剧曲；另一种是散曲，或称为“清曲”“今乐府”。散曲是和剧曲相对存在的。剧曲是用于表演的剧本，写各种角色的唱词、道白、动作等；散曲则只是用作清唱的歌词。从形式上看，散曲和词很相近，不过在语言上，词要典雅含蓄，而散曲要通俗活泼；在格律上，词要求得严格，而散曲就更自由些。散曲由宋词俗化而来，是配合当时北方流行的音乐曲调撰写的合乐歌词，是一种起源于民间新声的中国音乐文学，是当时一种雅俗共赏的新体诗。散曲兴盛于元代，和唐诗、宋词同为一代之文学。散曲之所以称为“散”，是与元杂剧的整套剧曲相对而言的。其特性有三点：一是它在语言方面，即需要注意一定格律，又吸收了口语自由灵活的特点，因此往往会呈现口语化以及曲体某一部分音节散漫化的状态。二是在艺术表现方面，它比近体诗和词更多德采用了“赋”的方式，加以铺陈叙述。三是散曲的押韵比较灵活，可以平仄通押，句中还可以衬字。北曲衬字可多可少，南曲有

"衬不过三"的说法。衬字的运用，使曲子更具口语化、俚语化，起到使曲意明朗、活泼，穷形尽相的作用。

散曲分为小令和套曲两种形式。所谓小令又叫"叶儿"，其名称源自唐代的酒令。单片只曲，调短字少是其基本特征。但还有一种联章体又称"重头小令"，则是由数支小令联合而成，这种小令多是同题同调，内容相联，首尾句法相同，每首小令可以单独成韵，最多可以达百支。所谓"套数"，又称"套曲""散套"或"大令"，是从唐宋大曲、宋金诸宫调发展而来。其定制一般有三个特征：一是全套必须押韵相同；二是有"尾声"；三是同宫调的两个以上的只曲连缀而成。套曲以其较长的篇幅表达相对复杂的内容，或抒情，或叙事，或抒情叙事兼而有之。

元代的散曲作家，约有200多人，存世作品小令3800多首，套数470余套。以元仁宗延年间为界，分为前后两个时期：

散曲前期的创作中心在北方，作家依其社会身份，可分为三类：第一类是书会才人作家。他们具有强烈的叛逆精神和追求自由的生命意识，创作题材多涉及男女恋情，以关汉卿、王和卿为代表，第二类是平民及胥吏作家。他们向往实现传统文人价值，但在现实生活中屡屡碰壁，因而叹世归隐是这类作家创作的主旋律，以白朴、马致远等人为代表。第三类是达官显宦作家。他们的作品表现的大多是传统士大夫的思想情趣，在艺术上偏于典雅，俚俗的成分较少，以卢挚、姚燧为代表。

后期散曲作家的主体基本由南方人构成，因而散曲的创作中心也由北方转移到了南方。后期散曲创作风貌有了较大的变化，题材更加开阔，表现领域也得到极大扩张，使文坛出现了诗、词、曲并立的格局。哀婉蕴藉的感伤情调代替了前期的激情喷发，逐步成为散曲创作的主流，风格从前期的豪放为主转为清丽为主。这一时期成就较大的作家有张可久、乔吉、睢景臣等。

本书《元曲三百首》以中华书局出版的《全元散曲》为底本，兼采各家选本之长，大致按照元曲的发展历程挑选相应比较知名的曲作家，尽量选取体现元曲口语化、俚俗化、生活化等特色的作品。每一首曲子，在原文的基础上，增加了注释、译文和赏析，以方便读者更好地去品读。希望在编者的引导下，读者能够更好地去探求每一首作品的奥秘，得出自己的见解，那便是编者莫大的欣慰和荣幸。编者能力有限，文中若有偏差错漏之处还请指正。

## 元好问

元好问（1190—1257），字裕之，号遗山，世称遗山先生。太原秀容（今山西忻州）人。金末至大蒙古国时期著名文学家、历史学家。

元好问自幼聪慧，有“神童”之誉。金宣宗兴定五年（1221），元好问进士及第。金哀宗正大元年（1224），元好问又以宏词科登第，授权国史院编修，官至知制诰。金朝灭亡后，元好问被囚数年，晚年重回故乡，隐居不仕，于家中潜心著述。元宪宗七年（1257），元好问逝世，享年68岁。

元好问是宋金对峙时期北方文学的主要代表，也是金元之际在文学上承前启后的桥梁，被尊为“北方文雄”“一代文宗”。元好问擅作诗、文、词、曲，各体皆工，以诗作成就最高，其“丧乱诗”尤为有名；其词为金代一朝之冠，可与两宋名家媲美；其散曲虽传世不多，但在当时影响很大，有倡导之功。有《元遗山先生全集》《中州集》。

元好问所撰散曲，今仅存9首，用俗为雅，变故作新，具有开创性。元好问创制的《骤雨打新荷》散曲曾广为流传，为元散曲家赵孟頫等人所欣赏。陶宗仪《南村辍耕录》载：“《小圣乐》乃‘小石调’曲，元遗山先生（好问）所制，而名姬多歌之，俗以为《骤雨打新荷》者是也。”元好问是善于创制新曲的，《古今词话》条引《金源言行录》曰：“有《锦机集》，其《三奠子》《小圣乐》《松液凝空》皆自制曲也。”如《三奠子》曲自元好问创作后，刘秉忠、王恽等人曾依格填作。可见元好问就北曲而言，正是行家里手，自成一家。故《太和正音剧评》述元独家创作，谓：“元遗山之词如穷星孤松”，列元好问于元散曲名家之列。

### 【双调】小圣乐[1]

骤雨打新荷[2]

**原　文**

绿叶阴浓，遍池亭水阁，偏趁凉多。海榴初绽[3]，妖艳喷香罗[4]。老燕携雏弄语[5]，有高柳鸣蝉相和[6]。骤雨过，珍珠乱糁[7]，打遍新荷。

人生有几，念良辰美景，一梦初过[8]。穷通前定[9]，何用苦张罗[10]？命友邀宾[11]玩赏，对芳樽浅酌低歌[12]。且酩酊[13]，任他两轮日月[14]，来往如梭。

注 释

①双调：宫调名。小圣乐：曲牌名，双调，95字，前段十句三平韵、一叶韵，后段十句四平韵。

②骤雨打新荷：元杨朝英《朝野新声太平乐府》认为“骤雨打新荷”为曲牌，而元陶宗仪《南村辍耕录》卷九云：“《小圣乐》乃‘小石调’曲，元遗山先生（好问）所制，而名姬多歌之，俗以为《骤雨打新荷》者是也。”《螾（yǐn）庐曲谈》载：元遗山“所作曲虽不多，而甚超妙。其《骤雨打新荷》小令即是”。足见此曲在元初就颇负盛名。

③海榴初绽：石榴花蓓蕾绽开。海榴：即石榴，因其自海外引入，故称。绽：开放，裂开。

④妖艳喷香罗：石榴花开得极其美好，如美人罗裙一样美艳动人。喷：喻花儿怒放的形态。香罗：古代丝织品，此指花儿妖艳而富有光泽，包容神韵。唐杜甫《端午日赐衣》诗：“细葛含风软，香罗叠雪轻。”

⑤老燕携雏弄语：老燕子携带着小燕子呢喃学语。雏（chú）：幼小的（多指鸟类），此指幼燕。

⑥高柳鸣蝉相和：高柳上的蝉，互相鸣叫唱和。和（hè）：和谐地随着叫。

⑦珍珠乱糁：这里形容雨点打在新荷之上，恰如撒乱的晶莹珍珠一般。糁（sǎn）：米粒儿，此作“撒”讲。

⑧“人生有几”三句：意谓人生短暂，而那良辰美景，如同梦幻，俯仰即逝，无法挽留。

⑨穷通前定：人的命运如何，都是注定了的，不会因个人的作为而变化。穷：困厄，不如意。通：通达顺利，得志如意。

⑩张罗：收拾，料理。

⑪命友邀宾：即呼朋唤友。命：呼，叫，请。

⑫对芳樽浅酌低歌：面对着美酒，浅饮低唱。芳樽：指精致的酒器。亦借指美酒。此指盛着美酒的酒杯。《晋书·阮籍等传论》：“嵇阮竹林之会，刘毕芳樽之友。”唐李颀《夏宴张兵曹东堂》诗：“云峰峨峨自冰雪，坐对芳樽不知热。”酌（zhuó）：斟酒，饮酒。

⑬酩酊（mǐng dǐng）：形容大醉。汉焦赣《易林·井之师》：“醉客酩酊，披发夜行。”南朝宋刘义庆《世说新语·任诞》：“日暮倒载

归，酩酊无所知。”

⑭两轮日月：因日月之形状似车轮，古人称作日轮和月轮。此指日月此升彼落，循环往复。

## 译文

绿叶繁茂一片浓阴，池塘中布满水阁，这里最凉快。石榴花刚开，妖娆艳丽散发扑鼻的香气。老燕携带着小燕，叽叽喳喳地叫着，高高的柳枝上有蝉鸣相和。骤雨刹时飞来，像珍珠一般乱撒，打遍池塘里一片片新荷。

人生能有多长时间，想想那良辰美景，好像刚刚做了一场梦。命运的好坏是由前生而定的，何必要自己苦苦操劳呢。邀请宾客朋友玩赏，喝酒唱歌，暂且喝个酩酊大醉，任凭它日月轮转，来往像穿梭。

## 赏析

作者以“池亭水阁”为观察点，选取了若干反映夏季特点的景物进行了细致的描绘，譬如树木“绿叶阴浓”，初绽的石榴花“妖艳喷香罗”。和春天万物生发、生机勃勃不同，夏天万物鼎盛、喧嚣躁动。同是绿树红花，在春天，宛如少男少女，清新娇艳；到了夏天，便如盛年之人，尽情展现生命的激情与活力。“浓”写出了树的繁茂；“喷香罗”又写出了鲜花竞相盛放的美艳。接着，作者又用乳燕和蝉的叫声来渲染夏天的喧闹。景与声相结合，勾勒出一幅明艳热烈的盛夏美景图。

然而，突如其来的一场大雨让曲中景一下子由明艳热烈变成了清淡疏冷，也让作者产生了人生短暂，世事多变，不如及时行乐的感慨。他甘愿抛下对未来的筹谋打算，一心沉醉在美景之中。“命友邀宾玩赏，对芳樽浅酌低歌”，对自然的热爱终究战胜了对功名的向往。而曲末的“任他两轮日月，来往如梭”则可视作“穷通前定，何用苦张罗”的升华，告诉读者，作者不是一时兴起暂时将穷通放下，而是打定主意真的去过无牵无挂、顺其自然的生活。

# 【黄钟】人月圆[①]

### 卜居外家东园[②]

## 原文

### 其一

重冈已隔红尘断[③]，村落更年丰。移居要就[④]，窗中远岫[⑤]，舍后长松。十年种木，一年种谷，都付儿童。老夫唯有，醒来明月，醉后清风⑥。

## 其二

玄都观里桃千树⑦，花落水空流。凭⑧君莫问，清泾浊渭，去马来牛⑨。谢公⑩扶病，羊昙⑪挥涕，一醉都休。古今几度，生存华屋，零落山丘⑫。

注释

①人月圆：黄钟调曲牌名。

②卜居：择定居所。外家：母亲的娘家。

③重冈：重重叠叠的山冈。红尘：这里指繁华的社会。

④要就：要去的地方。就：靠近。

⑤远岫：远山。南朝齐谢朓《郡内高斋闲望答吕法曹》诗："窗中列远岫，庭际俯乔林。"岫：峰峦。东晋陶渊明《归去来兮辞》："云无心以出岫，鸟倦飞而知还。"

⑥醒来明月，醉后清风：无论醉还是醒，都有明月清风相伴。《南史·谢弘微传》："有时独醉曰：'入吾室者，但有清风；对吾饮者，唯当明月。'"

⑦玄都观里桃千树：唐刘禹锡《元和十年自朗州至京戏赠看花诸君子》诗："玄都观里桃千树，尽是刘郎去后栽。"玄都观：唐朝著名的道观，其园林景观以遍植桃花而闻名。

⑧凭：请。

⑨清泾浊渭，去马来牛：语本唐杜甫《秋雨叹》诗："去马来牛不复辨，浊泾清渭何当分？"泾、渭：皆是水名。渭河是黄河的最大支流，泾河又是渭河的最大支流，泾河和渭河在西安市高陵区交汇时，由于含沙量不同，呈现出一清一浊，清水、浊水同流一河互不相融的奇特景观，形成了一道非常明显的界限。

⑩谢公：即谢安。东晋著名政治家，曾与王坦之挫败桓温篡位意图，并在其死后与王彪之等共同辅政。在淝水之战中作为东晋一方的总指挥，以八万兵力打败了号称百万的前秦军队，为东晋赢得了几十年的安定和平。战后因功名太盛而被孝武帝猜忌，被迫前往广陵避祸。太元十年（385），因病重返回建康，旋即病逝。

⑪羊昙：东晋谢安之甥，很受谢安器重。谢安生病还京时曾过西州门。谢安死后，羊昙一年多不举乐，行不过西州路。有一天喝醉了酒，沿路唱歌，不觉到了西州门。左右提醒他，他悲伤不已，恸哭而去。后人将羊昙醉后过西州恸哭而去的事用为感旧兴悲之典。

⑫ 生存华屋，零落山丘：三国魏曹植《箜篌引》诗：“生存华屋处，零落归山丘。”意为人寿命有限，即便生前荣华富贵，死后也不过是归于尘土。

## 译文

其一

重重叠叠的山峰隔断了繁华喧闹的都市生活，小村落又迎来了丰收年。我将移居到想要去的人迹罕至之所，在那里透过窗子可以看到碧绿的山峰，屋后还有茂密的松柏。种植那十年成材的树木，耕作那一年收获的谷物，都交给那些年轻人吧。老夫我所要做的，只是清早醒来，欣赏那将落的明月；醉饱之后，充分享受那山间的清风拂面而过。

其二

玄都观里曾有桃花盛开千树，如今只剩花落水流。请你不要过问：流淌的是清流还是浊流，来去的是马还是牛。谢安带病重回故地，羊昙为他的过世泪流，这些喟叹在我喝醉之后都已没有，要明白古往今来有多少同样的感慨：生前高楼广厦，死后埋骨荒丘。

## 赏析

元太宗十一年（1239），元好问回到阔别二十余年的故乡秀容（今山西忻州）。此时金朝已灭亡，元好问生母张氏已久故，“外家”人物零落殆尽。《人月圆》小令即作于此时。

第一首小令的上半部分，着重描写了新居的环境，交代了移居的原因 。“红尘断”三字交代了这次移居的根本原因——为了远离俗世喧嚣。“重冈隔”“红尘断”“村落更年丰”“窗中远岫”“舍后长松”皆是隐居的要素，窗前重山隔断喧嚣的红尘，屋后有象征隐士高洁志向的苍松相伴，更难得的是村落年收丰足，俨然一派世外桃源的景象。这些要素构成了诗人理想的隐居之地，是诗人心中向往的幽居佳境。

小令的下半部分写移居新环境中的新生活。“十年种木，一年种谷”这应该就是村落“年丰”的原因了，即便是隐士也要吃饭来维持生命，“种木”“种谷”的基本农业劳动是少不了的，但是此时他年事已高，这类体力劳动，只能交付给子女去干。而自己呢？自然是享受“醒来明月，醉后清风”这难得的隐士生活。这是诗人晚年的生活写照。

整首小令表面上看，只是写山林间悠然自得的生活，没有任何一字提及诗人对当时朝廷暴政的不满之情。但细细咀嚼，又字字句句语含沉痛，蕴藏着对暴政的不满之意。虽不言情，但通过写景抒情，情藏景中，将作者的悲愤之情隐隐道出，情深意挚，可谓是一切景语皆情语。

第二首曲子以多个典故叙述了人世沧桑、世事无常，隐约中道出了自己归隐田园的原因。

曲子的第一句“玄都观里桃千树”化用了刘禹锡《元和十年自朗州至京戏赠看花诸君子》诗中的句子，刘禹锡于元和十年（815）春，由朗州贬所被召回京城，见京城人争相去玄都观赏花，于是写了这首诗，其中有“玄都观里桃千树，尽是刘郎去后栽”两句，刘禹锡对故地重游、今昔巨变的唏嘘感慨显然引起了有着相似经历的元好问的共鸣。“花落水空流”的景象在作者心中引起的惆怅比起刘禹锡重回玄都观有过之而无不及。

“清泾浊渭，去马来牛”化用杜甫《秋雨叹》诗句，杜诗原意是写大雨滂沱中朦胧的景象，而这里却被用来形容世事变幻无常。江山易主，故里非昔，其中的感伤一言难尽，不曾亲身经历的人又如何能够体会，“莫问”二字含有多少隐痛啊！

六、七二句的“谢公”“羊昙”，是联为一义的典故，借以诉说重回故园时内心的感伤情绪。元好问既以“谢公扶病”借喻自己重回故园的衰残，又以“羊昙挥涕”来代表自己对外家人物殁亡的哀悼。以人尽皆知的古人之事将自己此时内心的感受具象地表达了出来，使读者更能体会和理解作者的感情。所谓“一醉都休”，也不过是故作豁达、强行自我麻醉而已。一醉又怎能真的解千愁呢？故而引出了曲子的最后三句。

末二句“生存华屋，零落山丘”出自曹植的《箜篌引》，是羊昙哭谢安时所诵的诗句，作者引用此诗句则饱含了其对人生无常的感叹。这是对“一醉都休”的事实上的否定。从古自今都是一样，任你生前如何荣华富贵，死后也不过是埋骨于荒丘之中。全曲通过一系列典故和前人成句的化用，表现了国破家亡的沧桑巨痛，及“卜居外家东园”而苟延残生的沉重心情。

## 杨果

杨果（1197—1269），字正卿，号西庵，祁州蒲阴（今河北安国）人。生于金章宗承安二年（1197），金哀宗正大元年（1224）登进士第，官至参知政事，为官以干练廉洁著称。杨果工文章，长于词曲。其散曲作品内容多咏自然风光，曲辞华美，富于文采。明朱权《太和正音谱》评其曲“如花柳芳妍”。史籍记载：果性聪敏，美风姿，工文章，尤长于乐府，外若沉默，内怀智用，善谐谑，闻者绝倒。微时，避乱河南，娶羁旅中女，后登科，历显仕，竟与偕老，不易其初心，人以是称之。有《西庵集》，行于世。

## 【越调】小桃红

采莲人

原 文

满城烟水月微茫[①]，人倚兰舟[②]唱。常记相逢若耶[③]上，隔三湘[④]，碧云望断空惆怅[⑤]。美人笑道：莲花相似，情短藕丝[⑥]长。

注 释

①烟水：指水上升起的如烟雾气。唐孟浩然《送袁十岭南寻弟》诗："苍梧白云远，烟水洞庭深。"微茫：若明若暗，模糊不清。

②兰舟：栏木做的船。后用作对船的美称。南朝梁任昉《述异记》卷下曰："木兰川在浔阳江中，多木兰树。昔吴王阖闾植木兰于此，用构宫殿。"又曰："七里洲中有鲁班刻木兰为舟，舟至今在洲中。诗家所云木兰舟出于此。"

③若耶：溪名，在今浙江绍兴东南若耶山下。相传西施曾于此浣纱，又名"浣纱溪"。唐代诗人李白有《采莲曲》诗："若耶溪傍采莲女，笑隔荷花共人语。"

④三湘：湖南沅湘、资湘、潇湘三水的合称。也泛指湘江流域一带。东晋陶潜《赠长沙公族祖》诗："遥遥三湘，滔滔九江。"陶澍集注："湘水发源会潇水，谓之潇湘；及至洞庭陵子口，会资江谓之资湘；又北与沅水会于湖中，谓之沅湘 。"

⑤惆怅：失望伤感。

⑥丝：谐为"思"。

译 文

水上升起的烟雾弥漫了全城，月亮若明若暗，依稀有美人斜倚在兰舟的船杆上低唱，曾记得我们在若耶溪畔相遇。隔着乘风破浪的三湘，望穿了碧水云天也只是白白地失望。美人笑着说：虽然在一起的时间很短，情思却像藕丝那样长。

赏 析

此曲是杨果的代表作之一，曲子一开始便用"满城烟水月微茫"这一极具画面感的句子将读者引入夜幕下江南水乡的美景中，这也为接下来美人的出场做了最好的铺垫。月色朦胧的夜晚，在烟波浩渺的水面上，美人倚着木兰舟深情吟唱，不禁让人陶醉神往。此情此景不禁牵起了作者心中美好的回忆：曾经与她相遇也是相似的场景。“常记相逢若耶上”写的是记忆中的场景，“常记”二字暗示这是以前发生的事情，与李清照“常记溪亭日暮”中“常记”二字的用法和作用完全一致，将全词的叙事推到从前。“若耶”传说为西施曾经浣纱的地方，作者以此为文，是对情人的赞美，也引起了读者对美人相貌的无限遐想。从曲子最后两句来看，“隔三湘”三句应是男子感慨之语，作者与美人虽然相距咫尺却如同隔着三湘一般，即使望断天涯也无法相聚。这种可望不可即的距离感让作者倍感无奈与惆怅。最后三句是女子的回答：莲花美丽，开放短暂。虽然相互依恋的时间短暂，我对你的思念却像藕丝那样绵长。

## 刘秉忠

刘秉忠（1216—1274），初名侃，字仲晦，号“藏春散人”，因信佛教改名子聪，任官后而名秉忠。邢州（今河北邢台）人。元代政治家、文学家。刘秉忠是一位很具特色的人物，在元初政坛，他对一代政治体制、典章制度的奠定发挥了重大作用。同时他学问功底深厚，也是一个非常著名的学者、诗人和散曲家，每以吟咏自适。一生在天文、卜筮、算术、文学上著述甚丰，计有《藏春集》6卷、《藏春词》1卷、《诗集》22卷、《文集》10卷、《平沙玉尺》4卷、《玉尺新镜》2卷等。

### 【南吕】干荷叶[①]

原　文

**其一**

干荷叶，色苍苍[②]，老柄[③]风摇荡。减了清香，越添黄。都因昨夜一场霜，寂寞在秋江[④]上。

## 其二

南高峰，北高峰[5]，惨淡烟霞洞[6]。宋高宗[7]，一场空。吴山[8]依旧酒旗风，两度江南梦[9]。

### 注释

①南吕：宫调名。干荷叶：曲牌名，又名“翠盘秋”，为刘秉忠自度曲。这个曲牌原是以“干荷叶”起兴的民间小曲，而“干荷叶”在当时又被作为女子色衰失偶的隐语。

②苍苍：深青色。《诗经·秦风·蒹葭》：“蒹葭苍苍，白露为霜。”

③老柄：干枯的叶柄。

④秋江：秋天的江水。唐杜甫《秋兴八首》诗之一：“鱼龙寂寞秋江冷，故国平居有所思。”

⑤南高峰、北高峰：在杭州西湖边上，两峰遥遥相对，称“双峰插云”，为西湖十景之一。

⑥烟霞洞：在南高峰下的烟霞岭上，为西湖最古老的石洞，洞很深。传说曾是宋高宗的避难之所，后被其封为“南山第一洞天”。

⑦宋高宗：即南宋第一位皇帝赵构。

⑧吴山：在西湖东南面，俗称城隍山。

⑨两度江南梦：指五代吴越和南宋王朝都建都杭州又都亡国。两度：两次。

### 译文

其一

枯干的荷叶，颜色苍苍，干巴的老茎在风里不住地摇荡。清香一点点减退了，颜色也一点点枯黄，都是因为昨夜降了一场霜。秋天的江面上荷叶更加显得寂寞、凄凉。

其二

南高峰，北高峰，凄凉惨淡的烟霞洞。宋高宗到头来落得一场空。看如今吴山的酒旗依旧在飘动，可杭州已经做了吴越和南宋两朝的梦。

### 赏析

《干荷叶》此曲是刘秉忠首创，其《干荷叶八首》完成了荷花意象中的一次重要变革，将枯荷意象引入了词曲的审美框架，并开启了荷花意象由高雅向俚俗方向转变的一个先例，杨慎《词品》评价这组曲子为“凄恻感慨，千古寡和”。

《干荷叶·色苍苍》这首曲子以荷叶喻人，写荷叶在深秋的风霜侵凌下翠减香消的形态和情态，宛如孤苦无依、容颜不再的女子。前五句摹写秋风中残荷的憔悴之状：冷冽的寒风剥夺了荷叶原有的碧翠，变得干黄难看，老茎随风摇曳的姿态格外凄凉。不但颜色衰退，连那怡人的清香也因秋气的凌侵而一分分削减。这样多方描画，层层涂饰，将深秋时节荷叶的衰败淋漓尽致地描绘了出来。“都因昨夜一场霜”一句又加重笔墨、翻进一层，写夜来的一场浓霜使本来已由翠绿变为深青的荷叶，更由深青变为枯黄。最后一句赋情于景，把作者的自我感受融入笔下所描绘的物象之中，使本为无知无情的残荷也变得有知有情，为自己如此凄凉的晚景而感到孤寂落寞。

《干荷叶·南高峰》语言通俗直白，由写景入手，离开对荷叶本身的刻画，而把笔触跳向作为南宋都城的杭州，写到南宋的建立与其终于覆亡，借景抒发对历史的感慨。起三句由杭州著名的景观“南高峰”“北高峰”“烟霞洞”来引出曲子要描写的对象杭州。杭州是南宋的都城，因靖康之难徽钦二帝被掳，北地为金兵所占，康王赵构将宋室南迁至临安（即今杭州），建立了南宋小朝廷。南宋最后为蒙古所灭，中国进入到了被元朝统治的时期。“惨淡”二字写尽了曾经作为南宋都城，歌舞升平、繁华一时的杭州此时的衰败凄凉。吴山巍巍，酒旗临风，杭州都城依旧在，而两下江南的宋高宗赵构，却早已死去，南宋王朝也风雨飘摇，濒临灭亡。面对这样惨淡凄凉的景色，不禁让人发出人生如梦、世事无常的感叹。

## 王和卿

王和卿，大名（今属河北）人，生卒年字号不详。《录鬼簿》列为“前辈名公”，但各本称呼不同，天一阁本称为“王和卿学士”，孟称舜本却称他为“散人”。他与关汉卿是同时代人，两人相善陶宗仪《南村辍耕录》曾记载他与关汉卿互相讥谑之事，并且说他“滑稽佻达，传播四方”。中统初，燕市有一蝴蝶，其大得异常，王和卿即赋《醉中天》小令，由此名声更显。现存散曲小令21首，套曲1首，见于《太平乐府》《阳春白雪》《词林摘艳》等集中。

王和卿是有特色的散曲作家，善于学习人民群众的生动口语，作品有比较醇厚的俗谣俚曲色彩，他“滑稽佻达”的性格在作品中亦有充分表现。最著名的就是小令《醉中天·咏大蝴蝶》。

# 【仙吕】醉中天[①]

咏大蝴蝶

## 原 文

挣破庄周梦[②]，两翅驾东风，三百座名园、一采一个空[③]。谁道风流种[④]，唬杀[⑤]寻芳的蜜蜂。轻轻飞动[⑥]，把卖花人扇过桥东。

## 注 释

①仙吕：宫调名。醉中天：曲牌名。

②挣破庄周梦：意为蝴蝶大得竟然把庄周的蝶梦给挣破了。庄周：即庄子，战国时宋国蒙人，曾为漆园吏，有《庄子》一书。据说他曾梦见自己化为大蝴蝶，醒来后仍是庄周，弄不清到底是蝴蝶变成了庄周，还是庄周变成了蝴蝶。

③一采一个空：一作“一采个空”。

④谁道：难说，难以说明。一作“难道”。风流种：风流才子，名士。一作“风流孽种”。

⑤唬杀：犹言“吓死”。唬：吓唬。杀：用在动词后，表程度深。

⑥轻轻飞动：一作“轻轻扇动”。

## 译 文

挣破了那庄周的梦境来到现实中，硕大的双翅驾着浩荡的东风，把三百座名园里的花蜜全采了一个空。谁知道它是天生的风流孽种，看它吓死了多少寻芳的蜜蜂。它轻轻地飞动，把卖花人都过了桥东。

## 赏 析

这是一个奇特的作品，它夸张得几近荒诞。据陶宗仪《南村辍耕录》卷二十三记载：“中统初，燕市有一蝴蝶，其大异常。王赋《醉中天》小令云，由是其名益著。”由此可见，此曲并非凭空而作。

曲中的蝴蝶确实大得惊人。“挣破庄周梦”，起句就夸张到极致，说蝴蝶大概是从庄周的梦中挣脱出来的，这不但给蝴蝶的出场增添了几分神秘的奇幻色彩，还将蝴蝶之大很好地衬托了出来，身子大到竟把梦都撑开了，一个“破”字，于形容硕大之外，还起到了脱颖而出、登场亮相的推现作用。“挣破”二字赋予了蝴蝶狂放不羁的性格，他不愿被束缚在别人的梦境之中，于是挣脱出来，展开双翅，驾着东风自由飞翔。大蝴蝶不仅一出场就先声夺人，而且身手不凡，城中的名园不乏万紫千红的鲜花，却被它将花蜜囊括一空。“三百”极言名园之多，这数字同“一采一个”中的两个“一”字比照，就给人以大蝴蝶动作迅捷、干脆利落的印象，而若非它奇大无穷，也就不可能有横行全城的能力。作者还不忘幽默地拿它同可怜的蜜蜂对照，让后者为之“唬杀”。尽管曲中责备它不是“风流种”，但它那种恃强行事、当仁不让的气概，却也因此传神地表现了出来。

蝴蝶恋着卖花人的担子，飘飘荡荡地随他行过桥东，这是常见的情景。作者却巧妙地将主客换了个向，说卖花人的过桥，是蝴蝶“扇”将过去的，而且后者不过是“轻轻飞动”而已。蝶翅如此力大无穷，那大蝴蝶身躯的伟岸自然不在话下。这结尾的两句是巧句，它上承“三百座名园一采一个空”，却又以“卖花人”过桥的一幕重新添回了春意。大蝴蝶起首是倏然而至，结尾则飘然而去，令人涵咏不已。全曲无论是写大蝴蝶的来历，写它采花的本领，还是写它的离去，都形象生动，无一平板之笔。这种巧思连发、层层添示的铺写，也成为元散曲咏物的崇尚手法。

## 【中吕】阳春曲[1]

### 春思

原　文

柳梢淡淡鹅黄[2]染，波面澄澄鸭绿[3]添，及时膏雨细廉纤[4]。门半掩，春睡殢[5]人甜。

注　释

①阳春曲：又名喜春来、惜芳春，属中吕宫曲调，也可入正宫。

②鹅黄：淡黄色，喻柳色。宋王安石《南浦》：“含风鸭绿粼粼起，弄日鹅黄袅袅垂。”

③鸭绿：形容清清的水色。

④膏雨：甘霖，滋润作物的霖雨。《左传·襄公十九年》：“小国之仰大国也，如百谷之仰膏雨焉。”《汉书·贾山传》：“是以元年膏雨降，五谷登。”廉纤：形容小雨。唐韩愈《游城南十六首·晚雨》诗：“廉纤晚雨不能晴，池岸草间蚯蚓鸣。”宋黄庭坚《次韵赏梅》：“微风拂掠生春丝，小雨廉纤洗暗妆。”

⑤殢（tì）：困扰，纠缠不清。

### 译文

柳树梢染上了淡淡的鹅黄色，清清的水波新添了淡淡的绿色，春天的小雨纤细绵绵。门半掩着，里面有人被春天困住而甜甜地睡着。

### 赏析

作者对初春景色的观察和描写都细致入微，淡黄春柳，碧绿春水，纤细春雨，交织成一幅生机勃发、明丽动人的春景图。然而面对这样的良辰美景，却有人半掩着门儿睡，不去好好游赏一番，确是耐人寻味。再联系曲题细细一想，读者对曲终人所含之情自然是了然于心，不必明言。

## 盍西村

盍西村，生平不详，盱眙（今属江苏）人。元钟嗣成《录鬼簿》未载其名，而有“盍志学”，或以为是同一人。《录鬼簿》把他列为“前辈已死名公”，称其为“学士”。其散曲作品现存小令17首，套数1套。多为写景之作，歌颂隐逸生活，风格清新自然。明朱权《太和正音谱》评价：“如清风爽籁。”

## 【越调】小桃红

江岸水灯

### 原文

万家灯火闹春桥①，十里光相照，舞凤翔鸾②势绝妙。可怜③宵，波间涌出蓬莱岛④。香烟⑤乱飘，笙歌喧闹，飞上玉楼⑥腰。

### 注释

①万家灯火：家家户户都亮着灯光，形容夜晚的城市繁华灿烂。唐白居易《江楼夕望招客》：“灯火万家城四畔，星河一道水中央。”

闹：使……热闹、欢乐。

②舞凤翔鸾：指凤形和鸾形的花灯在飞舞盘旋。鸾：传说中凤凰一类的鸟。

③可怜：可爱。唐白居易《暮江吟》："可怜九月初三夜，露似珍珠月似弓。"

④蓬莱岛：江上的彩船灯火辉煌，好像海上的蓬莱仙岛。

⑤香烟：指灯火的光辉及焰火。

⑥玉楼：神仙居住的高楼。《十洲记·昆仑》："天墉城，面方千里，城上安金台五所，玉楼十二所。"前蜀杜光庭《莫庭乂青城本命醮词》："洞里之玉楼金阙，尘俗难窥。"

## 译文

万家灯火使春桥分外热闹，十里江岸璀璨的灯光相互映照，凤形的灯笼飞舞，鸾形的灯笼腾跃，气势非凡绝妙。多么可爱的元宵夜，波涛间奔涌出蓬莱仙岛。灯火的光辉和焰火纷乱飘飞，笙歌喧哗吵闹，一起飘向云空，飞上那神仙的居所。

## 赏析

这首小令为盍西村所作组曲"临川八景"中的第三首，描绘了正月十五元宵节的热闹景象，渲染了热烈欢快的节日气氛。

元宵节是我国一个具有千年历史的民间佳节。相传，汉文帝为庆祝大臣周勃于正月十五勘平诸吕之乱，每逢此夜，必出宫游玩，与民同乐，在古代，"夜"同"宵"，正月又称元月，汉文帝就将正月十五定为"元宵节"。西汉创建《太初历》，将元宵节列为重大节日。隋、唐、宋以来，元宵节更是盛极一时。《隋书·音乐志》载："每岁正月，万国来朝，留至十五日于端门外建国门内，绵亘八里，列为戏场。"参加歌舞者足达数万，从昏达旦，至晦而罢。因此，元宵佳节也是文人骚客钟爱歌咏的对象，留下了无数关于元宵佳节的名篇，此曲也是其中之一。

曲子开始便大笔渲染，描绘了"万家灯火闹春桥，十里光相照"的元宵佳节盛况。"万家"和"十里"从广阔的空间背景上描写出人潮涌动、灯火闪耀的盛大场面。一个"闹"字，不仅烘托出灯火的繁盛，节日的喧嚣，而且传达出全城人都满怀热情参与其中的喜悦之情。接下来"舞凤翔鸾势绝妙"一句，一方面突出了元宵节的节日特色，一方面又接着鸾凤呈祥的寓意为这欢乐场面增添了喜庆的气氛。接着，作者笔锋一转，描画江上灯船。乍寻江上，恍惚间"涌"出个"蓬莱岛"，细细一看原来是灯船，五光十色，如梦如幻。"可怜宵，波间涌出蓬莱岛"两句，作者以虚托实，以幻写真，因是夜间，这茫茫江面上浮现的灯火璀璨的灯船确实给人以宛若仙境之感。"香烟乱飘，笙歌喧闹，飞上玉楼腰"三句照应"蓬莱岛"，写灯船漂摇，香烟缭绕，笙歌齐发，人声鼎沸，似乎马上就会飘向云空，飞上九霄云外神仙居住的玉楼。全曲在一片梦幻中戛然而止，令人回味无穷。

作者由陆地写到江上，又由江上写到天庭，其虚实相间的写作手法，大胆的想象，都给人耳目一新的感觉。

## 【越调】小桃红

杂咏

**原　文**

淡烟微雨锁横塘①，且看无风浪。一叶轻舟任飘荡，芰②荷香，渔歌虽美休高唱。些儿③晚凉，金沙滩上，多有睡鸳鸯。

**注　释**

①横塘：古堤名。在今江苏吴县西南。又，南京秦淮河堤南也称横塘。诗词中常取作江南水乡旖旎的典型。宋贺铸《青玉案·横塘路》词："凌波不过横塘路，但目送、芳尘去。"

②芰（jì）：水生植物菱。

③些儿：少许。

**赏　析**

曲子起句用"淡烟微雨"将横塘渲染得格外地清丽怡人。一个"锁"字，将"微雨"细密如烟的特征活化了出来，将横塘置于蒙蒙细雨的笼罩之中，也将作者置于这个烟雨朦胧、水天相接的世界中。

"且看"二字用语平常，却颇具玩味，显示了作者出游时的心态——随意。天要是晴朗无风雨自然是最好，可就算是阴雨连绵，波涛荡漾，也无伤游兴，不妨碍出游。而此时"微雨""无风浪"，不过是适遇其便而已。因为出游的随意，因为无风浪，所以才有了"一叶轻舟任飘荡"。在闲适自在中，诗人踩着随意飘荡的轻舟，畅游横塘，水面芰、荷飘香，远方渔歌浅唱，黄昏渐近送来轻微的晚凉，暮色中沙滩闪闪发亮，滩头有并头酣眠的鸳鸯，这些景物组成了一幅活色生香、美丽动人的横塘晚景图。"多有睡鸳鸯"五字，进一步渲染了横塘美景的安恬，也表现出诗人觅求与珍惜爱护生活之美的一片深情，同时也暗藏着一种超尘脱俗、不以物累的隐者的孤高情怀。

## 商挺

商挺（1209—1288），字孟卿，一作梦卿，号“左山老人”。曹州济阴（今山东菏泽）人。商挺24岁时，北上与元好问、杨奂交游。东平严忠济辟为经历，出判曹州（今山东菏泽）。蒙古宪宗三年（1253）入侍忽必烈于潜邪，遣为京兆宣抚司郎中，就迁副使。至元元年（1264）入京拜参知政事。至元六年（1269）同签枢密院事，八年升枢密副使。九年出为安西王相。十六年因受到政治斗争牵连被罢免。二十年复枢密副使，以疾免。卒后赠太师鲁国公，谥文定。有诗千余篇，多散佚。《全元散曲》从《阳春白雪》辑其小令19首，多写恋情和四季风景。

### 【双调】潘妃曲[①]

原　文

其一

带月披星[②]担惊怕，久立纱窗下，等候他。蓦听得门外地皮儿踏，则道是冤家[③]，原来风动荼蘼[④]架。

其二

闷酒将来刚刚[⑤]咽。欲饮先浇奠[⑥]。频祝愿：普天下心斯爱[⑦]早团圆。谢神天，教俺也频频的勤相见。

其三

一点清灯人千里[⑧]，锦字凭谁寄[⑨]？雁来稀[⑩]。花落东君也憔悴[11]，投至[12]望君回，滴尽多少关山[13]泪。

## 注释

①潘妃曲：又名步步桥，属双调宫曲调。

②带月披星：形容早起晚睡，牵肠挂肚。唐吕岩《七言绝句》："击剑夜深归甚处，披星带月折麒麟。"

③冤家：有冤仇的对头，后演变成对情人的爱称，爱极之反语。唐无名氏《醉公子》词："门外猧儿吠，知是萧郎至。刬袜下香阶，冤家今夜醉。"

④荼蘼：蔷薇科落叶灌木，花茎生刺，复叶有纹，初夏开花。

⑤刚刚：此为勉强意。

⑥浇奠：以酒洒地，以表示祭奠。

⑦厮爱：相爱。

⑧一点清灯人千里：夫君远去（千里之外），妻子在家独对青灯。一点清灯：只有一盏青灯相伴。暗示孤独一人。

⑨锦字凭谁寄：信函有谁能捎给远方的亲人（丈夫）？锦字：指锦字书。前秦时期，秦州刺史窦滔因得罪了苻坚的手下大官被流放到流沙县。夫妻天各一方，他的妻子苏蕙特地在一块锦缎上绣了840个字，纵横29个字的方图，可以任意地读，共能读出3752首诗，表达了她对丈夫的思念与关心之情。后世因称"锦字"为妻寄夫之信。唐骆宾王《艳情代郭氏答卢照邻》："锦字回文欲赠君，剑壁层峰自纠纷。"

⑩雁来稀：喻传信人稀少，纵有相思之情，也无从向远人表达。

⑪花落东君也憔悴：花落春逝，行人未归令人愁叹。

⑫投至：临别，等到。

⑬关山：指陇山最南端，今华亭之关山或整个六盘山区域。

## 译文

其一

整天地担惊受怕，长久地伫立在纱窗下，等候他。猛然间听到门外脚步声踢踢踏踏，只以为是我所爱的他，却原来是风儿吹动了荼蘼架。

其二

这苦酒已取在手中，要咽下总那么勉强。在独自闷饮之前，我先把一杯浇奠在地上。我一遍遍默默地祈祷上苍：愿普天下有情人早日团圆，如愿以偿。上天啊，请满足我的愿望！让我也能同心上人频频地相见，一回回倾诉衷肠。

其三

思念的人远在千里之外，现在只有一盏青灯相伴。这相思的书信该由谁来寄给你？大雁也很少来我这里。春天也因为百花的凋零而憔悴，苦苦等候你回来，我流尽了多少相思泪。

赏析

其一

宋元两代城市经济的发展，市民意识高涨，使男女间交往较为自由，元代尤甚，因而恋情闺思成为散曲的一大题材。商挺虽曾人至高位，在他存世的19首《潘妃曲》中，除写四时景色的4首外，其余均为描写青年男女幽会之作。这首小令生动地刻画了热恋中的女子等待情郎时焦急的样子。

曲子一开始便用“带月披星”交代了故事发生的时间，同时又表现出了女子想早点见到情人的急切心情。接着又用“担惊怕”点明了女子虽然急于与情郎约会，但又怕被人发现的复杂忐忑的心情。“久立纱窗下，等候他”，虽然担惊受怕，但是她还是按照约定久久伫立在纱窗下等候情郎的到来，这充分表现出了她对情郎的一往情深。等候的时间越长，心中就越是急切和担心，因而对周围的一切声响都格外敏感，所以当她听到门外有踏踏的响动时，她误以为是情郎来了，可原来是风儿吹动了荼蘼架发出的声音。这一描写极其生动有趣，将一个笃情、娇憨的少女形象刻画得栩栩如生。那么女子等到情郎了吗？作者并没有说，给读者留下了无限的想象空间，耐人寻味。

其二

这支小令内容简单，语言直白，说的仅是一名女子借酒遣闷，饮前奠酒，祷祝天下有情人都能团圆，希望自己能与情人频频相见。她与相爱之人之间发生了什么？他们间会有怎样的结果？这一切都不得而知，只能由读者自己去想象。曲子在高潮时戛然而止，让人回味无穷。

其三

暮春时节，夜半时分，一名女子在思念千里之外的爱人，夜不成眠，泪水涟涟。前三句写夫妻音信阻隔，两情难通的痛苦。以“锦字”点明了夫妻离别。古人有鸿雁传书的说法，所以“雁来稀”一句，一语双关，既点明此时已是暮春时节，又说明已好久无丈夫的音信。“花落东君也憔悴”一句，也有两方面含义，一是描绘自然界的花落凋残，二是暗喻这位女子的青春在这无尽的思念、牵挂、企盼的哀熬中悄然逝去，如春花凋落。这女子的痴情使春神都感动了，因此而变得憔悴。后两句“投至望君回，滴尽多少关山泪”：预计等到远人归来，还要挨过漫长的岁月，流无数思亲的泪。关山，在这里是写行人之远隔关山。与首句中“人千里”相呼应。这首曲子语言朴素，余味深长。

## 胡祇遹

胡祇遹（zhī yù）（1227—1295），字绍闻，号“紫山”，磁州武安（今属河北）人。元世祖时历任户部员外郎、右司员外郎、太原路治中、河东山西道提刑按察副使、荆湖北道宣慰副使、济宁路总管及山东、浙西提刑按察使等职，以精明干练著称，所至颇具声誉。后召拜翰林学士，未赴，改任江南浙西按察使，不久以疾辞归。《元史》有传。胡祇遹学出宋儒，著述较丰，著有诗文集《紫山大全集》，今存26卷本。明朱权《太和正音谱》评其词“如秋潭孤月”。

### 【中吕】阳春曲[①]

春景

原　文

几枝红雪墙头杏[②]，数点青山屋上屏[③]，一春能得几晴明。三月景，宜醉不宜醒。

残花酝酿蜂儿蜜，细雨调和燕子泥[④]，绿窗春睡觉来迟[⑤]。谁唤起？窗外晓莺啼。

一帘红雨[⑥]桃花谢，十里清阴柳影斜，洛阳花酒一时别。春去也，闲煞旧蜂蝶。

注　释

①中吕：宫调名。阳春曲：曲牌名，又名“喜春来”“惜芳春”。

②红雪：形容初春杏花盛开的繁茂。墙头杏：杏花长得繁茂，高过了墙头，伸出了墙外。宋陆游《马上作》诗：“杨柳不遮春色断，一枝红杏出墙头。”

③屋上屏：青山如屏障，本来在屋后，看上去就像在屋顶上。

④燕子泥：燕子衔泥做巢。隋薛道衡《昔昔盐》："暗牖悬蛛网，空梁落燕泥。"

⑤绿窗：糊着绿纱的窗子，代指闺房。唐杨凝《春怨》："绿窗孤寝难成寐，紫燕双飞似弄人。"觉来：醒来。

⑥红雨：比喻飘落的桃花。唐李贺《将进酒》："况是青春日将暮，桃花乱落如红雨。"

## 译　文

几枝初开的杏花红雪般堆在墙头，点点青山如画屏一样隐现在屋上，一个春季，能有几天这样明媚晴朗？阳春三月的景致令人陶醉，只适合醉眼朦胧而不适合清醒地去欣赏。

花虽残了，蜂儿却把它酿成了蜜，雨虽来了，燕子却借它调好了筑窝的泥，绿荫窗下，浓睡的我醒来已经很晚了。是谁把我叫起？是那窗外早晨鸣叫的黄莺。

像一帘红雨飘下，那是凋谢了的桃花，十里长的柳荫，树影歪斜。一时间来洛阳赏花饮酒的人纷纷都告别了。春天归去了，闲坏了旧日里忙于采花的蜂蝶。

## 赏　析

这组《阳春曲》包括三支小令，从不同层面描写春景，渲染出一派风和日丽、蝶逐蜂嚷、百花争艳的烂漫春色。

第一首侧重于描写"春晴"。曲子起两句写景。首句写墙头杏花。这里的杏花不仅有数枝，而且像堆琼砌玉的红雪般，用红雪形容杏花，形象地表现出了红杏盛放的样子。然而好景不长，红雪易化，杏花易败，正好与后面的"一春能得几晴明"相契合。次句写青山。由于青山在屋后较远的地方，所以看上去像一架屏风。"一春能得几晴明"强调这晴的难得，这一问句流露出了作者满意欣喜的心情。"三月景，宜醉不宜醒"，在赞美令人陶醉的阳春三月的同时，显示了作者悠然自得的心态。正因为春光易逝，春晴难得，作者才想要好好珍惜眼前美景，任自己陶醉其中。

第二首侧重于描写"春睡"。起首"残花酝酿蜂儿蜜，细雨调和燕子泥"两句对仗工整，写花虽然残了，蜂儿却还在花丛中飞来飞去，从残蕊中采蜜。细雨蒙蒙，燕子却还在雨中衔泥筑窠，细雨不但没有妨碍它们，反而帮助它们调和泥土。"残花"和"细雨"多被用来烘托衰败凄凉的感伤情绪，而在这首曲中残花依然是美好的，细雨也是有情的。这喻示着衰败之中孕育着新生，虽然春天即将逝去，生命却依然精彩纷呈，散发着勃勃生气。作者以喜悦的心情写了残花、细雨，写了春的另一种旖旎。"绿窗春睡觉来迟"写窗内人的浓睡，似与窗外的燕、蜂无关，但一个"春"字点出了前后的内在联系，又加一个"绿"字对"春"做了补充，窗内窗外连成一片了。睡意之酣畅，正因为春天气候之宜人。"觉来迟"，毕竟还是醒了。是因为"窗外晓莺啼"惊醒的，"晓莺啼"也体现了春天的勃勃生机，极具动感，让作者格外欣喜。

第三首侧重于描写“春归”。曲子起首两句写春归的景色，“一帘红雨桃花谢”写的是近景，“十里清阴柳影斜”写的是远景。由“桃花谢”“柳影斜”可以知道，此时已是暮春时节。桃花飘零本是衰败凄凉的景象，但是着“一帘红雨”加以点染，不但表现出了桃花飘落的动感，更使其具有了十足的美感，而非衰颓之感。而“十里清阴”则将暮春时节绿柳成荫的繁盛景象很好地勾勒了出来。这两句组成了红花绿柳、色彩明丽的残春景象，令人赏心悦目。下一句写人对春去的依依不舍。名花之城洛阳赏春的人比平时多起来，是因为春已无多，也有为春饯别之意。最后两句，作者感叹：“春去也，闲煞旧蜂蝶。”没有了花，蜂蝶自然无所事事了。虽是感叹惋惜，却并不感伤。

## 【双调】沉醉东风

### 赠妓朱帘秀①

原　文

锦织江边翠竹，绒穿海上明珠②。月淡时，风清处，都隔断落红尘③土。一片闲情任卷舒，挂尽朝云暮雨④。

注　释

①朱帘秀：元初著名的青楼女演员，以演杂剧著称。朱帘秀为其艺名，亦作“珠帘秀”。朱帘秀与当时的文人名士交往密切，除胡祗遹外，王恽、卢挚、冯子振、关汉卿都作有散曲赠她。朱帘秀曾一度在扬州献艺，后来嫁于钱塘道士洪丹谷，晚年流落并终于杭州。

②海上明珠：中国古代传说中，珍珠为鲛人眼泪所化。西晋张华《博物志·异人》中记载：“南海外有鲛人，水居如鱼，不废绩织，其眼能泣珠。”

③红尘：原指街上扬起的尘土，后指喧嚣的社会。汉班固《西都赋》：“红尘四合，烟云相连。”南朝陈徐陵《洛阳道》诗之一：“绿柳三春暗，红尘百戏多。”

④朝云暮雨：战国宋玉在《高唐赋序》中述楚怀王梦巫山女子伴寝，自称“旦为朝云，暮为行雨，朝朝暮暮，阳台之下”。后因以作为男女交合的喻称。

译　文

这帘儿是湘江岸的翠竹加锦丝缘织就，这帘儿是南海中的明珠用红绒线穿成。无论是在淡月下掩映，还是在清风中立身，它都不沾飞花，隔断红尘。它像一片自由的彩云，无牵无挂，能屈能伸，涉历了多少朝云暮雨，却不着一点印痕。

赏　析

珠帘秀是中国元代早期杂剧女演员。珠帘秀家境贫寒，貌美如花，虽在勾栏，却并不沉沦，而是将自己的才艺发挥到极致，在舞台上塑造了一个又一个感人至深的形象。因而很多当时著名的文人都与她有过交集，并且非常看重她。元夏庭芝《青楼集》中，称珠帘秀“杂剧为当今独步，驾头、花旦、软末泥等，悉造其妙”。关汉卿曾形容她：“富贵似侯家紫帐，风流如谢府红莲。”又有：“十里扬州风物妍，出落着神仙。”陶宗仪《南村辍耕录》载：“歌儿珠帘秀，姓朱氏，姿容姝丽，杂剧当今独步，胡紫山宣慰（即胡祗遹）极钟爱之，尝拟《沉醉东风》小曲以赠云云。冯海粟先生亦有《鹧鸪天》云云。皆咏珠帘以寓意也，由是声誉益彰。”这首曲子便是十分钟爱珠帘秀的胡祗遹写给她的。

这首曲子表面是写珠帘，其实是一语双关，其中包含了对珠帘秀品格的赞美。

“锦织江边翠竹，绒穿海上明珠”极写珠帘质地之精美。这珠帘是用彩色的锦线和细长的翠竹片编织而成的，上面用彩色的丝绒连缀着晶莹的明珠，珠光宝气，光彩照人。这便是对珠帘秀美丽外表最好的描绘。“月淡时，风清处，都隔断落红尘土”三句写珠帘的作用。以“月淡”“风清”“隔断落红尘土”来隐喻珠帘秀清高的品性。“一片闲情任卷舒，挂尽朝云暮雨”通过写珠帘的经历而反衬出珠帘秀本人坎坷的经历，以及面对风云变幻的生活所保持的坚定节操。

## 伯颜

伯颜（1236—1295），蒙古八邻部人，元朝大将，曾祖述律哥图、祖阿刺跟随成吉思汗征战有功，封八邻部左千户及断事官。伯颜自小生长于伊利汗国。至元初年，受伊儿汗旭烈兀命奉使入元朝，受元世祖忽必烈赏识，拜中书左丞相，后升任同知枢密院事。至元十一年（1274），伯颜奉命统兵伐南宋。南宋灭亡后，伯颜曾出镇和林，数平诸王叛乱。元世祖驾崩后，受顾命拥戴元成宗铁穆耳即位，加太傅、录军国重事。至元三十一年（1295）十二月病卒，享年59岁。累赠宣忠佐命开济翊戴功臣、太师、开府仪同三司，追封淮王，谥号“忠武”。

## 【中吕】喜春来

原 文

金鱼玉带罗襕扣[①]，皂盖朱幡列五侯[②]，山河判断[③]在俺笔尖头。得意秋[④]，分破[⑤]帝王忧。

注 释

①金鱼：形状如鲤鱼的金符，标志官阶的一种佩饰。玉带：用玉装饰的官服腰带。罗襕：绮罗袍，元朝以丝罗制成的官服。

②皂盖朱幡：黑色车盖红色旗帜，高官出行的仪仗。列五侯：位与五侯同列。五侯：指公、侯、伯、子、男五等诸侯爵位。

③判断：掌管。

④得意秋：称心得意的岁月。

⑤分破：分减，分担。元人口语。

译 文

手持鱼形玉符，腰扎白玉带，罗袍扣得庄严齐整。黑色车盖、红色旗帜的仪仗，位居五侯，身负重任。指点万里山河在我笔尖头，正是建功立业得意之秋，要为帝王分忧。

赏 析

1274年，蒙古左丞相伯颜率军进攻南宋。是年十一月蒙古分三路大军进攻南宋首都临安（今浙江杭州）。1276年，蒙元军攻占临安。占领临安后，元王朝当即举行了一次庆祝大会。据明叶子奇《草木子·谈薮篇》记载："伯颜丞相与张九（张弘范在家排行第九）元帅，席上各作一《喜春来》词。伯颜云：'金鱼玉带罗襕扣，皂盖朱幡列五侯，山河判断在俺笔尖头。得意秋，分破帝王忧。'张云：'金装宝剑藏龙口，玉带红绒挂虎头，绿杨影里骤骅骝。得志秋，名满凤凰楼。'帅才相量，各言其志。"此曲应是作于此时。

"金鱼玉带罗襕扣，皂盖朱幡列五侯，山河判断在俺笔尖头"，曲子前三句从身份、地位、权力、职责等方面勾勒出了一位高贵显赫的高官形象，重点为了突出后面"得意"二字，主要表达了作者辅佐君主开创霸业后的得意喜悦之情。

## 严忠济

严忠济（？—1293），一名忠翰，字紫芝，长青（今山东济南）人。严实之子。其人仪表不凡，长于骑射，袭父严实职任东平路行军万户。元世祖忽必烈攻宋，严忠济奉诏率兵进军，所战多捷。人恐其威权太盛，被召还京。他治理东平时，让当地豪绅代属下和百姓缴纳所欠赋税。卸职后，豪绅们向他讨债，忽必烈听后为他偿还。至元二十三年（1286），特授资德大夫中书左丞，行浙江省事。因年老，辞不就。明朱权《太和正音谱》将其列于“词林英杰”150人之中。《全元散曲》录存其小令2首。

### 【越调】天净沙[1]

**原 文**

宁可少活十年，休得一日无权。大丈夫时乖命蹇[3]。有朝一日天随人愿，赛田文[3]养客三千。

**注 释**

①天净沙：又名“塞上秋”，属于越调宫曲调。体段短小，宜即兴抒情。

②时乖命蹇：时运不顺，命运不好。乖：相背，不合。蹇：困苦，不顺利。

③田文：即孟尝君，战国时齐国贵族，以好客重人才著称，门下食客数千人。与赵国平原君、魏国信陵君、楚国春申君并称“战国四公子”。

**译 文**

宁可少活十年，也不可一日没有权。大丈夫时运不顺，命途多舛。有朝一日如果天随人愿，一定要赛过田文养客三千。

赏 析

整首曲子直抒胸臆，以直白的口吻指出：有了权，便有了一切。所谓理想、抱负，实际只系在一个“权”字上。

首句“宁可少活十年，休得一日无权”描写出了当时读书人的普遍心态和官场的基本形态，也是作者对自己生平经历的感慨。作者前半生辉煌显赫，曾经担任东平路行军万户，为元朝抑制豪绅加大中央集权方面颇有政绩，但也因此引起了当地豪绅的不满，导致豪绅进谗言诋毁他而被罢官。一夕之间，仿佛从天堂坠入了地狱，使他在推动权势的痛苦中倍感世态的炎凉、人生的艰辛，故而发出了“大丈夫时乖命蹇”的感叹。在那个强权主导的社会，任凭一个人再有才能，如果没有权势的保驾护航，施展才能和抱负压根就无从谈起，恐怕一生都摆脱不了坎坷的处境。而那些无能之辈、势利小人却可以凭借权势为所欲为，得到他们想要的一切。“有朝一日天随人愿，赛田文养客三千”则表达了作者美好的愿望，希望有朝一日天随人愿，自己拥有权势后一定要赛过田文养门客三千人。发出这般豪言壮语既表明了作者对权力还存在迷恋，也表明了面对残酷的现实，作者没有失去信心，他依旧心怀壮志，希望有朝一日能东山再起，实现抱负。

该曲既写出了作者的人生体验，同时也表现了他对强权社会的愤怒谴责，对命运、对现实不屈服的精神。

## 刘因

刘因（1249—1293），字梦吉，号静修，雄州容城（今河北徐水）人，元代著名理学家、诗人。刘因父祖皆为金朝人，故他自视为亡金遗血，元灭南宋，他屡作哀宋之文，思想感情与蒙元一直格格不入。至元十九年（1282），刘因应召入朝，为承德郎、右赞善大夫，不久以母病辞官。至元二十八年（1291），朝廷再度征召，刘因以病拒绝。至元三十年（1293），刘因病逝，朝廷追赠翰林学士、资政大夫、上护军，追封“容城郡公”，谥“文靖”。刘因勤于著述，生前曾自选诗5卷，号《丁亥集》。元成宗大德五年（1301），已有22卷本的《静修文集》流传。元顺帝至正九年（1349），内容更加完备的官刊本问世。

## 【黄钟】人月圆

原 文

茫茫大块洪炉里①，何物不寒灰②。古今多少，荒烟废垒③，老树遗台。

太行如砺，黄河如带④，等是⑤尘埃。不须更叹，花开花落，春去春来。

注 释

① 大块：大地，大自然。《庄子·齐物论》："夫大块噫气，其名为风。"成玄英疏："大块者，造物之名，亦自然之称也。"洪炉：造物主的冶炉，比喻天地陶冶万物。唐薛逢《送西川杜司空赴镇》诗："莫遣洪炉旷真宰，九流人物待陶甄。"

② 寒灰：完全冷却的死灰，可以用于形容人死后化成泥土，也可以用来表达心灰意冷的绝望感。《三国志·魏书·刘廙传》："扬汤止沸，使不燋烂，起烟于寒灰之上，生华于已枯之木。"唐杜甫《喜达行在所》诗之一："眼穿当落日，心死着寒灰。"

③ 垒：用于战守的工事。

④ "太行如砺"两句：《史记·高祖功臣侯者年表》记载："封爵之誓曰：'使河如带，泰山若厉（砺），国以永宁，爰及苗裔。'"意谓即使黄河变成了狭窄的衣带，泰山变成了细平的磨刀石，国祚依然长久。后人因有"带砺山河"的成语。此处仅在字面上借用了《史记》的成句。太行：山脉名，在黄河以北，绵亘山西、河南、河北三省。砺：磨刀石。

⑤ 等是：同样是。

译 文

这茫茫的大地既然经过了造物主炉火的冶炼，怎能不带上寒颓衰冷的外观？你看古往今来沧海桑田，但只见废弃的兵垒上弥漫着野烟，古台的遗址上树木参天。

放目远眺，太行山脉就像长长的磨刀石，黄河也缩成了带子一般，它们都混迹于尘埃之间。用不着更生悲叹，说那花儿开了又落，春天去了又返。

赏 析

曲子的上半部分以“茫茫大块洪炉里”开头，以天地为背景，营造了一个广袤无垠的空间。下句的“万物寒灰”故也在情理之中，可以想见。后三句以“古今”为引，划出一条巨浪翻腾滚滚向前的历史洪流，将时间从眼下的登台时分有意识地无限扩展。“荒烟”“废垒”“老树”“遗台”，历史变迁，沧海桑田，身处其中，满眼尽是凄凉，怎能不心生感慨。“多少”二字更将这种苍茫、深沉的心绪进一步渲染强化，使读者自然而然体会到作者登临所览的荒败，且意识到此非天然而乃人为，也是政治和战争所造成的破坏结果。

曲子的下半部分写登高后极目远眺之景。“太行如砺，黄河如带”借用了“带砺山河”的成语，而又是登览的实景，“等是尘埃”便带上了总结和象征的双关意味。作者登高远望，远方的太行山脉与黄河长流，都分别变成了小小的磨刀石和细带子，恰有一览众山小的态势，而人身处其中，就更微茫若尘。在历史变迁、时光流逝中，在天地宇宙的运行中，人不过是尘埃般的存在，根本无可奈何。下片的前三句回照空间，后三句回照时间，再度从扩张的境界中充实了上片的感慨。

## 魏初

魏初，字太初，号“青崖”，弘州顺圣（今河北张家口）人。生卒年均不详，约元世祖至元初（1264）前后在世，年61岁。魏初好读书，尤长于春秋，为文简而有法。年轻时担任中书省掾吏，亲老告归，隐居教授。中统起，为国史院编修，不久被提拔为监察御史，上书陈述时政，多次被赏纳。官至南台御史中丞。魏初著有《青崖集》5卷。《元史》有传。

# 【黄钟】人月圆

## 为细君[①]寿

原　文

冷云冻雪褒斜路[②]，泥滑[③]似登天。年来又到，吴头楚尾[④]，风雨江船。但教康健，心头过得[⑤]，莫论无钱。从今只望，儿婚女嫁[⑥]，鸡犬山田。

注　释

①细君：古代对妻子的称呼。《汉书·东方朔传》：“复赐酒一石，肉百斤，归遗细君。”颜师古注：“细君，朔妻之名。一说：细，小也。朔辄自比于诸侯，谓其妻曰小君。”唐韩愈《岳阳楼别窦司直》诗：“细君知蚕织，稚子已能饷。”

②褒斜路：中国古代最难行走的一条道路。在陕西省西南，是沿着褒水和斜水所形成的山谷，在中国历史上开凿早、规模大、沿用时间长，是由蜀入秦的最主要的通道。唐卢纶《送何召下第后归蜀》诗：“褒斜行客过，栈道响危空。”

③泥滑：道路泥滑难走。唐杜甫《逼仄行赠毕曜》诗：“东家蹇驴许借我，泥滑不敢骑朝天。”

④吴头楚尾：古代吴国和楚国交界的地方。在今浙江、江苏一带。宋黄庭坚《谒金门·示知命弟》词：“山又水，行尽吴头楚尾。”

⑤心头过得：即比较舒心的意思。

⑥儿婚女嫁：儿子结婚、女儿出嫁。

译　文

曾经在深秋时节的风雨天走在褒斜路上，道路泥泞湿滑简直如登天般困难。近年以来又奔波于江浙一带，风雨交加总在江面上乘着一叶扁舟。如今只是想让你能够健康舒心，不论有没有钱。从今以后，我们共同的心愿就是儿子娶妻女儿嫁人，然后就是在鸡鸣犬吠中种些庄稼蔬果。

赏　析

此曲是作者为妻祝寿之曲，情调明快，韵律自然。全曲洋溢着作者顺应自然、热爱生活、以平常心对待一切的心绪。既有浓郁的生活气息，又有着日常生活的哲学和情趣。

曲子的前两句写宦游之路的艰险。“冷云”“冻雪”点明了季节，极写天气的恶劣，“泥滑”又表现出了环境的艰险。正所谓“蜀道难，难于上青天”，在风雨飘摇的深秋时节行路更是比登天还难。接下来三句，随着时间的推移又将场景推到了吴楚之地，蜀地与吴楚之地相隔千余里，可见作者这些年都在漂泊之中，风里来雨里去，旅途之艰辛可想而知。正是这样坎坷的人生经历，让作者看淡了权势和金钱，只是希望妻子能够身体健康，日子过得舒心，子女能够在合适的年龄进行婚嫁，平时生活丰衣足食就好，不用刻意去强求有钱没钱。曲子的后六句既是作者对妻子儿女的叮咛，也是作者自己美好的愿望，表现出了作者宽广的胸怀和乐观豁达的人生态度。

## 王恽

王恽（yùn）（1227—1304），字仲谋，号“秋涧”，卫州路汲县（今河南卫辉）人。元朝著名学者、诗人兼政治家。王恽一生仕宦，刚直不阿，清贫守职，好学善文，成为元世祖、元裕宗和元成宗三代著名谏臣。其书法遒婉，与东鲁王博文、渤海王旭齐名。其著述有《相鉴》《汲郡志》《承华事略》《中堂事记》《乌台笔补》《玉堂嘉话》，并杂著诗文，合为100卷，著有《秋涧先生全集》。散曲创作今存小令41首。

### 【越调】平湖乐

**原　文**

采菱人语隔秋烟，波静如横练①。入手风光莫流转②，共留连③，画船一笑春风面④。江山信美，终非吾土⑤，问何日是归年⑥？

**注　释**

①波静如横练：此句化用南朝齐谢朓《晚登三山还望京邑》中“澄江静如练”句意。横练：横铺的白丝绸。形容湖水的平静澄清。

②入手风光：映入眼帘的风景。入手：到来。流转：流动，转换。唐杜甫《曲江》诗之一："传语风光共流转，暂时相赏莫相违。"

③留连：留恋而徘徊不去。

④春风面：满面春风的笑脸。唐杜甫《咏怀古迹·其三》："画图省识春风面，环珮空归夜月魂。"

⑤"江山信美"两句：语本东汉王粲《登楼赋》："虽信美而非吾土兮，曾何足以少留。"信美：确实美。

⑥归年：回去的归期。唐杜甫《绝句》诗："今春看又过，何日是归年？"

## 译 文

透过清秋的薄雾，传来了采菱姑娘的笑语，湖面风平浪静，像白色的素绢平铺。到手的美好风光可别虚负，我在湖上久久留恋，不肯离去。相交而过的画船上，佳人对我嫣然一笑，是那样地娇妩。江山确实美如画图，可惜毕竟不是我的家乡，不知什么时候才能回到故土？

## 赏 析

乐府诗中有《江南弄》《采莲曲》等，表现江南水乡的特有风情。早期的散曲文人多以《小桃红》的曲牌，将乐府的这种风调移植入曲中，曲牌也因而有《平湖乐》的别名。

这首小令是王恽客居他乡见到异乡美景时内心所感的集中表达。

"采菱人语隔秋烟，波静如横练"是作者游湖时的所见所闻。作者因内心孤寂而泛舟湖上，此时湖面雾气升腾，风平浪静，水面如一块摇曳的白绢。寥寥数语，便让孤舟异客的形象跃然纸上。正在这时一阵欢声笑语刺破薄雾从远处传来，好像是水乡姑娘们正荡着莲舟在湖塘上采菱角呢，场面一下子变得热闹起来。姑娘们荡舟采菱这一充溢着生活美好意趣的细节一下将原本孤寂的场面给写活了，但作者并不将这幕场景明写出来，而是透过"秋烟"将其隐隐约约表现出来，这种朦胧的美不禁令人心神荡漾，让人产生无限遐思。"隔秋烟"的朦胧与"横练"的明晰形成一组对照，"人语"与"波静"又形成一组对照，从而使短短的两句景语中，蕴含了丰富的诗情画意。

"入手风光莫流转"，化用杜甫《曲江》诗中"传语风光共流转，暂时相赏莫相违"两句诗意，一语道出了作者面对湖上美景的感想。面对这到手的好风光，作者意兴大发，想要好好游赏一番。于是作者寻着人语拨开重重迷雾，同采菱的姑娘们打了照面。采菱的姑娘们对他嫣然一笑，宛如春风般温暖抚慰了作者充满客愁的心，令他销魂陶醉，流连忘返。"共留连"是巧妙的斡旋，它既是对"入手风光"感想的延续，又是作者相逢画船的实情写照。

结尾笔锋陡然一转，乐极生悲，由喜转忧。诗人借用王粲《登楼赋》"虽信美而非吾土兮，曾何足以少留"的名句，引出了自己油然而生的慨叹："问何日是归年？"浓浓的客愁宛如秋水上的雾，渐渐浓重起来。从异乡的美景中意识到“终非吾土”，从极度的快意中涌现出归期杳渺的惆怅，就特别令人悲怆。这种大起大落的手笔，具有惊心动魄的效果。

## 【正宫】黑漆弩

### 游金山寺并序①

**原　文**

邻曲②子严伯昌，尝以《黑漆弩》侑酒③。省郎④仲先谓余曰：“词虽佳，曲名似未雅。若就以‘江南烟雨⑤’目之何如？”予曰：“昔东坡作《念奴》曲⑥，后人爱之，易其名为《酹江月》，其谁曰不然？”仲先因请余效颦⑦。遂追赋《游金山寺》一阕，倚其声而歌之。昔汉儒家畜声伎⑧，唐人例有音学。而今之乐府，用力多而难为工，纵使有成，未免笔墨劝淫为侠耳⑨。渠辈⑩年少气锐，渊源正学，不致费日力⑪于此也。其词曰：

苍波万顷孤岑⑫矗，是一片水面上天竺⑬。金鳌头⑭满咽三杯，吸尽江山浓绿。蛟龙虑恐下燃犀⑮，风起浪翻如屋。任夕阳归棹⑯纵横，待偿我平生不足。

**注　释**

①金山寺：始建于东晋，初名泽心寺，至唐起称金山寺。在镇江西北长江中的金山上（金山至清初始与南岸相连）。并序：一般出现在诗文的题目或前言中。并：有“连”“附”“并且”等含义。其内容介绍与诗文密切相关的人、事、物。

②邻曲：邻人。

③侑酒：饮酒助兴。宋孔平仲《孔氏谈苑·南朝峭汉》：“自来奉使北朝，礼遇之厚，无如王拱辰。预钓鱼放鹘之会，皇帝亲御琵琶以侑酒。”侑：劝。

④省郎：中书省的郎官（郎中或员外郎）。

⑤江南烟雨：元白贲《鹦鹉曲》（即《黑漆弩》）有“睡煞江南烟雨”的名句，所以仲先有直接取“江南烟雨”为曲牌名代称的设想。

⑥《念奴》曲：指苏轼名作《念奴娇·赤壁怀古》词，末句为“一樽还酹江月”，故后人亦以《酹江月》为《念奴娇》词牌的别名。

⑦效颦：西施病心而颦（皱眉），里中丑妇模仿，反增其丑，事见《庄子·天运》。这里是自谦之辞。

⑧畜：养。声伎：歌女，女乐。

⑨淫：放纵。侠：称雄。

⑩渠辈：他们，指严伯昌、仲先等人。

⑪日力：光阴。

⑫岑：底小而高耸的山。

⑬天竺：寺名，在杭州灵隐山南。这里指雄伟的佛寺。

⑭金鳌头：指金山。

⑮燃犀：晋代温峤点燃犀角，投入牛渚矶的深水中，照见底下有许多奇形怪状的水中生物因受扰而不安。

⑯棹：船桨或小船。

## 译文

邻人的儿子严昌伯，曾经用《黑漆弩》劝酒。中书省郎中仲先对我说："白贲的《黑漆弩》词虽好，但是曲名不高雅，如果就用'江南烟雨'作为曲名，怎么样？"我说："以前苏轼作《念奴娇·赤壁怀古》词，后人非常喜欢这首词，改词牌名为《酹江月》，谁说不可以呢？"仲先请我模仿白贲曲，于是我随之写了《游金山寺》这首小令，并依其声调而歌唱它。过去汉儒家里蓄养歌女，唐人照例和乐吟唱。然而现在散曲的创作费力而难工巧，即使偶有佳作，也不免放纵和偏狭。他们这些学子年轻气盛，宜遵循正统，不应在散曲创作上耗费光阴。其词说：

浩渺万顷的苍波之中，一座孤峭的山峰拔空而出。这一大片雄伟的佛寺，竟在水面之上构筑。金山像一只巨大的金鳌，伸头接受江水的灌注，满满数口，就把江山间的绿色尽行摄入。那水底下的蛟龙担心被游人窥见面目，兴风掀起排空的怒涛，大如一间间巨屋。横七竖八的船只在夕阳下踏上归途，对此我毫不在乎。我可得好好享受一下这生平未见的壮景，得一回真正的满足。

## 赏析

这首小令前面的一段序言，记述了作者创作这首曲子的动因以及散曲创作的不易。

这首曲子起首两句先写金山寺所处的大环境，着重强调了"水上天竺"的寺院特色。"万顷苍波"与"孤岑"，一个平面，一个立体，在形象上形成了鲜明的对照，金山在万顷苍波的映衬下雄伟超凡，整个画面匹配和谐，高下有致。金山寺则在这矗立于浩茫的"万顷苍波"的金山之上，更显寺院之孤绝庄伟，不禁使人心生向往，游兴大发。

远远望去，金山状如金鳌，故有金鳌山的别名。此时，在作者眼中金山仿佛是有生命的金鳌，潜游于浩茫的苍波之中，形成了一组有趣的动静对照，一下将金山给写活了。金山矗立水中，受江水冲刷激荡，诗人不说江浪拍山，却反其道说金山"满咽三杯"。山下之苍波，山上之绿林，诗人皆形象地说是“金鳌”从周围天地索来，乃“吸尽”江山精华的结果，使“浓绿”与“苍波”的视觉感受更为突出，使金山变得灵秀无比。这种化静为动、反客为主的写法充满气势，确立了金山寺在整个画面上的中心位置，显得格外超凡脱俗，无与伦比。接着，作者又展开了大胆的想象，将山下汹涌的水波说成是蛟龙兴风作浪的结果，为金山增添了几分奇幻的色彩，这要比直接描绘波涛滚滚妙得多。这也暗示了金山寺为藏龙卧虎之地，让人不敢小看。金山寺风光的壮丽雄伟，感染了诗人，激发了他畅游江山的豪情。所以纵然风急浪高，归棹纷纷，他却并不急于回家，只想融入这壮美的景色中，好好体会大自然的奇伟。“待偿我平生不足”实是对金山寺风光非凡魅力的称颂。

这首曲子并没有对金山寺进行正面的描写，而是选择了与其相关的典型画面，浓墨重彩地从侧面将金山寺的奇绝烘托了出来，气象豪纵，让人为之神往。

## 卢挚

卢挚（1242—1314），字处道，一字莘老；号“疏斋”，又号“蒿翁”。元代涿郡（今河北涿县）人。至元五年（1268）进士，历官廉访使、翰林学士。卢挚官位显达，旧学深厚，文学负有盛名。“元初，能文者曰姚（燧）、卢”“古今体诗，则以挚与刘因为首”。临川吴澄谓其“所作古诗类皆魏晋清言，古文出入盘诰中，字字土盆瓦缶，而有三代虎蜼瑚琏之器，见者莫不改观”。诗文与刘因、姚燧齐名，世称“刘卢”“姚卢”。与白朴、马致远、珠帘秀均有交往。著有《疏斋集》（已佚）《文心选诀》《文章宗旨》，传世散曲约120首，有的写山林逸趣，有的写诗酒生活，而较多的是“怀古”，抒发对故国的怀念。卢挚的散曲风格清丽，元人贯云石在《阳春白雪序》中评价：“近代疏斋媚妩，如仙子寻春，自然笑傲。”

# 【黄钟】节节高

## 题洞庭鹿角庙壁

原　文

雨晴云散，满江明月[1]。风微浪息，扁舟[2]一叶。半夜心[3]，三生梦[4]，万里别，闷倚篷窗睡些[5]。

注　释

①满江明月：指满湖明月。

②扁舟：小船。《史记·货殖列传》："范蠡既雪会稽之耻，乃喟然而叹曰：'计然之策七，越用其五而得意。既已施于国，吾欲用之家。'乃乘扁舟浮于江湖。"宋苏轼《前赤壁赋》："驾一叶之扁舟，举匏樽以相属。"

③半夜心：指子夜不眠生起的愁心。

④三生梦：谓人的三生如梦。三生：佛家指前生、今生、来生。唐传奇《甘泽谣·圆观》讲述了圆观转世与好友李源相认的故事，其中有诗句云："三生石上旧精魂，赏月吟风不要论。"

⑤篷窗：船窗。唐郑谷《江上阻风》诗："水天春暗暮寒浓，船闭篷窗细雨中。"些：少许，一会儿。

译　文

骤雨过后，天色初晴，乌云散尽，满江上都是一片明洁的月光。风平浪静，一叶扁舟航行在浩缈的湖上。夜深了，心里却很惆怅，想想人生如梦，亲朋久别，胸中顿生烦闷，倚着篷窗，但愿可以小睡片刻。

赏　析

这首曲子是卢挚外放湖南时所写，表达了他在被贬后愁闷的心情。本来春风得意时被外放就让人心情很不愉快，再加上从长江进入洞庭湖以后，又遇上了阴雨天气，这样更使诗人内心充满了愁闷和烦躁。

此曲描绘雨晴云散后月夜江景。骤雨初晴，云雾退散，只留下碧洗的夜空与皎洁的明月。此时"风淡浪轻"，江平如镜，折射出满江温柔的白月光，轻轻哄着平静江面上一只小船上的离家万里的游子进入梦乡。但是想着自己坎坷的仕途、背井离乡的惨状，不免心生愁绪，满腔的乡愁折磨得游子久久不能入睡。全曲以"万里别"为中心句，由望"明月"而引发思乡之情，看到一叶"扁舟"更让漂泊在外的作者在"半夜"里

"梦"到家乡。全曲诗中有画，画中有诗，意境颇佳，引人入胜。

## 【南吕】金字经

### 宿邯郸驿

原　文

梦中邯郸道①，又来走这遭，须不是山人②索价高。时自嘲，虚名无处逃。谁惊觉？晓霜③侵鬓毛。

注　释

①邯郸道：去往邯郸的道路，暗用"一枕黄粱"的典故。唐沈既济《枕中记》里说，卢生在邯郸旅店住宿，入睡后做了一场享尽一生荣华富贵的好梦。醒来的时候小米饭还没有熟，因有所悟。后世说的"黄粱梦"或"邯郸梦"，都从此而出。邯郸：战国时代赵国的首都，今属河北。

②山人：隐居在山中的人。南朝齐孔稚珪《北山移文》："蕙帐空兮夜鹤怨，山人去兮晓猿惊。"唐王勃《赠李十四》诗之一："野客思茅宇，山人爱竹林。"

③晓霜：清晨的霜，比喻两鬓开始变白，如同薄薄的白霜。

译　文

《枕中记》中的那位卢生走过的邯郸道，如今我也来走一遭，应该不是山中归隐需要的价钱太高。有时自嘲，是自己的虚名无处可逃，只能在官场中奔波劬劳。谁知道自己忽然吃惊地发觉，如同清晨的白霜已经侵入我两鬓的毛发。

赏　析

这首曲子是卢挚第二次就任燕南河北道提刑按察使的作品，写的是他夜宿邯郸驿舍的感触。

这首曲子通过巧妙运用"黄粱梦"的典故，对自己为功名奔波劳碌进行了自嘲自讽，实则是对元代恶劣政治环境的针砭。自己大半生都汲汲于功名，明知道到最后可能也不过是一场黄粱梦，但还是无法逃脱虚名的牵累。虽然总想着等到富贵享得差不多了就功成身退，归隐田园，但是欲望的枷锁早已紧紧将人束缚，很多人直到老死也无法挣脱。很多人等醒悟过来，却已是迟暮之年。

纵观全曲，作者自嘲自讽自伤的意思是明显的，古人于仕、隐之间常有矛盾，加上元代特殊的政治环境，卢挚在经历了长期的仕宦之后，产生这种思想是很自然的。全曲一气呵成，意无旁溢，笔墨酣畅。

## 【双调】沉醉东风

### 秋景

原　文

挂绝壁松枯倒倚①，落残霞孤鹜齐飞②。四围不尽③山，一望无穷水，散西风满天秋意。夜静云帆④月影低，载我在潇湘画里⑤。

注　释

①挂绝壁松枯倒倚：出自于唐李白《蜀道难》诗："连峰去天不盈尺，枯松倒挂倚绝壁"。绝壁：陡峭的山壁。

②落残霞孤鹜齐飞：出自于唐王勃《滕王阁序》："落霞与孤鹜齐飞，秋水共长天一色。"残霞：落霞。鹜：野鸭。

③不尽：数不完。

④云帆：一片白云似的船帆。唐李白《行路难·其一》诗："长风破浪会有时，直挂云帆济沧海。"

⑤潇湘画里：宋代画家宋迪曾画过八幅潇湘山水图，世称"潇湘八景"。历代题咏者不少。潇、湘：湖南境内的两大水名。湘水流至零陵县和潇水合流，世称"潇湘"。这里极言潇湘两岸的风景如画。

译　文

弯曲的枯松倒挂在悬崖绝壁上，残留的片片晚霞和孤零零的野鸭在天上一齐飘飞。四周围是数不尽的青山，一望无际的碧水，西风萧萧，天地间一派浓浓的秋意。静静的夜里皎洁的月影映照着高挂云帆的船，载着我行走在湘江上，恍如置身在画图之中。

赏　析

这首曲子作于元成宗大德初年，是卢挚在湖南肃政廉访使任上有感于湖南的美景所作。

整首小令写的都是潇湘行舟所见。诗的前两句隐括了前人的诗文名句，将其融入到自己的诗意中，显得天衣无缝。首句"挂绝壁枯松倒倚"化自李白《蜀道难》诗中的句子，描写悬崖之上一棵枯松倚绝壁而倒挂，既写出枯松的奇姿，又衬托出山势的险峻。第二句“落残霞孤鹜齐飞”化用了王勃《滕王阁序》中的名句，写秋天傍晚江上明丽的景物。前人现成的诗文句意明了，蕴含丰富，为曲子增色不少，一上来便先声夺人，毫不费力就抓住了读者的注意力。“四围不尽山，一望无穷水”两句，是对前两句所写景物的一种扩展，也是前两句诗意的延伸。枯松倒挂绝壁，落霞孤鹜齐飞，这已是奇绝之景，然而放眼一望，群山环绕，绿水绵延，原来自己早已为这壮丽的美景所包围，实在动人心魄。“散西风满天秋意”，这一派壮美的秋色在西风的吹拂下，染上浓浓的秋意，也感染了作者敏感萌动的心，让其感觉身处美妙的图画之中。“夜静云帆月影低，载我在潇湘画里”，静静的秋夜，皎洁的月光抛洒在静静的湘水上，恰似一江被敲碎了的水晶，闪现着明丽的光芒。一叶孤帆，悠悠前进其上，仿佛置身仙境。作者被眼前的美景所深深震撼和吸引，让他感觉自己仿佛置身于北宋画家宋迪所画的《潇湘八景》之中，人景合一，情景交融。

## 【双调】沉醉东风

闲居

### 原　文

雨过分畦[①]种瓜，旱时引水浇麻。共几个田舍翁[②]，说几句庄家话，瓦盆边浊酒生涯。醉里乾坤大[③]，任他高柳清风睡煞。

恰离了绿水青山那答[④]，早来到竹篱茅舍人家[⑤]。野花路畔开，村酒槽头榨[⑥]，直吃的欠欠答答[⑦]。醉了山童不劝咱，白发上黄花乱插。

### 注　释

①畦：田垠。田地被分成一块一块的区间，每个区间就是畦。

②田舍翁：种田的人。

③醉里乾坤大：出自宋蔡戡《遣兴》：“醉里乾坤大，闲中日月长。”

④恰：刚才。那答：那块，那边。

⑤早来：已经。茅舍：茅屋。宋辛弃疾《念奴娇·西湖和人韵》词：“茅舍疏篱今在否？松竹已非畴昔。”

⑥村酒槽头榨：乡村里的酿酒方法，粮食发酵后，放在槽头上压榨出酒液。槽头：酿酒的器具。

⑦欠欠答答：疯疯癫癫，迷迷糊糊。形容喝醉酒的样子。

## 译文

雨过之后就分畦种瓜，天旱时就引来水浇麻。几个种田的老人在一起，讨论一些关于种植庄稼的话题，用大大的瓦盆盛酒来过日子。醉的时候就感觉乾坤如此之大，任凭他高柳清风我也照样睡觉。

刚刚离开了自己居住的绿水青山之地，早早地来到竹篱茅舍人家。路畔的野花开得正旺，村头开着一家酒店，我喝得酩酊大醉。即使喝醉了山童也不会嘲笑咱，摘下路边的菊花，在白发上乱插。

## 赏析

第一首小令作者着重描写了农家生活的意趣，表达了闲居之乐。曲中所叙皆是日常农家活动，种瓜浇麻，与老农闲话家常，平常中处处见生活的趣味。农村的生活不像城市中那般拘束，在这里人没有那么多的欲念纠缠，可以抛开杂念，尽情放飞自我，过着轻松惬意的“瓦盆边浊酒生涯”，醉了就随便找棵树下躺着睡了。“高柳”亦有隐士的象征，东晋著名隐士陶渊明家门前就有5棵柳树。这样写既充满了生活情调，又昭示出作者积极向上的生活态度，也表现出他不满当年时局，不愿与浊世中的政治交涉，宁可到醉梦里去寻找心灵的栖处。

第二首小令写饮酒的意趣和隐居的快乐。全篇语言皆为口语，无一生僻字，无一句直接抒情语，明白如话，却形象生动，甚是传神。“绿水青山”写出了隐居环境的清幽之美，“竹篱茅舍”又寓示着乡村俭朴的生活，这些景物交织在一起构成了生动活泼的田园生活图景，使人赏心悦目。沿路野花开遍，村头酒家飘着阵阵酒香，无不凸显着隐居生活的自然悠闲，充满了田园情趣。“直吃的欠欠答答”一语，生动地刻画出主人公将一切置之脑后的酩酊醉态，写出了作者隐居后的心无挂碍、洒脱自在。“醉了山童不劝咱”二句，对山村稚子顽皮神态和自己醉后在白头上插黄花的动作的刻画，使全诗洋溢着欢快活泼的气氛，也为曲子增添了几分生活的情趣。“白发上黄花乱插”则呼应了前面“直吃的欠欠答答”，将作者的酩酊醉态刻画得惟妙惟肖，让人读了忍俊不禁。

两首曲子语言和意境的营造都非常淳朴，给读者以极其深刻的印象。

# 【双调】蟾宫曲

寒食新野道中[①]

## 原文

柳蒙烟梨雪参差[②]，犬吠柴荆[③]，燕语茅茨[④]。老瓦盆[⑤]边，田家翁媪[6]，鬓发如丝。桑柘[7]外秋千女儿，髻双鸦[8]斜插花枝。转眄移时[9]，应叹行人，马上哦[10]诗。

注 释

①寒食：亦称“禁烟节”“冷节”“百五节”。中国古代传统节日。在夏历冬至后一百零五日，古代在清明节前二日。后来直接与清明节并为一日，所以，寒食节即为清明节。在这一日，禁烟火，只吃冷食，所以叫作“寒食节”。新野：县名，今属河南。

②参差（cēn cī）：不整齐。

③柴荆：柴门。用木棍、荆条搭成的院门。

④茅茨：茅屋的屋顶。这里指屋檐。

⑤老瓦盆：指民间粗陋的酒器。唐杜甫《少年行》诗：“莫笑田家老瓦盆，自从盛酒长儿孙。”

⑥媪（ǎo）：年老的妇人。

⑦柘（zhè）：桑树，常绿灌木，叶可喂蚕。

⑧髻双鸦：即双鸦形的发髻。

⑨转眄（miàn）移时：转眼斜视多时。眄：斜视。

⑩哦（é）：低声吟咏。

译 文

柳树萌芽，像飘浮着一层嫩绿色的轻烟；梨花似雪，参差地交杂在柳枝中间。柴门外狗儿在叫，茅屋顶上燕子在呢喃。一对白发的农家老夫妻正围着老瓦盆饮酒用饭。桑林外，一位梳着双鸦髻的小姑娘头上斜插着花枝在荡秋千。她转眼注视多时，大概是赞叹我这个行路之人，坐在马上吟哦诗篇。

赏 析

这是一首在路上即景生情的作品，极具动态感和画面感。此曲抒写作者于清明前的寒食节在新野道中看到的农村初春景象。

曲子开头三句是写农村的自然风光。“柳蒙烟梨雪参差”从视觉的角度描写的是在新野道行路时的大环境，翻飞的柳絮和飘落的梨花如雪花般纷纷扬扬，容易使人产生一种离乱之感。柳絮和梨花都呼应着清明时令，点明了时间。“犬吠柴荆”二句主要从听觉的角度来写行路时途经的人家。“犬吠柴荆，燕语茅茨”，可见犬是家犬，燕是家燕，在犬吠燕语中场面一下变得热闹起来。起三句，视觉上的柳絮、梨花乱舞和听觉上的犬吠燕语交织在一起，构成了一幅立体的动画。接着几句是写农村人的悠闲生活。寻着犬吠燕语望去，只见院落中有一对老夫妇正在饮酒吃饭，不远处还有头上插着花枝的小女孩在荡秋千，这是农村中极常见的生活图景，透露出浓浓的生活气息。最后三句，转换了视角，写小女孩转眼注视着作者，两人目光交会，以眼神互相打着招呼。“应叹行人，马上哦诗”就是作者与小女孩打过照面后的心理活动，也是小女孩此刻心中可能有的想法吧。

这支曲子所写景象喜人，表现出作者对农民怀有深厚的感情和浓烈的平民意识。作者用清丽的笔法、温和的色彩，表现出曲中人陶然忘机的情怀和一片生机盎然的农家生活情趣。

## 刘敏中

刘敏中（1243—1318），字端甫，济南章丘（今属山东）人。元代文学家。刘敏中自幼卓异不凡，曾任中书掾、兵部主事、监察御史等职，因弹劾权臣桑哥不果，辞职归乡。后又入为御史、御史都事、翰林直学士，兼国子祭酒、翰林学士承旨等。刘敏中一生为官清正，以时事为忧。敢于对权贵横暴绳之以法，并上疏指陈时弊。仕元世祖、元成宗、元武宗三朝，多为监察官，受到皇帝的嘉纳。刘敏中著作有《中庵集》《中庵诗余》《中庵乐府》《平宋录》等。

### 【正宫】黑漆弩[①]

村居遣兴

**原　文**

长巾阔领[②]深村住，不识我唤作伧父[③]。掩白沙翠竹柴门[④]，听彻秋来夜雨。闲将得失思量，往事水流东去[⑤]。便宜教画却凌烟[⑥]，甚是功名了处？

**注　释**

①黑漆弩：又名鹦鹉曲，词牌名。

②长巾阔领：长头巾，宽领衣衫，这里指古代隐士的衣着。巾：为古代平民戴的便帽。阔领：指阔领的上衣。

③伧（cāng）父：指鄙野的村民。《晋书·文苑传·左思》：“初，

陆机入洛，欲为此赋，闻思作之，抚掌而笑，与弟云书曰：‘此间有伧父，欲作《三都赋》，须其成，当以覆酒瓮耳。’”

④掩白沙翠竹柴门：唐杜甫《南邻》诗：“白沙翠竹江村暮，相对柴门月色新。”意为将远处的白沙翠竹掩在门外。

⑤往事水流东去：意谓往事如流水一去不返。

⑥便宜教：即便、即使。画却凌烟：被画到凌烟阁。凌烟：即凌烟阁，唐太宗为表彰开国功臣而建高阁，阁中绘24位功臣图像。唐杜甫《丹青引赠曹将军霸》诗：“凌烟功臣少颜色，将军下笔开生面。”

## 译　文

戴着便帽、穿起阔领的平民服居住在幽深的小乡村，不认识我的人称我为鄙夫。关起柴门，将远处的白沙翠竹掩在门外，倾听那入夜的绵绵秋雨。闲暇时将平生的得失一一细细地思量，往事随那东逝的流水一去不返。即便是已经将影像画到了凌烟阁上，那算什么功名了却之处呢？

## 赏　析

这首散曲是刘敏中仅存两首《村居遣兴》中的第一首。据《元史》载，刘敏中有两次回乡隐居的经历，一次是任监察御史时，因弹劾权臣桑哥不果而辞职回家；另一次是在元武宗至大末年做翰林承旨时，因年老疾病而致仕回乡。结合这首曲子的内容与表达的情感来看，应是他第一次辞职回乡时所作。

前四句写作者归隐村居的生活片段。“长巾阔领深村住，不识我唤作伧父”开篇点题，引出隐居生活。归隐乡村之后，作者打扮得像个农夫，不认识的人都不知道他曾经也是做过官的，都把他当成是普通的农夫。可见作者归隐后对于普通的乡村生活还是很适应的，很快就融入了进去。“掩白沙翠竹柴门，听彻秋来夜雨”则是日常生活的代表性节选，文人雅士都爱翠竹，作者却将门掩上不想看见，只是把自己关在屋里彻夜听着秋雨，这反映出了作者虽已适应了隐居生活，但是因在朝廷斗争中失败的忧愤之情还未完全消除。故而引出了后面的“遣兴”。

后四句即是“遣兴”。“闲将得失思量，往事水流东去”，是说闲暇时将平生的得与失思量一遍，往事像那东逝的流水般一去不回，一种无奈和痛惜之情充溢心头。最后抒情议论，“便宜教画却凌烟，甚是功名了处？”奸相权佞虽然有本事把自己的画像刻在凌烟阁上，可是无法真的不朽，那也不是所谓的功成名就。而诸如自己这样的忠臣，虽身在乡野，不为人知，但是一身正气，为国为民，就不用将功名篆刻。作者虽辞官归隐，得以摆脱官场的是非，但是心知权奸当道，欺上瞒下，正邪不分，作为一个忠直之士，却无法惩奸除恶，反被陷害，心中的怒火自是难以压制，只能以此抒怀，表达心志。全曲透露出作者深深的无奈、孤寂和悲凉之情，但又不失凛然之风和傲然正气。结尾的一个反问句一反前六句的质朴平淡，语气刚硬，深沉隽永，值得回味。

## 赵岩

赵岩，字鲁瞻，长沙人，寓居溧阳（今属江苏），生卒年不详。元代散曲作家。宋丞相赵葵的后代。赵岩长于赋诗，曾在太长公主宫中应旨，后退居江南。终生潦倒。其散曲仅存小令1首，写景咏物，构思新颖，笔调活泼。

### 【中吕】喜春来过普天乐

原　文

琉璃殿暖香浮细，翡翠帘深燕卷迟。夕阳芳草小亭西。闲纳履①，见十二个粉蝶儿飞。一个恋花心，一个搀②春意。一个翩翻粉翅，一个乱点罗衣③。一个掠草飞，一个穿帘戏。一个赶过杨花西园里睡，一个与游人步步相随。一个拍散晚烟，一个贪欢嫩蕊，那一个与祝英台④梦里为期。

注　释

①纳履：弯腰提鞋。
②搀：带着。
③罗衣：轻软丝织品制成的衣服。三国魏曹植《美女篇》："罗衣何飘飘，轻裾随风还。"
④祝英台：祝英台是《梁祝》传说中的女主角，生于东晋孝武帝太元二年（377）。《梁山伯与祝英台》是中国古代民间四大爱情故事之一，自东晋始，在民间流传已有1700多年，家喻户晓，流传深远，被誉为爱情的千古绝唱。从古到今，有无数人被梁山伯与祝英台的凄美爱情所感染。

## 译 文

富丽的殿堂里浮动着细细的暖香，碧玉般的珠帘高卷迎接燕子的晚归。在夕阳残照中，芳草萋萋的园亭西边，我偶尔弯腰提鞋，见有十二个粉蝶飞舞：一个恋恋不舍地在花心间盘旋，一个意气扬扬像要占尽大好春光；一个舞态翩翩扇着翅膀，一个忽左忽右停歇在我的衣襟上；一个低擦草地飞掠而过，一个穿过珠帘嬉戏飞翔；一个追过杨花在花园中安睡，一个紧跟着游人步步相随；一个拍粉翅拍散了暮霭，一个贪欢乐滞留在花蕊，那边的一个正和他的祝英台在美梦中相会。

## 赏 析

赵岩散曲今存仅这一首，其所撰《静斋类稿》中载有这首小令，并记载其写作背景云:“尝又于北门李氏园亭小饮，时有粉蝶十二枚，戏舞亭前，座客请赋今乐府，即席成《普天乐》。”由此可知，这支小令乃即席赋景之作。

这首曲子可分为《春喜来》和《普天乐》两支。《喜春来》通过亭园优美无比的环境引出描写主体：12个粉蝶;《普天乐》共11句，分写12个粉蝶的种种逗人姿态。

《春喜来》犹如引子，交代了地点、时间，更重要的是绘出了女主人公闺中生活的一种氛围。曲子起两句对仗工整，描写亭园所在位置以及主体建筑的华美，用词十分华丽。“琉璃殿”和“翡翠帘”，皆暗示女主人公生于贵族，养在深闺，生活安适富足。“暖香浮细”“深燕卷迟”成功地营造出了慵懒静谧的氛围。殿内暖意融融，炉香细细浮升，珠帘一道道缓缓卷起，让燕子飞进飞出，一派日长人静的安谧景象，代表着女子安和舒慵的日常生活情调。所以当日暮时分，她便照例款步出了画堂，来到后园散心。作者巧妙地让读者跟着女主人公的脚步，将视角由闺房转向庭院。“闲纳履”，可知此时女主人公仍是一派慵懒，漫无目的。但园中一番特别的景象吸引了她的注意，那就是一群欢快的蝴蝶在夕阳下飞舞。一般人都不会去注意蝴蝶到底有多少只，女主人公却准确地数出了蝴蝶的数量，是“十二个”。这一方面反衬出了女子内心的寂寞无聊，另一方面也表现出了女子此时已完全被这些蝴蝶吸引了注意力。

接下来的《普天乐》运用了排比的句式与拟人的修辞手法，着重来描摹蝴蝶的形态，而且还刻意将其进行成双成对描写。从“一个恋花心”到“一个贪欢嫩蕊”，写的皆是女子眼前所见的蝴蝶。最后一双蝴蝶却是女子情之所系，结合了美好的幻想:“那一个与祝英台梦里为期。”作者借着这成双成对的蝴蝶，显示出女主人公深闺独处的真实处境，也表明了她向往爱情与幸福生活的内心世界。

## 陈草庵

陈草庵（1245—1330？），名英，字彦卿，号“草庵”，大都（今北京）人，元代散曲作家。曾任监察御史、中丞等职。元钟嗣成在《录鬼簿》中称其“陈草庵中丞”，名列前辈名公之中。孙楷第《元曲家考略》：“陈草庵宣抚名英，一名士英，延祐初，以左丞往河南经理钱粮，寻拜河南左丞。”《全元曲》录存其小令26首，多为愤世嫉俗之作。

## 【中吕】山坡羊

原　文

### 其一

伏①低伏弱，装呆装落②，是非犹自来着莫③。任从他，待如何，天公尚有妨农过④，蚕怕雨寒⑤苗怕火。阴，也是错；晴，也是错。

### 其二

晨鸡初叫，昏鸦争噪，那个不去红尘⑥闹。路遥遥，水迢迢⑦，功名尽在长安道⑧。今日少年明日老。山，依旧好；人，憔悴了。

注　释

①伏：屈服。
②落：衰朽。
③着莫：招惹。

④妨农过：妨碍农时之罪过。

⑤蚕怕雨寒：蚕怕冷，适合温度是20℃～30℃。

⑥红尘：飞扬的尘土，形容都市的繁华热闹。汉班固《西都赋》：“红尘四合，烟云相连。”南朝陈徐陵《洛阳道》诗之一：“绿柳三春暗，红尘百戏多。”

⑦迢迢：形容水流绵长。宋姜夔《除夜自石湖归苕溪》诗：“细草穿沙雪半销，吴宫烟冷水迢迢。”

⑧长安道：通往长安的道路，指仕禄之途。

## 译 文

其一

向比自己低下的屈服，向比自己弱小的屈服，装呆装老，是非还会自己找上门来的。听从他，又能怎么样啊，天公尚且还有妨碍农时之罪过，春蚕最怕大雨，寒苗最怕大火。天阴了也是错，晴了也是错。

其二

晨鸡刚刚叫，就起床去争名夺利，一直到天黑昏鸦争噪，人们都去繁华热闹的都城攀附权贵。人们不顾路遥水远，为求取功名食禄而奔波在长安道上，以至从一个少年儿郎奔波到老。回头看看山依旧那么青翠，人却憔悴不堪了。

## 赏 析

其一

在这首曲子中，作者对为人处世之难大发感慨，以深刻的笔触，揭露了封建社会人们动辄得咎、生活处境极为险恶的现实，以及百姓面对残酷现实无可奈何的痛苦处境。“伏低伏弱，装呆装落”写出了人谨小慎微的样子，“是非犹自来着莫”则说明世事险恶，无论人再怎么小心，都不能保证麻烦和灾祸不会找上自己。接下来四句以天公为例，用调侃的手法，进一步讽喻了社会的黑暗。“任从他，待如何”从一个侧面体现出作者豪放的性格和豁达的心态，既然进退两难，还不如率性而为，且不管最后结果会怎样。因为连神力无边的“天公”面对人情俗事也有束手无策的时候，更何况是凡夫俗子呢。“阴，也是错；晴，也是错”，写尽了百姓的无奈，是一种令人心碎的呻吟。

这首小令以自嘲的口吻，吐诉出处世艰难、一筹莫展的愤慨。作品正是以不露声色的议论，表现出同样激越的不平之情。

其二

这是一首讽世之作，劝诫人们不要为追求功名利禄而过于奔波劳累。元代是蒙古人而非汉人统治的朝代，因此当时的统治者虽然继承了汉人那套科举取士的制度，但并没有非常重视，整个元代就只举行过两届科举考试。不仅如此，元代科举考试还给了蒙古人不少优待，而对汉人则进行了各种限制，在这种不公平的待遇下，元代汉人要想入仕可以说非常困难。

前三句从时间上，状写世人从早到晚，在热闹的名利场争逐。在古代科举取士对于大多数读书人来说是改变命运的唯一机会，因此他们对于科举考试极其热衷，十年寒窗苦读就是为了能够科举高中。“晨鸡初叫，昏鸦争噪，那个不去红尘闹”便是对当时读书人起早贪黑忙于科考，追逐名利的真实写照。尤其是最后“那个不去红尘闹”这一问，力道十足，直击人心。接着三句，从空间上状写世人不顾路遥水远，求取功名食禄。有太多读书人把大好的光阴都花费在了追求功名富贵的路上，这条路“遥遥”“迢迢”，根本就没有尽头，很多人在这条路上匆匆走完了一生，最后也不过是一场空。“今日少年明日老”正是作者对世人的劝诫。后几句，写追求功名之害，劝谕世人弃功名富贵等身外之物，归返自然。“山，依旧好；人，憔悴了”，用大自然的永恒与人短暂的生命现象作对比，意味深长，发人深思。

这首曲子为讽世之作。前三句从时间上，状写世人从早到晚，在热闹的名利场争逐；接着三句，从空间上，状写世人不顾路遥水远，求取功名利禄。其中以“闹”“尽”二字用得最为神妙，将世人汲汲于功名的形象表现得淋漓尽致，对争名夺利者之憎之恶溢于言表。最后几句，作者劝谕世人不要因为追名逐利而蹉跎了大好时光，意味深长，令人深思。

## 奥敦周卿

奥敦周卿，生卒年不详，字周卿，号“竹庵”。女真族人。其先世仕金。父奥敦保和降元后，累立战功，由万户迁至德兴府元帅。周卿本人历官怀孟路总管府判官、侍御史、河北河南道提刑按察司佥事。为元散曲前期作家，与杨果、白朴有交往，相互酬唱。《全元散曲》存其小令2首。《太和正音谱》列为“词林英杰”。

## 【双调】蟾宫曲

### 西湖

原　文

西山雨退云收。缥缈楼台，隐隐汀洲[①]。湖水湖烟，画船款棹[②]，妙舞轻讴。野猿搦丹青画手[③]，沙鸥看皓齿明眸[④]。阆苑[⑤]神州，谢安[⑥]曾游。更比东山[⑦]，倒大风流。

注　释

①汀洲：水中小洲。《楚辞·九歌·湘夫人》：“搴汀洲兮杜若，将以遗兮远者。”唐李商隐《安定城楼》诗：“迢递高城百尺楼，绿杨枝外尽汀洲。”

②画船：装饰华美的游船。南朝梁元帝《玄圃牛渚矶碑》：“画船向浦，锦缆牵矶。”唐韦庄《菩萨蛮》词：“春水碧于天，画船听雨眠。”款：慢慢摇动。棹：船桨。

③搦：操，此处有充当之意。丹青：丹指丹砂，青指青雘，本是两种可作颜料的矿物。因为我国古代绘画常用朱红色和青色两种颜色，丹青成为绘画艺术的代称。古人把画家称为丹青手。

④皓齿明眸：洁白的牙齿，明亮的眼睛。形容女子容貌美丽，亦喻指美女。三国魏曹植《洛神赋》：“丹唇外朗，皓齿内鲜，明眸善睐，靥辅承权。”皓：白色的样子。眸：眼珠，泛指眼睛。

⑤阆苑：园林。唐王勃《梓州郪县灵瑞寺浮图碑》：“玉楼星峙，稽阆苑之全模；金阙霞飞，得瀛洲之故事。”

⑥谢安：字安石，东晋著名政治家。少以清谈知名，最初屡辞辟命，隐居会稽郡山阴县之东山，与王羲之、许询等游山玩水，并教育谢家子弟，多次拒绝朝廷辟命。后谢氏家族于朝中之人尽数逝去，方东山再起。与王坦之挫败桓温篡位意图，并在其死后与王彪之等共同辅政。在淝水之战中作为东晋一方的总指挥，以八万兵力打败了号称百万的前秦军队。

⑦东山：今绍兴、嵊县一带，是谢安寓居所在。

译　文

西山雨水退去，阴云收敛。远远望去山上的华丽楼台和山下水中的小洲，若隐若现。湖面上烟水朦胧，有装饰华美的游船在上面缓缓而行，游船上载歌载舞。野猿穿梭于隐隐青山间仿佛一位丹青妙手笔描画出这青山绿水，沙鸥自上而下降落于画船‘似’乎在驻足欣赏着船上的美人。这壮美的山水园林景观是谢安曾经游赏之处，相比东山更具风流韵味。

赏 析

此曲描绘如画的西湖山水，笔法细腻。诗人抓住雨后西湖烟水缭绕，如幻如梦的特色，着力加以渲染。此中人物的活动，但见其声，未见其形，使画面更具活力。“野猿”“沙鸥”两句，突出自然景色，又暗喻只有闲云野鹤之人，才能得此自然之趣。在作者的笔下，野猿与水鸟同画家与美人融为一体，颇有天人合一之趣。最后借东晋谢安游阆苑的风流逸事，更为这绝妙丹青平添了几许浪漫与神韵，整个意境富有生机，愉人眼目。

## 关汉卿

关汉卿（1219？—1301？），晚号“已斋”（一说“一斋”）、“已斋叟”。汉族，解州人（今山西运城），其籍贯还有大都（今北京）人，及祁州（今河北安国）人等说，元代杂剧奠基人，元代戏剧作家，与白朴、马致远、郑光祖并称为“元曲四大家”。以杂剧的成就最大，今知有67部，现存18部，其中《窦娥冤》《救风尘》《望江亭》《拜月亭》《鲁斋郎》《单刀会》《调风月》等，是他的代表作。散曲今存小令40多首、套数10多首。他的散曲，内容丰富多彩，格调清新刚劲，具有很高的艺术价值。关汉卿塑造的“我是个蒸不烂、煮不熟、捶不匾、炒不爆、响珰珰一粒铜豌豆”（《不伏老》）的形象也广为人称，被誉为“曲圣”。

## 【仙吕】一半儿[①]

### 题情

原　文

**其一**

云鬟雾鬓胜堆鸦[②]，浅露金莲簌绛纱[③]，不比等闲墙外花[④]。骂你个俏冤家[⑤]，一半儿难当[⑥]一半儿耍。

**其二**

碧纱[⑦]窗外静无人，跪在床前忙要亲。骂了个负心回转身。虽是我话儿嗔[⑧]，一半儿推辞一半儿肯。

**其三**

银台灯灭篆烟[⑨]残，独入罗帏[⑩]掩泪眼，乍孤眠好教人情兴懒。薄设设[⑪]被儿单，一半儿温和一半儿寒。

**其四**

多情多绪小冤家，迤逗得人来憔悴煞，说来的话先瞒过咱。怎知他，一半儿真实一半儿假。

注　释

①一半儿：曲牌名。

②云鬟：意思是女子鬟发盛美如云。南北朝《木兰诗》："当窗理云鬟，对镜贴花黄。"雾鬓：意为浓密秀美的头发。宋苏轼《洞庭春色赋》："携佳人而往游，勒雾鬓与风鬟。"堆鸦：形容女子头发乌黑光泽如乌鸦的羽毛堆拥。

③金莲：旧指缠足妇女的小脚。《南史·东昏侯本纪》载：东

昏侯令人“凿金为莲花以帖地，令潘妃行其上，曰：‘此步步生金莲也’”。绛纱：指红色的纱裙。

④墙外花：喻指迎人卖笑的野妓。

⑤俏冤家：对女情人的昵称。

⑥难当：赌气，难以承当。元人俗语。

⑦碧纱：指碧绿的纱帘。

⑧嗔：生气，责怪。

⑨篆（zhuàn）烟：盘香的烟缕。宋朱淑真《旧愁其二》诗：“花影重重叠绮窗，篆烟飞上枕屏香。”

⑩罗帏：罗帐。丝织帘幕。唐卢照邻《长安古意》诗：“双燕双飞绕画梁，罗帏翠被郁金香。”

⑪薄设设：形容单薄。

## 译　文

其一

云雾一般的乌黑鬓发好像堆积的鸦羽，微微露出小脚轻轻地移动脚步，红色的纱裙沙沙直响，这可不是那些卖笑女子可比的。笑骂你一声俏冤家，一半儿是情怀难以承当，一半儿是闹着玩耍。

其二

碧纱窗外寂静没有一点人声，他竟然跪在床前急着要亲我。我骂了个负心郎就回转身。虽然我的话含有嗔怪之意，一半儿是推辞，一半儿是肯的。

其三

熄灭了银台灯，盘香的烟缕已将燃尽，他离开了房间，我一个人含着两行清泪走向冷清清的罗帏床帐。突然变为独处，孤枕难眠啊，真叫人无情无绪。被子单薄，虽有点儿温暖，但更多的是寒冷。

其四

这个多情多绪的小冤家，生生地把人家挑逗得极度憔悴，见面时总是说好听的话来哄我。又怎么知道他，有多少话是真实的，有多少话是虚假的。

## 赏　析

这支脍炙人口的组曲，均是写男女欢会之情，同时又能准确地捕捉到男女主人公复杂而缠绵的情感，被誉为元人乐府中的佳作。

第一首曲子描写一对青年一见钟情的情景，表现了男主人公在与少女欢会之后的喜悦之情。“云鬟雾鬓胜堆鸦”写男主人公见到少女的第一眼印象，向我们展示了少女头发的茂密、乌黑、亮丽，表现了一种静态的美感。“浅露金莲簌绛纱”，写少女微微地露出“金莲”缓缓而行时，那“绛纱”的裙子发出簌簌的声响，表现了一种动态的美感。“浅露金莲”暗示了少女可能是接受过礼仪教化的大家闺秀，一举一动都透露出优雅迷人的美感，不禁让男主人公发出了“不比等闲墙外花”的由衷赞叹。相会的惊喜让男主人公情难自已，于是与心爱的女子打情骂俏道：“骂你个俏冤家，一半儿难当一半儿耍。”

第二首曲子从少女的角度来写少年的鲁莽行为及少女对情郎的娇嗔，把少女对情郎又爱又恨、患得患失的痴情刻画得淋漓尽致，表现了关汉卿的小令善于通过人物的语言、动作来描写场景和抒发感情的特点。四下无人，一片寂静，男子潜进闺房跪在床前心爱的女子面前要亲近对方，女子直骂对方负心，看似发怒，结果是“一半儿推辞一半儿肯”。寥寥数语，“静无人”到“忙要亲”到“骂负心”再到“一半儿推辞一半儿肯”，这之间层层转折，既写出了他们之间的小纠纷，也写出了他们之间的深情。最后一句，把一个少女既有羞涩矜持又深情大胆的内心世界展露无疑。一个少女的半嗔半羞、半推半就的神态，活脱脱地浮现在读者面前。

第三、四首曲子，写这一对情侣生活漩流中的微波。夜深了，人远了，女主人公怀着“才欢悦，早间别”的孤寂感，重新陷于痛苦之中，灯灭银台，烟销宝鼎，一幕幕的往事在心头闪过。无可奈何，只得含着两行清泪走向冷清清的罗帏，自然感到“情兴懒”“被儿单”了。于是在回忆和苦闷中，想起了“多情多绪”的“小冤家”，半真半假的私房话，逗得人魂牵梦萦，惹得人腰瘦带宽，教人烦恼哀怨。这里的“小冤家”，和上文的“俏冤家”相映成趣，虽只一字之差，却是移易不得。正是贯云石所称赞的关汉卿散曲“造语妖娇”的特色。

## 【南吕】四块玉

闲适

**原　文**

### 其一

适意行，安心坐，渴时饮，饥时餐，醉时歌，困来时就向莎茵[①]卧。日月长，天地阔，闲快活！

### 其二

旧酒投[②]，新醅泼[③]，老瓦盆边笑呵呵，共山僧野叟[④]闲吟和。他出一对鸡，我出一个鹅，闲快活！

## 其三

意马收，心猿锁[⑤]，跳出红尘恶风波，槐阴午梦[⑥]谁惊破？离了利名场[⑦]，钻入安乐窝[⑧]，闲快活！

## 其四

南亩耕[⑨]，东山卧[⑩]，世态人情经历多，闲将往事思量过。贤的是他，愚的是我，争甚么[⑪]？

注释

①莎（suō）茵：指草坪。

②投：本作“酘（dòu）”，指再酿之酒。

③醅：指未滤过的酒。泼：即“酦（pō）”，指酿酒。新醅泼：是说新酒也酿出来了。

④野叟：指村野老人。唐杜荀鹤《乱后山居》诗：“野叟并田锄暮雨，溪禽同石立寒烟。”

⑤意马、心猿：来自佛教经典中的典故。把人的名利心比作奔腾的马、烦躁的猿，必须拴住、锁着才能静得下来。

⑥槐阴午梦：即南柯梦。据唐人传奇《南柯太守传》载，书生淳于棼醉卧槐荫下，梦为大槐安国附马，任南柯郡太守荣华富贵显赫一时；醒来发现大槐安国就是槐树上的大蚂蚁洞，南柯郡就是槐树最南枝上的小蚂蚁洞。

⑦利名场：追逐名利的场所。

⑧安乐窝：泛指安静舒适的住处。宋戴复古《访赵东野》诗：“四山便是清凉国，一室可为安乐窝。”

⑨南亩耕：典出《诗经·豳风·七月》：“同我妇子，馌彼南亩，田畯至喜。”

⑩东山卧：用东晋谢安的典故。谢安曾隐居在东山（今浙江绍兴西南），后入朝为相。后来人们常用“东山高卧”形容那些高洁之士的隐居生活。

⑪甚么：即什么。

译文

其一

想走就轻轻松松地走，想坐就安安静静地坐。渴了就喝，饿了就吃，酒喝醉了就唱几曲山歌，困了就在草地上躺一躺。日月漫长，天地宽广，休闲的日子好快活。

其二

老酒已经再次酿过，新酒也酿造出来了，大家围着老瓦盆一个个笑呵呵，和山僧村翁一起饮酒唱和。他出一对鸡，我出一个鹅，休闲的日子好快活。

其三

拴住了意马又把心猿来锁，跳出那人心险恶的红尘风波，大白天南柯梦几人惊醒过。离开了名利争夺的场所，钻入自己亲手造的安乐窝，休闲的日子好快活。

其四

像陶潜一样在南山下耕作，像谢安一样在东山上仰卧，经历的世态人情那样多。闲暇时把往事一一思量过。贤明的是他，愚蠢的是我，还争个什么？

赏　析

第一、二首曲子写了作者闲适生活的情景，表达了作者对归隐生活的基本态度：率性而为，顺其自然。第二首曲子以白描的手法描绘了诗人与朋友诗酒欢宴的充满生活意趣的田园风光图，充分贴合第一首曲子中所描写的随心所欲、逍遥自在的隐居状态。文人归隐的生活并非只是平常农夫的柴米油盐、耕种收获，还有诗酒歌咏、挥洒文采。旧酒已被重酿过一遍，新酒也已经酿熟了，满屋都散发着醉人的酒香，于是主人呼朋引伴，以酒会友，与客人们一边品嚼着酒菜，一边吟诗唱和。在这里不管是山僧还是野叟，读书人还是农夫，都是老朋友，无贵贱之分，进门便是客，大家你一杯我一盏，你一言我一语，你一唱我一和，随心所欲，无牵无挂。“他出一对鸡，我出一个鹅”可谓是整首曲子的点睛之笔，将田园生活的简单惬意表露无疑。关汉卿用质朴的文笔，描写了乡间生活的这一场景，表现了他追求着一种高雅的情趣。

第三、四首曲子道出了作者归隐的原因，反映了作者看破红尘、放下名利希望在归隐中安享晚年的内心呼唤。第三首曲子开头活用了成语“心猿意马”。敦煌变文《维摩诘经·菩萨品》云：“卓定深沉莫测量，心猿意马罢颠狂。”又《维摩诘经·香积品》云：“难化之人，性如猿猴，故以若干种法，制御其心，乃能调伏。”这是把人的名心利欲，比作奔腾的野马、跳跃的山猿，只有将它牢牢地拴起锁住，才能安静下来。古代文人多为权势名利所牵累，大半生积极追求着功名利禄，到最后也不过如梦幻泡影，皆是一场空。而在元代这个由少数民族统治的朝代，大多数身为汉人的文人在名利场上就更是不如意，故而多有归隐之念。关汉卿多次在曲子中流露出这种心态，这同样是元代许多文人的共同心理，如卢挚的“无是无非快活煞，锁住了心猿意马”，庾天锡的“紧地心猿系，牢将意马拴”，都将这种心态表露无遗。“南亩耕，东山卧”即是作者归隐后的田园生活。作者连用两个历史上著名的人物故事来写自己的现实生活状况，表现出了作者心中对归隐生活是向往已久的。他也曾像陶渊明、谢安等人一样有过治国平天下以济苍生的宏伟抱负，但在亲身经历纷繁万种的世态人情，看透了世态炎凉的社会世相之后，诗人终于恍然大悟。蓦然回首，“闲将往事思量过”，明白了“世态”为何物，人情又为何物。虽然此处他没有明言，读过这首小令之后却让读者心中泛起了深沉凝重的波澜。

## 【双调】大德歌①

原　文

### 春

子规啼，不如归②，道是春归人未归。几日添憔悴③，虚飘飘柳絮飞。一春鱼雁④无消息，则见双燕斗衔泥⑤。

### 夏

俏冤家⑥，在天涯，偏那里绿杨堪系马⑦？困坐南窗下，数⑧对清风想念他。蛾眉⑨淡了教谁画？瘦岩岩羞戴石榴花⑩。

### 秋

风飘飘，雨潇潇，便做陈抟睡不着⑪。懊恼伤怀抱，扑簌簌⑫泪点抛。秋蝉儿噪罢寒蛩儿叫⑬，淅零零⑭细雨打芭蕉。

### 冬

雪纷纷，掩重门，不由人不断魂⑮，瘦损江梅韵⑯。那里是清江江上村⑰，香闺里冷落谁瞅问？好一个憔悴的凭栏人⑱。

## 注　释

①双调：宫调名。大德歌：曲牌名。

②子规啼，不如归：子规啼声很像人说“不如归”，容易引起离人的乡愁。子规：杜鹃鸟。

③憔悴：疲惫没有精神。

④鱼雁：书信的代称。汉乐府《饮马长城窟行》：“客从远方来，遗我双鲤鱼。呼儿烹鲤鱼，中有尺素书。”《汉书·苏武传》：“教使者谓单于，言天子射上林中，得雁，足有系帛书。”

⑤则见双燕斗衔泥：只见一对对燕子争相衔泥筑巢。斗：竞相，争着。

⑥俏冤家：此指在外远游的爱人。

⑦偏那里绿杨堪系马：偏是那里的绿杨树能够拴住你的马？此系怨词，恨她爱人久离不归。

⑧数：每每。

⑨蛾眉：弯而长的眉毛。《诗经·卫风·硕人》：“螓首蛾眉，巧笑倩兮。”唐李白《怨情》诗：“美人卷珠帘，深坐颦蛾眉。但见泪痕湿，不知心恨谁。”

⑩瘦岩岩羞戴石榴花：脸瘦得露骨，羞戴石榴花。

⑪便做：就算，即使。陈抟（tuán）：五代宋初著名道士，字图南，自号“扶摇子”，宋太宗赐名“希夷先生”，曾修道于华山，常一睡百天不醒。这句是说思人心切，即使做了陈抟也难以入睡。

⑫扑簌簌：形容眼泪等轻轻而不断地落下。

⑬秋蝉儿噪罢寒蛩儿叫：白天秋蝉不断地鸣叫刚罢，蟋蟀接着在夜间又叫个不停。寒蛩：秋天的蟋蟀。蛩：蟋蟀，又名促织。唐苏颋《饯泽州卢使君赴任》诗：“平芜寒蛩乱，乔木夜蝉疏。”

⑭淅零零：形容雨声。

⑮断魂：形容人极度悲伤。唐杜牧《清明》诗：“清明时节雨纷纷，路上行人欲断魂。”

⑯瘦损江梅韵：瘦损成梅妃那样的风韵。江梅：唐玄宗的妃子梅妃。她本姓江，因爱梅，玄宗赐名“梅妃”。

⑰那里是清江江上村：此句是写离妇遥望远处的景象。

⑱好一个憔悴的凭栏人：此句是离妇在大雪纷飞中倚着楼栏，面容憔悴地翘望远人的归来。

## 译　文

### 春

春天的杜鹃叫了，好像在说“不如归去”。你走的时候说是春天就回来，而今春已到，却不见你的踪影。近日才几天面色已显得枯槁瘦弱，憔悴多了。等了整整一个春天，九十个日夜啊，却一点消息也没等到；而旧时檐前燕子早已归来，忙忙碌碌地营巢筑窝干得多欢！

夏

我心爱的人他远在天涯，偏是那里的绿杨树能够拴住他的马？恹恹地坐在南窗下，常常对着清风想念他。他不在，这蛾眉淡了该让谁来画？我这脸瘦得露骨，羞戴石榴花。

秋

寒风飘飘，冷雨潇潇，就是那能睡的陈抟也睡不着。说不完的烦恼和愁苦伤透了心怀，伤心的泪水扑簌簌地像断线珍珠飞抛。秋蝉聒噪完蟋蟀又叫，淅淅沥沥的细雨轻打着芭蕉。

冬

暮雪纷纷，良人未归，只好深掩重门，这般孤独不由人不断魂，因为相思竟瘦损成梅妃那般的风韵。那清江边的村子中应该都是些团圆的人吧，而我这个香闺里冷落孤独的人有谁来瞅问？唉，好一个憔悴的凭栏人。

赏 析

春

这首曲子开头二句“子规啼，不如归”，既写景，又写时。春天的杜鹃叫声，好像在说“不如归去”，不断在女子耳旁回荡，牵起了她怀念远人的情思。“道是春归人未归”，女子也不知不觉跟着杜鹃鸟应和起来：春天都来了，我思念的人却还没回来。相思之情一日胜过一日，女子渐渐不能承受，日益憔悴，身体虚弱得就像翻飞的柳絮那样无力。“几日憔悴”是从外形上描绘其愁苦，说明其相思之深之切。“柳絮飞”又暗合时令为春天。古人有折柳赠别的习惯，想象当年临别折柳相赠，依依不舍，竟不想一别多时，又迎春来，只见柳絮纷飞而不见离人归来。一个“虚”字不仅表现了女子饱受相思之苦的憔悴，更是将女子因不见离人归来，不得离人音讯的那种忽上忽下无所适从的心绪淋漓尽致地表露了出来。女子一等再等，结果九十春光已过，不仅人未归，连消息也没有得到，最后就不能不伤感地明确点出“一春鱼雁无消息”了。在这七个字中，虽未着一“思”字，而女子思念远人的炽烈感情已溢于言表。“则见双燕斗衔泥”，作者以“双燕”反衬了独守空闺的寂寞少妇，双燕为筑爱巢在比赛着衔泥，而自己却形单影只，苦等着离人。此情此景，和孤居独处、落落寡欢的女子形成鲜明的对比，不禁使人又添几分苦涩。

全篇紧紧围绕一个“春”字，从各个侧面描绘，突出了女子的思念。行文上惜墨如金，不蔓不枝。

夏

这支小令，是写女子对远方情人的猜疑和抱怨，更将相思之情衬得浓烈难化。“俏冤家，在天涯”照应上一首曲子，写离人远行，尚未归来。“偏那里绿杨堪系马？”写得极妙，女子想要怨恨情郎不知早归，却埋怨起了“绿杨”，无理而有趣。一个“偏”字，把少妇爱极而怨深的感情反映得淋漓尽致。“困坐”“数对”两句表现了女子此时百无聊赖、无所事事，心中的思念之苦无处排遣。最后“蛾眉淡了教谁画？瘦岩岩羞戴石榴花”两句借用汉代张敞为妻画眉的典故，将女子躁动不安的苦思托现出来，表现出女子难以言状的复杂心理。

曲贵新奇，然而这支曲子蕴藉含蓄，辞尽意未休，具有词的风格。

秋

这首曲子描写的是女子苦等离人不归，情绪开始崩溃。曲子的起三句写突然袭来的秋风寒雨造成的一种凄凉的气氛，由景入情，直击独守空房的少妇寂寞的心。因此她心绪不宁，夜难成寐。“便做陈抟睡不着”，这是借五代时在华山修道的陈抟老祖的故事，极言女子被哀思愁绪煎熬着，即使成了像陈抟一样能睡的人，也难以入睡，可见相思之甚。忧思如此之深，终至烦恼、悔恨、伤心、落泪。“懊恼伤怀抱，扑簌簌泪点抛”，这是女主人公的愁苦情状，也是这首曲子的主旨所在。女子这泪水“扑簌簌”不住地往外抛，就像那“潇潇”的冷雨，止都止不住。最后两句“秋蝉儿噪罢寒蛩儿叫，淅零零细雨打芭蕉”继续写景，并以景衬情。寒蝉凄切，雨打芭蕉，这些细节也就只有失眠之人才能注意到，并不断刺激着失眠之人，强烈地衬托出女主人公的孤独、寂寞和难以言喻的久别之苦，进一步凸现女主人公愁苦的心境。此曲从秋景写起，又以秋景作结，中间由物及人，又由人及物，情景相生，交织成篇，加强了人物形象的真实感，大大提高了艺术感染力。

冬

这首曲子反映的是闺中女子苦等情郎不归的绝望心情。开头两句“雪纷纷，掩重门”，点明季节，说寒冬腊月，大雪纷飞。秋去冬来又是一年，可离人还是未曾归来，不禁让人断肠又断魂。残酷冰冷的现实彻底击溃了思妇的内心。“瘦损江梅韵”，以梅妃的故事作比，表明思妇由于怀念远方丈夫而变得削瘦，失去了往昔的风韵。“清江江上村”，是化用辛弃疾词句的意境，进一步表现女子的孤寂与悲痛之情。“香闺里冷落谁睬问？”则是女子发出无可奈何的慨叹。“好一个憔悴的凭栏人”，在大雪纷飞，家家紧闭重门这样严寒的日子里，冒雪凭栏遥望远方归人，可见思念之强烈、爱之深连严冬都封杀不了。此句一扫上文所言绝望的情绪，显示出一个女子对爱情的执着追求和坚强的性格。

## 白朴

白朴（1226—1306？），原名恒，字仁甫，后改名朴，字太素，号“兰谷先生”。祖籍陕州（今山西河曲），一说山西曲沃。后徙居真定（今河北正定），晚年寓居金陵（今江苏南京），终身未仕。他是元代著名的杂剧作家，与关汉卿、马致远、郑光祖并称为“元曲四大作家”（另有一说为关汉卿、马致远、王实甫、白朴）。其代表作有《唐明皇秋夜梧桐雨》《裴少俊墙头马上》《董秀英花月东墙记》等。元钟嗣成《录鬼簿》将其列入“前辈已死名公才人，有所编传奇行于世者”。

### 【仙吕】寄生草

饮[①]

**原　文**

长醉后方何碍，不醒时有甚思[②]。糟腌两个功名字，醅淹千古兴亡事，曲埋万丈虹霓志[③]。不达时皆笑屈原非[④]，但知音尽说陶潜是[⑤]。

**注　释**

①饮：此曲一说系范康（字子安）所作，曲题《酒》。

②“长醉后”两句：长期昏醉有什么挂碍，昏睡不醒有什么思虑。化用《楚辞·渔父》中“举世皆浊我独清，众人皆醉我独醒”语意。方何碍：却有什么妨碍，即无碍。方：却。有甚思：还有什么思念？

③“糟腌两个功名字”三句：意为酒把个人的功名，千古的兴亡，无限的壮志都埋葬了。糟腌：用酒糟腌渍。腌：这里有玷污的意思。醅（pēi）淹：用浊酒淹没。曲埋：用酒曲埋掉。曲：酒糟。虹霓志：气贯长虹的豪情壮志。

④达：显达，与“穷”相对。屈原（前330？—前278）：战国时

期伟大诗人。为了实现以民为本、举贤授能、修明法度的“美政”，他与楚国的反动贵族统治集团进行了坚决的斗争，宣称“亦余心之所善兮，虽九死其犹未悔”（《离骚》），终于献出了自己宝贵的生命。然自班固以来，就有指责屈原“露才扬己，竟乎危国群小之间，以离谗贼”（《离骚序》）的。

⑤知音：知己。三国魏曹丕《与吴质书》：“徐、陈、应、刘，一时俱逝，痛可言邪？……伯牙绝弦于钟期，仲尼覆醢于子路，痛知音之难遇，伤门人之莫逮。”唐杜甫《哭李常侍峄》诗：“斯人不重见，将老失知音。”陶潜（？—327）：即陶渊明，东晋著名诗人、辞赋家，淡泊名利，弃县令回乡隐居，诗酒为伴。

## 译 文

长醉以后没有妨碍，不醒的时候有什么可以想的呢。用酒糟腌渍了功名二字，用浊酒淹没了千年来的兴亡史事，用酒曲埋掉了万丈凌云壮志。不识时务的人都笑话屈原不应轻生自尽，但知己的人都说陶渊明归隐田园是正确的。

## 赏 析

此曲写醉酒所言，曲折而又含蓄地表达了作者的思想感情。

白朴的这首小令表现了不思自思、欲罢不能的那样一种格外强烈的兴亡之慨、感伤意绪。“长醉后方何碍，不醒时有甚思”，表面上好像在说：长醉不醒，将一切都弃之脑后，无欲无求，无忧无虑，似乎是大彻大悟了。然而，其中更多的是含着作者内心深深的隐痛：人生毕竟醒时多，醉时少，醉后虽然可以暂时忘却烦恼，醒时却会产生更深的忧思。李白有“但愿长醉不复醒”的诗句，辛弃疾也有“醉里且贪欢笑，要愁那得功夫”的诗句，皆与作者此时的心情相似，怀才不遇，报国无门的悲愤之情，只得寄托于酒来宣泄。两句开头语便透露出作者极其矛盾和痛苦的心理状态。

“糟腌两个功名字”以下三句采用排比句式，在形式上形成精彩的鼎足对，紧扣主题，似要用“糟腌”“醅淹”“曲埋”这三个同义词来将一切济世救民、建功立业的虹霓之志掩埋掉，更愿千古兴亡、世事沧桑也随着一醉而同归泯灭。“不达时皆笑屈原非，但知音尽说陶潜是”，这两句既是全曲的思想总结，又是点睛之笔。不能简单地认为作者在这里是嘲笑屈原之“非”，而仅仅肯定陶潜之“是”。这分明是作者一如全曲的深情口吻，是愤语，是苦语，亦可以说是反语。只有真正显达过，有过雄心壮志的人才会经历类似屈原这样的人生历程，对其产生共鸣，才会与陶潜成为知音，隐晦地表现出了作者在实现人生理想的路途上历经坎坷，终于理解了屈原和陶潜的选择，以此赞扬了屈原、陶潜的不肯同流合污。表面上看将屈原、陶潜两人分开来，一“是”一“非”，一为“知音”一为“不达”，殊不知不求显达而做隐逸君子并非作者本心本意，这种貌似旷达实含酸痛的曲语，正表现了作者思想感情上深深的矛盾和痛苦。

## 【双调】沉醉东风

渔夫

原　文

黄芦岸白蘋渡口①，绿柳堤红蓼②滩头。虽无刎颈交③，却有忘机友④，点⑤秋江白鹭沙鸥。傲杀人间万户侯⑥，不识字烟波钓叟⑦。

注　释

①黄芦：与“绿柳”等均为水边生长的植物。白蘋（pín）：一种在浅水中多年生的植物。

②红蓼（liǎo）：一种水边生的草本植物，开白色或浅红色的小花。

③刎颈交：即生死与共的朋友。《史记·廉颇蔺相如列传》：“卒相与欢，为刎颈之交。”刎：割。颈：脖子。

④忘机友：即相互不设心机、无所顾忌、毫无机巧之心的朋友。忘机：消除机巧之心。常用以指甘于淡泊，忘掉世俗，与世无争。唐李白《下终南山过斛斯山人宿置酒》诗：“我醉君复乐，陶然共忘机。”机：机巧、心机。

⑤点：点点、数。这里是形容词作动词用。

⑥傲杀：鄙视。万户侯：本意是汉代具有万户食邑的侯爵，在此泛指高官显贵。

⑦叟：老头。

译　文

金黄的芦苇铺满江岸，白色的蘋花飘荡在渡口，碧绿的杨柳耸立在江堤上，红艳的野草渲染着滩头。虽然没有生死之交，却有毫无机巧之心的朋友，数那些在秋江上自由自在的鸥鹭。鄙视那些达官贵人们的，正是那些不识字的江上钓鱼老头。

赏　析

这是一首赞美垂钓式隐居生活的精品，美不胜收。

曲子起两句“黄芦岸白蘋渡口，绿柳堤红蓼滩头”，对仗严谨工丽，写景如画，营造了一种悠然自得的环境。这两句中作者精心选取

"黄""白""绿""红"四种颜料渲染四种景物，不仅获得了色彩明艳的效果，而且展现了特定的地域和节令。"黄芦""白蘋""绿柳""红蓼"相映成趣，仿佛一幅清丽无比的秋江图，让人联想到江南水乡的大好秋光。而秋天，正是垂钓的黄金季节。让"黄芦""白蘋""绿柳""红蓼"摇曳于"岸边""渡口""堤上""滩头"，这又不仅活画出"渔夫"活动的场所，同时"渔夫"在那些场所里怎样活动，以及以一种什么样的心态在活动，读者也自然心领神会了。

"虽无刎颈交，却有忘机友"句成对偶，先退后进，形成转折。身处风景如画的环境中，渔夫到底会有怎样的朋友呢？这让人很是好奇。于是渔夫的朋友登场了：不是刎颈之交，而是忘机之友。"虽"和"却"这组关联语的运用，突出了渔夫的交友取向。为了友谊，虽刎颈也不后悔的朋友叫"刎颈交"。"渔夫"身处世外，与世无争，没有这样的朋友也可以理解。淡泊宁静，毫无机巧之心的朋友叫"忘机友"。对于"渔夫"来说，他最需要这样的朋友，那么什么样的人能成为忘机友呢？渔夫轻描淡写地点了点江上展翅自由翱翔的白鹭沙鸥，因为他们与自己志趣相投，其中寄托了渔夫向往自由生活的情怀。

结尾两句点题，点出前面写的并非退隐文人，而是"傲杀人间万户侯"的"不识字烟波钓叟"。渔夫鄙视的是人间的达官贵人，而宁愿做一个大字不识的钓鱼翁。白朴幼年经历了蒙古灭金的变故，家人失散，跟随他父亲的朋友元好问逃出汴京，受到元好问的教养。他对元朝的统治异常反感，终生不仕，却仍然找不到一片避世的净土。因此，他把自己的理想投射到"渔夫"身上，赞赏那样的"渔夫"，羡慕那样的"渔夫"，恰恰表达了他傲视权贵、不以尘世为怀的人生态度，以及对自由生活的向往。

## 【双调】庆东原

原 文

忘忧草[①]，含笑花[②]，劝君闻早冠宜挂[③]，那里也能言陆贾[④]，那里也良谋子牙[⑤]，那里也豪气张华[⑥]？千古是非心，一夕渔樵话[⑦]。

注 释

①忘忧草：即萱草。古人认为它可以忘忧。三国魏嵇康《养生论》："合欢蠲忿，萱草忘忧，愚知所共知也。"

②含笑花：一种常绿灌木，初夏开花，呈象牙黄，有香蕉味。

③冠宜挂：即“挂冠”。《后汉书·逢萌传》：“时王莽杀其子宇……（逢萌）即解冠挂东都城门，归，将家属浮海，客于辽东。”后因以“挂冠”为辞官归里的代语。

④陆贾：汉高祖刘邦的智囊之一，著有《陆贾新语》，曾说服南越尉佗归汉。《史记·郦生陆贾列传》称其：“以客从高祖定天下，名为有口辩士，居左右，常使诸侯。”

⑤子牙：姜姓，吕氏，名望，字子牙，别号“飞熊”，通称姜太公。商末为西伯侯姬昌（即周文王）所发现任用，为师尚父，辅佐文王、武王，伐灭商朝，建立西周，被封于齐，为周代齐国的始祖。兵书《六韬》相传为他所作。

⑥张华：字茂先，范阳方城（今河北固安）人。西晋文学家，著有《博物志》。曾力劝晋武帝排除众议，定灭吴之计。统一后持节都监幽州诸军事，加强了对东北地区的统治。晋惠帝时，历任侍中、中书监、司空等高级职务。后为赵王伦和孙秀所杀。

⑦渔樵话：渔人樵夫所说的闲话。宋张昇《离亭燕》词：“多少六朝兴废事，尽入渔樵闲话。”

## 译　文

看看忘忧草，想想含笑花，劝你忘却忧愁，趁早离开官场。能言善辩的陆贾哪里去了？足智多谋的姜子牙哪里去了？文韬武略的张华哪里去了？千古万代的是非曲直，都成了渔人樵夫们一夜闲话的资料。

## 赏　析

这是一首劝人远离官场，隐居生活的小令。

曲子起两句以忘忧草、含笑花起兴。忘忧草可以让人忘掉忧愁，含笑花可以让人心情愉悦，作者借以营造了一种恬静自然的氛围。其实在曲中“忘忧草”和“含笑花”更是上升到了一种境界，这种境界只有在摆脱了名利之后才能达到，非这两种花不能代表。接下来三句运用了排比句式，而且还是三组反问的句式，语气强烈，力透人心。善辩的陆贾、多谋的子牙、充满豪气的张华都曾是风云一时的人物，如今都到哪里去了？他们的辨别是非之心、经世济民之业只不过给后人添了点茶余饭后的谈资罢了，既然如此功名利禄还有什么可留恋的呢？表明当今世上，人才毫无用武之地，不如早日归隐。一系列典故的运用增加了作者劝勉友人辞官归隐的说服力，同时也将自己的人生志趣活现了出来。

## 【中吕】阳春曲①

知几②

原 文

### 其一

知荣知辱牢缄口③，谁是谁非暗点头。诗书丛里淹留④。闲袖手，贫煞也风流⑤。

### 其二

今朝有酒今朝醉，且尽樽前有限杯。回头沧海又尘飞。日月疾，白发故人稀。

### 其三

不因酒困因诗困⑥，常被吟魂恼醉魂⑦。四时风月一闲身⑧。无用人，诗酒乐天真⑨。

### 其四

张良辞汉全身计，范蠡归湖远害机。乐山乐水总相宜。君细推，今古几人知。

注 释

①中吕：十二宫调之一。阳春曲是它的曲牌。

②知几（jī）：了解事物发生变化的关键和先兆。几：隐微预兆。

③知荣：就是要懂"持盈保泰"的道理。知辱：就是要懂得"知足不辱"的道理。《老子》："知其荣，守其辱，为天下谷。"这是老子明哲保身的哲学。缄（jiān）口：把嘴巴缝起来。《说苑·敬慎》："孔子之周，观于太庙，右陛之前，有金人焉，三缄其口而铭其背曰：古

之慎言人也。”后因以“缄口”表示闭口不言。

④淹留：停留。《离骚》：“时缤纷其变易兮，又何可以淹留。”

⑤“贫煞也风流”句：即使贫穷到了极点也是荣幸的。风流：这里作荣幸、光彩讲。

⑥酒困：谓饮酒过多，为酒所困。诗困：谓搜索枯肠，终日苦吟。

⑦吟魂：指作诗的兴致和动机。也叫“诗魂”。醉魂：谓饮酒过多，以致神志不清的精神状态。

⑧四时：春、夏、秋、冬四季。一指朝、暮、昼、夜。风月：指清风明月等自然景物。宋欧阳修《玉楼春》词：“人生自是有情痴，此恨不关风与月。”

⑨天真：指没有做作和虚伪，不受礼俗影响的天性。

## 译文

### 其一

知道什么是光荣，什么是耻辱，却牢牢地闭着口，明白谁是谁非却只暗地里点头。姑且在诗书堆里停留吧，对世事悠闲地袖手旁观，即便是贫穷到了极点也是荣幸的。

### 其二

今天有酒姑且今天喝醉，暂且喝光眼前这有限的几杯。回头看看沧海已化为灰烬，而人生在世犹如一颗纷飞的尘土。日月交替急速穿梭，如今已是白发苍苍，老朋友也是寥寥无几。

### 其三

不为酒所困而为诗所困，常常因为无法吟出诗句而恼怨醉酒的困倦。赏尽四季的风光美景，一身清闲。真是个无用之人，只知道沉湎于诗歌美酒，乐享这淳朴自然的生活。

### 其四

张良辞退汉高祖的封赏是想要全身而退，范蠡泛舟五湖是为了避免遭受迫害。无论是喜爱山还是喜爱水都是因人而异。细细想来，从古至今又有几个人能领会它真正的含义。

## 赏析

白朴的《阳春曲·知几》一共有四首。题目“知几”意为应有先见之明，知变之几微。《易·系辞下》云：“子曰：‘知几其神乎？……几者，动之微，吉之先见者也。’”

第一首曲子表明了作者对世事采取袖手旁观的态度，安于贫困，认为名士自风流。起两句可以看成是作者的处世心得。“知荣知辱”出于老庄思想。作者说自己知道何者为荣，何者为辱，只是“牢缄口”，不愿说破而已。“牢缄口”“暗点头”皆反映了世事险恶、人心叵测，其中的愤懑无奈之感溢于言表。“诗书丛里淹留”是白朴人生的真实写照，无视功名利禄，安心于闲居读书。“闲袖手，贫煞也风流”两句化用苏轼、元好问等人词句，体现了作者远离尘俗是非，安于清贫的生活态度。

第二首和第三首曲子继续极力描写作者纵情诗酒的生活态度。第二首起句“今朝有酒今朝醉”完全摘用唐代罗隐的《自遣》诗句，后人常用该句比喻人得过且过、只顾眼前及时行乐而不思明日愁苦的心态。这里作者与罗隐本意相近，来描写自己的生活态度——纵情于酒。最后三句皆应了第二句中的“有限”，发出了世事多变，人生苦短，要珍惜当下、及时行乐的感慨。最后一个“稀”字将时间的残酷表现得淋漓尽致。第三首起句连用两个“困”字，将自己沉醉诗酒，自得其乐的惬意自然表露了出来。常人多用“困”字来形容陷入艰难的境地，而作者却反用其意，说自己被困于诗酒之中，可见其襟怀的与众不同。“常被吟魂恼醉魂”一句紧承上句，是困于诗酒的进一步体现。作者的生活完全沉浸在诗酒之中，可见其清闲自在。“四时风月一闲身”，作者一年到头都寄情于山水，将自己融入自然，而忘却了俗世的烦恼，无忧无虑，自由自在。这样生活的人在热衷于功名利禄的俗世之人眼中估计就是“无用人”了吧，但是作者不在意，只想尽情享受这有诗有酒的自在生活。“无用人”一词表现了作者去除世俗机巧之心的情怀，其中也暗含了作者内心的无奈。

第四首曲子旨在用张良和范蠡的典故来说明功成身退的智慧。张良是西汉开国功臣，深受汉高祖刘邦的器重，帮汉高祖打下江山后本应是享受荣华富贵的时候，他却选择了归隐山林，避免了像韩信等人的下场。范蠡是春秋时期政治家，在帮越王勾践灭吴兴国后，辞去官职泛舟五湖，避免了像文种一样“兔死狗烹”的悲惨下场。“乐山乐水总相宜”与前面张良、范蠡事相呼应，表明了作者对远离权力斗争、归隐山林的推崇。《论语》中有“知者乐水，仁者乐山”的名句，也与作者的人生态度相契合。虽然张良和范蠡功成身退的典故千古传诵，但是真正能够理解并实现的又有多少呢？这足以引起读者的深思。

## 【中吕】阳春曲

题情[①]

原　文

### 其一

轻拈斑管[②]书心事，细折银笺写恨词[③]。可怜不惯害相思，则被你个肯字儿，迤逗[4]我许多时。

## 其二

鬓云懒理松金凤[5]，胭粉慵施减玉容[6]。伤情经岁绣帏空，心绪冗，闷倚翠屏。

## 其三

慵拈粉线闲金缕[7]，懒酌琼浆[8]冷玉壶。才郎一去信音疏，长叹吁，香脸泪如珠。

## 其四

从来好事天生俭[9]，自古瓜儿苦后甜。奶娘催逼紧拘钳[10]，甚是严，越间阻越情忺[11]。

## 其五

笑将红袖遮银烛[12]，不放才郎夜看书。相偎相抱取欢娱，止不过迭应举[13]，及第[14]待何如。

## 其六

百忙里铰[15]甚鞋儿样，寂寞罗帏冷篆香[16]。向前搂定可憎娘，止不过赶嫁妆，误了又何妨。

### 注　释

①题情：曲题。

②斑管：有斑纹的竹子做成的毛笔。

③银笺：洁白的信笺。恨词：抒写离愁别恨的话。

④迤（yí）逗：勾引，挑逗。元杂剧《秋胡戏妻》："谁着你戏弄人家妻儿，迤逗人家婆娘。"

⑤鬓云：形容妇女鬓发美如乌云。金凤：凤形的首饰。

⑥玉容：对女子容貌的美称。晋陆机《拟西北有高楼》诗："玉容谁得顾，倾城在一弹。"

⑦粉线：沾有黄、白色粉的粗线，用于裁衣时打底样。金缕：指金丝。唐白居易《秦中吟·议婚》诗："红楼富家女，金缕绣罗襦。"

⑧琼浆：原指仙人的饮料，此处喻美酒。

⑨好事：指男女间的爱情。《琵琶记·几言谏父》："谁知好事多磨起风波。"俭：约束，拘检。

⑩奶娘：即亲娘。紧拘钳：紧紧地加以拘束钳制。

⑪间阻：从中阻拦。情忺（xiān）：情投意合。忺：高兴。

⑫红袖：红色的衣袖。银烛：雪亮的蜡烛。唐温庭筠《七夕》诗："银烛有光妨宿燕，画屏无睡待牵牛。"

⑬止：此处同"只"。迭应举：屡次参加科举考试。

⑭及第：科举应试后中选。

⑮铰（jiǎo）：用剪刀的两刃相夹切，用剪刀剪。

⑯罗帏：罗帐。篆（zhuàn）香：犹盘香。宋秦观《减字木兰花》词："欲见回肠，断尽金炉小篆香。"

## 译 文

其一

轻轻拈着斑纹的竹子做成的毛笔写着心里的事情，细细的信笺抒写离愁别恨的话，可怜常常害相思之苦，都是你口中说的"肯"字，让我白白等了多时。

其二

美如乌云的鬓发也懒得去梳理，头上的金凤钗也松散了，脂粉也不想施抹，渐渐衰减了容颜。长时间的独守空房让人伤情，没有心绪，只能愁闷地倚靠着翠屏。

其三

懒得去裁衣裳，针线活也闲下来了，连美酒都提不起劲头了，只能让玉壶生冷。郎君这一去音信全无，我只有长吁短叹，香脸上流泪如珠。

其四

自古以来老天爷对好事都很吝啬，瓜儿也总是先苦后甜。娘亲催逼拘管得像钳子一样紧。可越是从中阻拦，两人的感情却越深炽。

其五

笑着用红袖遮挡着白色的蜡烛，不让我的才子情郎夜里苦读书。互相依偎，互相拥抱，欢愉取乐。只不过是为了应举才如此用功，就算考上了又怎么样？

其六

百忙中你剪什么鞋样呢，我这里罗帐寂寞，连篆香都发冷了。向前搂住让人嗔怪的娇娘，只不过是为了赶做嫁妆，就是误了嫁妆又有何妨？

赏　析

这一组曲子名曰“题情”，共六首。前三首写女子的相思，后三首写男女的相会。它们是互有关联而又能独立成篇的作品。

第一首写初恋少女被情人撩起情感的风波后又遭冷淡时的复杂心情。前两句说女主人公将银白色的信笺细细折来，然后轻拈有着美丽斑纹的毛笔，打算一字字一行行地抒写自己的心事。而她的心事，用一个词概括，就是“离恨”。第三句是女主人公的自叹之词，她初尝相思滋味，无计消除，而自悯自怜。最后两句说明女主人公这般相思这般恨，原来是因为她得到心上人的亲口许肯，却依然被“迤逗”，因而女主人公爱怨交加，恼恨绵绵。

第二首和第三首曲子可以看作是第一首中“迤逗”的具体内容：懒理鬓云，慵施脂粉；慵拈粉线，懒酌琼浆；还常常要在长吁短叹声中落泪。这样就生动地勾勒出一个陷于相思的情网中人的形象。

第四首曲子表现出女主人公反抗封建礼教、追求自由美好爱情的强烈愿望，语言质直有力，颇有古代民歌小调的色彩。“从来好事天生俭，自古瓜儿苦后甜”说明任何好事都像瓜儿要先苦后甜一样，历经磨难方能成功。这后一句是元人习用俗语，常被曲家引入作品中。“奶娘催逼紧拘钳，甚是严，越间阻越情忺”，古代少女居于深闺，从小就被家长严加看管，但是人的自然天性、对美好爱情的向往与追求，却关锁不住。最后女主人公的态度表达得极为分明，口吻犀利，活现出一个大胆、热烈，敢于藐视礼教、冲破封建罗网的女子形象。

第五首写女主人公对封建科举制度的蔑视。封建社会的青年男子大多热衷于追求功名，为了应试中举，不知拆散和破坏了多少热恋的和新婚的青年男女。女主人公的大胆举动，看似轻浪，实际是对科举制度破坏爱情幸福的批评，从另一个角度表现了青年男女的共同愿望。

前6首曲子都是女子的口吻，而第六首曲子则是男子的声音，从男子角度表现这一对男女相爱的热烈程度。最后两首曲子极具生活情趣，连起来看像是两组电影镜头，有声口，有场面，有俏皮的捣乱，有情急的嗔怪，十分生动。

## 【越调】天净沙

原　文

### 春

春山暖日和风①，阑干楼阁帘栊②，杨柳秋千院中。啼莺舞燕③，小桥流水飞红④。

### 夏

云收雨过波添，楼高水冷瓜甜，绿树阴垂画檐⑤。纱厨藤簟⑥，玉人罗扇轻缣⑦。

### 秋

孤村落日残霞⑧，轻烟老树寒鸦⑨，一点飞鸿影下⑩。青山绿水，白草红叶黄花⑪。

### 冬

一声画角谯门⑫，半庭新月黄昏，雪里山前水滨⑬。竹篱茅舍，淡烟⑭衰草孤村。

注　释

①和风：多指春季的微风。

②阑干：即栏杆。唐李白《清平调》诗："解释春风无限恨，沉香亭北倚阑干。"帘栊（lóng）：窗户上的帘子。南唐李煜《捣练子令》词："无奈夜长人不寐，数声和月到帘栊。"栊：窗户。

③啼莺舞燕：即莺啼燕舞，意思是黄莺在歌唱，春燕在飞舞。

④飞红：花瓣飞舞，指落花。

⑤画檐：有画饰的屋檐。

⑥纱厨：用纱做成的帐子。簟（diàn）：竹席，苇席。

⑦缣（jiān）：细的丝绢。

⑧残霞：快消散的晚霞。宋沈与求《石壁寺山房即事》诗："画桥依约垂柳外，映带残霞一抹红。"

⑨轻烟：轻淡的烟雾。寒鸦：天寒即将归林的乌鸦。宋秦观《满庭芳》词："斜阳外，寒鸦万点，流水绕孤村。"

⑩飞鸿影下：雁影掠过。飞鸿：天空中飞行着的鸿雁。南朝鲍照《数名诗》诗："四牡曜长路，轻盖若飞鸿。"

⑪白草：本为牧草。曲中为枯萎而不凋谢的白草。唐元稹《纪怀赠李六户曹》诗："白草堂檐短，黄梅雨气蒸。"红叶：即枫叶。黄花：菊花。一作"黄华"。

⑫画角：古代军中用以昏晓报警的号角。谯门：建有望楼的城门，古代用来防盗和御敌，京城和州郡皆在城门建有望楼。

⑬水滨：靠近水的场所。

⑭淡烟：轻淡的烟雾。

## 译　文

### 春

桃红柳绿的春山，煦暖的阳光照耀，和柔的东风吹拂，楼阁上高卷起帘拢，倚栏干远望。杨柳垂条，秋千轻晃，院子里静悄悄。院外黄莺啼鸣，春燕飞舞，小桥之下流水漂满落红。

### 夏

云收雨停，雨过天晴，水面增高并增添了波澜，远处高楼显得比平时更高了，水让人感觉到比平时更凉爽了，雨后的瓜也似乎显得比平时更甜了，绿树的树荫一直遮到画檐。纱帐中的藤席上，有一个芳龄女孩，身着轻绢夏衣，手执罗扇，静静地享受着宜人的夏日时光。

### 秋

太阳渐渐西下，天边的晚霞也逐渐开始消散，只残留了几分暗淡的色彩，映照着远处安静孤寂的村庄，拖出那长长的影子。轻烟淡淡飘向空中，几只乌鸦栖息在弯曲的老树上，远处的一只大雁飞掠而下，划过天际。山清水秀，雪白的小草、火红的枫叶、金黄的花朵，在风中一齐摇曳着，颜色十分鲜艳。

### 冬

在一个冬天的黄昏，城门一声轻响，一轮新月挂在半空，覆盖着雪的山前水流缓缓。山下的茅舍有篱笆四围，这个孤村在淡烟衰草的掩映下一片和谐。

春

这支《天净沙·春》曲子，运用绘画技法，从不同空间层次描写春天的景物，具体来说，第一句的春日、春山构成了整个画面的背景，是远景；第二句是人物的立足点，是近景；第三句描写庭院中喧闹的景象，展示了一幅充满生机、春意盎然的画面，是中景。最能够体现春天特征的两个形容词是“暖”和“啼莺”，而最能表现庭院中生机的景物是舞燕和飞红。

全曲句句不离春天的特征。“春山暖日和风”，作品开篇先从远处着笔呈现了一个宏大而又温馨的背景。在这一句里，作者着意突出春天已经来到人间的特点，“山”是春意盎然的，“日”是暖意融融的，“风”是和煦温情的。这样的画面很美：明媚的春光里，春山润泽，春日融融，春风和煦，让人感到怡然与舒畅。

“阑干楼阁帘栊”和“杨柳秋千院中”两句是近写，词人从远处的“春山”转为写近处的“楼阁”与“院中”的景物。在这明媚的春光里的“阑干楼阁帘栊”也与别的季节截然不同，无不映照着“春山”的新绿，沐浴着“暖日”明媚，披拂着“和风”的温情。站在楼阁上，站在窗子前，凭栏而立欣赏春光，是一件惬意的事。“杨柳秋千院中”一句，幽静雅致的小院，那小院里有傲然的白杨，有婀娜的垂柳，特别是那树下的秋千悠然地荡来荡去，仿佛还有妙龄少女们的欢声笑语传将出来，充满了诗情画意。“啼莺舞燕，小桥流水飞红”，这结尾两句，词人的目光又从庭院里转移到晴空中，转移到旷野上，渲染了一个令人陶醉的氛围。春树枝头，黄莺在悠扬地歌唱；晴空之中，燕子在悠闲地飞舞；旷野之间，潺潺流淌的小溪在小桥下淙淙作响，落英在微微的春风中静悄悄地飘落。至此，作品的意境更显得和谐，更显得意趣盎然了。这首以“春”为题的小令像一幅山水画，寥寥几笔，清丽隽永，“不涉理路，不落言荃”，作者根据自己的仔细观察、体验，写出新的意境、新的格调。

夏

作者选取了一个别致的角度：用写生手法，勾画出一幅宁静的夏日风景图。前三句是第一个层次：云收雨霁，流水波添，楼也显得比平时高，水散发着凉爽的气息，雨后的瓜似乎也显得比平时甜了，绿树的树荫一直垂到画檐。后两句是第二个层次，画面上出现了人物：纱帐中的藤席上，一个身着轻绢夏衣，手执罗扇的芳龄女孩，静静地享受着宜人的时光。整首小令中没有人们熟悉的夏天燥热、喧闹的特征，却描绘了一个静谧、清爽的情景，使人油然产生神清气爽的感觉。这一特殊境界的创造，得力于作者艺术上的功力。它的特征首先是洗净铅华，全用白描，简洁、清晰得如同线体画。小令中写到的纱帐、藤簟、罗扇、绢衣，都是一个闺阁女子香艳、富于色彩的物件，然而，作者却有意识地忽略色彩上的涂染，似乎这些东西都是素净的，不着颜色的。其次，作者特意选择雨后的片段，将夏日躁动的特征，化为静态：云收雨霁，已无雷声和雨点；水中添波，却未见急湍流动；绿荫低垂，并无微风掠过；罗扇在“玉人”手中，似乎也不必摇动；那“玉人”就更给人一种静态的清爽感觉。这正是这首小令的基调。与《天净沙·春》一样，这首小令也可以看作是从楼上女子的角度来描写的。不过，在《天净沙·春》中，作者着重突出的是作品中“人物”的视觉和听觉，而这首曲子突出的是一种情绪体验，“楼高水冷瓜甜”，正是这一具体情景下的独特感受，一种清爽、恬静、悠闲的感受。

秋

此曲题目虽为“秋”，并且写尽秋意，却找不着一个“秋”字。此曲开篇先绘出了一幅秋日黄昏图，营造出一种宁静、寂寥的氛围，再以名词并列组合的形式，选取典型的秋天景物，由远及近，描绘出一幅色彩绚丽的秋景图。秋景也由先前的萧瑟、寂寥变为明朗、清丽了。

这首小令，只有5句28个字，篇幅虽短，却以神来之笔描绘出了一幅绝妙的秋景图。前三句着力渲染出一派深秋凄凉之景：黄昏时，如血的残霞映照着一座孤零零的小村庄，夕阳下淡淡的炊烟袅袅，几只归巢的寒鸦静静地站立在老树枝头，忽然，一只哀鸣的孤鸿，在天边晚霞影里远远地飞翔；而后两句，作者却将笔锋一转，写到青山静静，绿水悠悠，白草绵绵，红叶片片，黄花朵朵。在暮色中，这些明丽的色彩，为这肃杀的气氛平添了许多生机活力，一扫前人一悲到底的俗套。白朴写秋景选词精练，其词并不是单纯地突出秋的悲凉。前二句的“孤村落日残霞，轻烟老树寒鸦”，共用了6个图景：“孤村”“落日”“残霞”“轻烟”“老树”“寒鸦”，而其中任何一个图景，都代表着秋景的萧瑟气氛。为了使这种萧瑟气氛活泼起来，作者接下来选用了“一点飞鸿影下”作为上半段的结语。如此一来，原本萧瑟的画面转成了活跃，寂寞的秋景仿佛也展现了另一种鲜活的生气。最后为了加强作者心目中秋景是美丽而有韵味的形象，因此再以“青山绿水，白草红叶黄花”作为曲文的结束语。这两句用了“青”“绿”“白”“红”“黄”五种颜色，而且“白草红叶黄花”这三种颜色，是交杂在“青山绿水”二种颜色之中；“青山绿水”是广大的图景，“白草红叶黄花”是细微的图景，如此交杂相错，于是原本寂寞萧瑟的秋景，突然变得五颜六色而多彩多姿。如果联系白朴不愿在元朝做官的态度，读者就不难理解同样的秋景会有如此巨大反差的原因。画面中的“一点飞鸿”，与李白的《送裴十八图南归嵩山》诗“举手指飞鸿，此情难具论。同归无早晚，颍水有清源”中的“飞鸿”有着异曲同工之妙，都暗喻作者本人。白朴不愿在朝廷中谋职，却希望自己像一只展翅高飞的鸿雁，飞离那种萧瑟、冷清、没有生气的地方，寻找到自己感到满意、有生机的乐土，从而让自己的人生得到美好的转折。因此“影下”的这片“青山绿水，白草红叶黄花”之地，读者可以理解为是作者的归隐之地，是作者的心中之景。情调开朗平和，没有一点消极之感，表现了作者对隐居生活的热爱之情。在这支曲子中，作者非常巧妙地、不露痕迹地把“心中之景”与当时真实的环境放在一起，产生了强烈的对比效果，含蓄地流露出自己的爱恨之情。

冬

这首曲子选择一个黄昏的城郊作为描绘冬景的具体环境。开篇首句，就把读者带进了一个气氛苍凉的环境之中：在暮色中显出轮廓的谯门，萦绕在谯门内外悠远而哀婉的角声，这是画面的一侧。接着作者将视线转向四方：随着夜幕的降临，新月冉冉升起，月光斜照着半个庭院；山坡上覆盖着白雪，山前溪流蜿蜒。水边有着竹篱茅舍的孤村，升起几缕轻烟，在衰草暮霭中弥漫着、扩散着。冷月、黄昏、雪山、水滨，已是清寒凛冽；淡烟、衰草、茅舍、孤村，又显寂寥冷落，更有谯门一声寒角，平添一分悲凉，虽然画角声打破了这冬季黄昏的寂静，却又于凄清中平添了一种肃杀森严的气氛，空气中弥漫的是孤寂和无助的忧伤。它与《天净沙·秋》的写法相近。其一，两首曲子都是字字写景，全未直接抒发作者的情感。作品所要表现的情绪意蕴，是在对景物的描述中折射出来的。其二，两首曲子也都是通过一组自然景物的意象组合，来构成一幅富有特征的画面。另外，这支曲子所表现的情感，也不是一时一地有特定具体内容的情感，它所传达的是一种情调，一种意绪，一种内心状态。从时序上说，《天净沙·秋》写了落日残霞，而这首曲子写的是落日隐没山后，新月已经现于天际。从“秋”到“冬”，从“情”到“景”，都是从寥落、凄清进一步发展为悲凉和无望的孤寂。人们或许可以把《天净沙》四首不仅理解为对季节更替的描绘，而是进一步理解为对情感和人生体验，从欢快而明净到寥落、孤寂之间的发展。这样，这4支曲子所构成的便是内部情感联系的整体了。

## 【双调】驻马听

原　文

吹

裂石穿云[1]，玉管宜横清更洁[2]。霜天[3]沙漠，鹧鸪风里欲偏斜。凤凰台[4]上暮云遮，梅花惊作黄昏雪。人静也，一声吹落江楼月[5]。

舞

凤髻蟠空[6]，袅娜[7]腰肢温更柔。轻移莲步[8]，汉宫飞燕[9]

旧风流。谩催鼍鼓品梁州[10]，鹧鸪飞起春罗袖[11]。锦缠头[12]，刘郎错认风前柳[13]。

## 注释

①裂石穿云：形容笛声高亢嘹亮。《太平广记·李谟》中记载，独孤生笛子技艺高妙，“声发入云”。

②玉管：笛的美称。汉刘歆《西京杂记》：“玉管，长二尺三寸，二十六孔。”横：横吹。清更洁：形容格调清雅纯正。

③霜天：下霜的秋天，能映衬音乐的苍凉。

④凤凰台：故址在今南京西南角，六朝宋时所建。相传建前该处有凤凰飞集，故称。

⑤一声吹落江楼月：在江楼上吹笛，似乎吹拂到了月亮。唐刘禹锡《武昌老人说笛歌》诗：“曾将黄鹤楼上吹，一声占尽秋江月。”

⑥凤髻蟠空：发髻高耸，如龙、凤形状。

⑦袅娜：形容女子体态轻盈柔美。

⑧莲步：女子的脚步。《南史·齐纪下·废帝东昏侯》记载，齐废帝萧宝卷宠爱潘妃，令人将黄金做成莲花形状，贴在地上，潘妃在上面行走，称为“步步生莲花”。

⑨汉宫飞燕：西汉成帝的皇后赵飞燕体态轻盈，擅长歌舞。《汉书·外戚传下·孝成赵皇后》：“孝成赵皇后，本长安宫人……学歌舞，号曰飞燕。”

⑩谩：通“漫”，随意、随便。鼍（tuó）鼓：用鼍皮蒙的鼓。《诗经·大雅·灵台》：“鼍鼓逢逢，矇瞍奏公。”鼍：即扬子鳄。梁州：唐代教坊曲名。

⑪鹧鸪飞起春罗袖：衣服上绣着鹧鸪纹样，舞袖翩飞时好像鹧鸪也在飞舞。

⑫锦缠头：歌舞伎表演时，客人赏赐锦缎，缠放在歌舞伎头上，后泛指对歌舞伎赠送的财物。也称“缠头”。唐杜甫《即事》诗：“笑时花近眼，舞罢锦缠头。”

⑬刘郎错认风前柳：舞女们锦绣缠头，舞姿袅娜，像柳枝在风中摆动，刘郎看得眼花缭乱，分不清楚谁是自己的心上人。刘郎：刘晨，此处指情郎。据南朝刘义庆《幽明录》载，汉明帝永平五年，会稽郡剡县刘晨、阮肇共入天台山采药，遇两丽质仙女，被邀至家中，并招为婿。半年后，两人离开仙境，回到人间，才发现亲友均已故去，能寻访到的是他们的七世孙。

## 译文

吹

笛声像裂石穿云一样高亢，笛子横吹，音调就更雅正了。就像下了霜的天气里的大漠，连鹧鸪也想要飞舞了。凤凰台上黑云遮盖，梅花竟被惊动，化为黄昏的雪花。人声都没了，笛子的声音把江楼上的月亮都吹落了。

舞

凤凰形发髻盘成空花，袅娜腰肢温润轻柔。转移变换莲步，像汉宫赵飞燕那般美艳风流。鼍鼓疾响演奏《梁州》舞曲，随舞曲翻飞绣着鹧鸪的春罗衣袖。送上锦缎缠头，情郎哥错认成风前的春柳。

赏 析

吹

这首小令起句别致，先以比喻描绘其声，再言其声缘于何物，作品基调奇特、浓烈。以“霜天沙漠，鹧鸪风里欲偏斜”比喻乐声的意境及其使闻者动情的魅力。“一声吹落江楼月”，以夸张手法引出想象的世界，曲终而意韵不绝。“梅花惊作黄昏雪”，满树梅花竟然闻笛声而惊落，飘飘洒洒如黄昏时的雪花。笛声使梅花有了人的情感，形象地显现了乐声的艺术魅力。

这首小令，通过对笛声的描绘表现了吹笛人的高超演技。作者运用通感的手法，借助想象和比喻，立体地再现了悠扬清雅的笛曲。这笛声可听——“裂石穿云”“清更洁”；这笛声可见——从苍凉、悠远、凄清的笛声中，读者似乎看到了“霜天”的凄清，“沙漠”的旷远，“鹧鸪”的低回翻飞；这笛声可感——笛声具有“感天地，泣鬼神”的艺术魅力，使得因为美妙的笛曲遏止的行云把凤凰台都遮住，满树梅花感动得纷纷飘落，化作黄昏的片片飞雪，感到“暗香浮动”送来的阵阵幽香。全曲虽然很短，却包蕴丰富，层次分明而衔接浑成。一、二句写笛声突兀而起，将“裂石穿云”这一异常鲜明而突出的形象比喻突如其来地布陈于读者的面前，“苦调凄金石”的音响效果和“石破天惊逗秋雨”的形象效果充分调动了读者的听觉和视觉；中间四句写笛曲吹奏，作者用了“霜天”“沙漠”“鹧鸪”“暮云”“梅花”等视觉形象，让读者通过联想感受笛曲的苍凉、旷远、凄清的意境以及摄魂夺魄的艺术魅力；以凤凰台上箫史、弄玉的历史典故暗示吹奏者具有仙人一般非同凡响的高超技艺；结尾两句写曲终，以极度夸张的“落月”效果收束全篇。在万籁俱寂之中，悠悠笛曲竟将挂在楼头的江月悄悄吹落。月落无声，映衬出笛声的魅力无穷，仿佛世界万物都深深地沉浸于乐声的感动之中。神思绵缈，意境悠远，余音绕梁，完成了对笛声艺术魅力的刻画和渲染。

舞

全曲紧扣着舞姿来写。“凤髻蟠空，袅娜腰肢温更柔”，从发式和形体两者点染舞者的精致装饰和天生丽质。“轻移莲步，汉宫飞燕旧风流。谩催鼍鼓品梁州，鹧鸪飞起春罗袖”四句描写舞者的具体形象。作者抓住舞的基本特征，用轻衫飘舞、莲步轻移、罗袖翻飞的动态形象，和汉宫赵飞燕“旧风流”的恰当联想，以及突出鼍鼓频催、《梁州》大曲伴唱的舞乐特点，简练、准确而又生动地描绘了舞姿的优美和场面气氛的热烈。“锦缠头，刘郎错认风前柳”用作为观众代表的“刘郎”眼光，用他“错认风前柳”的幻觉形象，渲染、强调了舞者留给观众的难忘印象。

这首小令写法极其夸张，强调了舞蹈艺术的感染力量，使人有如见如闻之感，其用语之典雅、清丽也增强了艺术感染力。

## 姚燧

姚燧（1238—1313），字端甫，号“牧庵”，河南洛阳人。元朝文学家。官翰林学士承旨、集贤大学士。能文，与虞集并称。所作碑志甚多，大多为歌颂应酬之作。原有集，已散失，清人辑有《牧庵集》。姚燧所作散曲今存小令29首，套曲1首。元代周德清的《中原音韵》曾把他的《普天乐·别友》作为“定格”之例，他在这方面的成就和影响由此可见一斑。姚燧散曲内容主要写男女风情，风格以风流蕴藉为主，反映了他风流洒脱的个性。

### 【中吕】满庭芳

**原　文**

天风海涛[①]，昔人曾此[②]，酒圣诗豪[③]。我到此闲登眺，日远天高[④]。山接水茫茫渺渺[⑤]，水连天隐隐迢迢[⑥]。供吟笑，功名事了，不待老僧招。

**注　释**

①天风海涛：天上吹来的长风浩荡，大海上波涛汹涌，是登高所感所见，象征豪迈的情怀。唐李商隐《柳枝诗序》：“天海风涛之曲，幽忆怨断之音。”

②昔人曾此：昔人曾在这里。

③酒圣诗豪：酷爱诗酒的人，此处指饮酒赋诗。宋辛弃疾《念奴娇·双陆和坐客韵》：“少年握槊，气凭陵酒圣诗豪余事。”酒圣：酒

中的圣贤。此指刘伶，字伯伦，“竹林七贤”之一。性嗜酒，曾作《酒德颂》，对封建礼教采取蔑视的态度。诗豪：诗中的英豪。《新唐书·刘禹锡传》：“（刘禹锡）素善诗，晚节尤精。与白居易酬复颇多，居易以诗自名者，尝推为诗豪。”

④日远天高：双关语，既是写登临所见，又是写仕途难通。

⑤茫茫渺渺：形容山水相连，辽阔无边的样子。

⑥隐隐迢迢：形容水天相接，看不清晰、望不到边的样子。唐杜牧《寄扬州韩绰判官》诗：“青山隐隐水迢迢，秋尽江南草未凋。”

## 译　文

漫天风起，卷起海浪般的波涛，昔人曾在这里饮酒赋诗志壮情豪。我到这里悠闲地登临眺望，眼前是长空寥廓，日远天高。山接着水，苍茫浩渺，水连着天，遥远朦胧。这些山水胜景只能供我赋诗吟啸，功名利禄的事情已了，快去归隐，何待老僧来招。

## 赏　析

姚燧所作《满庭芳》共二首，此为其一。元成宗大德五年（1301），年愈花甲的姚燧出任江东廉访使，先后在江南各地为官达七八年之久，此曲很可能作于这一时期。此曲属抒怀之作，借描写登高所见绮丽的江南风光表现了对归隐生活的向往。

前七句写登高所见之壮美景色。曲子首句起得就气势非凡，为整首曲子奠定了一个豪迈苍茫的基调。作者所登临的地方并非一般，而是曾经“酒圣诗豪”共聚玩乐之地。这里“天风海涛”，在狂风巨浪前饮酒赋诗，豪气冲天，展现了“酒圣诗豪”非凡超脱的胸襟和狂放不羁的个性。如今作者也跟随前人的脚步前来登临，所处的情形和所怀的心情或许也与前人有共鸣之处。一个“闲”字描写出了作者现在的处境和状态。作者在花甲之年被外放，所任的又是闲职，心中自然有不快，故而想借登高来排遣。作者登上高处极目远眺，只见“日远天高”，山接水，水连天，天地一片苍茫，身处这样的环境中，作者的心胸也一下子变得开阔起来，心中的烦恼似乎也消解了不少。想想现在的处境，恐怕余生也只能与这山水美景相伴了，既然如此，那不如顺其自然快快归隐吧，又何必等到彻底看破红尘呢。其中既包含了作者官场失意的一种无奈，也表现了作者对归隐生活的向往之情。

## 【中吕】醉高歌

### 感怀

原 文

十年燕①月歌声，几点吴霜鬓影②。西风吹起鲈鱼兴③，已在桑榆晚景④。

注 释

①燕：燕地，指大都。代指北方。

②吴：吴地，代指南方。霜：指白发。

③西风吹起鲈鱼兴：指思念故乡的情感。据《世说新语·识鉴》："张季鹰辟齐王东曹掾，在洛见秋风起，因思吴中菰菜羹、鲈鱼脍，曰：'人生贵得适意尔，何能羁宦数千里以要名爵！'遂命驾便归。俄而齐王败，时人皆谓见机。"后来被传为佳话，"莼鲈之思"也就成了思念故乡的代名词。

④桑榆晚景：比喻人的晚年。三国魏曹植《赠白马王彪》诗："年在桑榆间，影响不能追。"

译 文

京城十年在赏月听歌中度过，来到吴地，两鬓染霜。西风吹起鲈鱼兴致，而人已经到了晚年。

赏 析

姚燧是元代著名的儒臣，他从秦王府文学做起，先后担任大司农丞、翰林学士、江东廉访使、江西行省参政等职。此曲也是写于其出任江东廉访使期间，当时他已在大都（今北京）做了十多年官，年事已高，本应是安享晚年之时，却被外放任官，心中自然有诸多不快。

曲子起两句今昔对比，"十年燕月歌声"是他对大都生活的一个总结，"几点吴霜鬓影"是对现实状况的概括。以"燕月歌声"对"吴霜鬓影"，将往昔的繁华生活与如今的两鬓斑白作对比，既表现出了对美好过去的感怀，又表现了对未来的担忧。"西风吹起鲈鱼兴"一句借用了"莼鲈之思"的典故，表达了对往昔生活的怀恋。"已在桑榆晚景"则表达了作者对自己年事已高的自叹自怜。没想到在自己年近花甲的时候还要离开自己生活了十数年的大都远赴江南任职，心中的感叹与不快可想而知。

# 【中吕】普天乐

原　文

浙江[1]秋，吴山[2]夜。愁随潮去，恨与山叠。寒雁[3]来，芙蓉谢。冷雨青灯[4]读书舍，怕离别又早离别。今宵醉也，明朝去也，宁奈些些[5]。

注　释

①浙江：即钱塘江。为兰溪与新安江在建德汇合后经杭州入海的一段。因为通海，秋天多潮，以壮观著称。

②吴山：山名，也叫胥山，在今浙江杭州钱塘江北岸。

③寒雁：秋分后从塞北飞到南方来过冬的大雁。

④青灯：即油灯。因发光微青，故名。

⑤宁奈：忍耐。些些：即一些儿。后一个“些”字读sā，句末语气助词。

译　文

钱塘江边，吴山脚下，正值清秋之夜。离愁随江奔涌去，别恨似吴山重重叠叠。北雁南来，荷花凋谢。清冷的秋雨，灯盏的青光，更增添了书斋的凄凉、寂寞，怕离别却又这么早就离别。今晚且图一醉，既然明朝终将离去，还是忍耐一些。

赏　析

姚燧这首小令，是一首离别之作。周德清将它选入《中原音韵·正语作词起例》，题作“别友”。可见，当时就已脍炙人口。

通过曲中所描写的内容，这首曲子应该也是作于姚燧出任江东廉访使期间。当时作者阔别生活了十几年的大都前往江南任职，人生地不熟，在那里本来就没什么朋友。因此，与难得的好友相别更是显得悲愁不已。

此曲大半篇幅极写愁恨，雅致精丽。曲子开头两句写了送别的时令和地点。古诗词中所叙离别多在秋天日暮时分，此曲也不例外。送别的时间是秋天傍晚，送别的地点是钱塘江边的吴山脚下。接两句承接首句中的“浙江”与“吴山”，分别以“愁”“恨”领起，写愁似潮水般连绵不绝，恨似重山般绵延不尽。“寒雁来，芙蓉谢”，通过对秋天特有景象的描写，进一步衬托了时令。“寒”与“谢”则营造出了一种凄凉衰败的氛围，为送别奠定了一个凄清的基调。“冷雨青灯读书舍”细化了送别的地方是吴山脚下的一间“书舍”，“冷雨青灯”更增添了环境的凄冷和寂寞。那么作者到底是为何而愁，因何而恨呢？接下来一句给出了答案：怕离别又早离别。原来是要与朋友离别了，而且这次离别要比预料中早一些，心中的不舍与难过不言而喻。句中连用两个“离别”，将此时作者与友人心中的情感更为强烈地表露了出来。最后三句忽然笔锋一转，以旷达语收束，正显出旷达放逸之本色。

## 【越调】凭栏人

### 寄征衣

**原 文**

欲寄君衣[1]君不还，不寄君衣君又寒。寄与不寄间，妾身[2]千万难。

**注 释**

①君衣：远行在外者冬天御寒的衣服。
②妾身：古代妇女的自称。

**译 文**

想给你寄冬衣，怕你不想把家还；不给你寄冬衣，又怕你过冬挨冻受寒。是寄还是不寄，让我千难万难。

**赏 析**

这首曲子，短小精悍，构思巧妙，通过对妻子要不要给丈夫寄征衣的矛盾心理的描写，表达了妻子对丈夫的思念之情。

整首曲子情感表露直白，语言通俗易懂，题为《寄征衣》，通篇也只在寄与不寄上做文章。征衣做就，寄给远人，是顺理成章的，这位征人的妻子偏会想到丈夫得了寒衣就不会想着回家了：这一笔构思新巧，颇出人意外。“君不还”是寄征衣的后果，其中似有娇嗔之意，表现出了妻子对丈夫深深的思恋；“君又寒”是不寄征衣的后果，表现出了妻子对丈夫的牵挂与担心。三、四句写女子在寄与不寄间反复权衡，进退两难。“千万难”表现出了妻子选择的纠结，这也渐渐揪起了读者的心，让读者也跟着女主人公犯起愁来，掩卷回思，觉韵味无穷。

曲子到最后也没有明确女主人公有没有寄征衣，可其实，答案是很明白的。女主人公制作冬衣，目的就是为了让远方的丈夫得以御寒，显然征人的“不还”与寒衣的有无无关。征人掌握不了自己的命运，无论

“寄与不寄”，女主人公实际上都面临着“君不还”的残酷结局。女子也明知这一点，故意在寄衣上生出波澜，是为了表现自己长期独守空房的一种怨恨。当然这种怨恨是基于团圆的愿望，本身仍意味着对丈夫的无限深情。这种又恨又爱的特殊情感在内心的交织使得这支小曲情味更加动人。

## 【双调】寿阳曲

### 咏李白

**原　文**

贵妃亲擎砚[1]，力士与脱靴[2]，御调羹就飧[3]不谢。醉模糊将吓蛮书便写，写着甚“杨柳岸晓风残月”。

**注　释**

①贵妃：即唐玄宗宠妃杨玉环。擎：托，举。

②力士与脱靴：唐李肇《唐国史补·卷上·李白脱靴事》：“李白在翰林多沉饮，玄宗令撰乐词，醉不可待，以水沃之，白稍能动，索笔一挥十数章，文不加点。后对御引足令高力士脱靴，上命小阉排出之。”后“力士脱靴”用来形容文人任性饮酒，不畏权贵，不受拘束。力士：指高力士。唐代著名宦官，幼年入宫，由高延福收为养子，遂改名高力士，受到武则天的赏识。唐玄宗统治期间，其地位达到顶点。由于曾助玄宗平定韦皇后和太平公主之乱，故深得玄宗宠信，累官至骠骑大将军、开府仪同三司，封齐国公。一生忠心耿耿，与唐玄宗不离不弃，被誉为“千古贤宦第一人”。

③飧（sūn）：即晚饭。

**译　文**

杨贵妃亲自为他捧着砚台，高力士为他脱靴子，唐玄宗亲自给他调制羹汤当晚餐他也不道谢。喝醉了就提笔作书，明明写的是风月旖旎的内容，却被番使惊为示威的天书。

**赏　析**

天宝元年（742），李白由友人吴筠、贺知章等人推荐，受到唐玄宗的赏识，招入长安，任供奉翰林之职。在此期间，唐玄宗度曲，命他填制新词。后因醉侮玄宗宠信的宦官高力士，得罪深受玄宗宠爱的杨贵妃，被赐金放还，离开长安，随后便漫游江湖。此曲正是描述了李白在长安任供奉翰林期间具有代表性的生活片段。

这首曲子的前三句截取了李白在皇帝身边任职的基本状态，表现了李白蔑视权贵、狂傲不羁的性格。李白曾自称“龙巾拭吐，御手调羹，力士脱靴，贵妃捧砚”。“调羹”“脱靴”事在关于李白的碑传中也有迹可寻，“捧砚”则传说较晚。集万千宠爱于一身的杨贵妃为他捧砚，皇帝宠信的宦官给他脱靴，唐玄宗亲自调制羹汤给他喝，真可谓是荣耀到了极点，这岂是一般文人能够比的。然而，之后笔锋一转，言出意外，李白并没有将这些荣宠放在眼里，而是将其视为理所当然，依旧我行我素，可见他性格是何等地狂放不羁。

曲子后两句赞颂李白非凡的才华和气质。奉皇帝的命令挥毫作书，一般人肯定是受宠若惊，时刻保持警醒，小心谨慎，既怕做不好而受到责罚，又想借这机会好好表现一番，以求飞黄腾达。李白却毫不在意，竟然在作书前喝得酩酊大醉，在醉酒的状态下写书，写的还是关乎国家外交的书信，上面还写着无关外交的风月旖旎的内容。这样描写一方面赞赏了李白才华的出众，文采斐然，即便是醉酒的状态下也能写出惊人的文章；一方面也表现出了李白随性而为毫不做作的气质。末句尤奇：明明写的是风月旖旎的内容，却被番使惊为示威的天书，并为之折服。这里透视出的是被文化落后的征服者所统治的民族，以文化上的优越感来找回自尊的潜在心理。

## 【正宫】黑漆弩

### 吴子寿席上赋

**原　文**

丁亥[①]中秋遐观堂对月，客有歌《黑漆弩[②]》者。余嫌其与月不相涉，故改赋，呈雪崖使君[③]。

青冥风露乘鸾女[④]，似怪我白发如许。问姮娥[⑤]不嫁空留，好在朱颜千古。笑停云老子[⑥]人豪，过信少陵诗语[⑦]。更何消斫桂婆娑，早已有吴刚挥斧[⑧]。

**注　释**

①丁亥：元世祖至元二十四年（1287）。

②黑漆弩：曲牌名，由同名词牌入正宫乐调而成，又名《鹦鹉曲》。

③使君：对州县长官的尊称。

④青冥：天空。乘鸾女：月宫的仙女。《异闻录》载唐玄宗与申天师游月中，见素衣仙娥十余人，“乘白鸾，笑舞于广庭大桂树下”。

⑤姮娥：即嫦娥。唐李商隐《嫦娥》诗：“云母屏风烛影深，长河渐落晓星沉。嫦娥应悔偷灵药，碧海青天夜夜心。”

⑥停云老子：南宋大词人辛弃疾于铅山居所筑停云堂，自称“停云老”。停云之名，用陶渊明《停云》诗意。

⑦过信少陵诗语：宋辛弃疾《太常引·建康中秋夜为吕叔潜赋》词：“斫去桂婆娑，人道是清光更多。”语本唐杜甫《一百五日夜对月》诗：“斫却月中桂，清光应更多。”所以说他“过信少陵诗语”。少陵：杜甫自号“少陵野老”。

⑧吴刚挥斧：据《酉阳杂俎》载，汉西河人吴刚学仙犯过，遭罚砍斫月中桂树。

## 译文

乘着白鸾的仙女随风露自浩荡的青天降落，见到我似乎感到奇怪，为什么我的头上会有这么多的白发。我问他们，嫦娥独居月殿不嫁，为什么如此空留？她们说，好就好在美丽的容貌千年不变。可笑辛稼轩虽然豪迈，却过于相信杜甫“斫却月中桂，清光应更多”的诗句。其实何须费力去砍伐婆娑的桂树，那月中有吴刚，早就挥着斧子，向桂树砍了无数遍。

## 赏析

这首曲子是作者在中秋之夜朋友的寿宴上所作。因为宴席上有人吟唱了一首《黑漆弩》词，作者认为这首词与中秋月夜的情景不符，就另赋了一首。曲子极富想象力，语言诙谐幽默，真率中透着洒脱。

曲子一开始，作者就虚构了自己与神话中的人物对话的场景。首句写月中仙女的出场，暗合中秋佳节。“青冥风露乘鸾女”这整句脱化于北宋王安石的《题画扇》诗：“玉斧修成宝月团，月中仍有女乘鸾。青冥风露非人世，鬓乱钗斜特地寒。”仙女自出场便带着一股仙气。接下来三句，是仙女与作者似老友相见时的闲话家常。“白发如许”是作者的现实状况，作者借仙女以嗔怪之语说出，更显出一种深深的无奈和悲凉。因为天上的仙女长生不老，青春永驻，哪里能感受到凡人衰老的痛苦。这里“白发如许”与“朱颜千古”形成了对比，表现出了作者对仙女青春常驻的艳羡。他对月中仙女不再作更多的渲染，直接将她们视作自己一见如故的朋友，表现出了神游月间的豪兴。这两层转折之间都省略了连接词，造成了突兀奇崛的效果；当然更重要的是借此表现出了月亮的两大特征，即美丽与永恒。年年月照人，人已白发生，不由得不让人感叹。

接下来几句以一个“笑”字领起，表现了作者的乐观洒脱。之后把辛弃疾同杜甫这两位大文豪拈了出来，因为他们都爱月、赞月，并在咏月的作品中有过渊源关系。杜甫在诗中写过“斫却月中桂，清光应更多”，辛弃疾移入词中，云“斫去桂婆娑，人道是清光更多”。杜甫和辛弃疾都是忧国忧民、心怀远大抱负的大诗人和大词人，其诗词中也包含了忧国之患、为国除奸之意。姚燧化用他们两位的诗词名句，暗含了自己心中也有些相同抱负，只是作者心怀更加洒脱，并没有因为抱负不能施展而产生忧愤之情。“更何消斫桂婆娑，早已有吴刚挥斧”，该句褪去了杜诗辛词中的忧愤色彩，反而传递出了乐观洒脱的讯息。

这一段曲曲折折，旨意却是明明白白，即是在赞美夜月的皎洁明亮。



## 马致远

马致远（1250？—1324？），字千里，号“东篱”，元大都（今北京）人，原籍河北省东光县，元代著名戏曲家。与关汉卿、郑光祖、白朴并称“元曲四大家”。青年时期仕途坎坷，中年中进士，曾任浙江省官吏，后在大都（今北京）任工部主事。马致远晚年不满时政，隐居田园，以衔杯击缶自娱，死后葬于祖茔。因《天净沙·秋思》而被称为秋思之祖。所作杂剧今知有15种，《汉宫秋》是其代表作；散曲120多首，有辑本《东篱乐府》。贾仲明《凌波仙·吊马致远》称赞他：“万花丛里马神仙，百世集中说致远，四方海内皆谈羡。战文场，曲状元。姓名香贯满梨园。《汉宫秋》《青衫泪》《戚夫人》《孟浩然》，共庾白关老齐肩。”



### 【越调】天净沙[①]

秋思

**原　文**

枯藤老树昏鸦[②]，小桥流水人家[③]，古道西风瘦马[④]。夕阳西下，断肠人在天涯[⑤]。

**注　释**

①天净沙：曲牌名。
②枯藤：枯萎的枝蔓。昏鸦：黄昏时的乌鸦。昏：傍晚。

③人家：农家。此句写出了诗人对温馨的家庭的渴望。

④古道：古老荒凉的道路。西风：寒冷、萧瑟的秋风。瘦马：瘦骨如柴的马。

⑤断肠人：形容伤心悲痛到极点的人，此处指漂泊天涯、极度忧伤的旅人。天涯：远离家乡的地方。

## 译 文

枯藤缠绕着老树，树枝上栖息着黄昏时归巢的乌鸦。小桥下，流水潺潺，旁边有几户人家。在古老荒凉的道路上，秋风萧瑟，一匹疲惫的瘦马驮着我前行。夕阳向西缓缓落下，极度忧伤的旅人还漂泊在天涯。

## 赏 析

马致远的小令名作《天净沙·秋思》被称为“秋思之祖”。作品内容本身，简简单单，普普通通，叙述羁旅漂泊人，时逢黄昏，心兴有感。感而发，发而思，思而悲，悲而泣，泣而痛。望秋野之悲凉气氛，“枯藤老树昏鸦”，荒凉凋谢的蒿草，孤枯败落的藤枝，蔓缠在饱经沧桑的老树上，时不交运的“昏鸦”，“呱呱呱”，声声催人心魄，把秋日黄昏的氛围一下子卷入落魄流浪人的心里。

这是马致远著名的小曲，28个字勾画出一幅羁旅荒郊图。这支曲以断肠人触景生情组成。从标题上看出作者抒情的动机。

头两句“枯藤老树昏鸦，小桥流水人家”，就给人造成一种冷落暗淡的气氛，又显示出一种清新幽静的境界，这里的枯藤、老树给人以凄凉的感觉，一个“昏”字，点出时间已是傍晚；小桥流水人家让人感到幽雅闲致。12个字画出一幅深秋僻静的村野图景。“古道西风瘦马”，诗人描绘了一幅秋风萧瑟苍凉凄苦的意境，为僻静的村野图又增加了一层荒凉感。

夕阳西下使这昏暗的画面有了几丝惨淡的光线，更加深了悲凉的气氛。诗人把10种平淡无奇的客观景物，巧妙地连缀起来，通过“枯”“老”“昏”“古”“西”“瘦”6个字，将诗人的无限愁思自然地寓于图景中。最后一句“断肠人在天涯”是点睛之笔，这时在深秋村野图的画面上，出现了一位漂泊天涯的游子，在残阳夕照的荒凉古道上，牵着一匹瘦马，迎着凄苦的秋风，信步漫游，愁肠绞断，却不知自己的归宿在何方，透露了诗人怀才不遇的悲凉情怀，恰当地表现了主题，完美地表现了漂泊天涯的旅人的愁思。

# 【双调】折桂令[①]

## 叹世

原　文

### 其一

咸阳百二山河[②]，两字功名，几阵干戈。项废东吴[③]，刘兴西蜀[④]，梦说南柯[⑤]。韩信功兀的般证果[⑥]，蒯通[⑦]言那里是风魔？成也萧何，败也萧何[⑧]；醉了由他！

### 其二

东篱半世蹉跎[⑨]，竹里游亭，小宇婆娑[⑩]。有个池塘，醒时渔笛，醉后渔歌。严子陵[⑪]他应笑我，孟光台我待学他[⑫]。笑我如何？倒大[⑬]江湖，也避风波。

注　释

①双调：宫调名。折桂令：曲牌名，又名“蟾宫曲”。

②百二山河：谓秦地形势险要，利于攻守，二万兵力可抵百万，或说百万可抵二百万。

③项废东吴：指项羽在垓下兵败，被追至乌江自刎。乌江在今安徽和县东北，古属东吴地。

④刘兴西蜀：指刘邦被封为汉王，利用汉中及蜀中的人力物力，战胜项羽。

⑤梦说南柯：唐人李公佐传奇《南柯太守传》说：淳于棼昼梦入大槐安国，被招为附马，在南柯郡做了20的太守，备极荣宠。后因战败和公主死亡，被遣归。醒来才知道是南柯一梦。所谓大槐安国，原来是宅南槐树下的蚁穴。

⑥韩信：汉高祖刘邦的开国功臣，辅佐高祖定天下，与张良、萧何并称“汉兴三杰”。后为吕后所害，诛夷三族。兀的般：如此，这般。证果：佛家语。谓经过修行证得果位。此指下场，结果。

⑦蒯通：即蒯彻，因避讳汉武帝名而改。曾劝韩信谋反自立，韩信不听。他害怕事发被牵连，就假装疯癫。后韩信果被害。

⑧“成也萧何”两句：韩信因萧何的推荐被刘邦重用，后来吕后杀韩信，用的又是萧何的计策，故云“成也萧何，败也萧何”。

⑨东篱：作者自称。蹉跎：虚度光阴。

⑩小宇：小屋。婆娑：枝叶茂盛貌。

⑪严子陵：严光，字子陵，东汉人。少与刘秀同游学。刘秀即帝位后，屡召不就，隐居富春江，以耕渔为生。

⑫孟光：汉代丑女，30岁始与梁鸿成婚。后来一起逃到霸陵山中隐居，孟光举案齐眉以进食。后世以“举案齐眉”喻夫妻相敬相爱。台：台盘，盛食物的器皿。此指孟光的食案。一说“孟光台”是与“严子陵”相对应的一个人名。

⑬倒大：大，绝大。

## 译 文

其一

咸阳，万夫难攻的险固山河，因为“功名”两个字，曾发动过多少次战乱干戈。项羽兵败东吴，刘邦在西蜀兴立汉朝，都像南柯一梦。韩信有功却得到被杀的结果，当初蒯通的预言哪里是疯话？成功也是因为萧何，失败也是因为萧何；喝醉了一切都由他去吧！

其二

我虚度了半生光阴，在那通幽的竹径中，隐映着一座小巧的游亭，走到竹径的尽头，就是小巧的庭院。在那儿有个池塘，我醒的时候轻声吹起渔笛，醉酒之后又放声唱起渔歌。严子陵一定会嘲笑我，孟光台是我学习的榜样。笑我什么呢？偌大的江河湖海，也自有躲避风波的办法。

## 赏 析

这是一组以咏史感叹世情的千古佳作。马致远此时正遭贬谪，从官位跌落为百姓是他所面对的无情现实，世态炎凉给他的沉重打击让他感怀悲伤，便以历史事件宣泄对现世的牢骚，感喟世道无常、人生如梦。

第一首曲子借品评刘邦建立霸业的历史典故，表现了对功名事业的厌弃。作者以中国第一个封建王朝秦朝的都城咸阳把人们带进了熟悉的史实，并画龙点睛地做出了推论。开头三句以“咸阳百二山河”上的“几阵干戈”揭示了功名的危害：历史上无数战争的爆发皆是因为“功名”二字，人们为了名利，战乱不断，生灵涂炭。接着，作者又用“南柯一梦”表达了自己对功名的看法。“项废东吴，刘兴西蜀”即是对咸阳“几阵干戈”的补充描述。秦国“百二山河”，何等强盛，最后还是灭亡了。经过五年的楚汉之争，项羽兵败乌江自刎，刘邦统一天下，建立汉室。但这一切最终不过是梦一场，化为虚无，因为一切的功劳霸业最终还是被时间带走，被历史淹没。

接下来作者又将笔锋转到了辅助刘邦平定天下的功臣韩信身上。传说韩信在临死前大呼“吾悔不用蒯通之计”，他戎马一生为刘邦立下汗马功劳，最后还是难免杀身之祸。韩信怎么也没有想到力荐刘邦重用他的萧何，后来竟会设计杀害他。“成也萧何，败也萧何”出自民间俚语，作者借此说明人心叵测，世事难料。为名利所摄的人，往往看不见名利背后的危险，后悔之日为时已晚，于事无补。而这世上像蒯通一样能够看破功名之危害的人实在是少之又少，他们的话根本不会为人所接受。

既然刘邦、项羽的兴亡，不过梦一场，韩信这样的功臣也落得杀头的结果，那当前的功名事业就没有什么值得留恋的了。通过对历史事件、历史人物的否定，对说不清功过是非的现实政治表示了反感。结句以“醉了由他”突出“叹世”主题，表明自己超然物外，不问世事的态度。

第二首曲子是愤世嫉俗之作，通过自嘲的方式来表达自己对黑暗社会的不满和不为世所用的苦闷和牢骚。前半部分表面看起来表现了作者在恬静的田园生活中得到了寄身世外、与世无争、六根清净的无限乐趣，其实，却蕴含了内心的波澜起伏，表明他正在出世与入世的极度苦闷中挣扎。“东篱半世蹉跎”是引起，也是后面景物描写的起因。作者在社会上遭遇了诸多的磨难，看透了世事黑暗，于是决定回归到自己的那片山水小天地中。“竹里游亭”以下五句描写隐居之地的环境和隐居的日常生活。“醒时渔笛，醉后渔歌”两句极具生活情趣，表现了作者随遇而安、随心所欲的生活态度。后半部分写自己不能像严子陵那样归隐，但江湖也能“避风波”，借喻官场中也可求隐。这表现了一种自我解嘲式的心态。马致远沉寂下僚，既不齿于官场的腐败，不肯与之同流合污，又无力摆脱或与之抗争，于是，在官署旁、闹市中苦心经营了一片精巧的小天地，虽比不上前辈隐士超世脱俗的大气魄，亦可略效其遗风，来个眼不见心不烦，从中得到一种聊以自慰的心态平衡。

## 【双调】清江引

### 野兴

**原　文**

西村日长人事①少，一个新蝉噪②。恰③待葵花开，又早蜂儿闹，高枕上梦随蝶去④了。

**注　释**

①人事：指交往俗事。
②噪：虫或鸟叫。
③恰：正，恰好。
④梦随蝶去：意谓人生如梦。《庄子·齐物论》：“昔者庄周梦为

胡蝶，栩栩然胡蝶也，自喻适志与，不知周也。俄然觉，则蘧蘧然周也。不知周之梦为胡蝶与，胡蝶之梦为周与？周与胡蝶，则必有分矣。此之谓物化。”

### 译文

住在西边村庄，白天时间长，日常事务却很少；只听见一只新蝉在树上聒噪。恰好葵花正要开放，又早碰上蜜蜂出来喧闹。枕着高高的枕头入眠，在梦中随着蝴蝶飞去了。

### 赏析

元代前期整个社会就已经变得腐败黑暗，马致远在半世飘泊之后厌倦了世事，遂生退隐之心。这支曲子乃作者归隐山林后所作，表现忘情物外、避祸全身的思想和抒发隐居乡村的村野逸情。作者以闹写静，用蝉的鸣叫，蜜蜂的活动，来表现隐居生活的静谧，而这种静不只是环境的安静，人的内心也一派恬静。“日长人事少”与“高枕上梦随蝶去了”对应，闲来无事听蝉鸣、看葵花开放，又看前来采花粉的蜜蜂，高枕而眠进入了梦乡。像庄周梦蝶一样，作者也在梦中分不清自己和蝴蝶了。这将作者恬淡悠然的生活情景淋漓尽致地表现了出来。

## 【双调】寿阳曲①

### 远浦②帆归

### 原文

夕阳下，酒旆③闲，两三航未曾着岸④。落花水香⑤茅舍晚，断桥头卖鱼人散。

### 注释

①双调：宫调名。寿阳曲：曲牌名，又名“落梅风”。

②浦：水边。

③酒旆（pèi）：酒店的旗帘。旆：古代一边像燕尾的旗。

④两三航：两三艘船。航：船。着岸：靠岸。

⑤落花水香：花落入水中，使流水都变香了。唐刘昚虚《阙题》诗：“时有落花至，远随流水香。”

### 译文

夕阳西下，酒旗安闲地悬在门前，显得宁静闲适。江上有两三艘小船还未曾靠岸。落花在水面弥漫着香气，茅舍进入了夜色之中。断桥头上卖鱼的人都已走散。

## 赏　析

据《寄园寄所寄》《梦溪笔谈》等书记载，宋代宋迪，以潇湘风景画成平远山水8幅，时人称为“潇湘八景”，后人名为“平沙落雁”“远浦帆归”“山市晴岚”“江天暮雪”“洞庭秋月”“潇湘夜雨”“烟寺晚钟”“渔村夕照”。马致远所描写的8首《寿阳曲》的名称与之完全相同，由此可知，他描写的八曲也是潇湘八景。此曲乃其中之一。马致远的这首小令描绘的是一幅水村黄昏的风景画，表现的是闲适生活的主题。

前三句用凝练的语言，铺排了“天空的夕阳，江面上归航的渔舟，岸上酒家的酒旗”这些景物，写得清晰有致，像一个个镜头，把水村镇上的风光缀成组组画面，极富动态和静态的美感。“夕阳下”，点明了时间，全曲情境均由此产生。“酒旆”，既点明了地点，又表示这是小镇所在。“闲”字，写出水村小镇傍晚时分宁静的气氛，令人仿佛置身其中，体味到江边恬静的飘香世界，为全曲奠定了闲适的情调。“两三航未曾着岸”，将景物境界由小镇扩展到江滨。江上只有两三艘未曾靠岸的小船，进一步突出了小镇的宁静。“未曾着岸”四字隐含着“帆归”之意。船是向岸边驶来，只是尚未靠岸罢了，这同扬帆远去或船行中流的情景是不同的。酒旆，是近景，酒旗也看得清，这是写近距离的视觉。两三航，是远景，远远望去，只见江上有船，船上人看得不甚分明，这是写远距离的视觉。以上三句是一个层次，写远浦。

“落花水香茅舍晚，断桥头卖鱼人散”是对渔船靠岸后的情景描写，这转入另一个层次，写帆归。此曲略去了渔船靠岸后，渔民们忙活的劳动场面，直接写桥头渔市结束和渔人各自回家休憩的生活场面。作者不用人群熙攘来形容小镇，而用“断桥头”来代指小镇，是有意突出小镇的幽寂。傍晚时分，断桥头旁曾有过短暂的鱼市交易，但这种贸易很快结束，卖鱼人散去，小镇又重归宁静。渔人居住的环境是“落花水香茅舍”，因是晚上，家家亮起了灯光，灯光映照在水里，花、水、茅舍足以说明环境的优美，衬出渔人生活的悠闲自适。从断桥到茅舍，他们远隔尘嚣，与世无争，怡然自得。

# 【双调】寿阳曲

## 潇湘夜雨①

原　文

渔灯暗，客梦回②，一声声滴人心碎。孤舟五更③家万里，是离人几行清泪。

注　释

①潇湘夜雨：曲题。“潇湘夜雨”是宋元人所称“潇湘八景”之一。潇湘：原指湘水与潇水在零陵的汇合处，后用以指湖南。

②梦回：梦醒。

③五更：旧时自黄昏至拂晓一夜之间，有甲、乙、丙、丁、戊5个关键时间点，谓之“五更”。又称“五鼓”“五夜”。一更关鼓闭城门、二更上床睡觉、三更半夜换日期、四更睡得最沉、五更天光开城门。北齐颜之推《颜氏家训·书证》：“或问：‘一夜何故五更？更何所训？’答曰：‘汉魏以来，谓为甲夜、乙夜、丙夜、丁夜、戊夜；又云鼓，一鼓、二鼓、三鼓、四鼓、五鼓；亦云一更、二更、三更、四更、五更；皆以五为节……更，历也，经也，故曰“五更”尔。’”

译　文

江中的渔火若明若暗，我从梦中醒来，是声声夜雨滴得人心碎难眠。深夜，在这孤零零的小舟中离家万里，仿佛那不是雨滴，是远离故乡的人思乡的清泪涟涟。

赏　析

这首小令写的是作者由江西至湖南的亲身感受，描写的是离家万里、漂泊潇湘的愁怀，与其代表作《天净沙·秋思》有异曲同工之妙。《天净沙·秋思》写的是陆路奔波没有投宿之时，而本曲写的是水路航行已经投宿之后，情境不同，思乡的凄楚心境却是一致的。

“渔灯暗，客梦回”两句写离人在水上过夜的情景。潇湘自古为鱼米之乡，故以“渔灯”二字开头，巧妙地抓住了“潇湘夜”的特点。同时，一个“暗”字奠定了全曲暗淡感伤的气氛。“客梦回”的“客”系作者自指，此字为下文的思家作了铺垫，也是全曲情感的起点。“客梦”写尽了离人的悲惨处境，正因是作客异乡，故而难以成眠。曲子表面写离人是被夜雨惊醒，其实是离人怀着客愁而无法安睡。梦回人醒，陪伴自己的不是妻子，不是家庭的温馨，而是孤舟和夜雨，这不免让人感伤，故下面紧接“一声声滴人心碎”，这句写对深夜雨声的感受，与李清照《声声慢》中“梧桐更兼细雨，到黄昏、点点滴滴”的表意效果有异曲同工之妙。前面三句通过渔灯、夜雨为下面抒发客愁奠定了忧伤悲怆的基调。

曲子最后两句皆是围绕“心碎”展开。“孤舟五更家万里”写了离家之远，孤身之苦。“孤舟”照应“渔灯”，“五更”照应“梦回”，“家万里”照应“客”。这句从时间和空间两个方面写出了远离家人的旅客在深夜的孤独寂寞之感。“是离人几行情泪”，设想和比喻巧妙至极，把天在下雨与离人在流泪联系起来，意蕴丰富，情感凄婉，写出思家的痛苦。作者将闻雨伤心这种诗词中常有的意境和手法引入此曲，将雨、泪、情、景融为一体，语简意深。

## 【双调】寿阳曲

### 山市晴岚①

**原　文**

花村外，草店西，晚霞明雨收天霁②。四围山一竿残照里③，锦屏风④又添铺翠。

**注　释**

①山市：山区小市镇。晴岚：雨过天晴，山间散发的水汽。
②天霁（jì）：雨过天晴。
③一竿残照里：太阳西下，离山只有一竿子高。
④屏风：指像屏风一样的山峦。

**译　文**

山花烂漫的村外，山野酒店之西，雨过天晴，晚霞是那样明丽。太阳就要落山了，四周的山岭都在霞光的映照里，像锦绣的屏风又添铺了一层翠绿。

**赏　析**

这首曲子写山市傍晚时分雨过天晴、彩霞满天的秀美景色，表现了作者闲适舒畅的心情。傍晚时分，雨过天晴，天空明净如洗，天边斜晖灿烂夺目，抛洒在小镇像屏风的山峦上，在薄纱似的水汽的氤氲下，泛出层层翠碧，景色清新迷人。“花村外，草店西”首先展现的是“山市”，村以花铺垫，店以草衬托，在花草的铺设下，将山市清新自然的特点烘托了出来。第三句“晚霞明雨收天霁”所写的是视觉中的山市景象。其中虽有雨过天晴的描写，但尚未直接写晴岚，只是为晴岚的描写铺垫。第四句写残照中的四围山色，其中虽有晴岚在，但未直接写出。直至第五句“又添铺翠”出现，作者才把晴岚及其造成的景致和盘托出。以“又添铺翠”这样点睛般的句子结尾，使“山市”与“晴岚”的意象都鲜明地呈现了出来。

## 【双调】拨不断

### 菊花开

**原　文**

菊花开，正归来。伴虎溪僧、鹤林友、龙山客①，似杜工部、陶渊明、李太白②，在洞庭柑、东阳酒、西湖蟹③。哎，楚三闾④休怪！

**注　释**

①虎溪僧：指晋代庐山东林寺高僧慧远。寺前有虎溪，常有虎鸣。鹤林友：指五代道士殷天祥，据传他曾在镇江鹤林寺作法使春天的杜鹃花在重阳节绽开。龙山客：指晋代名士孟嘉。征西大将军桓温在重阳节携宾客游龙山（在今湖北江陵县境内），孟嘉作为参军随游，忽然被风吹落了帽子，遭到人取笑，他泰然自若，从容作答，四座叹服。

②杜工部：即唐代诗人杜甫，曾任检校工部员外郎。陶渊明：字元亮，又名潜，私谥“靖节”，世称“靖节先生”。东晋末至南朝宋初期伟大的诗人、辞赋家。曾任江州祭酒、建威参军、镇军参军、彭泽县令等职，最末一次出仕为彭泽县令，80多天便弃职而去，从此归隐田园。他是中国第一位田园诗人，被称为“古今隐逸诗人之宗”。李太白：即李白。字太白，号“青莲居士”，又号“谪仙人”，是唐代伟大的浪漫主义诗人，被后人誉为“诗仙”，与杜甫并称为“李杜”。

③洞庭柑：指江苏太湖洞庭山所产柑橘，为名产。东阳酒：又称金华酒，浙江金华出产的名酒。西湖蟹：杭州西湖的肥蟹。

④楚三闾：指屈原。屈原曾任楚国三闾大夫。

**译　文**

在菊花开放的时候，我正好回来了。伴着虎溪的高僧、鹤林的好友、龙山的名士，又好像杜甫、陶渊明和李白，还有洞庭山的柑橘、金华的名酒、西湖的肥蟹。哎，楚大夫你可不要见怪呀！

**赏　析**

这是作者晚年归隐田园，过着“酒中仙、尘外客、林间友”闲适的隐居生活的作品。他以杜甫、陶渊明、李白来美化隐逸生活，嘲笑了屈原积极入世的精神。表面上表现了对隐居生活的喜爱，实则包含了对黑暗现实和凄惨现状的控诉和感伤。

“菊花开，正归来”二句，用陶渊明归田的故事。同时也点明了时令，说自己是在秋日菊花盛开时归隐山林的。菊花盛开，似在召唤着误入尘世迷途之人，可学陶渊明缓缓归矣。以下三句“伴虎溪僧、鹤林友、龙山客，似杜工部、陶渊明、李太白，在洞庭柑、东阳酒、西湖蟹”为鼎足对，将三组美好之事、高雅之人聚集在一起，极力装点，写出了隐居生活的闲适自在：虽然闲居野处，并不谢绝人事，不过所交往的，都是虎溪的高僧，鹤林的道友，龙山的佳客；就像他最崇拜的杜甫、陶潜、李白这些古代杰出的诗人那样，在草堂之中、菊篱之旁、青山之间饮酒斗韵，悠闲而自适。何况，还有洞庭的柑橘，东阳的美酒，西湖的螃蟹！这样的田园生活，自然让人为之陶醉，乐在其中，而再看尘世生活又是那样地令人战战兢兢，朝不保夕。所以作者才用诙谐调笑的口吻说：“楚三闾休怪！”这里，并没有对屈原爱国情操的否定，而是对其忠君爱国却不得重用最后自沉汨罗江的感伤。作者之所以采取与屈原完全不同的处世方式，是因为他觉得当权者的统治太糟，不值得费力气为其卖命。这是他归隐的动机所在。

## 【双调】拨不断

叹世

**原　文**

布衣[①]中，问英雄，王图霸业[②]成何用？禾黍高低六代宫，楸梧远近千官冢[③]，一场恶梦。

**注　释**

①布衣：指平民百姓。

②王图霸业：成王的宏图，称霸的大业。

③“禾黍高低六代宫”两句：借用唐许浑《金陵怀古》诗：“楸梧远近千官冢，禾黍高低六代宫。”禾黍：字面意思是禾苗，实指黍离之悲，即亡国之痛。出自《诗经·国风·黍离》。六代：指东吴、东晋、宋、齐、梁、陈。楸梧：墓地上的树木。冢：坟墓。

### 译文

在平民百姓中，问千秋历史曾出现过多少英雄。可是成就了王霸事业又有什么用？登高望远，高高低低的黍稷稻麦地里，还可见六朝残宫，荒草野树下，远远近近都是达官贵人的坟墓，这一切不过是一场恶梦。

### 赏析

在这首曲子中作者对世人推崇的功名霸业进行了否定。

曲子开头三句纵观历史，感叹现实。从古至今，“布衣”成为英雄的有几人？而英雄开创了宏图霸业的又有几人？可以说是寥寥无几。而那些王图霸业能够万世长存吗？显然不能。这是一个简单的道理，有太多的人知道却又看不破。而在作者看来，这些东西最终不过是一场虚空。曲子最后两句借用许浑的诗以沧桑历史来作为对“王图霸业成何用”的佐证。南朝宋齐梁陈四代开国之君，都是出身微贱登上皇帝宝座的，都是所谓的布衣中的“英雄”。和许浑一样，马致远蔑视他们，认为他们的王霸事业，到头来不过是一场空虚的梦而已，没有什么意义。不难看出曲子中流露出的历史虚无感和厌世感，这也是元代文人作品中一个比较普遍的现象。

## 【双调】拨不断

酒杯深

### 原文

酒杯深[1]，故人心，相逢且莫推辞饮。君若歌[2]时我慢斟，屈原清死由他恁[3]。醉和醒争甚？

### 注释

①酒杯深：把酒杯斟得很满。

②歌：这里指即席吟诗或放声歌唱。

③由他恁：由他去。恁：如此。

## 译文

端起满满的酒杯开怀畅饮，难忘那故人的一片真心，今日相逢请别推辞，尽情地喝吧。你要唱歌时让我慢慢把酒斟，屈原为了坚持清白节操而自杀就由他去吧。醉了的人和清醒的人还争什么？

## 赏析

元代是一个由少数民族统治的时代，当时社会最顶层的自然是蒙古人，汉人的社会地位普遍很低，蒙古贵族对汉族知识分子处处设防，汉族知识分子要出人头地，实现一番伟大抱负是相当不易的。因此，元代汉族知识分子普遍不热爱当时的朝廷，不愿为其献身效力，同时也对积极入世的屈原为国殉身的做法表示了不认同，这也从侧面表现出了当时知识分子对黑暗现实的不满和控诉，以及无力改变的自伤。

开头“酒杯深，故人心，相逢且莫推辞饮”三句表达了一种人情和意愿，即只有互相知心的朋友才能畅饮，见面就喝不推辞。这其实也是当时知识分子之间一种普遍的共识，大家处境一样，都对这黑暗的现实深恶痛绝，但是又无法去改变，彼此相见无需多言，大家心中的苦楚都一样，一切话语都在酒中，一饮而尽，长歌一曲，大醉一场，来忘却人世的烦恼苦闷。“屈原清死由他恁，醉和醒争甚”两句表示最后的人生态度：屈原因为“举世皆浊我独清，众人皆醉我独醒”而投江殉国，我们这些污浊的醉汉跟他不是一种境界，又跟他争什么呢？这也是当时知识分子一种普遍的心态：朝廷昏暗，不值得为它效力。

# 【般涉调】耍孩儿[1]

### 借马

## 原文

近来时买得匹蒲梢骑[2]，气命儿般看承爱惜[3]。逐宵[4]上草料数十番，喂饲得膘息胖肥[5]。但有些秽污却早忙刷洗，微有些辛勤便下骑。有那等无知辈，出言要借，对面难推。

【七煞】懒设设[6]牵下槽，意迟迟背后随，气忿忿懒把鞍来鞴[7]。我沉吟了半晌语不语，不晓事颓人[8]知不知？他又不是不精细，道不得“他人弓莫挽，他人马休骑”。

【六煞】不骑呵，西棚下凉处栓。骑时节拣地皮平处骑。将青青嫩草频频的喂。歇时节肚带松松放，怕坐的困尻包儿款款移[9]，勤觑着鞍和辔，牢踏着宝镫，前口儿[10]休提。

【五煞】饥时节喂些草，渴时节饮些水。着皮肤休使粗毡屈[11]，三山骨[12]休使鞭来打，砖瓦上休教稳着蹄。有口话你明明的记：饱时休走，饮了休驰。

【四煞】抛粪时教干处抛，尿绰时教净处尿，拴时节拣个牢固桩橛上系。路途上休要踏砖块，过水处不要践起泥。这马知人义，似云长赤兔，如益德乌骓[13]。

【三煞】有汗时休去檐下拴，渲时休教浸着颓[14]，软煮料草铡底细。上坡时款把身来耸，下坡时休教走得疾。休道人忒寒碎[15]，休教鞭彪着[16]马眼，休教鞭擦损毛衣[17]。

【二煞】不借时恶[18]了弟兄，不借时反了面皮[19]。马儿行嘱咐叮咛记：鞍心马户将伊打[20]，刷子去刀莫作疑。则叹的一声长吁气，哀哀怨怨，切切悲悲。

【一煞】早晨间借与他，日平西盼望你，倚门专等来家内，柔肠寸寸因他断，侧耳频频听你嘶。道一声“好去”，早两泪双垂。

【尾】没道理，没道理；忒下的[21]，忒下的。恰才说来的话君专记：一口气不违借与了你。

注 释

①般涉调：元曲中常用的十二宫调之一。《耍孩儿》是它的曲牌。
②蒲梢骑：古代的良马名。《史记・乐书》：“后伐大宛，得千里马，马名蒲梢。”
③气命儿般：性命儿似的。看承：看待，照顾。
④逐宵：每夜，夜夜。
⑤膘息胖肥：长得胖大肥壮。息：生长。
⑥懒设设：懒洋洋的样子，形容不乐意。
⑦鞴（bèi）：把辔头、马鞍等佩戴在马身上。
⑧颓人：骂人语，犹言“鸟人”“鸟汉”。
⑨尻（kāo）包儿：指骑马人的屁股。尻：屁股。款款：慢慢地。
⑩前口儿：马嚼子，又称“马络口”。
⑪休使粗毡屈：不要让粗毡折叠起来。

⑫三山骨：指驴马后背近股外的骨骼。唐元稹《望云骓马歌》诗："蹄悬四踢脑颗方，胯耸三山尾株直。"

⑬云长赤兔，益德乌骓：关云长的赤兔马，张益德的乌骓马。云长：即关羽，字云长，三国时蜀汉名将，后世尊其为"关公""武圣"。赤兔：传说本为吕布的坐骑，后为关羽所得。益德：即张飞，字益德，三国时蜀汉名将。乌骓：又名"玉追马"，张飞的坐骑。

⑭渲时休教浸着颓：替马洗刷时不要让冷水浸着它的生殖器。渲：洗刷。颓：雄性生殖器。

⑮忒（tuī）寒碎：过分地寒酸和琐碎。忒：方言，太，过于。寒碎：寒酸，琐碎。

⑯彫（diū）着：戳击着。彫：通"丢"，甩打，挥击。

⑰毛衣：马的毛皮。

⑱恶：得罪。

⑲反了面皮：翻脸，发脾气。

⑳鞍心马户将伊打：存心打你的就是蠢驴。鞍心：安心，存心。马户："驴"拆为"马""户"二字。

㉑忒下的：太下作，太不应该，这里是自责太狠心。

## 赏 析

这首套曲写的是一位马主人爱马如命，欲借不忍，不借不能的矛盾心情，刻画细致入微，活灵活现。

第一支曲子通过马主人的自述，写出他对马的深厚情谊，为下文不愿借马提供了有利的心理依据。"近来时"，说明他早就想要买马，最近终于如愿以偿。马主人又把自己买来的马称为是像汉武帝的千里马，可见他对新买的马的喜爱。在马主人的悉心照料下，他买的瘦马日渐"膘息胖肥"，马主人也是越来越喜爱这匹马。可是偏偏有些不识相的"无知辈"，"出言要借"，这让他感到很为难很矛盾，从而引出了下文。

【七煞】通过"懒设设"解马、"意迟迟"牵马、"气忿忿"鞴马等生动形象的动作表情，表现了马主人想要借马却又不忍心的纠结的内心活动。"不晓事"以下几句是马主人的心里话，他暗暗地嗔怪借马人连"他人弓莫挽，他人马休骑"的俗语都不知道，实在有趣。

【六煞】至【三煞】这四支曲子写马主人对借马者的仔细叮嘱。从拴马、骑马到喂马、遛马等个个细节，马主人千叮万嘱不厌其烦地讲了二十多条注意事项，可谓是细致入微。尤其是最后两句"休教鞭彫着马眼，休教鞭擦损毛衣"叮嘱借马者要好好珍惜马，不要将其弄伤，这样的细心更是体现了马主人对马无比的爱惜之情。

【二煞】前两句反映了马主人此时内心的真实想法，直白地表露出了自己内心的矛盾，自己其实并不想借爱马，但是又不想"恶了弟兄""反了面皮"。之后几句写马主人对马的叮嘱，言辞恳切，无不透露出对爱马的担心。马主人对着心爱的马自言自语的画面如在眼前，看了十分搞笑，却无不透露着马主人内心的不舍和心疼。

【一煞】写的是马主人预想马借出后焦急等待它回来的情形。早上将马借出去后就无时无刻不在牵肠挂肚中，一直到夕阳西下都在门前望着马儿离去的方向看它有没有回来，视线一刻都没离开过，耳朵也时刻竖着听马儿归来的声音。最后两句实写与马惜别，“两泪双垂”，马主人不过是和马儿暂时告别，却搞得像永别一样，可见马主人是一刻也不想与马儿分别，将马主人对马儿的爱惜之情表现得淋漓尽致。

结尾的曲子分别写了马主人的心理语言和口中语言。在心里马主人还在责怪借马人不该来借马，在嘴上马主人还在千叮万嘱一定要借马人牢记之前的话，恪守信用早早将马儿归还。

## 【双调】夜行船[①]

### 秋思

原　文

百岁光阴如梦蝶[②]，重回首往事堪嗟。今日春来，明朝花谢。急罚盏夜阑灯灭[③]。

【乔木查】想秦宫汉阙[④]，都做了蓑草牛羊野。不恁么渔樵无话说[⑤]。纵荒坟横断碑，不辨龙蛇[⑥]。

【庆宣和】投至狐踪与兔穴[⑦]，多少豪杰。鼎足虽坚半腰里折[⑧]，魏耶？晋耶？

【落梅风】天教你富，莫太奢。无多时好天良夜[⑨]。看钱儿[⑩]硬将心似铁，空辜负锦堂风月[⑪]。

【风入松】眼前红日又西斜，疾似下坡车。晓来清镜添白雪[⑫]，上床与鞋履相别。休笑鸠巢计拙[⑬]，葫芦提[⑭]一向装呆。

【拨不断】名利竭，是非绝。红尘不向门前惹，绿树偏宜屋角遮，青山正补墙头缺，更那堪竹篱茅舍。

【离亭宴煞】蛩吟罢一觉才宁贴[⑮]，鸡鸣时万事无休歇。争名利何年是彻[⑯]？看密匝匝蚁排兵，乱纷纷蜂酿蜜，闹攘攘蝇争血。裴公[⑰]绿野堂，陶令[⑱]白莲社。爱秋来时那些：和露摘黄花，带霜烹紫蟹，煮酒烧红叶，想人生有限杯，浑[⑲]几个重阳节？人问我顽童记者：便北海[20]探吾来，道东篱[21]醉了也。

注 释

①双调：宫调名。夜行船：曲牌名。这是套数，有多个曲牌，下面的“乔木查”“庆宣和”“落梅风”等都是曲牌名。

②梦蝶：《庄子·齐物论》：“昔者庄周梦为胡蝶，栩栩然胡蝶也。……俄然觉，则蘧蘧然周也。”

③急罚盏夜阑灯灭：赶快行令罚酒，直到夜深灯熄。夜阑：夜深，夜残。

④秦宫汉阙：秦代的宫殿和汉代的陵阙。

⑤不恁（nèn）：不如此，不这般。渔樵：打鱼和砍柴的人。

⑥不辨龙蛇：分不清是龙还是蛇，指分不清荒坟断碑上的字迹。龙蛇：这里指刻在碑上的文字。古人常以龙蛇喻笔势的飞动。唐李白《草书歌行》诗：“时时只见龙蛇走，左盘右蹙如惊电。”

⑦投至：及至，等到。狐踪、兔穴：喻指坟墓。

⑧鼎足虽坚半腰里折：言魏、蜀、吴三国鼎立的形势，到中途就夭折了。最后的胜利者到底是魏呢，还是晋？这里用“鼎足折”比喻政权不长久。

⑨好天良夜：好日子，好光景。

⑩看钱儿：元代杂剧家郑廷玉根据神怪小说《搜神记》中“张车子”的故事创作了杂剧《看钱奴买冤家债主》，讲述一个姓贾的贫民在天帝的恩赐下，以极其悭吝刻薄的手段，变为百万富翁的故事，塑造了一个为富不仁、爱财如命的悭吝形象——看钱奴。一作“富家儿”。

⑪锦堂风月：富贵人家的美好景色。此句嘲守财奴情趣卑下，无福消受荣华。

⑫添白雪：添白发。

⑬鸠巢计拙：指不善于经营生计。《诗经·召南·鹊巢》：“维鹊有巢，维鸠居之。”朱熹注：“鸠性拙不能为巢，或有居鹊之成巢者。”托名师旷撰《禽经》说：“鸠拙而安。”托名张华注曰：“鸠，鸤鸠也。《方言》云：‘蜀谓之拙鸟，不善营巢，取他鸟巢居之，虽拙而安处也。’”

⑭葫芦提：糊涂，宋元时期的俗语。

⑮蛩：蟋蟀。宁贴：平静，安静。

⑯彻：了结，到头。

⑰裴公：唐代的裴度。他历事德宗、宪宗、穆宗、敬宗、文宗五朝，以一身系天下安危者20年，眼见宦官当权，国事日非，便在洛阳修了两座别墅叫作“绿野堂”，和白居易、刘禹锡在那里举行宴会，饮酒赋诗，当时名士纷纷参加。

⑱陶令：即陶潜。因为他曾经做过彭泽令，所以被称为陶令。相传他曾经参加晋代高僧慧远法师在庐山虎溪东林寺组织的白莲社。

⑲浑：总共。

⑳北海：指东汉的孔融。他曾出任过北海相，所以后世称为孔北海。他曾说："座上客常满，樽中酒不空，吾无忧矣。"

㉑东篱：指马致远。他羡慕陶潜的隐逸生活，因陶潜《饮酒》诗有"采菊东篱下，悠然见南山"之句，乃自号为"东篱"。

## 赏 析

这首《夜行船·秋思》是马致远的代表作之一，虽没有《天净沙·秋思》那样脍炙人口，但是其中包蕴宏深、独具一格，将参透名利、离绝是非的处世哲学寄托在叹古讽今、嘲风弄月的牢骚里，表现了他因半世蹉跎、饱谙世情而形成的纵酒肆志、超然尘外的人生态度。这首曲子题为秋思，却不写秋景，而是以迟暮之悲、忆旧之情处处关合"秋"字，反衬秋意。

第一支曲感叹人生如梦，应该及时饮酒行乐，为全曲定下了基调。尤其是前两句"百岁光阴如梦蝶，重回首往事堪嗟"可谓是诗眼，开门见山地将整首曲子的主旨表现了出来。"今日春来，明朝花谢"写韶华过隙之感，春去秋来、花开花谢是自然规律，就像人从青春到暮年也是自然的事情，凭人力无法改变。"今日""明朝"的夸张更加强了光阴流逝的急速感。"梦蝶"用《庄子·齐物论》的典故，既烘托了百年犹如一梦的迷惘之感，又以词藻的装饰美点缀了春意。

接下来三支曲子分别写帝王、豪杰和富人，说明世事无常，荣华富贵并不能万古长存。第二支曲写即便是拥有无上权威的帝王最后也不过是历史中的一缕尘烟。秦宫汉阙化为一片衰草，成了放牧牛羊的原野，昔日繁华已成过眼云烟，只落得渔人樵夫几句闲话。如此悲凉的意绪却化为一句刻薄的挖苦：若不这般兴衰更替，渔樵便没有闲话可说了。这出人意表的冷嘲应有无限感触，可又将千古兴亡说得何等无足轻重。第三支曲直接用议论和反问对英雄豪杰建功立业的意义提出了怀疑。"投至狐踪与兔穴，多少豪杰"两句，实为倒装：多少英雄豪杰，到头来连荒坟断碑都没有，他们的葬身之地已变成了狐狸野兔出没的场所。回过头来再看看那些狐踪兔穴，已被历史湮没的英雄们当初逐鹿中原的纷争也就像兔奔狐逐一样没有意义。第四支曲由叹古转为讽今，内容与上二支曲并列，意思更透过一层：帝王豪杰的功业尚且化为乌有，更何况看钱奴的万贯家财。全曲四句，分两层递进，看钱奴的庸俗愚蠢和昼锦堂的良辰美景两相对照，俚俗的白话和清雅的词藻各得其所。

第五、六两支曲子便转写自己的处世态度和人生哲学。"眼前红日又西斜，疾似下坡车"，以羲和驾日车的典故，写一日之内光阴的流逝，与"百岁光阴"遥相呼应。"晓来清镜添白雪"反用李白"君不见高堂明镜悲白发，朝成青丝暮成雪"诗意，照应时光飞逝，如今镜子前的人已经白发渐染。"上床与鞋履相别"似玩笑话，可也反映了现实，随着人渐渐衰老，也不知道何时会死去，所以每天上床后都会跟鞋履告别。这句貌似参透生死的俏皮话里隐藏着愤世嫉俗的深意，所以紧接着劝人莫笑自己像不会筑巢的斑鸠那样拙笨，这不过是糊里糊涂地装傻而已。下一支曲说明了装傻隐世的原因：“名利竭，是非绝。”接着“红尘不向门前惹，绿树偏宜屋角遮，青山正补墙头缺”三句形成鼎足对，用鲜明的对比色描写自己隐居尘外的清幽环境，构图别具匠心：绿树青山本来一近一远，层次分明，但一遮屋角，一补墙缺，便像一圈遮挡红尘的屏障，一切都恰到好处地将自己完全封闭在自己那一片与世隔绝的小天地中，是何等地逍遥自在。

最后一支曲子正面点题，以嘲讽的笔调对名利之徒的钻营做了生动的描写：可叹人生在世，只有睡觉时才得安宁，天一亮便有万事干扰不休。人间万事归结到一点，无非“密匝匝蚁排兵，乱纷纷蜂酿蜜，闹攘攘蝇争血”那般无休无止的争名夺利。曲子后半部分写秋景点题，并借“裴公”“陶令”这些仰慕的隐士前辈，以抒发自己对理想生活境界的向往。最后在淡泊、诙谐的气氛中结束全文。作者的功力不仅在于能将封建社会中世人的丑态形容到如此恶心的程度，更重要的是能以迥异于世人的高雅情趣与之相对照，表现出细宇宙、小万物、俯视尘世的超然态度。

## 王实甫

王实甫（1234—1294），名德信，大都（今北京）人，祖籍河北定兴（今属河北）。元代著名戏曲作家，生平事迹不详。王实甫与关汉卿齐名，其作品全面地继承了唐诗宋词精美的语言艺术，又吸收了元代民间生动活泼的口头语言，创造了文采璀璨的元曲词汇，成为中国戏曲史上“文采派”的杰出代表。王实甫著有杂剧14种，现存《西厢记》《丽春堂》《破窑记》3种，其中《西厢记》堪称元曲之冠，在我国戏曲史上影响极为深远。

## 【中吕】十二月过尧民歌

### 别情

**原文**

自别后遥山隐隐，更那堪远水粼粼[1]。见杨柳飞绵[2]滚滚，对桃花醉脸醺醺[3]。透内阁[4]香风阵阵，掩重门暮雨纷纷[5]。怕黄昏[6]忽地又黄昏，不销魂[7]怎地不销魂？新啼痕压旧啼痕，断肠人[8]忆断肠人。今春香肌瘦[9]几分？缕带[10]宽三寸。

**注释**

①粼（lín）粼：形容水明净清澈。

②杨柳飞绵：形容柳絮飞扬。

③对桃花醉脸醺醺：形容醉态很浓。这是暗用唐崔护《题都城南庄》诗中“去年今日此门中，人面桃花相映红”的句意。

④内阁：深闺，内室。

⑤重门：庭院深处之门。暮雨：指傍晚所下的雨。纷纷：形容雨之多。

⑥怕黄昏：黄昏，容易引起人们寂寞孤独之感。宋李清照《声声慢》词：“梧桐更兼细雨，到黄昏、点点滴滴，这次第，怎一个愁字了得。”

⑦销魂：因过度刺激而呈现出来的疾呆之状。南朝江淹《别赋》：“黯然销魂者，唯别而已矣。”

⑧断肠人：悲愁到了极点的人。

⑨香肌瘦：形容为离愁而憔悴、消瘦。宋柳永《蝶恋花》词：“衣带渐宽终不悔，为伊消得人憔悴。”

⑩缕带：用丝纺织的衣带。《古诗十九首·行行重行行》：“相去日已远，衣带日已缓。”

**译文**

自从和你分别后，望不尽远山层叠隐约迷蒙，更难忍受清粼粼的江水奔流不回。看见柳絮纷飞绵涛滚滚，对着璀璨桃花痴醉得脸生红晕。闺房里透出香风一阵阵，重门深掩到黄昏，听雨声点点滴滴敲打房门。怕黄昏到来，黄昏偏偏匆匆来临，不想失魂落魄又叫人怎能不失魂伤心？旧的泪痕还未干透，又添了新的泪痕，断肠人常记挂着断肠人。今年春天，我的身体瘦了多少？看衣带都宽出了三寸。

## 赏析

王实甫以其杂剧《西厢记》名垂文学史，但其散曲也极富盛名。这首《别情》是王实甫仅存的一首小令。曲子写的是一位闺中女子思念远别的情人内心的愁闷。

全篇按写法可划分为两层。前六句为前一层，写了女主人公面对春景睹物思人的心绪。“自别后遥山隐隐，更那堪远水粼粼”两句点题，道出“别情”。“自别后”三字是情感产生的起点，一“远”一“遥”，强化了空间感，点出了远行人。眼前“遥山”连绵遮蔽了女主人公的眼睛；“远水”迢迢，波动着女主人公内心悠悠的离情。“见杨柳飞绵滚滚，对桃花醉脸醺醺”两句运用对偶句式，对仗工整，用比喻描写暮春景色。漫天柳絮纷飞，恰似她心中飘忽不定的离愁别绪；满树桃花怒放，就像喝醉后红通通的脸蛋，让她不禁触景生情。每句后两字叠用、以衬托情思之缠绵。远山近水，杨柳桃花，香风暮雨，无一不勾起女子的思念。接下来两句视角由远及近、由外及里地转移，写暮春时节女主人公闺中情景，即便是花香阵阵直透深闺，女主人公也无心去在意，因为她心中只有远别的情人，故而掩上重门，实质上是对每日思念的描述，而主人公那寂寞的心情不言而喻。

第二层直接描摹女子的相思情态。“怕黄昏忽地又黄昏，不销魂怎地不销魂”两句淋漓尽致地表现了女主人公的心理和现实。自爱人远去后，女主人公盼了一个又一个黄昏，经历了多少次“透内阁香风阵阵，掩重门暮雨纷纷”的凄苦情形，可始终没有爱人的踪影和消息。她害怕黄昏，因为每到黄昏都不见爱人归来，心中充满了失望，怎能不伤心销魂？相思难禁，寂寞难耐，女主人公流下了伤心的粉泪。“新啼痕压旧啼痕”照应了前面的“怕黄昏忽地又昏黄”，一次次的期盼一次次的失望，新的泪痕盖上了旧的泪痕，可见女主人公内心的伤心之甚，相思之深。“断肠人忆断肠人”一句表现了女主人公对爱人深沉的爱以及对爱人的深信不疑：我那情郎肯定也像我思念他那样思念着我。最后三句用相思的结果结尾，呼应开头，有“衣带渐宽终不悔，为伊消得人憔悴”的艺术效果和优美意境。

全曲大量运用叠字、叠词，含情脉脉、如泣如诉，情致哀婉动人，是一首不可多得的佳作。

## 赵孟頫

赵孟頫（fǔ）（1254—1322），字子昂，号“松雪道人”，又号“水晶宫道人”“鸥波”，中年曾署“孟俯”。浙江吴兴（今浙江湖州）人。南宋末至元初著名书法家、画家、诗人，宋太祖赵匡胤十一世孙、秦王赵德芳嫡派子孙。

至元二十三年（1286），赵孟頫被行台侍御史程钜夫举荐，受元世祖忽必烈的礼敬，历任集贤直学士、济南路总管府事、江浙等处儒学提举、翰林侍读学士等职。累官翰林学士承旨、荣禄大夫。晚年逐渐隐退，后借病乞归。至治二年（1322），赵孟頫逝世，享年69岁，获赠江浙中书省平章政事、魏国公，谥号“文敏”，故称“赵文敏”。著有《松雪斋文集》《谈录》等。

### 【仙吕】后庭花

原　文

清溪一叶舟，芙蓉①两岸秋。采菱谁家女，歌声起暮鸥②。乱云愁，满头风雨，戴荷叶归去休③。

注　释

①芙蓉：荷花，也称作“芙蕖”“莲花”。战国屈原《离骚》：“制芰荷以为衣兮，集芙蓉以为裳。”

②鸥：水鸟。

③休：语气助词。

译　文

清澈的溪水之中漂荡着一叶小舟，在靠近两岸的秋水里开满了荷花，一群美丽纯洁的农家少女唱着渔家歌谣，歌声飞入荷花丛中，惊起了一群栖息的水鸟。突然风雨欲来，采莲少女却处乱不惊，从容不迫地采下一茎绿荷叶戴在头上作雨具，返舟归家。

赏 析

这是一首描写水乡生活的曲子，是一首情景交融的佳作。作者赵孟頫长期生活在吴兴，自小受山水陶冶，出仕后常在吴兴游赏。吴兴东南有菱湖，因盛产菱角而得名，赵孟頫常与友人在那里游玩，此曲应是取材于此。

“清溪一叶舟，芙蓉两岸秋”写的是静景，作者简单地罗列了“溪”“舟”“芙蓉”“秋”这四个意象，给全曲奠定了轻松明快的基调，让读者有身临其境的代入感，仿佛自己就在莲舟上，顺溪而下，观赏岸上风光。有“秋江主人”之称的芙蓉花为两岸萧瑟的秋景添上了一抹明朗的色调。接着，“采菱谁家女，歌声起暮鸥”，作者笔锋一转，由静转动，用采菱女的歌声和惊起的鸥鹭凸显了水乡的宁静，使画面一下子活跃起来。之后“乱云愁”作了个陡转，风雨欲来，而采莲少女却处乱不惊，从容不迫地采下一茎绿荷叶戴在头上作为雨具，返舟归家。全曲也许隐约寄托着处于政治风云变幻中的赵孟頫的归隐之心。

这首小令笔调清新明快，极富生活气息，通过展现水乡风景的秀美动人和水乡人的勤劳淳朴，表达了作者对吴兴山水的热爱和对无忧无虑乡野生活的向往，流露出归隐山林的心愿。

## 王伯成

王伯成，涿州（今河北涿县）人，生卒年不详，生平事迹亦不详。贾仲明为《录鬼簿》补写的吊词中说他与“马致远忘年友，张仁卿莫逆交”。孙楷第《元曲家考略》考定张仁卿为画家，与王伯成同为元朝至元年间（1264—1294）人。王伯成作杂剧3种，今存《李太白贬夜郎》《兴刘灭项》，后者仅存残文。他还作有《天宝遗事诸宫调》，为我国现存3部诸宫调之一，非常珍贵。

## 【中吕】阳春曲

### 别情

**原　文**

多情[①]去后香留枕，好梦回时冷透衾[②]。闷愁山重海来深。独自寝，夜雨百年心[③]。

**注　释**

①多情：多情的人，即恋人。宋张先《南乡子》词："春水一篙残照阔，遥遥，有个多情立画桥。"

②衾：被子。

③百年心：愿意白头到老的心。

**译　文**

多情人离去以后余香还留在枕边，好梦惊醒时被褥冷气袭人。苦闷忧愁像重山一般绵长，像大海一样深沉。独自入睡，夜雨滴滴敲打起心中无穷的思念。

**赏　析**

本曲描写一位恋人远别、独居深闺的女子在深夜中的悲伤哀怨之情。曲子的开头便点题，写别情。深爱的情人已经离去，但当时缱绻相亲的余香仿佛还在，那是多么温馨幸福的情景，令人神往和留恋。既然意中人已经远去，那就只能在梦中与他相会，但是梦再美好也是虚幻的短暂的，醒来后面对的还是恋人不在的残酷现实，那种浓重的孤独寂寞之感袭来，心中难免失落与哀伤。漫漫长夜，潇潇夜雨，他一个人怎样才能熬到天亮啊？"闷愁山重海来深"用比喻抒发其苦闷忧愁的情愫，"独自寝"则具体说明其愁闷的根源，"百年心"则是女子内心情感的集中体现。

## 冯子振

冯子振（1253—1348），字海粟，自号“瀛洲洲客”“怪怪道人”，湖南湘乡县人。自幼勤奋好学但大器晚成，元大德二年（1298）才进士及第，时年47岁。朝廷重其才学，先召为集贤院学士、待制，继任承事郎，连任保宁（今属四川）、彰德（今河南安阳）节度使。晚年归乡著述。世称其“博洽经史，于书无所不记”，且文思敏捷，下笔不能自休。冯子振一生著述颇丰，传世有《居庸赋》《十八公赋》《华清古乐府》《海粟诗集》等书文，以散曲最为著名。

### 【正宫】鹦鹉曲

山亭逸兴

**原　文**

嵯峨[①]峰顶移家住，是个不唧溜[②]樵父。烂柯[③]时树老无花，叶叶枝枝风雨。故人曾唤我归来，却道不如休去。指门前万叠云山，是不费青蚨[④]买处。

**注　释**

①嵯峨：山势高峻。

②不唧溜：不伶俐，不精明。

③烂柯：据《述异记》载：晋王质入山斫柴，见二童子下棋，他一旁观看，看完一局，他的斧柄已经腐烂，回家后才知已过一百年了。

④青蚨：即钱。晋干宝《搜神记》记载：青蚨为虫名，形如蝉，生子于草叶上，若取其子，母即飞来。如用青蚨母子虫的血分别涂在钱上，用其购物，所付母钱、子钱都能飞回。

## 译文

老汉把自己的家搬迁至险峻的山顶，是个笨手笨脚的樵夫。与别人下棋或看别人下棋时陪伴他的是已经不开花的老树，枝叶还经受着风风雨雨。古人曾经招呼老汉回去，老汉却说不如不回去，他指着门前层层叠叠的青山说，那里是多么地美丽宜人，是根本不用花钱就能享受到的最好的去处。

## 赏析

这首小令描写了一位享受山水田园之乐的隐士。

“嵯峨峰顶移家住，是个不唧溜樵父”两句扣题写“山亭”。“嵯峨峰顶”点明隐居之地，为什么选择险峻的山顶作为隐居的地方？因为这里人迹罕至、与世隔绝，没有其他人来打扰。“不唧溜”形象地表现出了樵父不过是个半路出家的人，而不是土生土长的樵夫，暗示了他隐士的身份。接下来两句借用“烂柯”的典故，描写了其生活的环境，身处其中不知世事变迁，就像是陶渊明理想中的世外桃源，更加明确了樵父隐士的身份。“故人曾唤我归来，却道不如休去”两句顿起波澜，一位“故人”出现在了樵父的对立面，这位故人对于其归隐的做法并不理解，曾经劝他回去，但樵父只是回答：不想回去。故人是谁，应该是以前官场中的同僚吧？故人的出现进一步坚定了樵父归隐山林的决心。“指门前万叠云山，是不费青蚨买处”两句道出了不回去的原因，那层层叠叠的深山到处都是清净的去处，而且不必花一文钱。就这样，一个不满现实而坚决选择遗世独立生活的隐士形象被清晰地勾勒了出来。

# 【正宫】鹦鹉曲

### 农夫渴雨

## 原文

年年牛背扶犁住①，近日最懊恼杀农父②。稻苗肥恰待抽花③，渴煞④青天雷雨。恨残霞⑤不近人情，截断玉虹南去⑥。望人间三尺甘霖⑦，看一片闲云起处⑧。

## 注释

①年年牛背扶犁住：年年都是在牛背后扶着犁杖，泛指干农活。扶犁住：把犁为生。住：过活，过日子。

②最：正。懊（ào）恼杀：心里十分烦恼。

③恰待：正要，刚要。抽花：抽穗。

④渴煞：十分渴望。

⑤残霞：即晚霞。预示后几天为晴天。

⑥截断玉虹南去：由于彩霞满天，彩虹不可能出现，下雨没有指望。截断玉虹：即谓残霞无情断雨。玉虹：彩虹。虹为雨后天象。俗谚："晚霞日头朝霞雨。"

⑦三尺甘霖：指大雨。甘霖：好雨。

⑧看一片闲云起处：由于盼雨心切，甚至对一片无用的闲云也抱着微茫的希望。

## 译　文

年复一年在牛背后耕作扶犁，近日可使农夫懊恼至极。稻苗肥壮正等着扬花吐穗，却碰上连续晴天不下一丝雨，眼看苗都要枯死了。可恨苍天不顾人们渴雨的急切心情，让残霞把要下雨的白虹冲断，云朵向南飘去。农夫们注视着那片云，盼望能在人间降下三尺好雨。

## 赏　析

整首曲子用农民的口吻来写，语言质朴自然，富有生活气息，把农夫对雨水的渴望之情表现得淋漓尽致。

起句"年年牛背扶犁住"，是说农夫们终生从事农业，以此为生。"年年"二字体现了农夫务农的终身性和普遍性。"扶犁住"很具画面感，生动传神地表现出农夫耕种的姿态。第二句突然掀起一处波澜，"近日最懊恼杀农父"，"懊恼杀"三字是地方方言，意思是懊恼死了。那么让农夫如此懊恼的是什么呢？众所周知，农民是靠天吃饭的，天气对农作物的生长和收获起到了决定性的作用，因此农民对天气很是敏感。接下来"稻苗肥恰待抽花，渴煞青天雷雨"为农夫懊恼的原因作出了解释：正当农作物抽穗扬花最需要雨水之时，天公却不作美，久旱不雨。他们盼望雨水救活庄稼，天象却呈无雨的征兆，这实在使人着急。作者的心情与农夫一样，遥望长天，希望有一片闲云能降下甘露。这是他内心真诚的祈求，表现出他关心人民疾苦与农民同喜忧的精神。

这首曲子下面四句选取了农夫仰望天空的镜头，寄情于景，展开了景物与人物的双重描写。"恨残霞不近人情"，此时夕阳已下，残霞满天，俗谚谓"朝霞不出门，晚霞行千里"，此景显然毫无下雨的迹象，大违农夫的心意。全句以一个"恨"字领起，显示了农夫的失望。这"残霞"还在飘散变化，然而不久就渐渐消隐于南天。作者不直言它的消失，而用了"截断玉虹南去"的曲折表述，以拟人的手法，暗示农夫一直在残霞中寻觅着"玉虹"的踪影，盼着出现降雨的征兆，把农夫的责怪之意蕴藏其中。"望人间三尺甘霖"中"望"是盼望、想望，"三尺甘霖"则是虚指，农夫渴望的也不多，不过是"三尺"而已，但"甘霖"还是迟迟不来；而远处的一片"闲云"又勾起了农夫心中的一丝希望，也代表了古代劳动人民心中一种纯朴的愿望。

全曲多处运用了白描的手法，截取了农家生活的一个侧面进行描写，虚实结合，真实生动地表现了农夫的心理。

## 珠帘秀

珠帘秀，生卒年不详，生平事迹亦不详，中国元代早期杂剧女演员。《青楼集》说她“姿容姝丽，杂剧为当今独步，驾头、花旦、软末泥等，悉造其妙，名公文士颇推重之”，可见她在当时元杂剧演员中的地位，元代后辈艺人尊称她为“朱娘娘”。珠帘秀与各元曲作家有很好的交情，常与关汉卿、胡祗遹、卢挚、冯子振、王涧秋等有词曲赠答。关汉卿曾这样形容她：“富贵似侯家紫帐，风流如谢府红莲。”又有：“十里扬州风物妍，出落着神仙。”她曾一度在扬州献艺，后来嫁于钱塘道士洪丹谷，晚年流落并终于杭州。珠帘秀现存小令1首、套数1套。其曲作语言流转而自然，传情执着而纯真。

### 【双调】寿阳曲

答卢疏斋[①]

**原　文**

山无数，烟万缕。憔悴煞玉堂人物[②]。倚篷窗[③]一身儿活受苦，恨不得随大江东去。

**注　释**

①疏斋：元代文学家卢挚的号。

②玉堂人物：卢挚曾任翰林学士，故称。玉堂：官署名，后世称翰林院。因翰林院为文人所居之处，故元曲多称文士为“玉堂人物”。

③篷窗：此指船窗。

## 译　文

眼前是横挡的重重青山，弥漫着千万缕烟雾。看不到你憔悴的面容，分别后我独倚篷窗活活地受苦。恨不得跳进大江，随着东流的江水一块儿逝去。

## 赏　析

珠帘秀虽然只是一位杂剧女演员，但是她多才多艺，才华出众，深得当时一些文人名士的欣赏和爱慕，而卢挚就是其中的一位。这首《寿阳曲·答卢疏斋》是珠帘秀仅存的一首小令，是为回复卢挚的《寿阳曲·别珠帘秀》而作。

“山无数，烟万缕”，说的是作者与卢挚一别后现在的处境：无数青山将成为隔离有情人的障碍，缕缕云烟犹如纷乱的情丝，虚无缥缈而绵延不绝。“憔悴煞”表现的既是作者想象卢挚在与自己别离后那因思念而憔悴不堪的面容，也是现在自己的状态，其情甚是动人。“倚篷窗一身儿活受苦，恨不得随大江东去”，据卢挚原作中“画船儿载将春去也”一句可知，珠帘秀将乘船离去，也许这是一次长久的离别，也许就此一去不返，成为永诀，因此双方的心情都很沉重。行舟将发，作者想到等待自己的是孑然一身，孤倚难眠，只有那滔滔的江水与悠悠的离恨与自己做伴，这样的处境实在令人难以忍受，因而说是“活受苦”。正因如此，作者在最后发出了“恨不得随大江东去”的哀怨的感叹，将整首曲子推向了高潮，其中包含了作者对卢挚的无限留恋之情和那份难以割舍的情意。

# 贯云石

贯云石（1286—1324），字浮岑，号“成斋”“疏仙”“酸斋”，元代著名诗人、散曲作家。出身高昌回鹘贵胄，祖父阿里海涯为元朝开国大将。原名小云石海涯，因父名贯只哥，即以贯为姓。初因父荫袭为两淮万户府达鲁花赤，让爵于弟，北上从姚燧学习。仁宗时拜翰林侍读学士、中奉大夫，知制诰同修国史。不久称疾辞官，隐于杭州一带，改名“易服”，在钱塘卖药为生，自号“芦花道人”。今人任讷将他的散曲与自号“甜斋”的徐再思的散曲合为一编，世称《酸甜乐府》。

## 【正宫】塞鸿秋

代人作

### 原文

战西风几点宾鸿至[①]，感起我南朝[②]千古伤心事。展花笺[③]欲写几句知心事，空教我停霜毫半晌无才思[④]。往常得兴[⑤]时，一扫无瑕疵[⑥]。今日个病厌厌[⑦]，刚写下两个相思字。

### 注释

①战西风：西风劲猛，鸿雁在风中飞翔，犹如与风搏斗。宾鸿：即鸿雁，大雁。大雁秋则南来，春则北往，过往如宾，故曰“宾鸿”。《礼记·月令》：“（季秋之月），鸿雁来宾。”

②南朝：指我国历史上宋、齐、梁、陈四朝，它们都建都在南方的建康（今江苏南京），其君王多骄奢淫逸，导致王朝短命，更替如走马灯。金吴激《人月圆》词：“南朝千古伤心事，犹唱后庭花。”

③花笺：精致华美的纸，多供题咏书札之用。南朝徐陵《玉台新咏序》：“五色花笺，河北胶东之纸。”

④霜毫：白兔毛做的色白如霜的毛笔。半晌：好大一会儿，好久。

⑤得兴：兴致高昂。

⑥一扫无瑕疵：一挥而就，没有毛病。瑕疵：玉上的斑点。引申为缺点或毛病。

⑦病厌厌：病得精神萎靡不振的样子。南朝宋刘义庆《世说新语·品藻》：“曹蜍、李志虽现在，厌厌如九泉下人。”

### 译文

迎着西风疏疏落落飞来几只北雁，让我回想起南朝兴亡的千古伤心事。铺开华美的信纸，要写几句知心的话语，白白地让我停住笔半天也没有才思。往日兴致高时，一挥而就毫无瑕疵，今天却精神萎靡不振，只写下“相思”两个字。

### 赏析

“代人作”这一形式在元散曲中比较常见，多为文人代女子捉刀，因为旧时的女子识字不多。本篇就是使用女子的口吻，描绘她展开花笺给心爱之人写信的一段情节。

曲子开头两句说明了写作的缘由：秋风渐起，大雁南飞，这牵起了女主人公心中那多愁善感的情思，让她想到了曾经的南朝伤心事。首句八字，以“西风”“宾鸿”两个意象，形象地描画出一幅深秋雁空图，足以激起人们各种各样的悲秋心绪。作者并没有具体写是怎么样的伤心事，而是采用了欲擒故纵的表达方式，通过写信将伤心事铺展开来。“展花笺欲写几句”表明这次写信是临时起意，正照应了前面的因秋风中南飞的大雁牵起情思。信纸已经铺好了，准备好好倾述一下“伤心事”，可这时偏偏起了一个波折，来了个“停霜毫”，竟一字都没写出来。“半晌无才思”，说明女主人公此时虽然想写些什么，但因为内心情感复杂而无从下笔。再想起“往常得兴时”，灵感充沛，下笔如有神，写出来的东西挑不出一点毛病。“半晌无才思”与“往常得兴时”形成了一组对照，这是第二层波折。末句又从“往常”返回到“今日”，花笺上终于没有空白，然而“病厌厌”与“得兴时”，“两个相思字”与“一扫无瑕疵”的鲜明对照，又构成了第三层波折。“今日个病厌厌，刚写下两个相思字”，说明前时的“伤心”，正是因为深深的离恨与苦苦的相思。

这首曲子跌宕起伏，衬字运用巧妙，处处曲笔，尽显女主人公相思成愁的纠结缠绕的心境。

## 【正宫】小梁州

### 秋

**原　文**

芙蓉映水菊花黄，满目秋光，枯荷叶底鹭鸶①藏。金风②荡，飘动桂枝香。〔幺〕雷峰塔③畔登高望，见钱塘④一派长江。湖水清，江潮漾。田边斜月，新雁两三行。

**注　释**

①鹭鸶：即白鹭，一种水鸟。

③金风：即秋风。《文选·张协》：“金风扇素节，丹霞启阴期。”李善注：“西方为秋而主金，故秋风曰金风也。”

③雷峰塔：五代时吴越王钱俶为祈求国泰民安而建的佛塔，遗址在杭州西湖南夕照山的雷峰上，后人将雷峰塔景致称为“雷峰夕照”，为西湖十景之一。

④钱塘：即钱塘江。古称“浙”，全名“浙江”，又名“折江”“之江”“罗刹江”。最早见名于《山海经》，因流经古钱塘县（今浙江杭

州）而得名，是吴越文化的主要发源地之一。

### 译文

澄澈的湖水映照着芙蓉亭亭玉立的身影，岸上菊花迎霜怒放，一片金黄，放眼望去满眼都是秋天的风光，干枯的荷叶底下有白鹭躲藏。秋风阵阵，飘来桂花的幽香。在雷峰塔畔登高远望，钱塘江浩渺无涯，湖水清澈，江潮涌起，波光荡漾。抬头看一弯新月斜挂在天上，还有南归的大雁两三行。

### 赏析

这首曲子为贯云石所作的《小梁州》曲四首中的一首，为贯云石晚年隐居杭州时所作，描写的是西湖及钱塘江一带秋天的风光。曲子一开始就以“菊花”“秋光”点题，勾画了一个钱塘秋色下的大背景，将人的视角锁定在钱塘秋景上。接下来，作者开始对秋光进行了细致的描绘。“枯荷叶底鹭鸶藏”是近景特写，一对白鹭躲藏在干枯的大荷叶下面，互相依偎着，共赏着美好的秋光，为这秋色增添了几分别样的生机。“枯荷叶”与“鹭鸶”在色彩上也形成了鲜丽有趣的对比，进一步凸显了秋意。一个“金”字将秋天的颜色、秋天的特色淋漓尽致地描绘了出来。“金风”“桂枝香”充分调动了读者的视觉、触觉和味觉，让人满目秋色秋情。“雷峰塔畔登高望”以下几句侧重写登上雷峰塔后所望见的钱塘景色。

整首曲子所择取的景物和意象，都极富秋之神韵，其所描绘的乃是一个略显善意的清爽沉静的境界。其中更蕴含了作者淡泊名利、飘然出世的思想。

## 【中吕】红绣鞋[①]

欢情

### 原文

挨着、靠着云窗[②]同坐，偎着、抱着月枕双歌，听着、数着、愁着、怕着早四更过。四更过情未足，情未足夜如梭[③]。天哪，更闰一更[④]儿妨甚么！

### 注释

①红绣鞋：曲牌名，又名“朱履曲”，句式为六六七、三三五。六句五韵。

②云窗：雕有云状花饰的窗子。宋周邦彦《齐天乐·秋思》词：“暮雨生寒，鸣蛩劝织，深阁时闻裁剪。云窗静掩。”

③夜如梭：比喻时间过得飞快。

④更闰一更：公历有闰年，农历有闰月，岁之余为“闰”，更次没有“闰”的说法，此处是恋人欢会犹恐夜短才有这样的想法。

### 译文

紧挨着云窗一同坐着，抱着月枕互相依偎着轻轻吟唱歌曲，听着屋外的动静和更鼓，怕四更早早到来，为此而忧伤不已。四更过了，两人相会的欢情却未尽兴，只叹这时间过得飞快。天哪，要是再给我们一更的时间互诉衷肠该有多好啊！

### 赏析

元代散曲中歌咏男女恋情与抒写闺怨的作品，其描写与刻画大胆直露，是前代诗词所没有的。这首曲子以一位年轻女子的口吻，描写了一对热恋中的情人相依相守、不肯分离共度良宵的情景，风情旖旎，摇人心旌。

曲子起两句写这对恋人从挨着、靠着到偎着、抱着，从同坐到同枕，把他们整夜缠绵炽热的情态描绘得活灵活现。第三句从恋人听着数着更鼓，到愁听更鼓，怕听更鼓，细致地表现出“春宵一刻值千金”，担心时间飞逝的心理过程。选用“四更”这天色欲曙未曙、恋人将别未别的时间，也很能表达他们思想的矛盾。以上三句，叠用八个动词、八个衬字，俏皮可爱，生动有趣。四、五两句，用“顶真”的手法，进一步强调了恋人急切不安、意犹未尽的心情，具有强烈的感染力。末句写恋人用反问的口吻，希望老天爷“更闰一更”。这既是无理又是天真的要求，正好显示他们爱得热烈，爱得真挚。

此曲语言通俗流畅，构思精致巧妙，结尾意味出奇出新。

## 【越调】凭栏人

题情

### 原文

花债萦牵酒病魔①，谁唱相思肠断歌②？旧愁没奈何，更添新恨多。情泪新痕压旧痕③，心事相关④谁共论？黄昏深闭门⑤，被儿独自温。

### 注释

①花债：即相思债。酒病魔：酷爱饮酒，像着了魔一样。

②相思肠断歌：有关男女相爱的情歌、夫妻相别的离歌之类。

③“情泪新痕压旧痕”句：极言相思之深。元王实甫《西厢记》四本三折：“从今后衫儿、袖儿，都揾做重重叠叠的泪。”

④心事相关：彼此的内心活动是相通的。

⑤黄昏深闭门：宋李重元《忆王孙》词：“欲黄昏，雨打梨花深闭门。”

### 译文

心中相思无尽，促使我不断饮酒消愁，是谁在唱着相思断肠的歌曲？那往昔的旧愁绪还未消除，却又添了许多新恨。新的泪痕压着旧的泪痕，这满腔的衷情该向谁去诉说？到了黄昏，紧紧地关上房门，独自温着被子。

### 赏析

这是一首常见的描写相思之情的曲子。

曲子起笔着力，大胆运用“债”“魔”二字，因为相思之深，唯有此种词语才能形容几分。“债”“魔”还未结束，不知道是谁又唱起了相思肠断歌，所以“旧愁没奈何，更添新恨多”，愁上加愁，恨上加恨，思之怎能不令人断肠？正因如此，所以接下来说“情泪新痕压旧痕”，相思之情、之痛至此到达顶点；然而，“心事相关谁共论？”主人公既有相思之痛，却无人可以倾诉分担，只有“黄昏深闭门，被儿独自温”在孤独寂寞中默默地忍受这份煎熬。

全曲语句明白，读来令人感同身受。

## 【双调】清江引

咏梅

### 原文

**其一**

南枝夜来先破蕊①，泄露春消息。偏宜雪月交②，不惹蜂蝶戏。有时节暗香③来梦里。

## 其二

芳心[4]对人娇欲说，不忍轻轻折。溪桥淡淡烟，茅舍澄澄月。包藏几多春意也。

### 注 释

①破蕊：开花。蕊：这里指花蕾。

②偏宜：偏偏喜欢。雪月交：与白雪、月光交往，形容梅花的高洁清冷。交：交结，交朋友。

③暗香：梅花的清香，幽香。宋王安石《梅》诗："墙角数枝梅，凌寒独自开。遥知不是雪，为有暗香来。"宋林逋《山园小梅》诗："疏影横斜水清浅，暗香浮动月黄昏。"

④芳心：即芳情，优美的情怀。宋苏轼《岐亭道上见梅花戏赠季常》诗："数枝残绿风吹尽，一点芳心雀啅开。"宋欧阳修《蝶恋花》词："照影摘花花似面，芳心只共丝争乱。"

### 译 文

其一

南面的花枝夜里先吐出了花蕾，泄漏了春的消息。偏偏喜欢与白雪、明月交朋友，却不去招惹蜂蝶来嬉戏。春天时节，花蕾散发的暗香来伴我入梦。

其二

月夜梅花的芳心似乎在对人倾诉着什么，惹人怜爱，不忍心去采摘。远方溪桥处淡烟飘渺，茅舍处明月清辉。这些景物包含着多少春意啊。

### 赏 析

贯云石创作的《清江引·咏梅》小令共有四首，这两首是其中的第一首和第三首。

第一首小令是一首优美的咏梅言志的散曲。曲子的起两句写梅花破蕊报春。南面的梅枝在冰雪严寒中最先开放，报告春天即将到来的消息。"泄露"一词用得极妙，诗人将梅花拟人化，似乎无意中将春的消息泄露了出来。接下来两句写梅花"凌寒独自开"的高标气质。一个"偏"字道出了梅花与群芳迥异的个性，它不像群芳那样只喜欢在温暖的环境里竞相盛开，在那里招蜂引蝶，享受众人欣赏的目光，而是偏偏喜欢与冰雪、明月相交往，坚贞自守。这既是梅花孤高个性的写照，也是诗人清高品格的象征。末句写梅花幽香入梦。与群芳竞相散发着各种不同的香气来招蜂引蝶不同，梅花因其孤高的个性，只在夜里默默地将幽香散发到人们的梦中，给人以"随风潜入夜，润物细无声"的感觉，极具王安石诗《梅》中"遥知不是雪，为有暗香来"的韵味。

这首曲子全篇咏物，曲境活泼，格调明朗，句句不离梅花纯洁高雅的品性，同时，又是字字言志，正是作者崇尚高洁、不慕名利的高尚人格的写照。

第二首曲子咏月夜梅花。起句用拟人手法，赋予了梅花少女的情态。“娇欲说”三字，意蕴无穷，写尽梅花的动人神态，惹人怜爱。然后由近及远，由眼前之梅花说到四周之物色：“溪桥淡淡烟，茅舍澄澄月。”明月清辉，淡烟飘渺，梅花解人，这一切之中自然包含有无限的春意。“包藏几多春意也”暗示人们梅花就像春的使者，梅花开了，春天就不远了。作者在传神写物的同时，细腻地吐露着自己的微妙情怀，情景交融，物我浑然，自能引起读者共鸣。

## 【双调】水仙子

田家

原　文

绿阴茅屋两三间，院后溪流门外山。山桃野杏开无限，怕春光虚过眼，得浮生半日清闲[①]。邀邻翁为伴，使家僮过盏[②]，直吃的老瓦盆干。

注　释

①得浮生半日清闲：获得虚浮人世的半日清闲。化用唐李涉《题鹤林寺僧舍》诗：“因过竹院逢僧话，又得浮生半日闲。”浮生：虚浮不定之生活。唐李白《春夜宴桃李园序》诗：“浮生若梦，为欢几何？”

②过盏：传递酒杯（给邻翁），敬酒。宋文惟简《虏庭事实•过盏》：“金国上至朝廷，下至州郡，皆有过盏之礼。如宰臣百官生日及民间娶妇生子……主人乃捧其酒于宾，以相赞祝祈恳，名曰‘过盏’。”

译　文

绿荫丛中隐藏着两三间茅屋，院子后面有溪流经过，门外青山隐隐。漫山遍野都是野生的桃子和杏子，怕美好的春光匆匆过去，就在这忙碌虚浮的人世偷得半日清闲来玩赏这大好春光。邀请邻舍的老人为伴，让家里的仆童帮我们斟酒，你一杯我一杯，直把一满盆的酒喝个底朝天。

赏　析

曲子题为"田家"，实际描写的并非是一般的农家生活，而是作者归隐田园的乐趣。

曲子开篇三句用寥寥数笔，就为我们勾画出了居所周围自然优美的环境：绿树掩映，两三间茅屋藏于其间，若隐若现，院子后面是潺潺的溪流，门前的青山上山花烂漫，将这山村田园点缀得极为美丽。这样清净美好的环境，这大好的春光，自然不能让其虚度，于是他邀请邻居的老翁与之做伴，让家童为他们斟酒，二人边欣赏着春景，边开怀畅饮，直到把酒盆中的酒喝干，一派自然纯朴的生活气息。

作者表面上写自己隐居田家的快乐，实际上也包含了他对当时统治阶级的厌弃和黑暗现实的鄙视。

## 滕斌

滕斌，一作滕宾，字玉霄。黄冈（今属湖北）人。生卒年不详，主要活动于元武宗至大至英宗至治年间（1308—1323）。至大年间任翰林学士，出为江西儒学提举，后弃家入天台山为道士。其为人风流笃厚，往往狂喜呷酒。其谈笑之作，为时人所传诵。元人钟嗣成对他评价非常高，其《录鬼簿》称滕斌和董解元、贯云石、元好问等"前辈已死名公，有乐府行于世者"23人"皆高才重名，亦于乐府留心。盖文章政事，一代典型"。有《玉霄集》。



### 【中吕】普天乐

原　文

柳丝柔，莎茵[①]细。数枝红杏，闹出墙围。院宇深，秋千系。好雨初晴东郊媚[②]。看儿孙月下扶犁。黄尘意外[③]，青山眼里，归去来兮[④]。

注　释

①莎茵：像毯子一样的草地。莎：即莎草。茵：垫子、席子、毯

子之类的通称。

②媚：娇美。

③黄尘意外：不考虑世俗。黄尘：暗用唐令孤楚《塞下曲》诗："黄尘满面长须战，白发生头未得归。"指官场上的风尘。

④归去来兮：回去吧，指辞官归隐。晋陶渊明《归去来兮辞》："归去来兮，田园将芜胡不归？"来兮：语气助词，相当于"吧"。

### 译 文

嫩柳的枝条又柔又细，莎草如茵铺满大地。几枝红杏争闹着探出围墙，深深的庭院里把秋千系。好雨初晴，东郊多美丽。看儿孙们在月下扶犁。官场的风尘已在我的心意之外，四周的青山却都在我的眼里，回来吧，学陶渊明那样回乡隐居。

### 赏 析

滕斌早年曾入朝为官，后来却选择远离世俗，寄情于山水。他所作《普天乐》共有11首，每首都流露出对田园生活的向往。这首小令是其中的第一首，描绘了一幅充满生活气息的田园风景图，表达了作者对官场生活的厌倦和对大自然的热爱，充满了生活的美好情趣。

曲子开篇写明丽的阳春景色。"柳丝柔，莎茵细"两句把初春的物候表现得极为精湛。刚抽丝的柳条柔软如线，刚出生的莎草细如发丝，这都是初春时节才有的景色。"数枝红杏，闹出墙围"化用叶绍翁"满园春色关不住，一枝红杏出墙来"及宋祁"红杏枝头春意闹"的句意，万绿丛中一点红，渲染了春天绚烂的色彩。一个"闹"字赋予了红杏动态的美感，将春天生机盎然的特色表现了出来。接下来两句写理想的居住环境，极具闲适安逸的生活气息。庭院幽深，秋千高悬，环境静谧安逸，生活在这里肯定别有一番情趣。最后五句写归隐田园的志趣。作者设想归隐之后，正逢好雨初晴，东郊春光明媚，此时此刻看儿孙在月下扶犁春耕，真是其乐无穷。"看儿孙月下扶犁"描绘了一种恬淡自适的生活情景，这对厌倦"黄尘"的作者来说，自然要惬意快乐得多。"黄尘"与"青山"形成对比，前者象征官场，后者象征自然，作者对于离开官场回归自然的决定毫不迟疑，结尾以陶渊明的《归去来兮》表明了归隐的心志。

## 鲜于必仁

鲜于必仁，字去矜，号"苦斋"，渔阳郡（治所在今天津）人。生卒年不详，大约生活在元英宗至治（1321—1323）前后。其父鲜于枢，“吟诗作字，奇态横生”（《新元史·文苑·鲜于枢传》），是元代著名的书法家、诗人。鲜于必仁受家学熏陶，“工诗好客，所作乐府，亦多行家语”（吴梅《顾曲麈谈》）。然而他虽生于官宦之家，却终身布衣，常寄情于山水间，漫游各地。

## 【中吕】普天乐

### 平沙落雁①

**原　文**

稻粱收，菰蒲秀②，山光凝暮，江影涵秋。潮平远水宽，天阔孤帆瘦。雁阵惊寒埋云岫③，下长空飞满沧洲④。西风渡头，斜阳岸口，不尽诗愁。

**注　释**

①平沙落雁：此为鲜于必仁所作组曲“潇湘八景”中的第五首。

②菰（gū）蒲：菰是多年水生草本植物，又名茭白。蒲亦是水生植物，即苇子，可以编席。秀：茂盛。宋欧阳修《醉翁亭记》：“野芳发而幽香，佳木秀而繁阴。”

③云岫（xiù）：指云雾缭绕的峰峦。岫：峰峦。

④沧洲：水边比较开阔的地方，常用指隐士住地。南朝齐谢朓《之宣城郡出新林浦向板桥》诗：“既欢怀禄情，复协沧洲趣。”

**译　文**

秋天，稻粱丰收，菰蒲茂盛，暮色中山光灿烂，倒映在江水中。潮平之后远方水面渐渐开阔，无垠的天际下一叶孤帆显得格外渺小。雁阵受到秋寒的刺激而埋身于云雾缭绕的群峰之中，一下又俯冲至河边开阔的谷地上。西风呼啸的渡头，斜阳照耀下的岸口，绵延不尽的是心中无限的哀愁。

**赏　析**

“平沙落雁”为北宋画家宋迪所作的“潇湘八景”之一，作者以其为题，描写了秋天的生机勃勃，与同时期其他以“潇湘八景”为题的散曲多写悲秋情怀相比，别有一番新意。

这首曲子前六句两两对仗，十分工整。“稻粱收，菰蒲秀”两句选取了代表性的暮秋景物来进行描写，反映了秋季的特点。稻谷丰收，菰蒲茂盛，山里暮色蔼蔼，江水倒映着深秋之景，相映成趣，充满诗情画意。“潮平远水宽，天阔孤帆瘦”以天之广阔与孤帆之瘦小，以水之静与船之动作比，两者交相辉映，将秋天的苍茫、秋江的寥廓之感形象地表现了出来。“雁阵惊寒埋云岫，下长空飞满沧洲”两句点题，写平沙落雁。秋寒惊起雁阵，它们从掩埋的云层里滑翔而出，瞬间落满菰蒲丛生的平沙岸边，将原本宁静的世界打破。“飞满”二字，极写生机盎然之态。曲子最后镜头拉到岸口渡头，给了作者一个特写，作者站在渡口，面对徐徐西风和斜落的夕阳，不禁情感汹涌、诗兴大发。

这首曲子意境隽永悠长，境界开阔，宛如一幅色彩淡雅明丽的暮秋江景图。

## 【双调】折桂令

### 卢沟晓月①

**原　文**

出都门鞭影摇红②，山色空蒙③，林景玲珑④。桥俯危波⑤，车通远塞，栏倚长空。起宿霭千寻卧龙⑥，掣流云万丈垂虹⑦。路杳疏钟⑧，似蚁行人，如步蟾宫⑨。

**注　释**

①卢沟晓月：著名的燕京八景之一。卢沟：指卢沟桥。因横跨卢沟河（即永定河）而得名，是北京市现存最古老的石造联拱桥。

②都门：都城大门。卢沟桥位于金代首都燕京（今北京）的西南郊外。鞭影摇红：马鞭在拂晓的霞光中摇动。

③空蒙：迷茫貌，缥缈貌。宋苏轼《饮湖上初晴后雨》诗之一：“水光潋滟晴方好，山色空蒙雨亦奇。”

④玲珑：此处形容树木的景致可爱。

⑤危波：高高的水面。危：高。

⑥起宿霭千寻卧龙：从雾霭中腾起的千寻长的卧龙。宿霭：积存的雾霭。寻：古代的长度单位，一寻为八尺。

⑦掣流云万丈垂虹：万丈长的彩虹扯着云彩垂下来。掣：拉，拽。

⑧路杳疏钟：在路上隐约听到稀疏的钟声。

⑨蟾宫：月宫，是中国神话中嫦娥居住的宫殿，“羿请不死之药于西王母，羿妻姮娥窃之奔月，托身于月，是为蟾蜍，而为月精。”

### 译　文

出了城门，马鞭在拂晓的霞光中摇动。山色空蒙，远处的山林看上去玲珑剔透。水流湍急，卢沟桥横卧其上；桥面宽阔，车马从此可远达边塞；栏杆高耸，倚天而立。卢沟桥犹如一条千寻长的巨龙从夜雾中腾空而起；又像万丈彩虹从云端直扑水面。远处传来稀稀落落燕山的晨钟，路上行人如蚁，密密麻麻，好像行走在仙境月宫之中。

### 赏　析

“卢沟晓月”是“燕京八景”之一，作者以其多彩的墨笔，为我们勾勒了一幅恢宏壮丽的美景，让我们一睹其魅力和风采。

“出都门鞭影摇红，山色空蒙，林景玲珑”，元代时北京是都城，而卢沟桥是出入京都的大门，每当夜幕还未完全退去，桥上便已车水马龙，远处山色依稀，树影玲珑。

“桥俯危波，车通远塞，栏倚长空”三句运用了排比句式：“俯危波”言卢沟桥之险，“通远塞”言卢沟桥之阔，“倚长空”言卢沟桥之高，层次分明，准确生动。“起宿霭千寻卧龙，掣流云万丈垂虹”两句运用比喻、对偶和夸张的修辞手法来描写卢沟桥，沉沉暮霭中的卢沟桥就像是一条卧着的长龙，又像万丈彩虹从云端直扑水面，形象地描绘了卢沟桥恢宏的气势和寥廓的境界，极为形象、传神。

结尾三句，照应开头的晓行，诗人运用比喻的写法，展开丰富的想象，把卢沟桥与晓月、天上与人间融为一体，创造出一个恬淡愉悦、深遂高远的境界。诗中的“疏钟”“行人”把画面点染得鲜活生动。最后一句“如步蟾宫”切合题中之“晓月”，将读者带进了一个神话般的世界。

## 【越调】寨儿令

### 原　文

汉子陵①，晋渊明②，二人到今香汗青③。钓叟谁称，农父谁名，去就④一般轻。五柳庄⑤月朗风清，七里滩⑥浪稳潮平。折腰⑦时心已愧，伸脚⑧处梦先惊。听，千万古圣贤平。

### 注　释

①汉子陵：指东汉隐士严子陵，即严光。严光少有高名，与东汉光武帝刘秀是同学，亦为好友。其后他积极帮助刘秀起兵。事成后归隐著述，设馆授徒。刘秀即位后，多次延聘严光，但他隐姓埋名，退

居富春山。

②晋渊明：指东晋名士陶渊明。

③香汗青：谓流芳于史册。汗青：指史册。古人以竹简写字，为使竹简不受虫蛀，先用火炙竹简，让水分蒸发，如出汗一样，干后再写，故称竹简为“汗青”。宋文天祥《过零丁洋》诗：“人生自古谁无死，留取丹心照汗青。”

④去就：进退、去留。

⑤五柳庄：陶渊明曾作《五柳先生传》，其中写到他的宅边有五棵柳树，就自命为“五柳先生”，五柳庄即称其宅。此亦指隐居之所。

⑥七里滩：据传严光隐居后经常垂钓于富春山畔七里滩。此亦指隐居之地。

⑦折腰：语出陶渊明“不为五斗米折腰”典故。《晋书·陶潜传》载：陶渊明曾为彭泽县令，州郡派督邮巡视至县，县吏劝陶束带迎见，他感叹地说：“吾不能为五斗米折腰，拳拳事乡里小人邪！”唐李白《梦游天姥吟留别》诗：“安能摧眉折腰事权贵，使我不得开心颜？”

⑧伸脚：语出《后汉书·严光传》典故。指严光与光武帝刘秀同榻时，将脚伸到刘秀肚子上。

## 译　文

汉代的严子陵，晋朝的陶渊明，自古到今，这两人的高风亮节芳香留汗青。钓鱼翁谁去称扬，老农父谁去扬名，离官和做官一般轻。五柳庄上明月朗照清风阵阵，七里滩头风息浪稳潮头平定。折腰的时候心已经惭愧，伸脚的地方梦魂频惊。听，千秋万古贤圣一般平。

## 赏　析

“汉子陵，晋渊明，二人到今香汗青”，开篇三句便以历史名人领起，气势非凡，极具震撼力。“香汗青”，作者给了严子陵和陶渊明极高的评价，充分肯定了他们的历史地位，为全曲奠定了一个崇高的基调。“钓叟谁称，农父谁名，去就一般轻”三句看似抑其实扬，严子陵和陶渊明归隐后，一个是“钓叟”一个是“农父”，谁能去称赞和颂扬呢？这样，他们的来去自然也没人会在乎。“五柳庄月朗风清，七里滩浪稳潮平”通过对陶渊明和严子陵隐居之地的简单描写，以“月朗风清”和“浪稳潮平”作为象征，赞美了这两位隐士内心的高尚圣洁。“折腰时心已愧，伸脚处梦先惊”用反面行为进一步赞美二人的高洁品行，陶渊明的不为五斗米折腰，严子陵的和帝王平等交往，都是一般人做不到的，这也是他们受人敬仰、名垂青史的原因。

## 邓玉宾

邓玉宾，生卒年及生平均不详，约元世祖至元末前后在世。曾入仕途，后弃官修道。工散曲，《全元散曲》收录其小令4首。《太和正音谱》评其曲“如幽谷芳兰”。

### 【正宫】叨叨令

道情

原 文

**其一**

天堂地狱由人造，古人不肯分明道。到头来善恶终须报，只争个早到和迟到。您省的也么哥[①]，您省的也么哥？休向轮回路上随他闹？

**其二**

一个空皮囊包裹着千重气[②]，一个干骷髅顶戴着十分罪[③]。为儿女使尽些拖刀计[④]，为家私费尽些担山力[⑤]。你省的也么哥，你省的也么哥，这一个长道理何人会？

**其三**

白云深处青山下，茅庵草舍无冬夏，闲来几句渔樵话[⑥]，困来一枕葫芦架。你省的也么哥，你省的也么哥，煞强如[⑦]风波千丈担惊怕。

注　释

①省的：懂得。也么哥：也有写作“也波哥”“也未哥”的，是表示感叹的语气词。在这两个重叠句句尾加上“也么哥”三字，是《叨叨令》的定格。

②空皮囊：比喻人的肉体、躯壳。言人的躯壳是一个皮做的无底袋子。千重气：数不清的烦恼、闷气。

③干骷髅：形容人干瘪的骨架。十分罪：非常多的罪过、折磨。

④拖刀计：与敌军对阵时，假装失败，拖着兵器逃走，等到敌人追上来，再猛地反扑，杀敌于不意。这里比喻挖空心思，使尽机谋。

⑤家私：家产，家中杂物。元杨瑀《山居新话》：“江西吕道山师夔至元间分析家私作十四分。”担山力：担起大山的力量。这里比喻费尽力气，搬掉大山。

⑥渔樵话：捕鱼砍柴之间的交流，泛指生活中的闲谈。

⑦煞强如：比……强。煞：极甚的意思。

译　文

其一

天堂和地狱都是由人所造，古人却不肯明白地将其说出来。到头来善恶终须报，只是一个早到一个晚到。你知道吗？你知道吗？不要在轮回路上随他闹？

其二

人这空皮囊里包裹着无数烦恼和怨气，人这干瘪的骨架里充满了很多的罪过。为了儿女真是费尽了心思，为了家产而用尽了力气。你知道吗？你知道吗？这其中的道理又有谁能领会？

其三

在幽深偏僻的青山下，白云缭绕的地方，盖几间茅草屋，真是冬暖夏凉的好住处。闲暇时与渔夫农父聊会儿天，困了就头枕葫芦架安然入睡。你醒悟了吗？你醒悟了吗？跟那些到名利场的风波中去担惊受怕的人相比，不知要强多少。

赏　析

邓玉宾流传下来的散曲作品很少，其中大多是道家警世之语，但词格很高。所以，明初人朱权在《太和正音谱》中评其曲“如幽谷芳兰”，这是赞叹他的散曲意境的超脱与辞句的飘逸。邓玉宾存世作品中有4首《叨叨令·道情》，都是劝诫世人向道的。

“天堂地狱由人造”这支小令是其中的第三首，是一首劝人弃恶从善的曲子。这支小令说明福祸不定善恶必报的思想，有警世劝善的作用。“天堂”是善人灵魂享受永福的地方，而“地狱”则是恶人灵魂遭受永苦的处所。一念天堂一念地狱，会上天堂还是下地狱都是由人自己的行为造成的。这是个自古皆通的道理，但是很少有人将其说破，更少有人将其看破。于是作者规劝世人不要心存侥幸，因为善恶到头终有报，善有善报，恶有恶报，只是时间有早有晚罢了，世人一定要为之警醒，不要一错再错，永受轮回之苦。曲子中的“您省的也么哥，您省的也么哥”，也可说明曲子的目的是警悟世人。此曲虽也有善恶必报的思想成分，却不乏唯物主义思想。开始的“天堂地狱由人造”一句和最后一句“休向轮回路上随他闹”如当头棒喝、催人猛省。这支小令多用俗语、口语，语言生动、浅白、通俗。曲子风格流畅清新，活泼放逸。选词炼句而不着痕迹，行文气势奔放，酣畅淋漓。

“一个空皮囊包裹着千重气”这首曲子是一首劝世人要摒弃贪欲、恬静淡泊的小令。人生在世不过是一副空的躯壳里面包裹了千重元气，如果人过分执着于追求心中的种种欲望，人体内的这些元气就会早早耗尽，最终会成为一具充满罪孽的干骷髅。告诉我们人生以恬静淡泊为贵，不要受到内心各种欲望的驱使而失去了自我，消耗自己的生命。“为儿女使尽些拖刀计，为家私费尽些担山力”是作者例举的证据，正所谓“儿孙自有儿孙福”，不要为儿女的利益而费尽心机，最终不过是白费心机罢了。世人都想长生不老，但只有摒弃内心各种欲望，保持元气，才是真正的长生之道。

“白云深处青山下”这首曲子叙说的是在山村乡野的隐居之乐。开头两句勾画了一个僻静舒适的隐居之地。白云深处青山脚下几间茅草房，这里冬暖夏凉，是非常适合居住的世外桃源。“闲来几句渔樵话，困来一枕葫芦架”是对日常隐居生活的选择性描述，充满了闲适安然的生活情趣。闲的时候和农人们聊聊天，困了就随便找一处阴凉的地方睡一觉，可以说是逍遥自在、快乐悠闲到了极点。最后，作者发出了慨叹：那些还沉迷于功名利禄的人该醒悟了啊，比起那日夜担惊受怕的宦海沉浮，这样的生活难道不是更让人向往吗？

## 邓玉宾子

邓玉宾子，即邓玉宾的儿子，名字、籍贯、生卒年、生平、事迹均不可考。其散曲仅存小令《雁儿落过得胜令》3首。作品表现了他对社会黑暗以及为官的危险的深刻认识，因“识破抱官囚”而不愿再“事王侯”，所以走上了“尘世不同群”“心远山林近”的隐居道路。他深受老庄道家思想的影响，认为人生如梦，祸福无常，看破红尘之后“唯与道相亲”。虽然不满于现实，却只在湖光山色以及道家教义中寻求解脱。其曲作韵律和谐，用典自如，既有自我感情的抒发，又有深刻的人生哲理的传达，堪称是元人散曲中的艺术珍品。

## 【双调】雁儿落过得胜令

### 闲适

**原　文**

乾坤一转丸①，日月双飞箭②。浮生梦一场，世事云千变③。万里玉门关④，七里钓鱼滩⑤。晓日长安近⑥，秋风蜀道难⑦。休干，误杀英雄汉；看看，星星两鬓斑⑧。

**注　释**

①乾坤一转丸：浩大乾坤，不过是一颗转动的丸。

②日月双飞箭：时间过得飞快，太阳和月亮东升西落，就像两支飞箭。

③世事云千变：世事无常，变化万千，就像天上的云。

④玉门关：始置于汉武帝开通西域道路、设置河西四郡之时，因西域输入玉石时取道于此而得名。汉时为通往西域各地的门户，故址在今甘肃敦煌西北小方盘城。

⑤七里钓鱼滩：东汉隐士严光曾在富春山七里滩钓鱼。

⑥晓日长安近：南朝宋刘义庆《世说新语·夙惠》：“晋明帝数岁，坐元帝膝上，有人从长安来，元帝问洛下消息，潸然流涕。明帝问何以致泣，具以东渡意告之，因问明帝：‘汝意谓长安何如日远？’答曰：‘日远。不闻人从日边来，居然可知。’元帝异之。明日，集群臣宴会，告以此意，更重问之，乃答曰：‘日近。’元帝失色，曰：‘尔何故异昨日之言邪？’答曰：‘举目见日，不见长安。’”后有“日近长安远”的典故，成为对功名事业难易的描述。

⑦蜀道难：入蜀的道路很难走，形容世道艰难。唐李白《蜀道难》诗：“蜀道难，难于上青天。”

⑧星星两鬓斑：两鬓的头发星星点点地白了。

**译文**

天地就像是一个巨大无比的永恒转动的大圆球，太阳和月亮就像两支飞箭永远飞行而不停留。人的一生就像是一场梦，社会上的事情千变万化就像白云苍狗。远出万里玉门关苦苦征战的定远侯，在七里滩静静垂钓的严子陵，都是人间最好的风景。对有些人来说仕途就像是“晓日长安近”那般顺利，对有些人来说仕途就像秋风里攀登蜀道那么难。不要再去苦苦追求，为了那么点蝇头小利耽误害死了多少英雄豪杰；快快醒悟过来看看自己吧，两鬓都已经斑白。

**赏析**

此曲以“闲适”为歌咏主题，抒发年华易逝、浮生若梦之感慨，认为人生应摆脱功名利禄的羁绊。

曲子上半部分起二句为一联，作者从空间和时间落笔，概括人在宇宙间的微不足道，时间永逝不停歇。人之于宇宙的渺小，之于时间的无力都是客观事实，不以人的意志为转移。接下来两句“浮生梦一场，世事云千变”，作者巧用《庄子·刻意》中“其生若浮，其死若休”、李白《春夜宴从弟桃花园序》诗中“浮生若梦，为欢几何”、杜甫《可叹》诗中“天上浮云如白衣，斯须变换如苍狗”等典故，以人生如梦、世事无常来试图破除人们追逐富贵名利的欲望，点明“闲适”的必要。

曲子下半部分前两句“万里玉门关，七里钓鱼滩”句成对偶，工仗有致，以东汉班超和严光的故事说明仕进路遥，隐逸的闲适则近在身边，唾手可得。下一联又用《世说新语·夙惠》与李白《蜀道难》为典，深寄仕途变幻莫测、难以凭借之意。曲子最后劝道：“休干。”希望士子断绝干求仕宦的希冀，回顾历史，它只会让英雄好汉莫名地白了少年头，无端地断送豪情壮志。

此曲以破为立，破除历代士子心中期盼在仕途上飞黄腾达的心理，将读者带到唯有隐退的闲适方是人生之常的思考里。

## 张养浩

张养浩（1270—1329），字希孟，号“云庄”，又称“齐东野人”，济南（今山东济南）人，元代著名政治家、文学家。张养浩一生经历了世祖、成宗、武宗、英宗、泰定帝和文宗数朝。少有才学，被荐为东平学正。历官监察御史、礼部侍郎、礼部尚书、中书省参知政事等职。后辞官归隐，朝廷七聘不出。天历二年（1329），关中大旱，出任陕西行台中丞。是年，积劳成疾，逝世于任上。

张养浩是元代重要的政治、文化人物，其个人品行、政事文章皆为当代及后世称扬，是元代名臣之一。与清河元明善、汶上曹元用并称为“三俊”。其散曲数量较多，《太和正音谱》称赞其作品“如玉树临风”，散曲集为《云庄休居自适小乐府》，还有文集《归田类稿》等。

## 【双调】沽美酒兼太平令

### 原 文

在官①时只说闲，得闲也又思官，直到教人做样看。从前的试观，那一个不遇灾难？ 楚大夫②行吟泽畔，伍将军③血污衣冠，乌江④岸消磨了好汉，咸阳市干休了丞相⑤。这几个百般，要安，不安，怎如俺五柳庄逍遥散诞⑥。

### 注 释

①在官：即居官。《尚书•皋陶谟》：“九德咸事，俊乂在官。”

②楚大夫：屈原曾任三闾大夫，故称楚大夫。

③伍将军：即伍员，字子胥，春秋时吴国大夫，因参谋军务，又称伍将军。

④乌江：在今安徽省和县境内。秦末项羽与刘邦争天下，失败后在乌江边自刎。

⑤丞相：指秦丞相李斯，为秦王朝的建立立下功勋，后为赵高所害，腰斩于咸阳市集。干休：徒然被杀害。

⑥五柳庄：此处指作者隐居时的住所。陶渊明归隐后，曾在其宅边种下5课柳树，并作《五柳先生传》。作者效法陶渊明，也在宅边栽下5棵柳树，号“五柳庄”。散诞：自由自在。

### 译 文

当官的时候只想着闲居，闲居时又思量当官，直到故作镇静做个样子给别人看。试看从前，哪一个为官的不遭灾难：楚大夫屈原被放逐而行吟在泽畔，伍子胥被害血污了衣冠，楚霸王项羽自刎在乌江岸边，秦丞相李斯在咸阳市集被腰斩。这些人都千方百计要保平安，却不平安，怎比得上我过隐居生活这样逍遥舒散。

赏　析

这首小令写于元英宗时张养浩刚刚辞官家居的时候，是一首表明作者厌恶官场、决心归隐的曲子。

这首曲子上半部分开头两句，作者真实地表现出了辞官前的心理矛盾：当官的时候，因为不能忍受官场的黑暗，而想着要过隐居生活；等到真的过上闲适生活时，回想起自己十年寒窗苦读，就是为了一朝出仕，却壮志未酬，实不甘心，故而进退维谷，不知如何是好。可想到从前为官之人大多没有好下场，顿时也就释怀了，于是他选择了归隐。曲子下半部分开头四句，将“从前的试观，那一个不遇灾难？”这一观点进一步具体化，所例举的四个人：屈原、伍子胥、项羽、李斯，都是历史上赫赫有名的大人物，均对国家有大功，都是社稷重臣，但最终结局惨不忍睹，令人寒心。于是，他决心以史为鉴，隐居五柳庄，还自己以逍遥自在。曲中作者慨叹仕途的险恶，表达了毅然隐居、远祸全身的愉快心情。

## 【双调】殿前欢

### 登会波楼①

原　文

四围山，会波楼上倚阑干。大明湖铺翠描金间，华鹊中间②。爱江心六月寒。荷花绽，十里香风散。被沙头啼鸟，唤醒这梦里微官。

注　释

①会波楼：济南名胜大明湖畔的楼阁，是登临赏景的绝佳之地。
②华鹊中间：是指在大明湖附近的华不注山与鹊山。

译　文

四面都是郁郁葱葱的青山，我在会波楼上凭栏眺望。大明湖简直就是在铺翠描金的美景中间。会波楼又在这中心岛屿华鹊岛的中间，实在热爱这江心在六月还非常凉爽的天气。湖中的十里荷花正在开放，花香随风飘散。忽然沙滩上的鸟鸣将我从这美梦中惊醒。

**赏　析**

这首《登会波楼》是作者登临会波楼见景生情之作，意境优美，绘声绘色，引人入胜。

这首曲子先从大明湖自然风光写起。开头两句“四围山，会波楼上倚阑干”交代了写作背景和地点。“倚阑干”是作者此时的状态，应是十分闲散舒适的，还交代了作者所在位置，在高楼上凭栏远望，一切景物自然皆在眼中。接下来自然过渡到远望所见景色的描写。“大明湖铺翠描金间”以下几句，以大明湖为中心，描绘了一幅铺翠描金、荷花盛开的盛夏湖景图。“铺翠描金”以强烈的色彩点染出了盛夏时节的物候特点。“六月寒”看似无理，其实表现出了会波楼所在环境的清幽和天气的凉爽舒适。再加上此时湖中荷花盛开，十里飘香，让人不禁陶醉其间，心旷神怡。如此美景实在是荡人心魄，让人如痴如醉，犹如梦中。最后两句用鸟啼结束，说自己从美梦中清醒过来了，暗暗地表达了对官场的厌倦。

全曲语言清丽，感情真挚，结构严谨，表现了作者高超的艺术技巧。

## 【双调】雁儿落带过得胜令

退隐

**原　文**

云来山更佳，云去山如画，山因云晦明①，云共山高下。倚仗立云沙②，回首见山家③，野鹿眠山草，山猿戏野花。云霞，我爱山无价，看时行踏④，云山也爱咱⑤。

**注　释**

①晦明：时暗时明。晦：昏暗不明。
②云沙：犹言如海。这里指苍茫空旷、云沙相接之处。
③山家：山那边。家：通“价”。
④行踏：走动、来往。
⑤咱：自称之辞。

**译　文**

白云飘来，山势迷蒙，景物更佳。白云飘去，山色晴明，美如图画。山因云的来去而忽明忽暗，云因山势的高低而忽上忽下。我倚着手杖站立在高山云海之中，回头看见了山那边的风景：野鹿在山草丛中安眠，山猿在野花中玩耍。我爱这变幻迷人的云霞，爱这秀丽的山峰，它的富贵无法估计。我边走边看，那云山对我也充满爱意。

**赏　析**

张养浩在元英宗至治元年（1321）曾任礼部尚书、监察御史等职，可谓是位极人臣，但他终因直言进谏而得罪皇帝，为避祸不得不主动辞官回乡隐居。这首诗应是作于其隐居期间。曲子通过给我们描绘了一幅生动逼真的山水画，来表达了对自然风光的赞美之情，暗含了作者对归隐生活的喜爱。

“云来山更佳，云去山如画，山因云晦明，云共山高下”这四句写云彩的浮动来去引起山色的变化，极富神韵。高山之上，云雾缭绕，山色因云彩的飘忽不定而忽明忽暗，忽隐忽现，云彩则因山的高低不同而有上有下，错落分布。这种自然赋予的奇特景色，在作者笔下得到了生动表现。前四句皆是作者远望所见，接下来镜头从远处的云山收回，转到近处。“倚仗立云沙，回首见山家，野鹿眠山草，山猿戏野花”，描写了作者的住所和其周边的环境。作者居住其间，与野鹿和山猿相交往，自然和谐，而无官场中人与人之间那种尔虞我诈，两者形成鲜明对比，自然宕出一种与世无争的气节。最后几句真实地表达了作者对此间山水的热爱和对隐居生活的享受。

## 【双调】雁儿落兼得胜令

**原　文**

往常时为功名惹是非，如今对山水忘名利。往常时趁鸡声赴早朝，如今近晌午犹然睡。往常时秉笏立丹墀①，如今把菊向东篱②。往常时俯仰承权贵，如今逍遥谒故知。往常时狂痴③，险犯着笞杖徙流罪④，如今便宜，课⑤会风花雪月题。

**注　释**

①笏（hù）：古代大臣上朝时拿的手板，可用以记事备忘。丹墀（chí）：皇帝殿前的台阶。《汉书·外戚传下·孝成班婕妤》：“俯视兮丹墀，思君兮履綦。”颜师古注引孟康曰：“丹墀，赤地也。”《宋书·百官志上》：“殿以胡粉涂壁，画古贤烈士。以丹朱色地，谓之丹墀。”

②如今把菊向东篱：此句是借陶渊明《饮酒》诗“采菊东篱下，悠然见南山”句意，表示过着悠闲自在的生活。

③往常时狂痴：过去头脑痴傻。
④笞（chī）：用竹板打。杖：用棍子打。徙：流放。
⑤课：先拟定题目然后按题作文。

## 译文

往常当官时为了功名而招惹是非，到如今却是面对山水而忘了功名利禄。往常听到鸡叫就匆匆忙忙赶早朝，到如今却是一觉睡到大中午。往常当官时手持笏板规规矩矩站在朝堂之上，到如今却是手把菊花随意到东篱边。往常当官时点头哈腰奉承达官显贵，到如今却是逍遥自在看望老友故交。往常当官时痴情狂妄，险些犯下打板子流放的大罪，到如今却是随随便便，欣赏风花雪月，品题诗词书画。

## 赏析

这是作者所作《雁儿落兼得胜令》六首中的一首。全曲用对比的手法，描述了为官时与退隐后两种不同的生活状态，形成强烈的反差：在朝时必须卑躬屈膝，秉笏立丹墀，处处仰承权贵意志，如对朝政有所论谏，则可能被判刑。辞官后的生活却悠然轻松，自在飘逸，人如在世外桃源中。以此表现了为官的艰苦险恶和回归田园后的愉悦闲适。这种比较完全是来自作者本人的亲身体验，因而对当时社会现实黑暗的批判格外有力，态度也极为鲜明。

# 【双调】水仙子

### 咏江南

## 原文

一江烟水照晴岚①，两岸人家接画檐②，芰荷丛一段秋光淡③。看沙鸥舞再三④，卷香风十里珠帘⑤。画船⑥儿天边至，酒旗儿风外飐⑦。爱杀⑧江南！

## 注释

①一江：满江，整个江面。烟水：烟霭笼罩着的水面。唐孟浩然《送袁十岭南寻弟》诗：“苍梧白云远，烟水洞庭深。”照：倒映。岚：山里的雾气。
②画檐：有画饰的屋檐。唐李渥《秋日登越王楼献于中丞》诗：“画檐先弄朝阳色，朱槛低临众木秋。”

③芰荷：出水的荷叶，亦指荷花。南朝宋谢灵运《石壁精舍还湖中作》诗："芰荷迭映蔚，蒲稗相因依。"秋光淡：因为成丛的荷叶挺拔茂密，以至秋光也显得淡了。

④再三：多次，不断的样子。

⑤卷香风十里珠帘："十里香风卷珠帘"的倒装。珠帘：珍珠缀成或饰有珍珠的帘子。汉刘歆《西京杂记》卷二："昭阳殿织珠为帘，风至则鸣，如珩佩之声。"唐李白《怨情》诗："美人卷珠帘，深坐颦蛾眉。但见泪痕湿，不知心恨谁。"

⑥画船：装饰华美的游船。晚唐韦庄《菩萨蛮》词："春水碧于天，画船听雨眠。"

⑦酒旗：也叫酒帘，俗称"望子"，是以布缀于竿头、高悬于店门前的酒家标志。唐刘长卿《春望寄王涔阳》诗："依微水戍闻钲鼓，掩映沙村见酒旗。"飐（zhǎn）：风吹物动的样子。

⑧杀：通"煞"，非常、甚。用在动词后表示动词程度之深。

## 译 文

一江烟水映着晴翠山峦的云气，两岸的人家画檐连着画檐，一片荷花浮在水中秋光安宁闲淡。看沙鸥往来翻飞舞姿翩翩，香风透出珠帘在十里岸边弥漫。画船仿佛从天边驶来，酒旗高悬随风招展，多么可爱的水乡江南！

## 赏 析

张养浩经历过宦海沉浮、官场黑暗，对政治已经失望，故而辞官归隐，此后他视功名利禄为粪土，寄情于山水田园，远离官场是非，抛弃尘世一切浮华虚妄的追求。江南如画的景色和柔美的女子从来都让文人们为之魂牵梦绕，作者生长在北方，此次来到江南，当地的种种美丽风景、风土人情自然让他大开眼界。看着从天边驶来的小舟，让心情随着风中的酒旗一同舒展、摇摆。这时候，作者感觉到从未有过的畅快和惬意，因而写下了这首散曲。

全曲八句，七句写景，最后用一句抒情句作结并点题。

这首曲子开头两句，作者采用对偶的写作手法，紧紧抓住江南多水这一特点来进行描绘：烟水茫茫漫透朝阳，两岸人家画檐相接。江面荷花淡雅开放，上面沙鸥自由飞舞，荷花香飘十里晕染着每家珠帘，不禁让人想见珠帘里似乎还有若隐若现的美人的身影，令人神往。一个"淡"字极言秋光之温和秀丽。"卷香风十里珠帘"表现了江南水乡的柔美。接着抬头远眺，看到画船从天边驶来，这样华贵的游船上，当然还会有悠扬悦耳的乐声，在视觉、嗅觉中又加上了听觉，令人心旷神怡。正在这时，又看到了酒店用以招引客人的酒旗正在风中飘扬，于是在荷香、脂粉香中，又加上了阵阵扑鼻的酒香。至此，陶醉其中的作者情不自禁地发出了"爱杀江南"的赞叹。在强烈的赞叹声中，结束了全曲，使这赞叹声久久萦绕在读者的耳际心上。

这是一首写景曲，作者紧紧抓住江南水乡的特色来写，先从大处入手，再抓具有代表性的事物一一描写，远近结合，灵活多变。全曲纯作客观描写，情寓景中，形象生动，感情真挚，处处蕴含着一腔热爱江南之情，浑然天成，富有诗情画意。

## 【双调】得胜令①

### 四月一日喜雨

**原　文**

万象②欲焦枯，一雨足沾濡③。天地回生意④，风云起壮图。农夫，舞破蓑衣绿⑤；和余⑥，欢喜的无是处⑦。

**注　释**

①得胜令：曲牌名，亦名“德胜令”，属北曲双调。

②万象：万物。南朝宋谢灵运《从游京口北固应诏》诗：“皇心美阳泽，万象咸光昭。”唐杜甫《宿白沙驿》诗：“万象皆春气，孤槎自客星。”

③沾濡：浸湿、滋润。

④生意：生机，生命力。《尚书·无逸》：“怀保小民，惠鲜鳏寡。”蔡沈集传：“惠鲜云者，鳏寡之人，垂首丧气，赉予周给之，使之有生意也。”宋张栻《立春偶成》诗：“便觉眼前生意满，东风吹水绿参差。”

⑤蓑衣绿：用绿草编制的蓑衣。

⑥和余：即“余和”，跟着一起欢唱。

⑦无是处：当时俗语，犹云了不得、不得了。

**译　文**

久旱不雨，大地焦渴，庄稼旱得快要枯死，而一场充满生机的喜雨甘霖，及时将天地万物浸润，大地又有了生机，一切在风云突起中变得壮观雄奇。天天盼雨的农夫，高兴地披着蓑衣在雨中狂舞，不管那蓑衣是舞掉还是舞破，连同我也手舞足蹈，欢喜得不知如何是好。

**赏　析**

张养浩是一位有抱负有担当的正直官吏，始终关注着百姓的生活，因此他在隐居数年后知道关中大旱，一时民不聊生，于是毅然应诏出任陕西行台中丞，专职前去赈灾。据《元史·张养浩传》载，张养浩“道经华山，祷雨于岳祠，泣拜不能起，天忽阴翳，一雨两日”，这一天是元文宗天历二年（1329）四月初一，这首曲子就是在这样的背景下创作的。

“万象欲焦枯，一雨足沾濡”两句叙事，交代出大旱而万分焦渴时的一场大雨，让作者和老百姓都由万分焦急转变为万分欢喜，是全篇抒情的出发点。久旱逢甘雨，自然是喜不自禁，农夫舞破蓑衣，连父母官也跟着欢喜。一句“舞破”，极写出人们的欣喜若狂，而结尾“欢喜的无是处”，表现出作者与民同乐的激动心情，也显示出作者的拳拳爱民之心，使小令更显亲切真实的情味。

## 【中吕】喜春来①

### 原　文

路逢饿殍②须亲问，道遇流民③必细询。满城都道好官人④。还自哂⑤，只落的白发满头新。

### 注　释

①喜春来：曲牌名，入中吕宫。

②饿殍：亦作“饿莩”，快饿死的人。唐白居易《辨水旱之灾明存救之术策》：“凶歉之年，则贱粜以活饿殍。”

③流民：受灾而流亡外地、生活没有着落的人。《管子·四时》：“禁迁徙，止流民，圉分异。”

④官人：称官吏。《左传·哀公三年》：“百官官备，府库慎守，官人肃给。”《荀子·强国》：“士大夫益爵，官人益秩，庶人益禄，是以为善者劝，为不善者沮。”杨倞注：“官人，群吏也。”

⑤哂：微笑。

### 译　文

路上碰到快饿死的人要亲自过问，道上遇到流离失所的难民一定要仔细问询。满城百姓都说我是个好官。我还笑自己，新近只落得满头的白发。

### 赏　析

张养浩曾以《喜春来》曲牌创作9首小令，均无题，这是其中的第三首，是其就任陕西行台中丞期间所作。天历二年（1329），关中大旱，饥民相食。朝廷又一次特召张养浩为陕西行台中丞。朝廷曾在8年之内7

次征召已辞官归隐的他，“皆不赴”。为解民灾患，这一次他却立即登车就道，行前“散其家之所有与乡里贫乏者”，“到官四月未尝家居，止宿公署，夜则祷于天，昼则出赈饥民，终日无少怠。”这支小令所写的就是作者在陕西赈灾的情形，内容显豁，语言朴实，流露出拳拳爱民之情。

“路逢饿殍须亲问，道遇流民必细询”直书其事，把作者在救灾过程中亲自询问灾民关心流民的情景真实地展示出来。“满城都道好官人”也不是自诩，而是事实，承接前两句，极其自然。作者自上任后就夜以继日地为民办实事，尽力赈灾，所以满城老百姓都称他为“好官人”。“还自哂”说明作者并未居功自傲，没有因博得一个“好官人”的名声而满足，而是为不能真正救民于水火之中日夜焦虑着。下文的“白发满头新”的含义即在此。同时，这里还包含着深深的自责之意。后两句写作者的内心世界，我们仿佛能看到作者心底深处的感伤和无奈。

## 【双调】沉醉东风

### 原　文

班定远飘零玉关①，楚灵均憔悴江干②。李斯有黄犬悲③，陆机有华亭叹④。张柬之老来遭难⑤，把个苏子瞻长流了四五番⑥。因此上功名意懒。

### 注　释

①班定远飘零玉关：班定远，即班超。班超以战功封定远侯。年老思乡，因上疏请求调回关内说：“臣不敢望到酒泉郡，但愿生入玉门关。”

②楚灵均憔悴江干：屈原，楚国人，字灵均，故称“楚灵均”。《楚辞·渔父》中写道：“屈原既放，游于江潭，行吟泽畔，颜色憔悴，形容枯槁。”

③李斯有黄犬悲：李斯，秦国的丞相。他在秦统一六国、巩固地主阶级专政的斗争中起过很大的作用。后被二世所杀。临刑时，他对自己的二儿子说：“吾欲与若复牵黄犬俱出上蔡东门逐狡兔，岂可得乎？”

④陆机有华亭叹：陆机，字士衡，西晋的文学家，所作《文赋》为我国古代重要的文学论文。后被谗，为司马颖所杀。临刑，叹曰：“华亭鹤唳，岂可复闻乎？”见《晋书·陆机传》。

⑤张柬之老来遭难：张柬之，字孟将，襄阳（今属湖北）人。中进士后，累迁至监察御史，武周后期，曾任宰相。后被武三思所排

挤，贬为新州司马，愤恨而死。

⑥把个苏子瞻长流了四五番：苏子瞻，即苏轼，北宋大文学家、大书画家。反对王安石变法。神宗时，被贬为黄州（今湖北黄冈）团练副使。哲宗时，新党再度执政，又被谪贬到惠州（今广东惠阳），61岁时被远徙儋州（今海南）。赦还的第二年，死于常州（今江苏常州）。

译　文

班超远离家乡飘零在玉门关，楚大夫屈原被放逐，容颜憔悴游荡在江边。李斯临刑哀伤他不能再行猎牵黄犬，陆机被行刑时有再也听不到故乡华亭鹤唳的感叹。那张柬之年过八十还被贬遭难，把个大诗人苏轼远远地贬到边地四五番。就因为这些我对功名心灰意懒。

赏　析

《沉醉东风》原本作有8首，每首都以“因此上功名意懒”为结尾，这首曲子就是其中第二首。张养浩在辞官归隐后，对于朝廷政治斗争之残酷以及官场之黑暗有了深刻的认识和感悟，这首曲子就很具代表性地表达了这一点。这首曲子中作者一连列举了六个典故，来说明“功名意懒”的原因。班超出身名门，虽然在晚年得以回到中原，但是他一生的绝大部分时间都在西域辗转奔波；屈原身为楚国贵族，心怀国家，却遭楚王和奸臣的猜疑与排挤；陆机和李斯都曾显赫一时，却都又死于激烈的政治斗争中；张柬之与桓彦范、敬晖等乘武则天生病发动政变，复辟唐朝，功大于社稷，却遭武三思排挤被贬；苏轼这样才华出众的人也一次次遭到贬谪，这说明自古以来政治斗争都是很残酷的，任你曾经如何显贵，如何才华出众，都是惊险万分，九死一生。在作者看来，与其手握大权却人生坎坷，甚至不得善终，不如当一个过着平淡生活的普通人。历史典故的运用极大地丰富了作品的思想意义，发人深省。

## 【中吕】朱履曲

原　文

弄世界机关识破[①]，叩天门意气消磨。人潦倒青山漫嵯峨[②]。前面有千古远，后头有万年多。量半炊时[③]成得什么？

注　释

①弄世界：周旋人生，在社会上施展心计。机关：计谋，心机。

②潦倒：颓丧，失意。唐沈传师《次潭州酬唐侍御·姚员外游道林岳麓寺题示》诗："嗟余潦倒久不利，忍复感激论元元。"漫：徒然，此处有"莫要"之意。嵯峨：山高峻貌。《楚辞·招隐士》："山气巃嵸兮石嵯峨，溪谷崭岩兮水曾波。"王逸注："嵯峨巀嶭，峻蔽日也。"

③半炊时：饭熟的一半工夫，形容时间极短。

## 译文

周旋人生，应付社会，一回回处心积虑，却始终不能奏效。想打开天门，跻身云霄，可这求取功名的意图和气概又消磨了多少。人已经如此失意潦倒，青山啊又何必如此峻峭。生前历史已走过了千年之遥，身后的光阴更是无尽无了。仔细想想，这短暂的人生，还能实现些什么目标？

## 赏析

这首曲子表述的是张养浩52岁辞官归隐后的大彻大悟的人生感言，具有极为深刻的警示意义。

"弄世界机关识破"，引出了当时社会人们处世的基本状态。作者在官场上摸爬滚打多年，对于其中各种人各种嘴脸及人与人之间的尔虞我诈、钩心斗角看得清清楚楚，领悟得彻彻底底。一个"弄"字，将人与人意图操纵对方，将对方玩弄于股掌之上，煞费心机，绞尽脑汁的状态凸显得淋漓尽致。可一旦"机关识破"，那么一切所做的努力也就白费了。"叩天门意气消磨"是作者也是当时众多为官之人的亲身感受。"叩天门"本来是踌躇满志，结果却是"意气消磨"，立身扬名所遭受的挫折可想而知。这也自然领出了下句中的"人潦倒"，作者用潦倒的自己和巍峨的青山作比，表现出了人的渺小与无力，作者那悲凉、颓唐的心情尽在其中。结尾三句中，"半炊时"暗用了唐人沈既济的《枕中记》故事：书生卢生在邯郸客店中一枕入梦，历尽富贵荣华，等到醒来，发现店主人炊煮的黄粱还未烧熟。半炊时极言人生的短暂，同"千古远""万年多"形成强烈的对比，给人以难以磨灭的印象。这三句若独立抽出，可视为睿智者的旷达；但安排在该曲中，同"弄世界""叩天门"的起笔对读，则明显是一种激愤与绝望了。

# 【中吕】山坡羊[1]

潼关怀古

## 原文

峰峦如聚[2]，波涛如怒[3]，山河表里潼关路[4]。望西都[5]，意踌躇[6]。伤心秦汉经行处，宫阙万间都做了土[7]。兴，百姓苦；亡，百姓苦[8]！

## 注释

①山坡羊：曲牌名。下面“潼关怀古”是标题。

②峰峦如聚：形容群峰攒集，层峦叠嶂。聚：聚拢，包围。

③波涛如怒：形容黄河波涛的汹涌澎湃。怒：指波涛汹涌。

④山河表里潼关路：潼关地势险要，内有华山，外有黄河，以华山、黄河为表里。表里：即内外。《左传·僖公二十八年》：“表里山河，必无害也。”注：“晋国外河而内山。”潼关：古关口名，在今陕西省临潼县，关城建在华山山腰，下临黄河，扼晋、陕、豫三省要冲，非常险要，为古代入陕门户，是历代的军事重地。

⑤西都：指长安（今陕西西安）。这是泛指秦汉以来在长安附近所建的都城。秦、西汉建都长安，东汉建都洛阳，因此称洛阳为东都，长安为西都。

⑥踌躇：犹豫，徘徊不定，心事重重，此处形容思潮起伏，感慨万端陷入沉思，表示心里不平静。一作“踟蹰（chí chú）”。

⑦“伤心秦汉经行处”两句：谓目睹秦汉遗迹，旧日宫殿尽成废墟，内心伤感。伤心：令人伤心的事，形容词作动词。秦汉经行处：秦朝（前221—前206）都城咸阳和西汉（前208—8）的都城长安都在陕西省境内潼关的西面。经行处：经过的地方，指秦汉故都遗址。宫：宫殿。阙：皇宫门前两边的楼观。

⑧兴、亡：指朝代的盛衰更替。

## 译文

（华山的）山峰从四面八方会聚，（黄河的）波涛发怒似的汹涌。潼关外有黄河，内有华山，山河雄伟，地势险要。遥望古都长安，陷于思索之中。从秦汉宫殿遗址经过，引发无限伤感，万间宫殿早已化作了尘土。一朝兴盛，百姓受苦；一朝灭亡，百姓依旧受苦！

## 赏析

这首曲子是张养浩晚年的代表作，也是元散曲中思想性、艺术性完美结合的名作。他以“山坡羊”为曲牌写下的怀古之作共有七题九首，其中尤以《潼关怀古》韵味最为沉郁，色彩最为浓重，最为脍炙人口。潼关自古以来就是著名的关塞，扼山西、陕西、河南三省要冲，是秦汉故都咸阳、长安的门户，历来为兵家必争之地。张养浩被派往陕西赈灾的途中路经潼关，登高临远，感慨万千，写下了这首千古名篇。

曲子开头三句写潼关雄伟险要的形势。张养浩途经潼关，看到“峰峦如聚，波涛如怒”的景象，不禁感慨山河的壮丽。“峰峦如聚”中的“聚”赋予了重重叠叠的峰峦以动态的感觉，将山峦的雄壮形势描写得生动有力。而潼关正处在这重重山峦包围之中，这也是为什么潼关自古以来都是兵家必争之地的原因。“波涛如怒”写怒涛汹涌的黄河，一个“怒”字赋予了黄河以人的思想感情，让读者耳边回响起千古不绝的河水咆哮声，其中也注入了诗人吊古伤今而产生的满腔悲愤之情。第三句写潼关位于群山重重包围、黄河奔流其间的险隘之处，“山河表里潼关路”之感便油然而生。至此潼关之气势雄伟可见一斑，如此险要之地，乃为历代兵家必争之地，也由此引发了下文的感慨。

“望西都”以下四句，写作者途径潼关时的所见之感，主要写从关中长安万间宫阙化为废墟而产生的深沉的感慨。“望西都，意踌躇”，写作者驻马远望、感慨横生的样子。作者遥望古都长安，凭吊古迹，面对眼前曾经繁华昌盛的六朝古都，如今灰飞烟灭只剩下一片残垣断壁的衰败景象，思绪万千，激愤难平。“伤心秦汉经行处，宫阙万间都做了土”，点出作者心生无限伤感的原因。“宫阙万间都做了土”，便是秦汉以来各朝各代由盛到衰沧桑变化的真实写照。这一层看起来只是回顾历史，而没有直接提到战争，然而历代改朝换代的战争的惨烈情景触目惊心。因此，作者面对繁华过后的废墟发出了“伤心”的悲凉之叹。曲子的最后两句，总写作者沉痛的感慨：历史上无论哪一个朝代，它们兴盛也罢，败亡也罢，老百姓总是遭殃受苦。一个朝代兴起了，必定大兴土木，修建奢华的宫殿，从而给人民带来巨大的灾难；一个朝代灭亡了，在战争中遭殃的也是人民。他指出历代王朝的或兴或亡，带给百姓的都是灾祸和苦难。这是作者从历代帝王的兴亡史中概括出来的一个结论。三层意思环环相扣，层层深入，思想越来越显豁，感情越来越强烈。

这首小令语言精练，全曲景中藏情，情中有景，情景交融，形象鲜明，强烈体现了作者关心民生的真挚情结。

## 【中吕】山坡羊

### 骊山怀古

**原　文**

骊山[①]四顾，阿房一炬[②]，当时奢侈今何处？只见草萧疏，水萦纡[③]。至今遗恨迷烟树。列国[④]周齐秦汉楚。赢，都变做了土；输，都变做了土。

**注　释**

①骊山：在今陕西临潼东南。唐杜牧《阿房宫赋》：“骊山北构而

西折，直走咸阳。”

②阿房：阿房宫，秦宫殿名，故址在今陕西西安市西南。《三辅黄图》：“阿房宫，亦曰阿城。惠文王造，宫未而亡，始皇广其宫，规恢三百余里。离宫别馆，弥山跨谷，辇道相属，阁道通骊山八十余里。”又《史记·秦始皇本纪》：“先作前殿阿房，东西五百步，南北五十丈，上可以坐万人，下可以建五丈旗。”一炬：指前206年12月，项羽引兵屠咸阳，“烧秦宫室，火三月不灭”（见《史记·项羽本纪》）。又有杜牧“楚人一炬，可怜焦土”（《阿房宫赋》）之叹息。

③萦纡：回旋迂曲的样子。汉班固《西都赋》：“步甬道以萦纡，又杳窱而不见阳。”唐白居易《长恨歌》诗：“黄埃散漫风萧索，云栈萦纡登剑阁。”

④列国：各国，即周、齐、秦、汉、楚。

## 译　文

站在骊山上我四处张望，雄伟瑰丽的阿房宫已被付之一炬，当年奢侈的场面现在到哪里去了呢？只见衰草萧疏，水波旋绕。到现在那些遗恨已消失在烟雾弥漫的树林中了。想想自周、齐、秦、汉、楚等国至今。那些战胜了的国家，都化作了土；那些战败了的国家，也都化作了土。

## 赏　析

张养浩在赶往陕西赴任的途中，途经骊山有所感而创作了这首小令。这首曲子主题与《潼关怀古》相似，皆属于咏史题材，表现了作者深沉的历史感和强烈的忧患意识。

曲子的开头三句“骊山四顾，阿房一炬，当时奢侈今何处？”回顾骊山的历史，曾是秦朝宫殿的所在，被大火焚烧之后，当时的繁华富丽早已不在。诗人用“今何处”一个问句，强调了对从古到今历史所发生的巨大变化的感慨，并自然而然地引出了下文“只见草萧疏，水萦纡”，再不见昔日豪华的宫殿，只有野草稀疏地铺在地上，河水在那里迂回地流淌，有的只是满目疮痍和寥落荒凉。草的萧索，水的萦纡，更加重了作者怀古伤今的情感分量。“至今遗恨迷烟树。列国周齐秦汉楚”，到如今，秦王朝因奢侈、残暴而亡国的遗恨已消失在烟树之间了。而这种亡国的遗恨历朝历代都在不断延续中，从夺得政权，到奢侈暴戾，到最终败亡，乃是历代封建王朝的共同结局，但真正能够看清楚的又有几个呢？实际上作者在这里参照现实寄托了一种讽刺，是说后人都已遗忘了前朝败亡的教训！元朝统治者在夺得政权之后更是奢侈挥霍无度，全然不顾国库空虚和社会经济急待调整，这样只会加速元朝的灭亡，作者对此心怀悲愤与无奈。

## 【中吕】山坡羊

### 洛阳怀古

原文

天津桥[①]上，凭栏遥望，春陵王气[②]都凋丧。树苍苍，水茫茫，云台不见中兴将[③]。千古转头归灭亡。功，也不久长；名，也不久长。

注释

①天津桥：隋唐洛阳城中轴建筑群中的“七天建筑”之一，横跨于穿城而过的洛河上，为连接洛河两岸的交通要道，正西是东都苑，苑东洛河北岸有上阳宫。桥正北是皇城和宫城，殿阁巍峨，桥南为里坊区，十分繁华。著名的“天津晓月”为洛阳古“八大景”之一。

②春陵王气：春陵在南阳，是东汉光武帝刘秀的故乡。据《后汉书》载，王莽派遣一位望气者苏伯阿来到南阳，苏伯阿遥望春陵城，赞叹说：“气佳哉！郁郁葱葱然。”

③中兴将：即云台二十八将。指的是汉光武帝刘秀麾下助其一统天下、重兴汉室江山的二十八员功劳最大、能力最强的大将。东汉明帝永平三年（60），汉明帝刘庄在洛阳南宫云台阁命人画了二十八将的像，称为“云台二十八将”。

译文

站在天津桥上凭栏遥望，春陵曾经升起的王气都已凋落消失。眼前树木苍苍，流水茫茫，云台上那二十八位将军也早已不见了。千古的繁盛转头不过是灭亡。功不是长久的，名也不是长久的。

赏析

洛阳是一座有名的历史古城，东周、东汉、曹魏、西晋、北魏、隋炀帝、武周、后梁、后唐、后晋等朝代先后以此为都，在中国古代历史上占有重要的地位。

曲子的前六句，写作者在九朝古都洛阳的天津桥上依栏远望，追念曾经叱咤风云、建立东汉王朝的刘秀以及他的功臣们，营造了一种低沉哀惋的基调。天津桥，故址在今洛阳旧城西南，隋唐皇城正南洛水上。它建于隋大业年间，用铁锁连接大船，南北夹路对起四楼。隋末焚毁，唐宋屡次改建加固。它曾是洛阳一个繁华的名胜之地。作者来到天津桥上，俯视桥下，洛水滚滚向东流淌着，抬头远望，舂陵的王气已丧失不见。而帮助刘秀建立东汉王朝的那些文臣武将们，如邓禹、马武等，也早已作古，就连明帝刘庄在永平年间为感念这些前世功臣，而在南宫云台中绘制的二十八将的图像，也早已塌圮不存了。眼前看见的只有苍茂的树木和茫茫流动的河水。面对这种情景，作者发出了深沉的感慨："千古转头归灭亡"。自古以来，那些帝王将相、英雄豪杰，当时自是叱咤风云，但弹指一挥之间，就归于灭亡，成为历史的过去。由此，作者认为"功"也罢，"名"也罢，都是短暂的，不会长久保持着的。

## 【南吕】西番经[①]

**原　文**

累次征书至[②]，教人去往难。岂是无心作大官？君试看，萧萧[③]双鬓斑。休嗟叹，只不如山水间。

**注　释**

①此曲共四首，此为第三首。
②累次：多次，屡次。征书：皇帝征召的文书。
③萧萧：与"萧瑟"同，此处形容景况凄凉。晋陶潜《祭程氏妹文》："黯黯高云，萧萧冬月。"

**译　文**

朝廷征召的文书多次下达，到底是应召前去还是留下真叫人为难。我难道没有做大官的想法吗？但是你看，现在我已经两鬓斑白；不必感叹，还是这山水间让人舒服啊。

**赏　析**

张养浩晚年因厌倦了政治斗争和受不了官场的黑暗而归隐山水田园，有八九年之久。期间朝廷曾多次征召，但是张养浩都找理由拒绝了，这样来回一共征召了七次，张养浩始终坚持不仕，其另外两首《西番经》中对此皆有描写："屈指归来后，山中八九年。七见征书下日边""天上皇华使，来回三四番"。由此可见作者对官场争斗的极度厌倦和对隐居生活的喜爱。

《西番经》抒发了作者不慕荣利、热爱山水的隐逸之情。征召文书"多次"下达，而作者却是进退两难，"岂是"一句设问，承上启下，引出对其原因的推究。作者先以“萧萧双鬓斑”回答，年老体衰，难以赴召，这确是个理由；然而作者接着以“休嗟叹”一语，说明其真正原因是“只不如山水间”。曲子短短几句，波澜起伏，一气盘旋，令人兴味盎然。

## 【南吕】一枝花

### 咏喜雨

原 文

用尽我为国为民心，祈下些值玉值金雨①，数年空盼望，一旦遂沾濡②，唤省焦枯③，喜万象春如故，恨流民尚在途④，留不住都弃业抛家，当不的⑤也离乡背土。

【梁州】恨不得把野草翻腾做菽粟⑥，澄河沙都变化做金珠。直使千门万户家豪富，我也不枉了受天禄⑦。眼觑着灾伤教我没是处⑧，只落得雪满头颅⑨。

【尾声】青天多谢相扶助，赤子从今罢叹吁⑩。只愿得三日霖霪⑪不停住，便下当街上似五湖，都渰了九衢⑫，犹自⑬洗不尽从前受过的苦。

注 释

①祈雨：古代人们祈求天神或龙王降雨的迷信仪式。《晋书·礼志上》：“武帝咸宁二年春，久旱……五月庚午，始祈雨于社稷山川，六月戊子，获澍雨。”值玉值金：形容雨水的珍贵。

②沾濡：浸润，浸湿。

③省：通“醒”。焦枯：指被干旱焦枯的庄稼。

④恨流民尚在途：指雨后旱象初解，但灾民还在外乡流浪逃荒，作者心中引为憾事。流民：指受灾而流亡外地、生活没有着落的人。宋张齐贤《洛阳缙绅旧闻记·齐王张令公外传》：“令招农户，令自耕种，流民渐归。”

⑤当不的：挡不住。

⑥翻腾：这里是变成的意思。菽粟：豆类和谷类。

⑦天禄：朝廷给的俸禄。《孟子·万章下》：“弗与共天位也，弗与治天职也，弗与食天禄也。”

⑧没是处：束手无策，不知如何是好。

⑨雪满头颅：愁白了头发。

⑩赤子：指平民百姓。《汉书·循吏传·龚遂》："其民困于饥寒而吏不恤，故使陛下赤子盗弄陛下之兵于潢池中耳。"罢叹吁：再不必为久旱不雨叹息了。

⑪霖霪：连绵之雨，久雨。南朝宋鲍照《山行见孤桐》诗："奔泉冬激射，雾雨夏霖霪。"唐杨炯《浮沤赋》："在霖霪之可玩，唯浮沤而已矣。"

⑫渰：通"淹"。九衢：纵横交叉的大道，繁华的街市。代指城市。《楚辞·天问》："靡萍九衢，枲华安居。"王逸注："九交道曰衢。"游国恩纂义："靡萍九衢，即谓其分散如九达之衢也。"

⑬犹自：依然。

## 译文

为国为民，我鞠躬尽瘁、沥血呕心，求来了这一场雨，宝贵得如玉如金。老百姓空盼了好几年，今天终于把大地滋润。干枯的庄稼添上新绿。春天回来了，使万物欣欣向荣，这令我高兴；逃荒的百姓，仍颠沛流离，这使我遗恨。老百姓待不住了便抛家别业，灾民们受不了时才离乡背井。

我恨不得把遍地野草都变成茂密的庄稼，让河底沙石都化作澄黄的金珠。直到家家户户都生活得富足，我也算没有糟蹋国家的俸禄。眼睁睁看着天灾成害无所助，让我只急得白发长满了头颅。

多谢老天爷的扶持帮助，老百姓从此没有哀叹之处。但愿这大雨一连三天不停，哪怕下得街道成了五大湖，大水淹没了所有大路，也还洗不尽老百姓这几年受过的苦！

## 赏析

这首曲子是张养浩晚年的作品，表达了作者心忧灾民的情感，真实地反应了民众流离失所的悲惨境地，具有较强烈的政治色彩。元明宗天历二年（1329），陕西大旱已有5年，灾情严重，民不聊生。此时张养浩已经辞官归隐多年，期间朝廷征召他7次都被其推脱，但是面对这次赈灾的任务，张养浩没有再推辞，马不停蹄前往陕西赈济灾民。他到任后的四个月不曾家居，白天出去赈济灾民，晚上则要向老天祈雨，不久他因积劳成疾而去世。这首曲子正是描写了祈雨成功后的喜悦，以及对百姓遭遇的忧虑和同情。

曲子字里行间无不透露着久旱逢雨的喜悦心情，在作者眼中每滴雨水都"值玉值金"，其求雨之心切，跃然纸上。然而喜悦之余作者也不禁感叹，这场雨是关中百姓苦苦等了好几年才等来的啊，这期间他们过得是何等地凄苦，以后再发生这样的灾难又该如何是好，这又让作者忧心忡忡。语言朴实无华，充分表现出了其对农业生产和百姓的关心，感情深挚。此外，丰富的想象、大胆的夸张和形象的比喻的运用，为作品增色不少，艺术效果尤为显著。

## 白贲

白贲（1270？—1330？），字无咎，号“素轩”，祖籍太原文水（今属山西），南渡后居钱塘（今浙江杭州）。元散曲史上最早的南籍散曲家之一。延祐年间由省郎出知忻州，因冒犯监郡而去职。至治年间被起用为温州路平阳州教授，历常州路知事，终南安路经历。《太和正音谱》以其曲为上品，称为“如太华孤峰”。《全元散曲》今存其小令2支、套曲4套（其中残套1套），所作《鹦鹉曲》相当有名，和者颇多。生平事迹见《元诗选·癸集》小传，孙楷第《元曲家考略》亦有生平考证。

### 【正宫】鹦鹉曲

**原 文**

侬家鹦鹉洲边住①，是个不识字渔父②。浪花中一叶扁舟，睡煞③江南烟雨。觉来时满眼青山暮④，抖擞⑤着好蓑归去。算从前错怨天公⑥，甚也有安排我处⑦。

**注 释**

①侬：吴语方言，即“我”。鹦鹉洲：在今湖北武汉汉阳西南长江中。

②父：对老年男人的称呼。

③睡煞：此指睡得沉酣香甜。煞：表示极度之词。

④觉来时满眼青山暮：醒来时感到满眼青山都染上了暮色。

⑤抖擞：以手举物而振拂。北魏贾思勰《齐民要术·作豉法》：“急抖擞筐，令极净，水清乃止。”

⑥天公：天。以天拟人，故称。唐皎然《问天》诗：“天公何时有，谈者皆不经。”南宋陆游《残雨》诗：“五更残雨滴檐头，探借天公一月秋。”

⑦甚也有安排我处：指天公安排他作了渔父。甚：此处作“是”讲。

## 译 文

我家就在鹦鹉洲旁居住，我是个不识字的渔父。乘一叶扁舟任它在浪花里飘流，在江南烟雨蒙蒙中酣然沉睡。醒来时天晴雨住，满眼青山更加苍翠，抖动着蓑衣回去。看来是从前错怨了老天爷，真是也有安置我的去处。

## 赏 析

在古代，人们常用“渔父”来象征那些随遇而安的隐者。元代知识分子社会地位卑下，得不到统治者重视。作者感于时事和身世，写就此曲。这首曲子描写了渔父自得其乐的生活，实则抒发怀才不遇的愤懑。“侬家鹦鹉洲边住”，渔父出场便自报家门：我家住在鹦鹉洲边。鹦鹉洲因东汉名士祢衡的《鹦鹉赋》得名，而祢衡又是历史上有名的狂士，志怀霜雪，疾恶如仇。作者将鹦鹉洲设为渔父的居所，表现了渔父的清高质朴。接下来一句说自己是个不识字渔夫，实为对社会的愤激之语。人识字了，懂的东西多了，心思复杂了，欲望多了，烦恼也就多了，不如一个不识字的渔父逍遥自在。“浪花中一叶扁舟”以下所描绘的是渔父自由自在的闲适生活。烟雨迷茫的江面上，一叶扁舟随波漂荡，舟上渔父盖着绿草蓑衣，忘情地酣睡着。一觉醒来，神清气爽，两岸的山峦更加青翠可爱，他抖落蓑衣上的水珠，驾着小舟，哼着渔歌归去。作者极写江上美景和渔父生活的悠闲自在，旨在反衬社会的黑暗，寄托对自由的隐逸生活的向往。“算从前错怨天公，甚也有安排我处”，这既是渔父的自白，也是作者的人生体悟，暗含着怀才不遇的怨愤。

# 郑光祖

郑光祖（1264—？），字德辉，平阳襄陵（今山西临汾）人，元代著名的杂剧家和散曲家。他从小就受到戏剧艺术的熏陶，青年时期投身于杂剧活动，享有盛誉。但他主要活动在南方（杭州），成为南方戏剧圈中的巨擘。所作杂剧在当时“名闻天下，声振闺阁”。元代周德清在《中原音韵》中激赏郑光祖的文词，将他与关汉卿、马致远、白朴并列，后人合称为“元曲四大家”。

郑光祖所作杂剧可考者有18种，现存《周公摄政》《王粲登楼》《翰林风月》《倩女离魂》《无塩破连环》《伊尹扶汤》《老君堂》《三战吕布》等8种；

其中，《倩女离魂》最著名，后3种被质疑并非郑光祖作品。除杂剧外，郑光祖所作散曲有小令6首、套数2套。

## 【双调】蟾宫曲

### 梦中作

**原文**

半窗幽梦微茫，歌罢钱塘①，赋罢高唐②。风入罗帏③，爽入疏棂④，月照纱窗。缥缈见梨花淡妆⑤，依稀闻兰麝余香⑥。唤起思量，待不思量，怎不思量！

**注释**

①歌罢钱塘：用南齐钱塘名妓苏小小的故事。《春渚纪闻》记载她的《蝶恋花》词一首，词中有“妾本钱塘江上住，花落花开，不管流年度”之句。钱塘：即杭州，曾为南宋都城，古代歌舞繁华之地。

②高唐：战国时楚国台馆名，在古云梦泽中。相传楚怀王游高唐，梦见巫山神女与其欢会，见宋玉《高唐赋》。

③罗帏：用细纱做的帐子。唐卢照邻《长安古意》诗：“双燕双飞绕画梁，罗帏翠被郁金香。”

④疏棂：稀疏的窗格。

⑤缥缈：隐约、仿佛。梨花淡妆：形容女子装束素雅，像梨花一样清淡。此句化用白居易《长恨歌》“玉容寂寞泪阑干，梨花一枝春带雨”诗意。

⑥依稀：仿佛。兰麝：兰香与麝香，均为名贵的香料。《晋书·石崇传》：“崇尽出其婢妾数十人以示之，皆蕴兰麝，被罗縠。”

**译文**

窗子半掩，幽深的梦境朦胧迷茫，好像苏小小的歌声刚刚停歇，又好像才和神女在高唐欢会。夜风吹入轻罗帐，透过疏朗的窗棂，使人倍感清爽，月光如水映照着纱窗。面前隐隐约约出现了她淡雅的形象，仿佛还能闻到她那兰麝般的余香。这一切都唤起我思量，本想不思量，又怎能不思量！

**赏析**

这首曲子是以梦抒情之曲，描写的是梦中的场景和梦后的思量。

“半窗幽梦微茫，歌罢钱塘，赋罢高唐”三句写梦中的情景：半明半暗的窗户，美人唱完“钱塘自古繁华”，而自己仿佛是梦见了《高唐赋》中的巫山神女，写得朦胧迷离，恍恍惚惚。这一先声夺人的起笔，绘出了朦胧、悱恻的氛围。两处“罢”字，见出梦影残存，言下有无限惆怅。

“风入罗帏，爽入疏棂，月照纱窗”三句写梦醒的原因和初醒时的感觉，突然觉醒，迎接诗人的是现实世界的一片凄清。前两句是互文见义，即秋风的凉爽之气进入窗户进入帷帐。因此自己醒来，只见朦胧的月光照耀着纱窗。“罗帏”“疏棂”“纱窗”，同“风”“爽”“月”这些清晰切近的感觉印象搭配在一起，是对“幽梦”的反衬，含有诗人独处独宿的孤单情味。再入梦已不可能，他却执着地追寻着前尘旧影。缥缈的幻觉中得以如愿，不仅如见其人，而且如闻其声。“梨花淡妆”“兰麝余香”，补出了“半窗幽梦”的内容，见出幽梦的可恋，也见出诗人的多情。作者虽是不露声色地平静叙出，言外却存着无限的怅惘与伤心。

末尾三句作者以极其朴实的语言，将自己幽梦惊起之后思绪难平的心理，描摹得十分生动。“待不思量”是由于思量太苦，也是诗人故作铁石心肠；然而“怎不思量”！爱情的力量岂能抗拒！三处“思量”，经历了一个“一无一有”的曲折，通过这欲罢不能的一笔，更见出了诗人的一往情深与愁绵恨长。

## 【正宫】塞鸿秋

### 原　文

雨余梨雪开香玉①，风和柳线摇新绿。日融桃锦堆红树，烟迷苔色铺青褥。王维②旧画图，杜甫③新诗句。怎相逢不饮空归去④。

### 注　释

①梨雪：像雪一样白的梨花。梨花色白、片小，犹如雪花，故称。唐韦庄《浣溪沙》词：“此夜有情谁不极，隔墙梨雪又玲珑。玉容憔悴惹微红。”宋苏轼《菩萨蛮·回文四时春闺怨》词：“细花梨雪坠，坠雪梨花细。”香玉：比喻花瓣。唐李玖《白衣叟途中吟》诗：“春草萋萋春水绿，野棠开尽飘香玉。”

②王维：字摩诘，唐朝著名诗人、画家。王维参禅悟理，学庄信道，精通诗、书、画、音乐等，以诗名盛于开元、天宝间，尤长五言，多咏山水田园，与孟浩然合称“王孟”，有“诗佛”之称。书画特臻其妙，后人推其为南宗山水画之祖。苏轼评价他说：“味摩诘之

诗，诗中有画；观摩诘之画，画中有诗。”

③杜甫：字子美，自号“少陵野老”，盛唐时期伟大的现实主义诗人，与李白合称“李杜”。杜甫在中国古典诗歌中的影响非常深远，被后人称为“诗圣”，他的诗被称为“诗史”。

④怎相逢不饮空归去：宋蔡沆《复斋漫录》：“世所传‘相逢不饮空归去，洞口桃花也笑人’之句，盖出于敬方。”敬方即李敬方，唐长庆年间诗人，但这两句诗在《全唐诗》中并未载于李敬方名下。

### 译　文

雨停了，玉雪般的梨花绽放，香气四散；风儿微微，柳树摇曳着嫩绿的长线。在熙和的日光中，烂漫如锦的红色桃花，将树身堆得满满；在迷漾的雾气里，碧苔给大地铺上了一层青毡。这美景曾入王维的画稿，杜甫也会为之吟作新篇。我怎肯相逢了故人，而不开怀畅饮，白白地把家回转！

### 赏　析

这首曲前四句采用铺叙的手法，不厌其详地列举了春天的花木和植物构筑的美景，合在一起，凸显了初春郊外的明媚景色。该曲的妙处，在于将梨、柳、桃、苔分别配置于雨、风、日、烟的自然条件下，各呈白、绿、红、青的丽彩与绽放、摇曳、堆垛、铺展的芳姿，从而显示了春意的无时不妍与无所不适。这一片美景富于诗情画意，令人目不暇接，水到渠成地带出了“王维旧画图，杜甫新诗句”，表现出了春景的清新自然。末句“怎相逢不饮空归去”的收束，可谓是全曲的神来之笔。它巧妙地引用了前人的成句，以“相逢不饮”作为辜负良辰美景的象征，表现出一种强烈的“行乐须及时”的人生信念。作者与友人们一起一边纵情饮酒，一边尽兴赏春的欢乐情景如现在读者眼前。自然与人的交融契合，以及作者的志得意满、狂放豪迈，都在这一句中酣畅地展现出来。

## 曾瑞

曾瑞，生卒年不详，字瑞卿，自号“褐夫”，元代散曲作家。大兴（今属北京）人。因喜江浙人才风物而移家南方。元钟嗣成《录鬼簿》记他“临终之日，诣门吊者以千数”，可知他当时已有盛名。由于志不屈物，不肯趋附奉承，所以终身不仕，优游市井，赖江淮一带熟人馈赠为生。善绘画，能作隐语小曲。

曾瑞的散曲以写男女恋情、山林隐逸为主，也有一些讽世的题材。“情词”直露明朗，而写隐逸及写景的作品则清放平实，意境旷淡。他的散曲不避俚俗，有时以市井语入于曲中，继承了早期散曲通俗本色的传统。

## 【南吕】四块玉

酷吏[①]

### 原　文

官况甜[②]，公途险[③]。虎豹重关[④]整威严。仇多恩少人皆厌。业贯盈[⑤]，横祸添。无处闪。

### 注　释

①酷吏：是指用残酷的方法进行审讯、统治的官吏。
②官况甜：做官有好处，能得到甜头。
③公途险：做官有风险。公途：指仕途。
④虎豹重关：形容威严恐怖的酷吏官衙。
⑤业贯盈：即罪孽深重、恶贯满盈。业：罪孽，恶行，劣迹。

### 译　文

就算今天官运亨通，也难改仕途险恶。酷吏凶恶如虎豹，官衙更是威严可怖。结仇太多，施恩太少，人人都会厌恶你。到恶贯满盈、横祸飞来之时，你根本没有地方可以躲避。

### 赏　析

元代的法制与前代有所不同，一直没有颁布正式的法律。官吏处理诉讼判案，有的沿用金代的《泰和律义》，有的援用“蒙古祖宗家法”，所以通常带有很强的随意性，再加上执法的不严，导致了官员腐化、吏治黑暗。作者对当时黑暗的社会现实深恶痛绝，不愿趋炎附势，所以终身未仕，一生穷困潦倒，只能靠熟人馈赠为生。正是由于作者的这种经历，因而作品充满了现实主义批判力量，同时也表达了作者的一种郁闷愤慨之情。这首曲子，形象地讽刺与警告了使用严刑峻法的官吏，指出他们虐杀百姓的行为，必有恶报，无好下场，是对他们的当头一棒。作者对元朝酷吏的专横多有体会，此曲揭露酷吏的罪行，并对酷吏提出严正警告，语言精悍，切中要害。

## 【南吕】四块玉

### 述怀

原 文

衣紫袍①，居黄阁②，九鼎沉如许由瓢③。调羹④无味教人笑。弃了官，辞了朝，归去好。

注 释

①紫袍：古代四、五品以上官员的袍服。唐白居易《初授秘监拜赐金紫闲吟小酌偶写所怀》诗："紫袍新秘监，白首旧书生。"

②黄阁：宰相厅署。古代丞相、三公官署厅门涂饰黄色，故称。汉卫宏《汉官旧仪》卷上："（丞相）听事阁曰黄阁。"《宋书·礼志二》："三公黄阁，前史无其义……三公之与天子，礼秩相亚，故黄其阁，以示谦不敢斥天子，盖是汉来制也。"

③九鼎：喻国家重器。历史上最早由大禹铸九鼎，作为国家政权的象征。《史记·封禅书》："禹收九牧之金，铸九鼎。皆尝亨鬺上帝鬼神。遭圣则兴，鼎迁于夏商 。周德衰，宋之社亡，鼎乃沦没，伏而不见。"许由瓢：许由为上古高士，尧让以天下而不受。他隐居箕山时，家产只有一只水瓢，挂在树上，风吹瓢鸣，许由嫌声烦就将瓢弃于水中。

④调羹：《尚书》载商王武丁命傅说为相，说："若作和羹，尔惟盐梅。"意谓如调味作羹那样治理国家。后因以"调羹"喻宰相行职。

译 文

身穿着高官的袍裳，高坐于宰相的厅堂，把个国家搞得不成模样，几乎像许由的沉瓢那样泡汤。燮理阴阳，治政无方，徒然博得个万民笑骂，丑名远扬。还是弃官辞朝，还乡归隐来得强。

赏 析

这是一首愤世嫉俗的劝世之作。作者用许由弃瓢的历史传说领起，用许由看淡名利的处世之道反讽当时视名利如生命的为官者。同时又以"九鼎沉"来写爱好名利的为官者为政无方，昏庸无能，祸国殃民。"紫袍""黄阁"，均是贵官的借代语。利用"紫""黄"两种颜色作成对仗，也是古代文人习用的手法。第四句的含意与前句接近，却偏重于宰相无能的角度。"调羹"在古时是喻指宰相行职的专用语，作者却故意取用其生活中烹饪的字面意味，接以“无味”二字，引出“教人笑”的嘲骂。这首小令阐述的是“归去好”的结论，在论据上用了极端的例证，即从位至三公的高贵人物加以否定，更不用说一般小官了。而作者却是连小官也未做过的，竟题为“述怀”，就更不难想见他写作此曲时自嘲自解与愤世嫉俗的心情。

全曲语言冷辣，口舌节省，恰恰体现出元散曲短篇小令犀利精悍的特征。

## 【南吕】骂玉郎过感皇恩采茶歌

### 闺中闻杜鹃

原　文

无情杜宇①闲淘气。头直②上耳根底，声声聒得人心碎。你怎知，我就里③，愁无际？

帘幕低垂，重门深闭。曲阑边，雕檐外，画楼西。把春醒④唤起，将晓梦惊回。无明夜⑤，闲聒噪，厮禁持⑥。

我几曾离，这绣罗帏，没来由劝我道“不如归”。狂客江南正着迷，这声儿好去对俺那人啼。

注　释

①杜宇：杜鹃鸟。其鸣声如“不如归去”。
②头直：头顶。
③就里：内里，指心中。
④春醒（chéng）：春天里醉酒的状态。醒：喝醉了神志不清。
⑤无明夜：无日无夜。
⑥厮：相。禁持：纠缠。

译　文

那不懂事的杜鹃鸟一味任性，在我头顶上耳根边声声啼鸣，吵碎了我的心。你怎么不知道，我心里本来就愁情无尽？

帘幕低垂，一道道门儿关紧，闺房中原是那样地幽静。你却在曲栏边、屋檐外、小楼西，到处叫个不停。唤醒了我的酒醉，惊破了我的梦境。没日没夜，叽叽喳喳，同我纠缠不清。

我几时离开闺帏出门？你老是没头没脑，发出“不如归去”的提醒。

我那狂荡的人儿正沉迷在江南，流连忘返，你这些声儿最好还是叫给他听！

赏析

这首曲子以代言体的方式，借一位独守空闺的少妇之口，对杜鹃由怨而怨，并大加申斥，形象地描绘出了女主人公又怨又恨又嗔的情态，淋漓尽致地表现了思妇的情怨，构思新颖，颇有机趣。

曲子的第一段一上来就把杜鹃鸟推上了被告地位，以闺中女子的口吻对它进行了娇憨的嗔斥。"闲淘气""头直""就里""聒"等连用口语，描摹女子口吻来表达极度不满的感情，可谓惟妙惟肖，率直天真而又多愁善感。可杜鹃鸟的啼叫声怎么就把女主人公招惹到了呢？这里留下了一个悬念，留待下文分解，自然勾起了读者的兴趣。

第二段为女子对往日杜鹃"聒噪"情形的回顾与数落。这回真相大白，原来杜鹃鸟突破低垂的帘幕和深闭的重门，没日没夜地在"曲阑边，雕檐外，画楼西"飞翔啼叫，还竟"把春醒唤起，将晓梦惊回"，害得女子不得安宁，连做个好梦也做不全，对她的生活造成了极大的困扰。这一段不仅照应了首段的"头直上耳根底，声声聒得人心碎"，坐实了杜鹃鸟的"闲淘气"，更巧妙的是借着数落而介绍了女子寂寞闺居的日常生活。我们因而了解了她居住在条件优越的大户深院内，终日不出大门外，至多在曲栏画楼间徙倚散心，而这当然是"愁无际"情形下的消遣，可见其彻夜难眠，借酒消愁的生活状态。而女子对杜鹃声"无明夜"的啼叫规律耿耿于怀，那么她本人的忧心忡忡、彻夜不眠，也就是显而易见的了。

第三段终于揭出了女子怨艾的原因，原来心上人远在江南，主人公让杜鹃鸟去寻找在外的夫君，至此曲子意蕴豁然开朗。鸟儿不看对象，固然好"没来由"；妙在女子并不停留在对它盲目啼叫的恼恨上，而是进一步要求它去寻找自己在外不归的夫君，"这声儿好去对俺那人啼"。在丝丝入扣的铺叙后，着此新警别致的一笔，将女子又恨又嗔、既悱恻又炽烈的内心情感，表现得入木三分。这一结尾合于情理而又出人意料，将前时女子对杜鹃的责备顿时转为对薄幸夫婿的怨望，令人恍然大悟、怅然动容，故素来为人称道。

## 睢景臣

**睢景臣，生卒年不详，一作舜臣，字景贤，或作嘉贤，元代著名散曲、**

杂剧作家，江苏扬州人，一生著述甚多，著有散曲集《睢景臣词》。杂剧有《莺莺牡丹记》《千里投人》《屈原投江》等，散曲中最广为人知的作品是《哨遍·高祖还乡》。

## 【般涉调】哨遍

### 高祖还乡[1]

原 文

社[2]长排门告示，但有的差使无推故[3]，这差使不寻俗[4]。一壁厢纳草除根[5]，一边又要差夫，索应付[6]。又言是车驾，都说是銮舆[7]，今日还乡故。王乡老执定瓦台盘[8]，赵忙郎[9]抱着酒胡芦。新刷来的头巾，恰糨来[10]的绸衫，畅好是妆么大户[11]。

【耍孩儿】瞎王留引定火乔男妇[12]，胡踢蹬[13]吹笛擂鼓。见一彪人马[14]到庄门，匹头里[15]几面旗舒。一面旗白胡阑套住个迎霜兔[16]，一面旗红曲连打着个毕月乌[17]。一面旗鸡学舞[18]，一面旗狗生双翅[19]，一面旗蛇缠葫芦[20]。

【五煞】红漆了叉，银铮[21]了斧，甜瓜苦瓜黄金镀[22]，明晃晃马镫枪尖上挑[23]，白雪雪鹅毛扇上铺[24]。这些个乔人物[25]，拿着些不曾见的器仗，穿着些大作怪的衣服。

【四煞】辕条上都是马，套顶上不见驴，黄罗伞柄天生曲[26]，车前八个天曹判[27]，车后若干递送夫。更几个多娇女[28]，一般穿着，一样妆梳。

【三煞】那大汉下的车，众人施礼数，那大汉觑得人如无物。众乡老展脚舒腰拜，那大汉挪身[29]着手扶。猛可里抬头觑[30]，觑多时认得，险气破我胸脯。

【二煞】你身须姓刘[31]，你妻须姓吕，把你两家儿根脚[32]从头数：你本身做亭长耽几盏酒[33]，你丈人教村学读几卷书。曾在俺庄东住，也曾与我喂牛切草，拽坝扶锄[34]。

【一煞】春采了桑，冬借了俺粟，零支了米麦无重数。换田契强秤了麻三秤[35]，还酒债偷量了豆几斛。有甚胡突处[36]？明标着册历[37]，见放着文书[38]。

【尾声】少我的钱，差发内旋拨还[39]；欠我的粟，税粮中私准除[40]。只道刘三谁肯把你揪捽住[41]，白什么[42]改了姓、更了名、唤做汉高祖！

注 释

①般涉调：宫调名。哨遍：曲牌名，又作"稍遍"。高祖：即汉高祖刘邦。

②社：古时地方的基层单位。元代以五十家为一社 。

③但有的差使：只要有所差使，此处指所有摊派下来的差事。无推故：不要借故推辞。

④不寻俗：不寻常，不一般。

⑤一壁厢纳草除根：一边交纳草料，还要把草根除掉。一壁厢：一边。

⑥索应付：须认真对待。索：须。

⑦车驾、銮舆：都是帝王乘的车子，因以作为皇帝的代称。

⑧乡老：乡村中的头面人物。唐卢纶《送菊潭王明府》诗："唯应理农后，乡老贺君闲。"瓦台盘：盛酒的瓦坛。"台盘"合音是"坛"。

⑨忙郎：一般农民的称谓。

⑩糨（jiàng）来：刷洗后浆好。用米汤给洗净的衣服上浆叫"糨"。

⑪畅好是妆么大户：正好充装有身份的阔佬。畅好是：又作"常好是""畅是""唱道"，作"真是""正是"讲。妆么：装模作样。

⑫瞎王留引定火乔男妇：爱出风头的青年率领一伙装模作样的坏家伙。瞎：犹言坏，胡来。王留：元曲中常用以指好出风头的农村青年。火：通"伙"。乔男妇：坏家伙，丑东西。

⑬胡踢蹬：胡乱，胡闹。踢蹬：语气助词，起强调作用。

⑭一彪（biāo）人马：一大队人马。宋周密《癸辛杂识·别集下》"一彪"条："虏中谓一聚马为彪，或三百匹，五百匹。"

⑮匹头里：犹"劈头""打头""当头"。

⑯胡阑套住个迎霜兔：指月旗。胡阑："环"的合音，即圆圈。迎霜兔：玉兔，古代神话谓月中有玉兔捣药。一面旗上画的是白环里套住只白玉兔，即月旗。

⑰红曲连打着个毕月乌：指日旗。曲连："圈"的合音，"红曲"即红圈，像日的形状。毕月乌：古代传说日中有三足乌。后来的星历家又以七曜（日、月、火、水、木、金、土）及各种鸟兽配二十八宿，如"昴日鸡""毕月乌"等。

⑱鸡学舞：这是指舞凤旗。

⑲狗生双翅：这里指飞虎旗。

⑳蛇缠葫芦：这是指蟠龙戏珠旗。这些旗帜乡下人都没有看到过，只是根据自己的生活经验随意加以解释的。

㉑银铮：镀了银的铮。

㉒甜瓜苦瓜黄金镀：这是说金瓜锤，帝王的仪仗。

㉓明晃晃马镫枪尖上挑：这是说朝天镫，帝王的仪仗。

㉔白雪雪鹅毛扇上铺：这是写鹅毛宫扇。

㉕乔人物：怪人物，装模作样的人。

㉖黄罗伞柄天生曲：此指帝王仪仗中的“曲盖”。曲盖像伞，柄是曲的。

㉗天曹判：天上的判官。形容威风凛凛、表情呆板的侍从人员。

㉘多娇女：指美丽的宫娥。

㉙挪身：挪动身躯。

㉚猛可里：猛然间，忽然间。觑（qù）：偷看。上文“觑得人如无物”的“觑”，当作“斜视”讲。

㉛你身须姓刘：你个人本姓刘。须：本。

㉜根脚：根基，犹今言出身。

㉝亭长：刘邦曾经做过泗上亭长。亭：秦制，十里为亭，十亭为乡。耽（dān）：沉溺，迷恋。

㉞拽坝扶锄：泛指平整土地之类的农活。两牛并耕为一坝。坝：通“耙”。

㉟麻三秆：麻三十斤。乡间以十斤为一秆。

㊱有甚胡突处：有什么糊涂的地方，意即十分清楚。胡突：糊涂，含混不清。

㊲明标着册历：明白地记载在帐簿上。标：记载。册历：帐簿。

㊳见（xiàn）放着文书：现在还放着借据在那儿。文书：契约。借条。

㊴差发内旋拨还：在官差内立即偿还。差发：差拨，官家派的差役和钱粮。旋：立刻，马上。

㊵私准除：暗地里扣除。准除：抵偿，折算。

㊶刘三：刘邦，排行当为第三。因为他有一个哥哥排行第二。揪捽住：揪住，抓住。

㊷白什么：凭什么。不是询问原因，而是带有批评意味的责问、质问。

## 译文

听说有个大人物要还乡了，社长挨家挨户地通知每个差使：“任何差使均不得借故推脱。”这些差使真不寻常，一边要交纳草料除草根，一边要派服劳役的民夫，都必须执行。有的说是车驾，有的说是銮舆，今天要回乡。只见在喧闹的市集里，王乡老拿着个陶托盘，赵忙郎抱着一个酒葫芦，戴着新洗过的头巾，穿着新糨过的绸衫，正好装充有身份的阔人。

忽然，浑王留叫来一伙稀奇古怪的男女胡乱地吹笛打鼓，好像在欢迎什么。一大队人马从村口进来，前头的人拿着几面旗子，很威风似的。那些旗子上的图案千奇百怪：有月形环中画白兔的，有红圈中画鸟的，有画着一只鸡学跳舞的，有画着长着翅膀的狗的，有画着蛇缠在葫芦上的。还有用红漆刷过的叉，用银镀过的斧头，连甜瓜、苦瓜也镀了金。马镫明晃晃的，扇子铺了一层雪白的鹅毛。还有那几个穿着奇怪的人，手里拿着一些罕见的器仗，穿着些奇怪的衣服。辕条套的全是马，套顶上没有驴。黄色丝绸做的伞的把是弯曲的。车前站着八个驾前侍卫，车后的是随从。还有几个漂亮女子穿着艳装，都是一样的打扮。那个大汉下车了，众人马上行礼，但他没有看在眼里。见乡亲们跪拜在地，他挪身用手扶。我突然抬起头一看，那个人竟是我认识的，差点气死我！你本来姓刘，你妻子姓吕。把你从头数到脚：你以前是亭长，喜欢喝酒。你的丈人在村里教书，你曾经在我屋庄的东头住，和我一起割草喂牛，整地耕田。春天你摘了我的桑叶，冬天你借了我的米，问我借了都不知有多少了。趁着换田契，强迫称了我三十斤麻，还酒债时偷着少给了我几斛豆。有什么好装糊涂的？这些都清清楚楚地写在账簿上，放着现成的字据文书。过去借的钱要在现在摊派的官差钱里扣除，欠我的粮食你要从粮税里暗地里给我扣出来。我琢磨着刘三：谁上来把你拉扯住，平白地为什么改了姓、换了名，要叫汉高祖。

**赏 析**

全曲八段。首段写乡中接驾的准备，众人忙碌而“我”独不解，一开头便为全篇定下诙谐、嘲讽的基调。《耍孩儿》《五煞》《四煞》三首曲子铺陈车驾的排场，本应是庄严高贵的场面，在老百姓看来都怪里怪气，莫名其妙，这实际上讽刺了皇家气派和帝王威严。《三煞》《二煞》《一煞》是数落汉高祖当年的寒酸和劣迹，一下子就揭穿了隐藏在黄袍之后的真面目，而他还在人前装腔作势、目中无人，两相对比，更觉可笑。《尾声》曲是全篇的高潮，“刘三”是作者根据史书杜撰的刘邦的小名，乡民呼出，形神酷似，妙就妙在它粉碎了“真命天子”的神话，所谓帝王之尊在辛辣的嘲笑声中荡然无存。这套散曲把不可一世的汉高祖作为嬉笑怒骂的对象，矛头直指封建社会的最高统治者，表现出对皇权至上的强烈不满和对封建秩序的无比蔑视。刘邦是一个爱虚荣的人，《史记》上说他看到秦始皇出巡时的气派羡慕不已，认为大丈夫应当如此。作者没有被史书中所记载的高祖还乡时嘉惠百姓的“浩荡皇恩”所迷惑，而是注重史书中描写刘邦爱慕虚荣以及欠王媪酒钱不还、诳称贺钱万贯得以见到贵客等无赖行径的材料，通过艺术加工，无情地揭穿了封建帝王的丑恶嘴脸。当然，作者批判的锋芒不仅仅是指向汉高祖一人，而是指向所有欺压百姓却要装模作样的封建统治者及其爪牙，更是指向残酷地实行阶级压迫和民族压迫的元代统治者。

## 周文质

周文质（？—1334），字仲彬，建德（今属浙江）人，后居杭州。与钟嗣成相交二十余年，两人情深意笃，形影不离，故《录鬼簿》对他有详细的记载："体貌清癯，学问该博，资性工巧，文笔新奇。家世儒业，俯就路吏。善丹青，能歌舞，明曲调，谐音律。性尚豪侠，好事敬客。"所作杂剧今知有4种，现仅《苏武还乡》（或称《苏武还朝》）存有残曲。散曲存有小令43首、套数5套，多为男女相思之作。

### 【双调】折桂令

过多景楼

原　文

滔滔春水东流。天阔云闲①，树渺禽幽②。山远横眉③，波平消雪④，月缺沉钩⑤。桃蕊红妆渡口⑥，梨花白点江头⑦。何处离愁？人别层楼，我宿孤舟。

注　释

①天阔云闲：天空辽阔，云儿也散去了。

②树渺禽幽：树木渺远，飞禽隐约，形容望远所见到的景致。

③山远横眉：青山远望，呈现黛色，如同美人的长眉。横眉：美人的眉黛。宋王观《卜算子·送鲍浩然之浙东》："水是眼波横，山是眉峰聚。"

④消雪：积雪渐渐融化。

⑤月缺沉钩：缺月挂在天际，像沉下的钩。

⑥桃蕊红妆渡口：桃花盛开，像给渡口披上红妆。暗用"桃花渡"的典故，以说明情人离别。东晋王献之经常在秦淮河渡口迎送爱妾桃叶，并作《桃叶歌》："桃叶映红花，无风自婀娜。春花映何限，感郎

独采我。”

⑦梨花白点江头：雪白的梨花点缀着江头，也指江头白浪。

译　文

滔滔春水向东流去，衬得天空分外广阔，飘着的朵朵白云也是如此悠闲，在树梢上停栖着鸟儿。远山仿佛美人的眉黛，起伏有致，水面上一片平静，积雪渐渐融化，正是月缺时分，形似沉钩。这渡口，有桃蕊红妆点缀，有白色梨花渲染。我的离愁在哪里？别人的离别只是短暂的，而我却如此漂泊，独自借宿孤舟中。

赏　析

“多景楼”是江苏镇江的一处寺内建筑，之所以被称为“多景”，是因为它建在山上，地势高，可将一切尽收眼底。诗人登高望远，前文极写所见景色之美，最后三句一问一答道出哀情，可见此曲采用的是以乐景反衬哀情的手法。

前三句描绘了一个旷远幽渺的整体环境：春水东去，天空辽远、闲云飘散，那树在这广阔的世界里显得那么渺远，而栖息在书上的鸟儿更是像消失了踪迹一般。接着具体写了所见景物：山如黛、水如镜、月缺似沉钩，寓意白昼将尽，与下文中“宿孤舟”相照应。诗人依次运用了“阔”“闲”“渺”“幽”以及“远”“平”“缺”等加以刻画，使景物描写细腻生动。

“桃蕊红妆渡口，梨花白点江头”点出了“渡口”和“江水”，并以“桃花”“梨花”这一红一白的美丽景物相装点，隐隐透出离别之情。末三句便点出真意：“何处离愁？人别层楼，我宿孤舟。”有如蜻蜓点水一点而出，让原本沉浸在乐景中的人，哀感顿生。

## 【越调】寨儿令

原　文

挑短檠[①]，倚云屏[②]，伤心伴人清瘦影。薄酒[③]初醒，好梦难成，斜月为谁明？闷恹恹[④]听彻残更，意迟迟盼杀多情[⑤]。西风穿户冷，檐马[⑥]隔帘鸣。叮，疑是佩环[⑦]声。

注　释

①挑短檠：挑亮短灯檠上的灯。短檠：矮灯架，代指灯。

②云屏：指带有云形彩绘的屏风。晋张协《七命》：“云屏烂汗，

琼壁青葱。”唐刘长卿《昭阳曲》诗:“芙蓉帐小云屏暗,杨柳风多水殿凉。”

③薄酒:浓度低的酒,味道淡的酒。北宋苏轼《次韵周开祖长官见寄》诗:“从今更踏青州曲,薄酒知君笑督邮。”

④闷恹恹:郁闷心烦貌。

⑤意迟迟:形容心情慵懒和倦态。元无名氏《举案齐眉》第二折:“倩东风扶策我这困身躯。懒设设梳云掠月,意迟迟傅粉施朱。”多情:多情的人,指思念的情人。

⑥檐马:悬在檐下的铁马(风铃)。

⑦佩环:指玉制的环形佩饰物。唐柳宗元《小石潭记》:“隔篁竹闻水声,如鸣佩环,心乐之。”

## 译　文

挑着灯花,靠着云母屏风,伤心地看着灯下与他为伴的清瘦的身影。淡酒已醒,难成好梦,已经西斜的月儿为谁明?烦闷倦怠地听着深夜一次次更声。他心意缠绵,如此多情极盼和情人重逢。萧瑟的西风穿户而入,带来寒意,也传来帘外檐下风铃的响声。蓦然间竟以为是情人走来,佩环响叮叮。

## 赏　析

作者共作《寨儿令》曲10首,都是写男女相思之情,此曲为其中之一,通过人物的动作和心理描写,表现了男主人公对恋人的相思之情。

“挑短檠,倚云屏,伤心伴人清瘦影”三句直接刻画了一个半夜难眠的伤心人的形象。“挑”和“倚”两个,动作真实地表现出了男子此时的百无聊赖,若有所思,虽然人在房中坐但整个人的心思早已飞到九霄云外。此时恋人不在身边,只有清影相伴,直显男子的孤独寂寞。一个“瘦”字更是将男子饱受相思之苦“为伊消得人憔悴”的样子描绘得淋漓尽致。“薄酒初醒,好梦难成,斜月为谁明?”三句是倒叙,是男子睡了一觉醒后的动作和感受。男子因相思难禁而借酒消愁,也因相思难解而好梦难成,这一切全是为了那不在身边的心爱之人,这月亮好像也明白相爱之人的心情而为伊长明,待伊归来。“闷恹恹听彻残更,意迟迟盼杀多情”,就这样听了一夜,盼了一夜,男子的深情不言自明。曲子的最后抓住感官上的错觉,即把西风吹动檐马的鸣响,错误地当成是心上人的珮环声,将男主人公入痴入迷的相思情态,表现得极为细腻生动。

## 【正宫】叨叨令

### 悲秋

原　文

叮叮当当铁马儿乞留玎琅闹①，啾啾唧唧促织儿依柔依然叫②。滴滴点点细雨儿淅零淅留哨③，潇潇洒洒梧叶儿失流疏刺④落。睡不着也末哥，睡不自也末哥，孤孤另另单枕上迷飐模登⑤靠。

注　释

①铁马儿：即檐马，屋檐下挂的风铃。元王实甫《西厢记》第二本第五折："莫不是铁马儿檐前骤风？"乞留玎琅：口语化的象声词，铁马摇动的响声。

②啾啾唧唧：繁杂细碎声。唐杜甫《狂歌行赠四兄》诗："日斜枕肘寝已熟，啾啾唧唧为何人。"促织：蟋蟀的别称，夏末秋初最盛。它的鸣声报凉秋已至，催促妇女速织布以制寒衣，故称"促织"。依柔依然：象声词，促织的叫声。

③淅零淅留：开溶滴滴点点的细雨之声。哨：应为"潲"，雨经风而斜扫。

④失流疏刺：口语化的象声词，树叶一片一片下落的声音。

⑤迷飐模登：口语化的形容词，形容迷惘困倦的神态。

译　文

秋风吹动风铃叮叮当当地响，我觉得是"乞留玎琅"的吵闹，蟋蟀啾啾的鸣声也感到是"依柔依然"地叫。点点滴滴的细雨飘落是"淅零淅留"地潲，梧桐叶儿萧洒地落下也是"失流疏刺"地飘。睡不着啊，睡不着，我只好孤孤零零迷惘倦怠地在单枕上靠。

赏　析

这是一首以叠字和象声词构成的小令。纵笔铺叙，曲终奏雅，构思奇巧，独具匠心。曲子写"秋声"，通过对秋雨、秋风的描摹，把秋天的凄清和作者的孤寂烦闷传神地表现了出来。

曲子的开头四句对于秋声的选择极具典型性。风铃、虫叫、细雨、落叶，这些具有典型秋天特征的事物在情感层面上，与作者内心的百无聊赖、心烦意乱相照应相影响。秋声与秋心的共鸣使得作者彻夜难眠，“孤孤另另单枕上迷飏模登靠”，道出了全曲的主旨，显示出了作者内心凄恻迷惘的缘由。

全曲以叠字和象声词为主，造成一种音韵流畅婉转，意境鲜明缠绵，有声有色有神情的意境，给人以强烈的艺术冲击力。

## 乔吉

乔吉（1280？—1345？），一名吉甫，字梦符，号“笙鹤翁”，又号“惺惺道人”。太原人，流寓杭州。元代杂剧家、散曲作家。元钟嗣成《录鬼簿》说他：“美容仪，能词章。以威严自饬，人敬畏之。”他的杂剧作品，见于《元曲选》《古名家杂剧》《柳枝集》等集中。散曲作品据《全元散曲》所辑存小令200余首，套曲11首。散曲集今有抄本《文湖州集词》1卷，李开先辑《乔梦符小令》1卷，及任讷《散曲丛刊》本《梦符散曲》。乔吉的散曲创作成就高于杂剧，明、清人都把他与张可久相提并论。在他的散曲中可以看到他客居异乡、穷困潦倒的生活经历。乔吉的散曲以婉丽见长，精于音律，工于锤炼，喜欢引用或融化前人诗句，且不避俗言俚语，具有雅俗兼备的特色。明李开先评他：“蕴藉包含，风流调笑，种种出奇而不失之怪；多多益善而不失好之繁；句句用俗而不失其为文。”他自己则说：“作乐府亦有法，曰‘凤头、猪肚、豹尾’六字是也。大概起要美丽，中要浩荡，结要响亮；尤贵在首尾贯穿，意思清新。苟能若是，斯可以言乐府矣。”

### 【正宫】绿幺遍

自述

原　文

不占龙头[①]选，不入名贤传[②]。时时酒圣[③]，处处诗禅[④]。烟霞状元[⑤]，江湖醉仙[⑥]。笑谈便是编修院[⑦]。留连，批风抹月[⑧]四十年。

## 注　释

①龙头：头名状元。唐黄滔《辄吟七言四韵攀寄翁文尧拾遗》诗："龙头龙尾前年梦，今日须怜应若神。"旧注："滔卯年冬在宛陵，梦文尧作状元及第。"宋王辟之《渑水燕谈录·知人》："孙何、孙仅，学行文辞倾动场屋。何既为状元，王黄州览仅文编，书其后曰：'明年再就尧阶试，应被人呼小状元。'后榜仅果为第一……（黄州）并寄何诗曰：'惟爱君家棣华榜，《登科记》上并龙头。'"

②名贤传：登录名人贤者的册簿。

③酒圣：善饮酒的人。酒之清者为圣，浊者为贤。

④诗禅：以诗谈禅，以禅喻诗。即以禅语、禅趣入诗。宋周密《齐东野语·潘庭坚王实之》："且举诗禅问答以困之，潘气略不慑，应对如流。"明李开先《诗禅序》："诗禅何所于始乎？其当中古之时乎？人心稍变，直道难行，有托兴，有佹诗，有讽谏，有寓言，有隐语，有廋词，俗谓之谜，而士夫谓之诗禅。如禅教深远，必由猜悟，不可直指径陈，径直则非禅矣。"

⑤烟霞状元：吟赏烟霞的状元，形容吟风弄月、潇洒倜傥。唐刘长卿《偶然作》诗："书剑身同废，烟霞吏共闲。"烟霞：指山水、自然。

⑥江湖醉仙：江湖上陶醉于酒的闲人，形容借酒忘情消愁，逍遥自在。

⑦编修院：即翰林院，编修国史的机关。

⑧批风抹月：犹言吟风弄月。指诗人以风花雪月为吟诵的题材以状其闲适。

## 译　文

我不去争什么头名状元，也不求名字写进名贤传。时不时喝点酒，做个酒圣，随处吟首诗，参悟下禅机。我是个吟赏烟霞的状元，泛舟江湖的醉酒神仙。笑谈今古事就算是进了翰林院。在吟风弄月的日子里留连了四十年。

## 赏　析

自古文人学士要出人头地，科举登第是最好的途径，可元代偏偏不重视科举，曾废止科举达80年之久，实行对文化人进行摧残的文教政策，尤其是汉族文人受到的压迫打击最大，他们的入世进仕之路大多被断送，因此众多文人学士最终都选择归隐山林或浪荡江湖，终生穷困潦倒。作者乔吉和当时大多数文人一样，备受打击，一生未仕，浪迹江湖，生活清贫潦倒。这首曲子是一首述志之作，体现了作者的豁达豪放，也隐约流露出了一丝悲凉与心酸。

曲子前两句开门见山，用两个否定句斩钉截铁地表明了他否定仕途进取、鄙薄争名夺冠的态度。接下来他讲述自己的生活方式，他以“酒圣”为伴，以“诗禅”作乐，啸傲山水，醉情风月，这些都表现了他放荡不羁的情怀。他认为笑谈古今事，就如同在翰林院编修史籍，作者的狂欢自傲由此可见。结尾表现自己对吟风弄月的流连之情，真是终老不悔，怡然自得。这首小令真切地表现了作者闲适悠然的心性和生活态度，文笔自然流畅，雅俗并用，是一篇耐人寻味的佳作。

## 【越调】天净沙

### 即事

原文

莺莺燕燕春春，花花柳柳真真①。事事风风韵韵②，娇娇嫩嫩，停停当当③人人。

注释

①真真：暗用唐杜荀鹤《松窗杂记》故事：唐进士赵颜得到一幅美人图，画家说画上美人名真真，为神女，只要呼其名一百天就会应声，并可复活。后以“真真”代指美女。

②风风韵韵：指美女富于风韵。

③停停当当：指完美妥帖，恰到好处。

译文

一只只黄莺、一只只春燕，一派大好阳春；一朵朵红花、一条条绿柳，实在迷人。行为举止一言一事都富有风韵，娇嫩多情，真是体态完美卓绝非凡的佳人。

赏析

《天净沙·即事》共有四首，第一首追忆春日恋情，第二首描述别后相思，第三首咏叹重逢欢会，第四首赞美春色佳人。这首曲子是其中的第四首。

整首曲子28字全都用叠字，由14对叠字一气呵成，形式上精美绝伦，真可谓妙语天成，自然通俗。全曲用白描手法，将春暖花开时燕飞莺啼、花红柳绿的明丽春景与袅娜娉婷的佳人组合起来，写出久别重逢后喜悦的心情，也写出了心上人的娇柔可爱。

前四句用春天的莺燕双双飞舞、花柳婆娑多姿来形容两情相悦和女子的美好。后三句赞美女子言谈举止处处都很有风度，富于韵致，又是那么娇美年轻，一切都恰到好处，端端正正。全曲音韵和谐，语带双关，言简意丰，极具特色。

## 【越调】凭栏人

### 金陵[1]道中

原　文

瘦马驮诗天一涯[2]，倦鸟[3]呼愁村数家。扑头[4]飞柳花，与人添鬓华[5]。

注　释

①金陵：今江苏省会南京的古称。

②天一涯：天一方。

③倦鸟：倦于飞行的归鸟。晋陶渊明《归去来兮辞》："云无心以出岫，鸟倦飞而知还。"

④扑头：迎面扑上来。

⑤鬓华：两鬓的白发。宋欧阳修《采桑子》词："鬓华虽改心无改，试把金觥。旧曲重听，犹似当年醉里声。"金元好问《乙未正月九日立春》诗："残魂零落今无几，乞与春风恼鬓华。"

译　文

瘦弱的马驮着我满腹的诗情奔走天涯，飞倦了的鸟儿哀鸣着，小山村里只有几户人家。柳絮扑打着我的头，给我增添了白发。

赏　析

全曲以精巧的构思、精练的笔墨，描绘出穷愁的漫游诗人在暮春时节羁旅中的忧思和哀愁。

"瘦马驮诗"出自唐代诗人李贺的故事。李贺经常骑着一只大驴，背着一个旧锦囊，不时有好词好句浮现脑中，就将其写下来放到锦囊里。作者以此典自喻，表明自己对诗歌的喜爱。元曲中经常出现"瘦马"一词，马是当时人主要的代步工具，也是对主人身份地位的一种标志，说瘦马是文人自嘲贫寒的一种方式。

曲子前两句对仗工整，"瘦马驮诗天一涯"是我，"倦鸟呼愁村数家"是物。由我及物，使物也有倦意和愁感。"天一涯"与"村数家"形成对比，反衬了诗人浪迹天涯、漂泊无依的生活状态。末两句构思巧妙新颖，"扑头飞柳花"是物，"与人添鬓华"是我，由物及我，使我也因此青春迟暮，添了白发，借空间形象化时间意象，使情和景对立，伤春叹老。

全曲只有短短四句，却层层递进，仿佛是作者浪迹天涯的剪影。

## 【双调】折桂令

### 客窗清明

原　文

风风雨雨梨花，窄索[1]帘栊，巧小窗纱。甚情绪[2]灯前，客怀枕畔，心事天涯。三千丈清愁鬓发，五十年春梦繁华。蓦见人家，杨柳分烟，扶上檐牙[3]。

注　释

①窄索：紧窄。

②甚情绪：感受颇多，难以形容。甚：甚是，正是。

③檐牙：檐角上翘起的部位。唐杜牧《阿房宫赋》："廊腰缦回，檐牙高啄。"宋张元干《青玉案·燕赵端礼堂成》词："天涯相遇鞭鸾凤，老去堂成更情重。月转檐牙云绕栋。"

译　文

紧窄的窗户，小巧的窗纱，拓露出一方视野的空间，窗外飘打过多少阵风雨，而梨花还是那样耀眼。不须说客灯前黯然的心绪，孤枕畔旅居的伤感，我的思念总是飞向遥远的天涯。太多的清愁催出了三千丈的白发，再久的繁华不过是春梦一现。忽然间，我发现居民家的杨柳如一阵轻烟，枝条飘拂，好像烟雾。从杨柳树两边升起，渐渐爬上了高耸的屋檐。

赏　析

清明节是中国传统中一个十分重要的节日，这天人们都要进行祭祖、扫墓、踏青等活动，其中蕴含了深深的离思哀愁，因此在中国古典诗词中也是经常出现的一个主题。这首曲子表现的是一位客居在外的游子的孤独感和失意的情怀，亦可看成是作者漂泊生活与心境的写照。

曲子开头三句写即目所见的景物。"风风雨雨梨花"点明季节和物候，风雨频繁令人心情郁闷，而梨花凋零则令人伤感。"窄索帘栊，巧小窗纱"两句写自己身边之景以及居住环境，表现客房的简陋与狭小，有一种压抑感。接着用"甚情绪灯前"的一个"甚"字，领起以下三句，由景及情，渐渐道出了客子的愁苦情怀。一个客居在外的人，面对孤灯一盏，当然没有好心情。客中的情怀、重重心事和天涯漂泊的苦况，萦绕在枕边耳际。这万千的心事，作者仅用了以下两句来进行概括："三千丈清愁鬓发，五十年春梦繁华。"上句化用李白《秋浦歌》诗句"白发三千丈，缘愁似个长"，说明自己白发因愁而生，表现了愁思的深长。下句说五十年来的生活，像梦一样过去了。这两句写出了作者无限的愁思和感怆。

"蓦见人家"以下三句，陡然一转，将视线移向窗外人家，这家门前的杨柳如含烟雾一般，长得与屋檐相齐，充满着春来柳发的一片生机，给这户人家带来盎然的春意和生活的情趣。此情此景，更反衬出游子天涯漂泊的孤独之感。

## 【双调】折桂令

### 荆溪即事[①]

**原　文**

问荆溪溪上人家，为甚人家[②]，不种梅花？老树支门[③]，荒蒲绕岸，苦竹圈笆[④]。寺无僧狐狸漾瓦[⑤]，官无事乌鼠当衙[⑥]。白水黄沙，倚遍栏干，数尽啼鸦。

**注　释**

①荆溪：水名，在江苏宜兴，因靠近荆南山而得名。即事：多用为诗词题目。

②为甚人家：是什么样的人家。

③老树支门：用枯树支撑门。此处化用宋陆游《纵游深山随所遇记之》诗："空房终夜无灯火，断木支门睡到明。"

④圈笆：圈起的篱笆。

⑤漾瓦：戏耍瓦块。

⑥乌鼠当衙：乌鸦和老鼠坐了衙门。

**译　文**

问荆溪岸边的人家：你们是什么人家，怎么不种植梅花呢？他们用老树支撑着大门，荒芜的蒲草长满了水岸。他们用细瘦的竹棍圈出了篱笆。小庙的神明不灵验，狐狸在瓦上跳腾；当官的不管事，让乌鸦和老鼠满衙门跑。溪水白茫茫的，岸上满是黄沙。我倚遍一处处栏杆，一只只数尽了那乱叫的乌鸦。

## 赏析

宋周密《癸辛杂识》:“宜兴县之西，地名石庭，其他十余里皆古梅，苔藓苍翠，宛如虬龙，皆数百年物也。”石庭就属荆溪地区。宋杨万里《雪后寻梅》也有句云:“今年看梅荆溪西，玉为风骨雪为衣。”这就证明荆溪在南宋时曾是一处探梅胜地，溪上的人家应当有栽种梅花的传统。作者慕名而至，结果连梅花的影子都没看到，只见枯树支撑着院门，野草环绕着溪岸，生计无法解决，何谈去种梅花。“老树支门，荒蒲绕岸，苦竹圈笆”寥寥三句，将溪上人家的穷苦破败刻画得入木三分，“老”“荒”“苦”三处形容词，层层增加了心灵的沉重感。诗人自问而结果自答，这其间也透露出村中阒无人迹的信息。这期望与现实之间悬殊的差距，本身就包含着一种面目全非、今不如昔的感慨。

找不到可以询问的居民，诗人只能转向溪上的公共建筑。这里更是一派萧瑟破败的景象：寺庙因为无人供奉香火而冷落不堪，任狐狸在屋顶上奔窜戏弄；官衙也是门可罗雀，大堂上成了乌鸦老鼠活动的世界。这就揭出了百姓流亡的实际情况。诗人的“狐狸漾瓦”“乌鼠当衙”，也是在有意识地讽刺那些接受百姓供奉，却不为百姓做好事的神灵和官吏，尤其是后者，因为他们是要直接为眼前的惨象担负责任的。

末三句承接了前文的荒凉气氛。诗人倚遍一处处栏杆，迎接他的只有乱鸦的喧噪，这就再一次暗示当地的居民多已背井离乡。

这支曲子托物寄志，把描写荆溪两岸的荒凉同揭露当时的黑暗吏治交织在一起，“官无事乌鼠当衙”即是有力的一笔，表现了作者对统治者的强烈愤慨和对贫苦百姓的深切同情。

# 【双调】水仙子

### 寻梅[①]

## 原文

冬前冬后几村庄，溪北溪南两履霜[②]，树头树底孤山[③]上。冷风来何处香？忽相逢缟袂绡裳[④]。酒醒寒惊梦[⑤]，笛凄春断肠[⑥]，淡月昏黄[⑦]。

## 注释

①双调：宫调名。水仙子：曲牌名。寻梅：曲题。

②两履霜：一双鞋沾满了白霜。《诗经·卫风·葛屦》:“纠纠葛

屐，可以履霜。”

③孤山：此指杭州西湖之孤山，位处里外二湖之间，又名瀛屿，旧时多梅，是号称“梅妻鹤子”的北宋诗人林逋的隐居处。

④缟袂（gǎo mèi）：白绢做的衣袖。缟：白色的绢。绡（xiāo）裳：生丝薄绸做的下衣。绡：生丝织成的薄绸。此处言“缟袂绡裳”，是将梅花拟人化，将其比作缟衣素裙的美女，圣洁而飘逸。

⑤酒醒寒惊梦：是说醉卧梅下，因寒气侵袭而惊醒。旧题为唐人柳宗元所著的《龙城录》记载，隋代赵师雄在罗浮，天寒日暮，醉憩酒店旁，梦遇一淡妆素服的女子与之共饮为乐。酒醒后发觉自己宿于梅花树下，始悟所梦乃梅花仙子。

⑥笛凄春断肠：早春天气里，凄凉的笛子乐声让人感动不已，是说笛声引起惆怅感伤。笛曲中有《梅花落》，故云。

⑦淡月昏黄：月色朦胧（空气中浮动着梅花的幽香）。这是对宋代诗人林逋《山园小梅》诗句“疏影横斜水清浅，暗香浮动月黄昏”的化用。

## 译文

冬前冬后转遍了几个村庄，踏遍了溪南溪北，双脚都沾满了霜，又爬上孤山，在梅树丛中上下寻觅，都未见到梅花的踪迹，寻梅不遇，沮丧地立于山头，忽然一阵寒风吹来，不知从何处带来一阵幽香，蓦然回首，她竟然就在身后，那样淡妆素雅，俏然而立。我顿时如遇梅花仙子，惊讶于她的清丽脱俗，沉醉于她的风华绝代。然而春寒使我从醉梦中醒来，听到凄怨的笛声，便想到春天会尽，梅花也会片片凋落，此时淡淡的月色笼罩着黄昏。

## 赏析

冰天雪地中勃然绽放的梅花，一直与经冬不凋的松、竹一起，被誉为“岁寒三友”。它具有傲霜斗雪、超凡脱俗、一尘不染的高洁品性，深受文人雅士的喜爱。这首曲子没有正面描写梅花的形象和幽香，而是写寻梅的过程与找到梅花时的喜悦与畅想。

此曲前三句为鼎足对，写寻觅梅花的过程，突出了作者寻梅的艰辛和对梅花的由衷喜爱。这事实上也是作者对理想的执着追求过程。“冷风来何处香？忽相逢缟袂绡裳”两句，从触觉、嗅觉、视觉等来描写，以冷风说明当时的季节和气候，突出了梅花的耐寒品性，还以轻薄、高洁的仙女服装来比拟梅花，将其幽渺高洁的气质凸显了出来，表现出作者的爱梅之深。结尾连用三个典故，进一步描写梅花的神韵，表达对于梅花的赞赏和无比喜悦的心情，同时也带出诗人因理想难于实现的感叹和忧伤。此篇情感起伏回环，情节一波三折，真实地记录了作者复杂的心绪，折射着当时复杂的社会现实。

## 【双调】水仙子

### 重观瀑布

原　文

天机织罢月梭闲，石壁高垂雪练[1]寒。冰丝带雨悬霄汉[2]，几千年晒未干。露华凉人怯衣单。似白虹饮涧[3]，玉龙下山[4]，晴雪飞滩[5]。

注　释

①雪练：像雪一样洁白的绢。宋史达祖《风入松·茉莉花》词："人卧碧纱厨净，香吹雪练衣轻。"

②霄汉：此指天空。《后汉书·仲长统传》："不受当时之责，永保性命之期。如是，则可以陵霄汉，出宇宙之外矣。"宋张孝祥《踏莎行》词："趁此秋风，乘槎霄汉。"

③似白虹饮涧：意为像白虹吞饮涧水一样。

④玉龙下山：喻瀑布从山顶奔流而下，如玉龙下山一般。

⑤晴雪飞滩：意为瀑布溅起的水花，像雪花一样，落在沙滩上。

译　文

天上的织机已经停止了编织，月梭闲在一旁，石壁上高高地垂下一条如雪的白练，闪着寒光。冰丝带着雨水，挂在天空中，晒了几千年了，都还没有晒干。晶莹的露珠冰凉冰凉，人忽然觉得身上的衣服有些单薄。这瀑布啊，如白虹一头扎进涧中饮吸一般，像玉龙扑下山冈一样，又像晴天里的雪片在沙滩上飞舞。

赏　析

这首曲子题为"重观瀑布"，作者游览浙江乐清白鹤寺后，曾作有《水仙子·乐清白鹤寺瀑布》一首，这是其意犹未尽，再次作的赞美白鹤寺瀑布的作品。

曲子前四句写的是远观瀑布给人的印象。起首两句，构想奇特，以天为织机，以月为梭子，而白鹤寺瀑布就像是用月光织就的"雪练"，浑然天成。一匹雪白的绸绢从危立的石壁上方高垂下来，寒光闪闪，似有"飞流直下三千尺，疑是银河落九天"的雄壮飘逸之感。"天机""月梭""石壁高垂"，无不形象恢宏，将瀑布磅礴的气势展示在我们眼前，收到了先声夺人的效果。

“雪练”不仅气势雄壮，而且构造奇特。走近瀑布，飞瀑溅起的水沫飘落到身上，仿佛天降华露。从“雪”到“冰”再到“雨”，既有色彩上的由纯白而渐至透明，又有意态上的由静入动。奇景激发了诗人的奇想，于是得到了“几千年晒未干”的奇句，如此一来更增重了瀑布的雄伟感。

末尾三句在前面几句的铺垫下对瀑布进行了更深入的刻画。“白虹饮涧”，出于宋沈括《梦溪笔谈·虹》中“世传虹能入溪涧饮水”一句，这句是在瀑流与涧面的交接处仰视瀑身，因其高入半空，所以说它好似天上的白虹一头栽进涧中吸水。“玉龙下山”，是指瀑布的近端沿山壁蜿蜒奔流的姿态。“晴雪飞滩”，则是流瀑在浅水处撞击山石，迸溅水花如雪的奇观。这三句不但动态宛然，而且色彩鲜明，如同特写。既有全景的壮观，又有区段的特写，瀑布的形象，就充实丰满、历历在目了。

这首诗运用比喻手法写瀑布之壮观，这首小令写瀑布能如此鲜明壮观、生动形象，原因之一是比喻艺术极为高超。

## 【双调】水仙子[①]

### 怨风情

**原 文**

眼前花怎得接连枝[②]，眉上锁新教配钥匙[③]，描笔儿勾销了伤春事[④]。闷葫芦铰断线儿[⑤]，锦鸳鸯别对[⑥]了个雄雌。野蜂儿[⑦]难寻觅，蝎虎儿干害死[⑧]，蚕蛹儿毕罢了[⑨]相思。

**注 释**

①水仙子：又称为“湘妃怨”“冯夷曲”“凌波曲”“凌波仙”等。入“双调”，亦入“中吕”“南吕”。首二句宜对。六、七句可作五字，宜对；亦可作两个四字句，与末句相配。兼作小令、套曲，也可带《折桂令》为带过曲。

②连枝：连理枝。连理枝是指两棵树的枝干合生在一起的一种植物，又称“相思树”“夫妻树”“生死树”，比喻夫妻恩爱。唐白居易《长恨歌》诗：“在天愿作比翼鸟，在地愿为连理枝。”

③眉上锁：喻双眉紧皱如锁难开。钥匙：开锁用的东西。

④描笔：画笔。勾销：消除，这里指忘掉。

⑤闷葫芦：俗语，指不说话，亦指纳闷。铰断了线儿：这里指断绝了联系。

⑥别对：另外配对。

⑦野蜂儿：指像野蜂一样的男人。

⑧蝎虎儿：即壁虎，又名“守宫”。传说用朱砂喂养壁虎，使其全身赤红，然后捣烂，涂在女子身上，如不与男人交合，则终身不灭。古代用以表示守贞。见张华《博物志》。干害死：白白地被坑害死。

⑨毕罢了：结束了。

## 译　文

眼前的花怎么能够接上连理枝，要打开紧皱的眉上锁须得重新配钥匙。描几笔字画勾销伤春的心事。心里像闷葫芦不明白怎么会断了线，为什么好好一对佳偶却另配了雄雌？他就像野蜂一般难以寻觅，我却像蝎虎一般活活被坑害死，从今以后像蚕蛹般断了相思。

## 赏　析

这首曲子题为“怨风情”，运用了一系列的双关和比喻的手法，声情并茂地描写了一位闺中女子失恋后忧愁、猜忌、悲伤、怨恨交织的复杂的心理活动。

“眼前花”并非真花，而是自己的心上人，“眼前花怎得接连枝”表明自己与心爱男子的爱情已经到了山穷水尽的地步，很难结合在一起。为此，她忧心忡忡，双眉紧蹙，仿佛被一把锁紧紧困住。她不能就此自怨自艾终其一生，必须找到打开眉上锁的那把钥匙。“眉上锁新教配钥匙”的比喻和设想新颖别致，出人意料。“描笔儿勾销了伤春事”，于是，她在抑郁之中，提笔写下断肠诗，希望能将失恋的相思、怨愤和痛苦一股脑儿全发泄出来。可是，蓬山已远，锦书难托，纵然写好情书又不知寄往何处。“闷葫芦铰断线儿”，心上人没有说什么就无缘无故中断了联系，这难免令她陷入胡思乱想，更添了几分哀愁。后两句就是女子心中不安而产生的想象，“锦鸳鸯别对了个雄雌，野蜂儿难寻觅”，她猜测心上人很可能是看上了别的女子，另觅新欢了。最后两句，写出了她的怨恨和绝望。想到自己的心上人可能和其他轻浮薄幸的男子一样玩弄感情，像野蜂一样，到处寻花问柳，踪迹难寻。她的心底升腾起一种哀怨愤激的情感，她要自己坚强起来，要像蚕蛹一般停止吐丝，把曾经的心上人从心里摈弃，从而决绝地告别过去，活出一个真正的自己。

这首小令大量采用俗语口语，摈除典故和藻采，每句皆用比喻，形象得体，语言活泼俏皮，清爽洒脱，使这位女子声口毕肖，生动传神，耐人寻味。

## 【双调】水仙子

### 游越福王府①

**原　文**

笙歌梦断蒺藜②沙，罗绮③香余野菜花。乱云老树夕阳下，燕休寻王谢家④，恨兴亡怒煞些鸣哇。铺锦池埋荒甃⑤，流杯亭⑥堆破瓦，何处也繁华？

**注　释**

①福王府：南宋福王赵与芮的府第，在绍兴府山阴县。《万历会稽县志》："宋福王府在东府坊，宋嘉定十七年（1224）理宗即位，以同母弟与芮奉荣王祀，开府山阴蕺山之南。"

②蒺藜：一年生草本植物，果皮有刺，果实可入药。

③罗绮：丝织品，此指丝绸衣服。汉张衡《西京赋》："始徐进而羸形，似不任乎罗绮。"《宣和书谱·褚遂良》："遂良初师世南，晚造羲之，正书尤得媚趣。论者况之瑶台青琐，窅映春林，婵娟美女，不胜罗绮，盖状其丰艳，雕刻过之，而殊乏自然耳。"

④王谢家：指东晋时王导、谢安等高门望族。化用唐刘禹锡《乌衣巷》"旧时王谢堂前燕，飞入寻常百姓家"诗意，后用以指富贵豪门。

⑤铺锦池：指铺满锦锈的池苑。荒甃：断井颓垣。甃：井壁。

⑥流杯亭：相传为春秋时吴王阖闾所建。

**译　文**

曾经笙歌曼舞的宫殿如今已成杂草丛生的沙地，锦衣罗裙的香风已化成山野菜花。乱云飞度，夕阳下老树栖息着昏鸦，归来的春燕休要再去寻找王谢贵族之家。兴亡的余恨使池塘的青蛙也恼怒鸣叫喧哗。铺锦的池塘埋着颓垣老井，流杯亭里堆着破瓦，何处有什么繁华？

**赏　析**

南宋末年，福王赵与芮地位显贵，其府邸建造得非常奢华。德祐二年（1276），元宰相伯颜占领临安，降赵与芮为平原郡公，福王府便渐渐没落。数十年后，乔吉游览福王府，见此时王府已是荒芜一片，让其唏嘘不已，不禁生出盛衰无常的感慨，作下此曲。

这首小令写会稽福王府遗址的衰败，运用了三组特写镜头。

第一组特写是起首两句，为府邸的总体印象。“笙歌梦断蒺藜沙，罗绮香余野菜花”两句完全运用今昔对比的手法，通过对眼前实景的描绘设想当年此地的情景，在鲜明的对比中凸显了一种历史的沧桑感。一目了然的是遍地沙砾，蒺藜丛生，间杂着开花的野菜。他耳边仿佛回荡着当年王府寻欢作乐、歌舞升平的情景。作者将追想与现实叠合在一起，以“梦断”“香余”作为两者的维系，说明了盛衰一瞬、繁华成空，眼前残败荒芜的现状实在触目惊心。

第二组特写是中间三句，铺叙了王府园内乱云、老树、夕阳、燕、蛙等现存的景物，并一一加上了浓烈的感情色彩。“乱云老树夕阳下”是全曲唯一写眼前实景的句子，意境苍凉寥廓，笼罩全篇，构成了一个极为深广的背景。“燕休寻王谢家”化用了刘禹锡“旧时王谢堂前燕，飞入寻常百姓家”的名句，经此渲染，悲剧气氛就更为浓烈。“怒煞些鸣蛙”则化用《韩非子》所载“怒蛙”的典故：越王勾践出行望见怒蛙当道，不禁从车上起立，扶着车前的横木向它们致敬，因为“蛙有气如此，可无为式（榜样）乎！”在诗人看来，如今青蛙气鼓鼓地怒鸣，是因为“恨兴亡”。这一组特写，正是借景抒情。

第三组特写为六、七两句，着笔于福王府建筑物的遗迹。作品选取“铺锦池”“流杯亭”为代表，再以眼前景反衬当年的锦绣繁华，突出了人生的繁华都是过往云烟，不可过分迷恋。这一组特写，更带有本地风光的特征。

诗人将“游越福王府”的所见不厌其烦地分成三组表现，可以解释为他惆怅、伤感、愤懑的步步深化。这一切印象的叠加与感情的郁积，便结出了末句的呐喊：“何处也繁华？”这一句既似发问也似断答，盛衰无常、荒淫失国的感慨俱在其中。

本片最大的特点就是即景生情，由眼前景而想象当年景，虚实相映，古今交错，极大地丰富了抒情的深度，具有很高的艺术效果。

## 【双调】雁儿落带得胜令

### 自适

原　文

黄花开数朵，翠竹栽些个。农桑事上熟，名利场中捋[①]。禾黍小庄科[②]，篱落[③]棱鸡鹅。五亩清闲地，一枚安乐窝[④]。行[⑤]呵，官大忧梦大。藏呵，田多差役多。

## 注释

①名利场中抹：撇开名利场。抹：抹，这里有“经过”的意思。

②禾黍小庄科：小村庄周围栽满禾黍。小庄科：即小庄子。科：通“窠”。

③篱落：篱笆之间。晋葛洪《抱朴子外篇·自叙》：“贫无僮仆，篱落顿决。荆棘丛于庭宇，蓬莠塞乎阶霤。”唐柳宗元《田家》诗之二：“篱落隔烟火，农谈四邻夕。”

④一枚：一个。安乐窝：宋邵雍自号“安乐先生”，隐居苏门山，名其居为“安乐窝”。后泛指安静舒适的住处。

⑤行：指入世做官，与下文“藏（隐居避世）”相对。《论语·述而》：“用之则行，舍之则藏。”

## 译文

小院中之前栽的黄花已经开了好几朵，翠竹也栽了好多。对于乡野闲居的生活已经渐渐习惯，早把名利撇在了一边。小村庄周围栽满了禾黍，篱笆里放养了一群鸡鹅；安守着五亩清闲田，一个安乐窝。入世做官，官做得越大忧患就越大；隐居避世，田越多受到的差役压迫也多。

## 赏析

这首小令，描绘的是一幅田园小景，写的是一位士人逃脱是非名利场，遁入田园安乐窝的生活与心境。

曲子开头两句描绘的是田园小景。黄花开放，但并不多，数朵而已；翠竹亦不成林，唯其少，则更见其幽雅成趣。“黄花”和“翠竹”都象征着隐居的生活，也代表了隐者的清高品质，作者却以近乎口语的方式将其描绘得极为生活化，别有一番意趣。次二句则将农桑事与名利场并列对比，说自己于农桑事熟惯，而于名利事低能。说的似乎是能力的高下，其中是非之意自不待言。“是不为也，非不能也。”“禾黍小庄科”一个“小”字，照应了曲子最后的“田多差役多”。“篱落棱鸡鹅”是对农家小院的点缀性描写。鸡鹅蹲伏在篱笆上，一副不受惊扰，恬静安适的样子，显出这个农家生活的安宁。以下两句再用数量写其田庄家园的少与小。最后两句就以极通俗明白又极富概括力的语言揭示了其中真意：“行呵，官大忧愁大；藏呵，田多差役多。”在肯定田园之趣的背后已经说明了“官大忧愁大”的意思，即便是田园生活，也难免受到差役的压迫。总之，无论出仕和退隐，对于知识分子来说都是困难重重。

## 【中吕】满庭芳

### 渔父词

原　文

#### 其一

扁舟最小。纶巾[1]蒲扇，酒瓮诗瓢[2]。樵青拍手渔童笑[3]，回首金焦。箬笠[4]底风云缥缈，钓竿头活计[5]萧条。船轻棹[6]，一江夜潮，明月卧吹箫。

#### 其二

扁舟棹短。名休挂齿[7]，身不属官。船头酒醒妻儿唤，笑语团圞[8]。锦画图芹香水暖，玉围屏雪急风酸。清江畔，闲愁不管，天地一壶宽。

#### 其三

江声撼枕，一川残月，满目遥岑[9]。白云流水无人禁，胜似山林。钓晚霞寒波濯锦[10]，看秋潮夜海熔金[11]。村醪窨[12]，何人共饮？鸥鹭[13]是知心。

#### 其四

秋江暮景，胭脂林障，翡翠山屏。几年罢却青云兴[14]，直泛沧溟[15]。卧御榻弯的腿疼，坐羊皮惯得身轻。风初定，丝纶[16]慢整，牵动一潭星。

注　释

①纶巾：古时头巾名。幅巾的一种，以丝带编成，一般为青色。

《晋书·谢安传》:“(谢)万着白纶巾,鹤氅裘,履版而前。”宋苏轼《念奴娇·赤壁怀古》词:“遥想公瑾当年,小乔初嫁了,雄姿英发。羽扇纶巾,谈笑间、樯橹灰飞烟灭。”

②酒瓮:酒瓮子,酒坛。《敦煌变文集·叶净能诗》:“缘酒瓮子恰满便醉,皇帝一见大笑,妃姤共贺帝情,应内人惊笑不已。”诗瓢:贮放诗稿的器具。宋计有功《唐诗纪事·唐球》:“球居蜀之味江山,方外之士也。为诗捻稿为圆,纳之大瓢中。后临病,投瓢于江曰:‘斯文苟不沉没,得者方知吾苦心尔。’至新渠,有识者曰:‘唐山人瓢也。’”后以“诗瓢”指贮放诗稿的器具。

③樵青拍手渔童笑:《全唐文·颜真卿五·浪迹先生玄真子张志和碑铭》:“肃宗尝赐奴婢各一,玄真配为夫妇,名夫曰渔僮,妻曰樵青。人问其故,曰:‘渔僮使捧钓收纶,芦中鼓枻;樵青使苏兰薪桂,竹裹煎茶。’”

④箬(ruò)笠:箬竹叶和竹篾制成的帽子,用来遮雨和阳光。

⑤活计:维持生计,生活。宋苏轼《李伯时画其弟亮工》诗:“晚岁与君同活计,如云鹅鸭散平湖。”《警世通言·桂员外途穷忏悔》:“君家至亲数口,今后如何活计?”

⑥棹(zhào):船桨。

⑦挂齿:说到,提及。《史记·刘敬叔孙通列传》:“此特群盗鼠窃狗盗耳,何足置之齿牙间!”宋苏轼《与朱康叔书》:“所问凌翠,至今虚位,云乃权发遣耳,何足挂齿牙。”

⑧圞(luán):圆。

⑨遥岑:远山。岑:小而高的山。

⑩濯锦:形容江水映着晚霞有如被濯洗的锦缎一样闪闪发光。

⑪熔金:形容日落入海时海面上一片金色。

⑫醪(láo):浊酒。窨(yìn):窖藏。

⑬鸥鹭:《列子·黄帝》中载:“海上之人有好沤鸟者,每旦之海上,从沤鸟游,沤鸟之至者百而不止。其父曰:‘吾闻沤鸟皆从汝游,汝取来,吾玩之。’明日之海上,沤鸟舞而不下也。”

⑭青云兴:指对于平步青云的兴趣。

⑮沧溟(míng):指江海。

⑯丝纶:指垂钓的丝线。唐无名氏《渔父》词:“料理丝纶欲放船,江头明月向人圆。”宋秦观《满庭芳》词三之二:“金钩细,丝纶慢卷,牵动一潭星。”

## 译文

其一

这扁舟真小!我戴着纶巾,手拿蒲扇,喝着酒吟着诗。夫妻俩一个拍手一个笑,回头看看金山和焦山。斗笠下风吹着缥缈的云,我钓到的鱼很少。轻轻划着船,整晚江潮滚滚,我对着明月卧着吹起了箫。

其二

小舟上划着短短的船桨，别谈什么功名了，我不是当官的料。在船头酒醒后，妻子和儿子在呼唤我，一家人笑笑闹闹一派和乐。这宛如锦缎织就的图画中，芹菜飘香，水也是暖暖的，像玉做的围屏，雪下得很急，寒风刺骨。清清的江边，不去管什么忧愁，一壶酒喝下去，天地也变得开阔了。

其三

江上的波涛声撼动枕头，月光洒满水面，满眼尽是远处的青山。白云流水没人管束，比树林还要美。我在晚霞里垂钓，冷冷的江水如濯洗过的锦缎一样闪闪发光。我看见秋日的潮水兴起，太阳落入大海，傍晚的海面上一片金色。去村中酒店打些酒吧，谁跟我一起喝？鸥鹭应该就是我的知己了。

其四

秋日里江边傍晚的景色实在怡人，树林沐浴在夕阳里仿佛抹上了一层胭脂，群山则犹如翡翠制成的屏障。这几年我已渐渐没有了平步青云的兴致，只想泛舟于江湖之上。躺在御榻旁的日子，腿脚弯曲得直疼；现在坐着羊皮垫子倒是觉得一身轻松。风刚刚停下来，慢慢整理我的钓线，没想到牵动了满潭星星的倒影。

## 赏　析

其一

曲中“扁舟”二字集中代表了作者漂泊的一生。“纶巾蒲扇”“酒瓮诗瓢”“钓竿头活计”都是他隐居生活的具体表现，也是其隐居后的生活态度。生计艰难，仍吹箫自娱，这表现出文人绝不与俗世同流合污的乐观向上的精神。“箬笠底风云缥缈”两句写手头活计萧条，一“轻”字，写出作者达观之情。“一江夜潮，明月卧吹箫”勾勒出明净疏朗的氛围。

其二

作者在曲子一开始就表明了自己不计名利、纵情江湖的心志。“名休挂齿，身不属官”两句写自己追求的不是官职与功名，而是浮名尽去后在大自然中的放任自由。作者在看惯了险恶的世情后，对功名已不在意，对他来说与妻儿尽享天伦之乐，饮酒赏月，才是人生最大的追求。在曲子的末尾，作者将人世的烦恼抛到一边，一边喝酒一边看舟外景色。在一壶酒中，感觉天宽地阔，颇富生活气息，隐含着作者对官场与名利的厌弃与自我安慰。

其三

这是一首写渔父悠闲自在生活的小令。“江声撼枕，一川残月，满目遥岑”，此曲开始分别从视觉和听觉对景物进行了描绘，起调铿锵有力，豪迈潇洒。“白云流水”“晚霞寒波”“秋潮夜海”三组夜景交织成一幅“秋水共长天一色”的美丽图景，面对此美景，怎么能少了美酒为伴呢？只是，有酒却无人对饮，只得引鸥鹭为知音。渔父的生活其实象征着作者理想的生活，而与“鸥鹭”为知音，一方面是作者孤独生活的真实写照，另一方面也体现了作者沉醉于隐居生活的潇洒不羁。

其四

这首曲子是写渔父垂钓的生活。前三句写景，色彩斑斓。接着描述自己的心态，表示失去了对仕途的兴趣，只一心想着泛舟江海。“卧御榻弯的腿疼，坐羊皮惯得身轻”，描绘的是两种不同生活的感受，作者借此褒扬了山野水上生活的乐趣，贬抑了宫廷生活的无益。最后一句“牵动一潭星”，尤为精彩，使人联想到在晚秋的水面上，渔竿收放，泛起的涟漪摇动潭面上浮着的星星倒影的景象，写得十分形象。全曲静中寓动，意境清幽，极富意趣，回味悠长。

## 【中吕】山坡羊

### 寓兴

原　文

鹏抟九万[①]，腰缠十万，扬州鹤背骑来惯[②]。事间关[③]，景阑珊[④]，黄金不富英雄汉，一片世情天地间。白，也是眼；青，也是眼[⑤]。

注　释

①鹏抟（tuán）九万：喻远大的前途。《庄子·逍遥游》：“鹏之徙于南冥也，水击三千里，抟扶摇而上者九万里。”抟：盘旋。

②“腰缠十万”两句：喻幻想中的巨富。南朝梁殷芸《殷芸小说》：“有客相从，各言所志：或愿为扬州刺史，或愿多资财，或愿骑鹤上升，其一人曰：‘腰缠十万贯，骑鹤上扬州。’欲兼三者。”

③事间关：喻事情有曲折，不顺利。

④景阑珊：喻前景不妙。阑珊：衰落。唐白居易《咏怀》诗：“白发满头归得也，诗情酒兴渐阑珊。”

⑤“白，也是眼”两句：《晋书·阮籍传》：“籍又能为青白眼。见礼俗之士，以白眼对之。”按：青眼，眼睛正视，表示对人的尊重或喜爱；白眼，表示轻蔑，鄙夷。

### 译文

总是梦想乘大鹏鸟振翅高飞九万里，腰间缠钱十万贯，骑在鹤背常去常来扬州等闲间。可是，世事多难关，好景霎时凋敝，真正的英雄不为黄金所动，不管天地间世态炎凉。任你是白眼看人还是青眼看人，我要坚持自己的节操不变。

### 赏析

这首曲子集中表现了作者对于社会的势利眼喜好庸俗不堪的不满和不屑一顾。

“鹏抟九万，腰缠十万，扬州鹤背骑来惯”三句借用了《庄子·逍遥游》和《殷芸小说》中的典故，描述了自己历来也有像大鹏扶摇直上九万里，平步青云家财万贯的想法。但是现实总是残酷的，“事间关，景阑珊”，尘世多磨难，盛衰转瞬间，最后不过是一场空。当一个人飞黄腾达时，人们对他敬重有加；一旦遭到变故，立刻受到势利小人的鄙视。“白，也是眼；青，也是眼。”寥寥八字，形象地勾画出世俗小人的丑恶嘴脸，表达了作者对世情的嘲讽与感慨。

全曲感情深沉，善用典故，揭露了世俗的丑恶。

## 【中吕】山坡羊

冬日写怀

### 原文

朝三暮四①，昨非今是，痴儿不解荣枯事②。攒家私③，宠花枝④，黄金壮起荒淫志⑤。千百锭买张招状纸⑥。身，已至此；心，犹未死。

### 注释

①朝三暮四：本指名改实不改，后引申为反复无常。

②痴儿：指傻子、呆子，贪财恋色之人。荣枯：此处指世事的兴盛和衰败。事：道理。

③攒（zǎn）家私：积存家私。

④宠花枝：宠爱女子。

⑤黄金壮起荒淫志：有了金钱便生出荒淫的心思。

⑥千百锭买张招状纸：贪官污吏收刮钱财，到头来不过等于买到

一张招供认罪的状纸。锭：金银的量词。招状纸：指犯人招供认罪的供状文书。

### 译文

朝三暮四，贪得无厌，反复无常，这帮愚蠢的人哪里知道盛衰变化的世事。奔着命积攒家财，好色宠妓人欲横流，黄金鼓弄起荒淫的情志，用去千百锭金银买一张做官的招状纸。已落得个身败名裂，可贪心还不止。

### 赏析

乔吉的《山坡羊·冬日写怀》共有三首，是其“离家一月，闲居客舍”时所作，其中饱含着其愤慨之心和身世飘零之感。乔吉一生穷困，科举无门，仕途绝缘，浪迹江湖。这首曲子正表现了他对世事变迁、祸福无常的感慨。

“朝三暮四，昨非今是”，世间万事千变万化，不可捉摸。有些人拼命积攒家私，结果惹祸上身；有些人沉溺于酒色，走上了荒淫之路。最后的结局就是“千百锭买张招状纸”，花了大把的银子最后不过是给自己买了一张状纸，实在是可笑可怜至极。“身，已至此；心，犹未死”，最后的结尾是当头棒喝，已经到了这般田地，居然还不肯死心，不禁让人发出深深的感叹。

此曲指斥富人的贪婪、狡诈、荒淫，至身败名裂仍不知悔悟，用语辛辣入骨。

## 【越调】小桃红

赠朱阿娇[1]

### 原文

郁金香染海棠丝[2]，云腻宫鸦翅[3]，翠靥眉儿画心字[4]，喜孜孜[5]。司空休作寻常事[6]，樽前但得[7]，身边服侍，谁敢想那些儿。

### 注释

①朱阿娇：元代歌妓。
②海棠丝：即垂丝海棠，为海棠花的名贵品种。
③云腻：比喻头发蓬松滑润。唐司空图《春山》诗：“花明催曙早，

云腻惹空低。”宋吴文英《解语花·立春风雨中饯处静》词：“花鬟愁，钗股笼寒，彩燕沾云腻。”宫鸦翅：古代妇女发髻的一种样式，即鸦髻。

④翠靥：古代妇女一种化妆方式。用绿色“花子”粘在眉心，或制成小圆形贴在嘴边酒窝处。后蜀顾夐《虞美人》词：“迟迟少转腰身袅，翠靥眉心小。”宋梅尧臣《水次蘚花》诗：“水边有神女，妆去遗翠靥。”心字：指心形的花纹。

⑤喜孜孜：欢喜，开心。孜孜：形容词结构中的叠音附加成分。元关汉卿《蝴蝶梦》第一折：“苦孜孜，泪丝丝，这场灾祸从天至，把俺横拖倒拽怎推辞！”

⑥司空休作寻常事：化用成语“司空见惯”的故事。中唐著名诗人刘禹锡在被贬二十多年后回到长安，高官李绅招待他，在宴会上他被李绅的一名家妓吸引，便写诗道：“高髻云鬟宫样妆，春风一曲杜韦娘。司空见惯浑闲事，断尽苏州刺史肠。”

⑦樽前但得：宴席上只应当。

## 译　文

用郁金香料熏染秀美的发丝，把乌云般的头发梳成宫鸦翅的式样，用翠绿色的颜料描眉点眉心，喜滋滋地精心梳妆打扮。被邀赴宴侍酒是平常事一桩，在宴席上只要能得到你在身边服侍就是荣幸，谁还敢再作其他非分之想。

## 赏　析

这首曲子是作者在参加一次晚宴遇到歌女朱阿娇后写给她的，表达了对她的爱慕之情。

曲子开头四句着力描写歌女朱阿娇的外貌打扮。前两句作者以海棠来比喻朱阿娇的头发，并以郁金花香相熏染，极写了其秀发之美之香，令作者神魂颠倒。“云腻宫鸦翅”承接前句具体写其头发之乌黑茂密、头饰之华美精致。将头发比喻成“云”“宫鸦”，使其具有了动态的美感。“翠靥眉儿画心字，喜孜孜”，特写镜头由头发下移到整个面部，只见朱阿娇美丽的脸蛋上用翠绿的颜料描的眉点眉心，这精致的脸妆将朱阿娇此时的盈盈笑脸衬托得十分有致，回眸一笑，颠倒众生，摄人心魄。“司空休作寻常事”活用“司空见惯”的历史故事，写对于那些达官贵人来说这不过是寻常事，但是对于作者这样地位的人来说，能够见到朱阿娇这样的美人实在是难得的。最后三句表明了作者的心迹，在宴席上只要能得到你在身边服侍就是荣幸，谁还敢再作其他非分之想呢。

## 【双调】殿前欢

### 登江山第一楼[①]

**原 文**

拍阑干，雾花吹鬓海风寒，浩歌惊得浮云散。细数青山，指蓬莱一望间。纱巾岸[②]，鹤背骑[③]来惯。举头长啸，直上天坛[④]。

**注 释**

①江山第一楼：指江苏镇江北固山甘露寺内的多景楼，有“江山第一楼”之称。

②纱巾岸：纱巾，即头巾。岸：此指露额。把纱巾掀起露出前额，表示态度洒脱。

③鹤背骑：骑鹤背。此指像王乔那样骑鹤升仙。

④天坛：王屋山主峰，相传为黄帝祈天求雨处，传说唐司马祯在此修行得道。

**译 文**

拍着栏杆，强劲而湿润的海风带着如雾的水汽迎面扑来，吹得鬓发飘展；放声歌唱，歌声冲天，惊得浮云四散。细细查数重重青山，蓬莱仙境在一指相望间。戴着纱巾像古人王乔那般遨游云空，抬头仰天长啸，直上那高高天坛。

**赏 析**

“江山第一楼”是指江苏镇江北固山甘露寺内的多景楼，宋代书法家米芾游多景楼时赞其为“天下江山第一楼”。此曲不着意于“多景”的描绘，而是借登临之举一展作者自己的内心世界。

“拍阑干”一句起得突兀，但是气势非凡，不同于以往的登临之作。“雾花吹鬓海风寒”写作者登上高楼后对周边环境刺激的反应。作者登上楼顶，凭栏远眺，海风夹带着雾气迎面扑来，吹得鬓发飞扬。作者独立寒风中，一览众山，浩歌震天的伟岸的大丈夫气概自然流露出来。“纱巾岸，鹤背骑来惯”两句依然是设想之词，想象自己像仙人王子乔那样，戴着高高的纱巾，骑上熟悉的鹤背，然后“举头长啸，直上天坛”，离开这充满苦难和心酸的尘世而飞升到神仙世界去。

这首小令登名楼而望仙境，凭借时空中辽远空旷的意蕴，给人以清爽飘逸、不同凡响的美感享受。全曲以“意”为脉，以“情”为络，层层起伏开合，气势豪宕酣畅。

## 【双调】卖花声

### 悟世[①]

**原　文**

肝肠百炼[②]炉间铁，富贵三更枕上蝶[③]，功名两字酒中蛇[④]。尖风薄雪[⑤]，残杯冷炙[⑥]，掩清灯竹篱茅舍[⑦]。

**注　释**

①悟世：即对人世之悟，对人世的理解、看法。这里指作者历尽坎坷、饱经风霜后悟出了世态炎凉，看透了世情的黑暗。

②百炼：喻指屡经磨炼。汉应劭《汉官仪》卷上：“金取坚刚，百炼不耗。”《三国志·魏书志·崔琰传》：“孙（孙礼）疏亮亢烈，刚简能断；卢（卢毓）清警明礼，百炼不消，皆公才也。”

③枕上蝶：喻指虚幻的梦。《庄子·齐物论》：“昔者庄周梦为胡蝶，栩栩然胡蝶也，自喻适志与，不知周也。俄然觉，则蘧蘧然周也。不知周之梦为胡蝶与，胡蝶之梦为周与？”

④酒中蛇：用杯弓蛇影的典故，出自《晋书·乐广传》。这里指虚幻不可捉摸之事。

⑤尖风：利风。形容寒风如尖针刺骨。薄雪：急雪。

⑥残杯冷炙（zhì）：残剩的酒菜，这里指在势利社会中受到冷遇。冷炙：指已冷的菜肴。唐杜甫《奉赠韦左丞丈二十二韵》诗：“残杯与冷炙，到处潜悲辛。”

⑦清灯：清冷的油灯。竹篱茅舍：象征远离闹市的清贫生活。

**译　文**

侠义肝肠千锤百炼像炉中的钢铁，荣华富贵梦幻有如三更枕上蝶。功名两字恰似杯弓蛇影，全是庸人自扰。世道似尖利寒风，人情似疾风中翻卷如刀的薄雪，人世凄凉，一盏灯照着一杯剩酒和半盘冷菜，还是掩好灯守着这竹篱茅舍。

**赏　析**

这首曲子细致地描绘出了一位饱经风霜和官场磨难的文人归隐田园

后的生活状态和他的思想世界。

曲子前三句是一组鼎足对，直抒胸臆，奠定了全曲的感情基础。起句“肝肠百炼炉间铁”一语双关，是对自己精神境界的精彩比喻。自己久历磨难，备尝艰辛，就如同钢铁一样被锻造，变得无比坚强，同时也表现出了对现实社会的心灰意冷。接下来“富贵三更枕上蝶，功名两字酒中蛇”两句连用两个典故，意在说明所谓的富贵荣华不过是一场虚幻的梦境，充分表明了作者对功名利禄的否定和蔑视，带有很强的讽刺意味，也是作者对人生的一种领悟，和“悟世”的主题相对。“尖风薄雪，残杯冷炙，掩清灯竹篱茅舍”，这三句描述的是贫寒凄苦的生活，是乔吉的自我写照。寒风刺骨，雪花飞舞，家里只剩下一些残羹冷炙。住的是竹篱茅舍，到了夜晚灯光昏黄，自己还得在那如豆粒般大小的灯光下读书，生活是何等地清苦。作者巧妙地运用了雪花、残羹、灯火、竹篱茅舍等事物，加之“尖”“薄”“残”“冷”等形容词清楚地描述出在当时的社会环境下，读书人没有地位，过着饥寒交迫生活的现实，引发人的深思。这支曲子内涵丰富，用词清丽典雅，语调婉转和谐，包含了作者对人生的思考、对历史和现实社会的反思，具有很高的艺术性。

## 刘致

刘致（?—1388?），字时中，号“逋斋”，石州宁乡（今山西中阳）人。父刘彦文，仕为郴州录事、广州怀集令。刘致在流寓长沙期间，以其文章清拔宏丽而被姚燧赏识，因姚燧荐为湖南宪府吏，后任永新州判、河南行省掾、翰林待制、浙江行省都事等职。晚年家境清贫，卒无以葬，由杭州王真人（王眉叟）收葬于德清。所著散曲见存于《阳春白雪》《太平乐府》《乐府群玉》等集中。

### 【南吕】四块玉

原　文

佐国心[①]，拿云手[②]，命里无时莫强求。随缘过得休生受[③]。几叶锦，几匹绸，暖时候。

注　释

①佐国心：辅佐君主治国安邦之心。

②拿云手：喻志向远大，本领高强。唐李贺《致酒行》诗："少年心事当拿云，谁念幽寒坐呜呃。"

③休生受：不要作难，不要吃苦。元杂剧《陈季卿误上竹叶舟》："天涯倦客空生受，凭着短剑长琴，游遍七国春秋。"

译　文

想辅佐国家的心，能上天拿云的手，假如命里注定没有就不要去强求。随缘分过生活，不要自找难受。只需几叶锦，几匹绸，自然有能保暖的时候。

赏　析

这是一首自勉述志劝世之曲，与一般的归隐之作不同，这首曲子没有一般鄙弃功名利禄的清高之词，而是直言自己有入世济民、辅佐皇帝的雄心壮志，也不乏治国的本领，但是也不强求，不行的话，"几叶锦，几匹绸"的生活也凑合。

从表面上看，这首曲子表现出一种得过且过、随遇而安的处世态度，但稍加用心品读，便可看出隐含其中的因怀才不遇、壮志难酬而发的郁郁不平之气。胸怀大志、腹有良谋的人才不得重用，反映出当时统治者的昏庸，从侧面揭露了黑暗的社会现实。

## 【中吕】山坡羊

### 燕城述怀

原　文

云山有意，轩裳[①]无计，被西风吹断功名泪。去来兮[②]，再休提！青山尽解[③]招人醉，得失到头皆物理[④]。得，他命里；失，咱命里。

注　释

①轩裳：即轩冕，古代卿大夫的车服。此指入世取得功名官位。

②去来兮：即归去来兮，辞官退隐归乡。

③尽解：完全懂得。

④物理：事物之常事。

**译文**

云山有情有意，可没有办法得到官位，被西风吹断了功名难求的伤心泪。归去吧，不要旧事重提！青山善解人意让人沉醉，得和失到头来都是由于天理。得，是人家命里有；失，是我命里不济。

**赏析**

河北易县东南有燕城遗址，是燕昭王铸造黄金台招贤纳士的地方。燕昭王为振兴国力求贤若渴，以非常诚恳谦虚的态度和优厚的待遇广招天下贤士，招揽到了大量的人才，使得燕国迅速强大起来。而元代的知识分子地位低下，得不到当局的重用，于是时常会有一种怀才不遇、生不逢时的悲叹。作者置身燕城，不由得怀古伤今，追慕起了燕昭王在此筑黄金台招贤兴国的盛举，同时也感伤现实中自己的遭遇，故而写下了这首曲子。“云山有意，轩裳无计，被西风吹断功名泪”两句通过对比来表现作者心中的无奈，这里“云山”“轩裳”“西风”都被赋予了特定的感情色彩，具有实指和象征的双重含义。隔断红尘的云山是自己向往的，但是高官厚禄能够实现也是很好的，可就是没有办法。“被西风吹断功名泪”暗示作者在名利场中的失败，受到现实的无情打击，作者不禁流下了满腔的功名泪。“去来兮，再休提！”照应前面的“云山有意”，写出作者下定了决心，要像陶渊明一样归隐山林，其中也隐藏了作者无尽的失望和忧伤。“再休提”语气决绝，暗示已经没有东山再起的希望，其中的沮丧和悲愤不言而喻。“青山尽解招人醉，得失到头皆物理”两句写归隐后来到青山绿水中的感受和领悟。成败得失皆由天定，不为人的意志而转移，既如此不如顺应天命，纵情自然。于是，最后得出了“得，他命里；失，咱命里”的结论。曲子也在无限的忧愤和无奈中结束。

## 王元鼎

**王元鼎，约生活于至治、天历年间（1321—1330），与阿鲁威同时，官至翰林学士，元夏庭芝《青楼集》记载他曾与杂剧演员顺时秀交密，善于嘲风弄月，惜玉怜香。又有说法称王元鼎实为玉元鼎，祖上是西域人。王元鼎的作品或写景状物，或吟咏闺情，风格明丽，用韵响亮。今存小令7首，套数2套。**

# 【中吕】朝天子

## 邸万户①席上

原　文

柳营②，月明，听传过将军令。高楼鼓角戒严更③，卧护得边声静④。横槊吟情⑤，投壶歌兴⑥，有前人旧典型⑦。战争，惯经，草木也知名姓⑧。

注　释

①邸（dǐ）万户：应为作者的好朋友邸元谦，万户是元代三品世袭军职。

②柳营：细柳营之省称。《史记·绛侯世家》："文帝之后六年，匈奴大入边。乃以宗正刘礼为将军，军霸上；祝兹侯徐厉为将军，军棘门；以河内守（周）亚夫为将军，军细柳，以备胡。上自劳军，至霸上及棘门军，直驰入，将以下骑送迎。已而之细柳军，军士吏被甲，锐兵刃，彀弓弩，持满，天子先驱至，不得入。……文帝曰：'嗟乎，此真将军矣！曩者霸上、棘门军，若儿戏耳'。"后因以"细柳营"为军纪严明、战斗力强的代称。

③严更：警戒夜行的更鼓。《文选·班固》："周以钩陈之位，卫以严更之署。"李善引薛综《西京赋注》曰："严更，督行夜鼓也。"宋周密《武林旧事·大礼》："行宫至暮则严更警场，鼓角轰振。"

④边声静：边塞上的各种声音，如风声、马鸣声、笳鼓声之类都静悄悄的，表示边境很安宁，没有战事。

⑤横槊吟情：形容文武双全的大将风度。宋苏轼《前赤壁赋》："方其（指曹操）破荆州，下江陵，顺流而东也，舳舻千里，旌旗蔽空，酾酒临江，横槊赋诗，固一世之雄也。"

⑥投壶歌兴：投壶是我国古代宴会时的一种娱乐。《礼记·投壶》篇说，以壶口为目标，用矢投入，以投中多少决胜负，负者要罚酒。

⑦典型：模范，样板。

⑧草木也知名姓：极言将军的声誉。宋黄庭坚《送范德孺知庆州》诗："乃翁知国如知兵，塞垣草木识威名。"此用其意。

译　文

军营纪律严明，月光明亮，军帐中依次传过了将军的命令。高楼上响起更鼓和号角，半夜还在戒严。在将军的守护下，边塞上一片宁静。将军文武双全，投壶唱歌，真有古人的风采。战争，经历惯了，就连花草树木都知道了将军的名字。

### 赏析

本篇作于元武宗至大四年（1311），时作者好友邸万户驻军杭州，是作者在军帐宴席上赠主人之作。在此曲中，作者着重表现了友人的治军有方。

起首数句，交代了主人的将军身份及自己作歌的地点。元代文学家姚燧在《颍州万户邸公神道碑》一文中，说邸元谦戍杭时，“虽居平时，营栅部署、器械军马，凛如在敌”。作者只用“柳营”二字，便概括了他治军的特点——就如周亚夫一样纪律严明。接两句“高楼鼓角戒严更，卧护得边声静”，通过对军营环境的描写，烘托出了军中森严的气氛。但闻邸万户一声令下，顿时遍传军营，戍楼鼓角，互报警戒，部伍整肃，真是令行禁止。诗人巧妙地融入写景，军营明月、高楼鼓角，富有诗情画意，使称誉之词不落俗套。

“横槊”二句是实写邸元谦在宴席上的表现，运用典故以古喻今，展现出了邸万户文武双全、儒雅风流的风姿。最后三句是抚今追昔，点明宴会主人能征惯战、威名远播的本来面貌。“草木知名”，又用了唐代濠州刺史张万福的典故。万户坐镇一方，以张万福比拟，可谓颂扬得体。

## 【正宫】醉太平

寒食[①]

### 原文

声声啼乳鸦[②]，生叫破韶华[③]。夜深微雨润堤沙，香风万家。画楼洗净鸳鸯瓦[④]，彩绳半湿秋千架。觉来红日上窗纱，听街头卖杏花。

### 注释

①寒食：清明节前一日为寒食节，为纪念介子推而禁火三日。据南朝梁宗懔《荆楚岁时记》载：“去冬节一百五日，即有疾风甚雨，谓之寒食，禁火三日。”

②乳鸦：雏鸦。

③生：偏偏，硬是。韶华：美好时光，引指春光。唐戴叔伦《暮

春感怀》诗:“东皇去后韶华尽，老圃寒香别有秋。”

④鸳鸯瓦：成对的瓦。

译　文

一声声，小乌鸦不停地欢叫，硬是叫破了暗夜，迎来了春日光华。昨夜里微微春雨润湿了江堤软沙，阵阵香风溢满万家。把画楼的鸳鸯瓦洗得干干净净，还打湿了系着彩绳的秋千架。一觉醒来时红日已照着窗纱，听到街上有人在叫卖杏花。

赏　析

寒食在农历三月初，清明前一二日，此时春已过半。王元鼎的这组《寒食》小令共存四首，此是其中第二首。另外三首主要描述流逝的春光在作者心里引起的丰富、复杂的感受，或惹动莫名的困倦，或撩拨缠绵的情思，或萌发及时行乐的欲念，主观色彩表现得比较浓烈。这一首却不同，作者不直接宣泄自己的情感，而是采用融情于景、含藏不露的抒情手法，把对春天的喜悦之情完全融化在一片生机勃勃、情趣盎然的声光画面之中。

在这支小令中，“乳鸦鸣啼”“雨润堤沙”“画楼净瓦”“彩绳半湿”及“红日上窗纱”“街头卖杏花”等，勾画出寒食时节生机勃勃、情趣盎然的景象，表达了作者对春天的喜悦之情。语言清新典雅，虽然多处化用前人诗意名句，却自然流畅，毫无牵强拼凑、陈旧过时的感觉。

## 阿鲁威

**阿鲁威，生卒年不详，字叔重，号“东泉”，蒙古族人。曾任南剑太守、经筵官、参知政事等。阿鲁威汉文修养深厚，善作散曲，被列为散曲七十大家之一。《太和正音谱》称其词曲风格“如鹤唳青霄。”可惜流传不多。现存阿鲁威作的散曲有19首，计《蟾宫曲》16首、《湘妃怨》2首、《寿阳曲》1首。**

## 【双调】寿阳曲

**原　文**

千年调①，一旦空，唯有纸钱②灰晚风吹送。尽蜀鹃啼血烟树中③，唤不回一场春梦④。

**注　释**

①千年调：为子孙后代作长远考虑。

②纸钱：丧葬或祭扫时焚烧，相当于给死去的人送钱。

③尽：尽管，纵使。蜀鹃：即杜鹃，相传为蜀帝杜宇精魂所化。啼血：杜鹃啼声凄苦，口腔上皮和舌部都为红色，古人误以为它叫得满嘴流血。

④春梦：喻富贵无常、缥缈易逝的人生。

**译　文**

一千年的长远打算，到头来全成空，只有烧过的纸钱灰被晚风吹送。任凭杜鹃鸟在烟霭迷离的树林中声声啼血，也唤不回来一场春梦。

**赏　析**

阿鲁威是蒙古人，在元代是第一等人，又是学问家和高官，地位很高，但是在蒙古贵族间激烈的权力斗争中，失败者也不免落得悲惨的结局。阿鲁威从大都被贬谪到地方，经历了人生的大起大落，受到了很大的打击，这篇小令包含了他大彻大悟的人生感慨。

全曲采用劝世的口吻，在对比中予以警示。在作者看来，一些人生前费尽心思钻营得利，想要自己的功名财富能够传承子孙后代数千年，但这些在死亡面前都是徒劳的，一切都会随着死后的纸钱灰一同消失在风中。作者为了说明这一点，还借用了“望帝春心托杜鹃”的典故，借此告诉人们：人死后万事皆空，生前的一切不过是一场梦。曲中“唯有”与“尽”相衬，坦率直接地表露了作者的思想感情。

# 【双调】湘妃怨

原 文

夜来雨横与风狂①，断送西园满地香。晓来蜂蝶空游荡。苦难寻红锦妆②，问东君③归计何忙！尽叫得鹃声碎，却教人空断肠④。漫劳动⑤送客垂杨。

注 释

① 雨横与风狂：指风雨大。宋欧阳修《蝶恋花》词："雨横风狂三月暮，门掩黄昏，无计留春住。"

② 红锦妆：女子的精美装束，指盛开的鲜花。

③ 东君：司春之神。唐王初《立春后作》诗："东君珂佩响珊珊，青驭多时下九关。方信玉霄千万里，春风犹未到人间。"宋辛弃疾《满江红·暮春》词："可恨东君，把春去，春来无迹。"

④ 断肠：指悲痛到极点。蔡琰《胡笳十八拍》："雁高飞兮邈难寻，空断肠兮思愔愔。"

⑤ 漫劳动：随意烦劳。

译 文

夜来肆虐着暴雨狂风，把西园的芳菲一扫而空。到早晨蜜蜂蝴蝶飞来飞去，无所适从。只恨找不到往日盛时的花容，春神啊，你为何要归去匆匆！你一味让杜鹃啼破了喉咙，却教人徒然心痛。那垂杨无端牵进了送行之中，一回回不得闲空。

赏 析

这首曲子写的是暮春的怨艾，以景述情，可谓散曲中婉约抒情派的代表作。

风雨落花，残蜂剩蝶，鹃声绿杨，都是古代诗词伤春的常见景象。曲子开篇四句作者先撷取了"夜来"与"晓来"两个镜头构成了一幅画面：一个暮春时节的夜晚，风雨大作，一个"横"字，一个"狂"字，极言风雨到来的气势汹汹，恰有"雨横风狂三月暮"的感觉。风雨肆虐的结果，是西园花落满地，且此"满地香"也遭到"断送"，狼藉残败之情况可想而知。作者并不详述狂风暴雨后园中花卉遭劫的细节，而转向了"晓来"，风雨止息后的一片惨败的景象，反衬其过程，蜂蝶来到旧地，却再不见昨日的繁华，只能"空游荡"。蜂蝶无知，"游荡"也漫无目的，但入园寻春的作者却是有意识地寻觅那“红锦妆”的芳菲旧影，结果当然是大失所望，且意识到春天已到尽头，只能怅然嗟叹春神的迅速离去了。这带着作者鲜明主观感情色彩的描写生动地表现出作者的惜春伤春之情。“问东君归计何忙！”一句意蕴深刻，其中有怅恨，有感叹，也有无奈。这还不算，“东君”还留下了两件惹恨牵愁的礼物，一是“鹃声”，其鸣声同“不如归去”相近，一是“垂杨”，自古便是送别的象征。鹃声不遗余力，垂杨迎风自舞，可以想见，作者既有身处异乡不得遄归的苦衷，又有送客登程情肠百结的经历，这就将伤春之意写满写足了。

## 张雨

张雨（1283—1350），旧名张泽之，又名张嗣真，字伯雨，法名“嗣真”，号“贞居之”，别号“句曲外史”，钱塘（今浙江杭州）人。元代诗文家、词曲家、书画家、茅山派道士。博学多闻，善谈名理。曾从虞集受学，诗才清丽。年二十弃家为道士，居茅山，师事茅山宗师许道杞弟子周大静，后师事玄教高道王寿衍，居杭州开元宫，与当时文士如杨维桢、张小山、马昂夫、仇山村、班彦功等均有唱和往来。元仁宗赐其做官，他坚决推辞。晚年居住在杭州三茅观，焚香饮酒赋诗，不理会世事。著有《茅山志》《句曲外史贞居先生诗集》《元品录》等。

### 【中吕】喜春来

泰定三年丙寅岁除夜玉山舟中赋①

**原　文**

江梅的的②依茅舍，石濑溅溅漱玉沙③。瓦瓯篷④底送年华。问暮鸦：何处阿戎家⑤？

**注　释**

①泰定三年丙寅岁除夜：公元1326年除夕。泰定三年：即为丙寅

年。玉山：今江西玉山县。

②的的：鲜明貌。南朝陈徐陵《在北齐与杨仆射书》："至于铛铛晓漏，的的宵烽。"唐陈子昂《宿空舲峡青树村浦》诗："的的明月水，啾啾寒夜猿。"

③溅溅：流水声。《乐府诗集·横吹曲辞五·木兰诗之一》："不闻爷娘唤女声，但闻黄河流水鸣溅溅。"玉沙：指银白色的浪花。

④瓦瓯篷：一种简陋的船篷，形如瓦瓯（小盆）。

⑤阿戎家：指亲人所在。唐杜甫《杜位宅守岁》诗："守岁阿戎家，椒盘已颂花。"阿戎：指堂弟，这是晋宋以来的习惯称呼。曲中泛指近亲。

### 译文

江边的梅花挨着一间茅屋，水流在岩石上溅起水花，洗漱着沙滩上的细沙。我躲在船篷下喝着酒罐里的酒，度过了多少时光。见那黄昏的乌鸦问问它：何处是我家？

### 赏析

此曲是除夕夜在舟中思念亲人而作，"每逢佳节倍思亲"，用简明自然的语言含蓄地表达了无限的亲情。

曲子起首两句对仗工整，作者概括了客舟停泊中所见的景色。江岸的梅花鲜艳美丽，与一旁的茅舍相掩映，即使在黄昏的暮色中也能送来温馨。船停泊在山溪的入江处，湍急的溪流在岩石上激起阵阵水花，激荡着水底晃动的白沙。第三句"瓦瓯篷底送年华"，点出了除夕夜的时令和作客他乡的境况。其中一个"送"字更是显示了其漂泊之久，暗含了一种深沉苍凉而又无可奈何的感慨。曲子最后两句化用杜甫《杜位宅守岁》中的诗句，表达了自己有家不能归的浓浓乡愁和忧伤。

## 【双调】水仙子

### 原文

归来重整旧生涯①，潇洒柴桑处士家②。草庵③儿不用高和大，会清标④岂在繁华。纸糊窗，柏木榻。挂一幅单条画，供一枝得意花。自烧香童子煎茶。

### 注释

①旧生涯：过去的生活。

②柴桑：晋代陶渊明的故乡及隐居地，这里代指隐居地。处士：古时候称有德才而隐居不愿做官的人。《史记·魏公子列传》："赵有处士毛公藏于博徒，薛公藏于卖浆家，公子欲见两人，两人自匿不肯见公子。"

③草庵：北齐颜之推《颜氏家训·风操》：" 梁世被系劾者，子孙弟侄，皆诣阙三日，露跣陈谢……若配徒隶，诸子并立草庵于所署门，不敢宁宅，动经旬日，官司驱遣，然后始退。"王利器集解引卢文弨曰："庵，乌含切，《广韵》：'小草舍也。'"

④清标：清高俊逸。

### 译　文

归来重新拾起以前的生活，在山野乡村过着逍遥自在的隐居生活。居住的茅草房不用很高大，清高俊逸的生活不需要繁华。用纸糊的窗户，用柏木制成的床榻。墙上挂一幅单条画，桌上摆一枝得意花。还有烧香童子给自己煎茶。

### 赏　析

这首曲子是作者对自己隐居生活的真实写照。曲子开头两句"归来重整旧生涯，潇洒柴桑处士家"，点出自己归隐山水田园的现实。"潇洒"二字表现出了作者对隐居生活的态度。自己简陋的草庵、纸糊窗、柏木榻、一幅单条画、一枝得意花，表现了作者生活的朴素。尤其是末一句"自烧香童子煎茶"，写出了隐士恬然自适、悠然自得的心态。此曲语言朴实雅正，正切合作者自身生活的朴素、情趣的高雅。

## 虞集

虞集（1272—1348），字伯生，号"道园"，世称"邵庵先生"。元代著名学者、诗人。少受家学，尝从吴澄游。成宗大德初，以荐授大都路儒学教授，历国子助教、博士。仁宗时，迁集贤修撰，除翰林待制。文宗即位，累除奎章阁侍书学士。虞集素负文名，与揭傒斯、柳贯、黄溍并称"元儒四家"；诗与揭傒斯、范梈、杨载齐名，人称"元诗四家"。著有《道园学古录》《道园遗稿》。

## 【双调】折桂令

### 席上偶谈蜀汉事因赋短柱体

原　文

鸾舆[①]三顾茅庐。汉祚[②]难扶，日暮桑榆[③]。深渡南泸[④]，长驱西蜀，力拒东吴。美乎周瑜妙术，悲夫关羽云殂[⑤]。天数盈虚[⑥]，造物乘除[⑦]。问汝何如，早赋归欤[⑧]。

注　释

①鸾舆：皇帝的车驾，亦指代皇帝。此处指代刘备。

②祚：皇位。

③桑榆：指日暮时，因日暮时夕阳光照在桑树和榆树树梢上。古人据此又用以比喻人的暮年垂老之时。《文选·曹植〈赠白马王彪〉诗》："年在桑榆间，影响不能追。"李善注："日在桑榆，以喻人之将老。"

④泸：泸水，今金沙江。

⑤云殂：死亡。云：为语气助词。

⑥天数：天命。盈虚：圆缺。

⑦造物：指主宰创造大自然万物的神灵。乘除：增减。与"盈虚"意近，都是指此消彼长的变化。

⑧归欤：即归家吧。欤：语气助词。

译　文

刘备三顾茅庐请诸葛亮出山。可是蜀汉王朝难以扶持，已成了一蹶不振的残局。诸葛亮五月渡泸，南抚夷越，西和诸戎，北拒曹魏，力阻东吴。美妙呵周瑜的神奇兵术，悲叹呀关羽早早死去。人世间一切世事全由天定，造物所致。问你要怎么办？还是早点归隐吧！

赏　析

"短柱体"是词曲中的"巧体"，一句两韵或三韵，用韵过密，写作难度很高。这首曲子是一首怀古之作，据元末陶宗仪《南村辍耕录》载，此曲是作者在一次宴席上偶然谈及三国蜀汉历史而作，写魏、蜀、吴三国之间的争霸，风云变幻，事业成败，转眼成空，让人生出无限感叹。

曲子从刘备三顾茅庐的故事起笔，写刘备费尽心思三顾茅庐请诸葛亮出山光复汉室，但即使诸葛亮鞠躬尽瘁与魏国和吴国周旋，依旧无法挽救蜀汉“日暮桑榆”的局面，不禁让人感叹天命有数，为全曲奠定了基调。“深渡南泸，长驱西蜀，力拒东吴”是鼎足对，具体概括了诸葛亮对蜀汉的贡献，可即便是如此成就，依然无法将蜀汉从衰亡的命运中拯救出来，更显示出了天数和时运的重要性。“美乎周瑜妙术，悲夫关羽云殂”两句赞叹了神机妙算的周瑜，悲叹了早早死去的关羽。周瑜联合蜀汉大败曹操，奠定了三国鼎立的局面，是蜀汉基业开创的前提；而关羽的早早死去却是蜀汉衰弱的开端。而这一切历史往事，作者都将其总结为“天数盈虚，造物乘除”，展现了作者的人力难胜天命的思想。最终作者得出了不如早早归隐田园、不问世事的结论。

## 薛昂夫

薛昂夫，生卒年不详，原名薛超吾，以第一字为姓，汉姓为马，名超吾，字昂夫，号“九皋”，故亦称“马昂夫”“马九皋”。先世内迁，居怀孟路（治所在今河南沁阳）。据赵孟頫《薛昂夫诗集序》（《松雪斋文集》），他曾执弟子礼于刘辰翁（1233—1297）门下，可推知他生年约在元初至元年间。历官江西省令史、佥典瑞院事、太平路总管、衢州路总管等职。薛昂夫善篆书，有诗名，诗集已佚。诗作存于《皇元风雅后集》《元诗选》等集中。他的散曲，风格豪放疏荡。

### 【正宫】塞鸿秋

原　文

功名万里忙如燕①，斯文一脉微如线②。光阴寸隙流如电③，风霜两鬓白如练④。尽道便休官，林下何曾见⑤？至今寂寞彭泽县⑥。

注　释

①功名万里忙如燕：为了功名，整天像衔泥筑巢的燕子一样忙

禄。功名万里：奔波万里求取功名。《后汉书·班超传》记载，相面术士断定班超有万里侯之面相，“当封侯万里之外”。

②斯文一脉微如线：士子品格清高、文雅脱俗的传统，已微弱如线。比喻那些蝇营狗苟于功名利禄的人已把人格丧尽。斯文：礼乐教化传统。《论语·子罕》：“天之将丧斯文也，后死者不得与于斯文也。”

③光阴寸隙流如电：时间就像白驹过隙，又如电光石火，转瞬即逝。

④风霜两鬓白如练：饱经风霜的两鬓白得如素练一样。练：洁白的丝绢。

⑤“尽道便休官”两句：都说就要辞官归隐，可在林下哪里见到了？此是化用唐代灵澈和尚《东林寺酬韦丹刺史》诗句：“相逢尽道休官去，林下何曾见一人！”

⑥至今寂寞彭泽县：直到现在也只有彭泽县令陶渊明孤独地辞官退隐而已。寂寞：此处指孤独、孤单。

## 译　文

为了功名，像燕子一样万里奔忙，那一脉文雅的传统，已经微弱得如丝线一般。时光就像是白驹过隙，又如闪电奔驰，饱经风霜的两鬓早已被染得像白练一样。都说马上不用做官了，可在山林中哪里曾见到过？直到现在，像彭泽县令陶渊明那样的隐者还是很少很少的。

## 赏　析

这首曲子是愤世、讥世之作。

曲子的起四句以多句对仗构成“联珠对”。“功名万里忙如燕”，用东汉班超封侯万里之事，借指那些身居官场、内心迷恋富贵功名的人。次句承上而直发感慨。为官作宦者只顾一己私利，彼此竞逐，有多少人还会想到国家百姓，有多少人还会想到互相礼让呢？那么，此时元王朝礼崩乐坏，官场腐败，尔虞我诈，自不言而尽在句中了。下两句进一步说明官场竞逐之人，乐此不疲，终一生而不歇。人生易老，时光如电，就在这忙碌如燕的南北奔走中，已是青春消尽，两鬓如霜了。“尽道”二句，以极冷峻之语，说尽了世道人心，带有强烈的嘲讽之意。结句“至今寂寞彭泽县”为全曲点睛之笔，一语揭出曲之命意所在，一针见血地指出了那些贪恋功名的人的口是心非，撕去了他们的伪装。“寂寞”二字下得极巧，与开篇“忙如燕”遥相呼应，两相对比，活画出官场竞逐，如蝇嗜血者的真面目，使高唱归隐者原形毕露。

此曲针对那些名为隐士，实际上是附庸风雅的口是心非者给以揭露和讽刺。

## 【双调】庆东原

### 西皋亭[1]适兴

**原　文**

兴为催租败[2]，欢因送酒[3]来。酒酣时诗兴依然在。黄花又开，朱颜未衰，正好忘怀。管甚有监州，不可无螃蟹[4]。

**注　释**

①西皋亭：皋亭山在浙江杭州东北，作者即居于西麓。

②兴为催租败：北宋诗人潘大临曾思得一佳句“满城风雨近重阳”，忽闻催租人至，因而败兴不能卒篇。

③送酒：陶渊明曾于重阳节日无酒，出宅边菊丛中坐久，值江州刺史王弘差白衣人送酒至，即欢然就酌。

④管甚有监州，不可无螃蟹：宋代各州置通判，称为监州，每与知州争权。杭州人钱昆原任少卿，喜食蟹，在补官外郡时表示：“但得有螃蟹无通判处则可矣。”事见宋欧阳修《归田录》。

**译　文**

诗兴为催租事破坏，快活也常为送酒人带来。醉醺醺时，诗兴依然存在。你看菊花又当秋盛开，我自觉还未衰老，正好把世事忘怀。管他有什么监州来碍手碍脚，只要有螃蟹吃就好啊。

**赏　析**

曲子起首二句运用了两个对仗工整的典故，为引出下文的叙述和议论作了铺垫。题为“适兴”而先言兴“败”，目的是突出“欢因送酒来”，即刻画出作者好酒酣酒的狂态。尽管不如意事如催租般拂人情兴，但只要有酒大醉，“诗兴”就会回来。这一起笔，便将作者桀骜放旷的豪情和盘托出。作者的酒兴、诗兴，都是摒除人世干扰、“忘怀”的结果。面对盛开的菊花，想着自己还未衰老，应该趁此大好年华好好享受一番。曲子至此，“适兴”的题目已经缴足，妙在结尾又添上了两句奇纵的豪语。作者借欧阳修《归田录》所载宋人钱昆的一则典故，将其略作改动，说明就是有监州在旁也没有什么了不得，显示了蔑视官场桎梏的气概，将作者语快心直、豪放疏狂的性格特征表露了出来。

全曲活用典故，一气呵成，其狂放豪情，深得散曲曲体的意理。

## 赵善庆

赵善庆（？—1345后），一作赵孟庆，字文贤，一作文宝，饶州乐平（今江西乐平）人。元钟嗣成《录鬼簿》说他“善卜术，任阴阳学正”。著杂剧《教女兵》《村学堂》8种，均佚。散曲今存小令29首，收录于《乐府群玉》中。《太和正音谱》称其曲“如蓝田美玉”。

### 【双调】落梅风

江楼晚眺

**原 文**

枫枯叶，柳瘦丝①，夕阳闲画阑十二②。望晴空莹然③如片纸，一行雁一行愁字。

**注 释**

①柳瘦丝：柳条细瘦如丝。

②画阑十二：曲折精美的栏杆。十二：形容曲折多。南朝乐府《西洲曲》：“栏杆十二曲，垂手明如玉。”

③莹然：光洁，光亮。

**译 文**

枫树树叶枯败，柳叶飘落，只剩下瘦长的柳枝，夕阳下面，十二曲栏杆空落落的，不见人的影子。举头望天，长空明洁，犹如一张白纸；每当一行大雁飞过，就写下一行勾起愁情的大字。

**赏 析**

曲子前三句写作者登高所见之景。枯枫、瘦柳、夕阳下的画楼，这一连串的萧索之景相互掩映，满目苍凉，让身处其中的人心生点点愁思，强化了登楼人的情绪。前两句是对景物的静态描写，映合“江楼”；后两句是对景物的动态描写，紧扣“晚眺”，在章法上也颇为井然有序。作者写枫、柳、夕阳、画阑都不甚动声色，“晴空莹然”甚而有情怀释然之意，却在末句推点出“一行雁一行愁字”。雁阵的出现使登楼者悲秋悯人、肃杀落寞之感更加惊心动魄。

这首曲子将天空与雁行分开来铺写，秋雁的“一行愁字”就分外醒目；而这一切又是在枫枯柳瘦、夕阳画阑的铺垫下托出，悲秋伤寂之意也就格外惊心。

## 【双调】庆东原

### 泊罗阳驿[1]

原 文

砧[2]声住，蛩韵切[3]，静寥寥门掩清秋夜。秋心凤阙[4]，秋愁雁堞[5]，秋梦蝴蝶[6]。十载故乡心，一夜邮亭[7]月。

注 释

①泊：暂住，寄宿。罗阳：地名，故址不详。驿：驿站，古时供应递送公文的人或来往官员暂住、换马的处所。

②砧：捣洗衣服的垫石。

③蛩韵切：蟋蟀的叫声急促。蛩：蟋蟀。

④凤阙：原为汉代的宫阙名，后用为皇宫的通称。这里指京城、朝廷。《汉书·东方朔传》：“陛下以城中为小，图起建章（指建章宫），左凤阙，右神明（指神明台），号称千门万户。”颜师古注：“凤阙，阙名。”晋王嘉《拾遗记·魏》：“青槐夹道多尘埃，龙楼凤阙望崔嵬。”

⑤雁堞：城墙上雁阵状的墙垛。这里代指城池。堞：城墙上的矮墙。

⑥秋梦蝴蝶：用庄周梦蝶的典故，说明作者人生如梦的感觉。

⑦邮亭：即驿站。《墨子·杂守》：“筑邮亭者圜之。”《汉书·薛宣传》：“过其县，桥梁邮亭不修。”颜师古注：“邮，行书之舍，亦如今之驿及行道馆舍也。”

译 文

捣衣的砧声已住，蟋蟀的叫声急促，静悄悄紧闭房门掩住了凄清的秋夜。心愁国事，身处异地，秋愁怎样排解。奔波劳碌，时光飞逝，常有人生如梦的感觉。仰望今夜驿站上空的明月，是它牵起我十年来对故乡的思念之情。

赏 析

这是一首描写乡愁的小令。

曲子的起三句写秋夜的境况，渲染了秋夜的寂静氛围。砧声是古代秋季劳作的最普遍的声音，而且是深秋到来准备过冬的妇女的劳作。“砧声住”是夜深的表现，同时正因为砧声的停止，才会听到蟋蟀细碎的悲鸣，秋夜也因此显得更加寂静凄清。作者离家多年，心中的乡愁不禁油然而生，于是他赶紧将门关上，似乎要把秋夜的清冷关在外面。中间三句写作者此时此刻复杂的心情。他心系朝廷，不忍离弃；眷恋城池，依依不舍；牵挂前程，却如梦似幻，令人迷惘。结尾两句点题，写的是作者沉重的乡愁。十多年没有回归故乡，纵然百般思念，却始终无法回去，对故乡的深切思念在此秋夜汇集于心，让人倍感忧愁。

## 马谦斋

马谦斋，名、字、里、生卒年及生平均不详，约元仁宗延祐中1317年前后在世。与张可久同时，且相识。张可久有《天净沙·马谦斋园亭》，记他曾在大都（今北京）做过官，辞官后归隐，有人说他后来隐居杭州。工散曲，其曲多收录于《太平乐府》等集中，现存小令17首。

## 【越调】柳营曲

叹世

原 文

手自搓，剑频磨[①]。古来丈夫天下多。青镜摩挲[②]，白首蹉跎[③]，失志困衡窝[④]。有声名谁识廉颇[⑤]？广才学不用萧何[⑥]。忙忙的逃海滨，急急的隐山阿[⑦]。今日个[⑧]，平地起风波[⑨]。

## 注　释

①剑频磨：喻胸怀壮志，准备大显身手。唐贾岛《述剑》诗："十年磨一剑，霜刃未曾试。今日把示君，谁有不平事？"

②青镜摩挲：言对镜自照，白发欺人。青镜：青铜镜。唐李峤《梅》诗："妆面回青镜，歌尘起画梁。"摩挲：抚摩。《释名·释姿容》："摩娑，犹末杀也，手上下之言也。"《后汉书·方术列传下·蓟子训》："后人复于长安东霸城见之，与一老公共摩挲铜人。"

③白首：白头。蹉跎：虚度光阴。三国魏阮籍《咏怀》诗之一："白日忽蹉跎，驱马复来归。"

④衡窝：隐者居住的简陋房屋。

⑤廉颇：战国时赵国的良将，与白起、王翦、李牧并称"战国四大名将"。前283年，率兵讨伐齐国，取得大胜，夺取了阳晋，赵王封他为上卿。廉颇因为勇猛果敢而闻名于各诸侯国。长平之战前期，他以固守的方式成功抵御了秦国军队。长平之战九年后，击退燕国的入侵，斩杀燕军主帅栗腹，进军包围燕都三月，令对方割五城求和，并因此受任为相，封信平君。至赵悼襄王时，由于不得志，他先后投奔魏国与楚国。

⑥萧何：西汉开国元勋。《史记·萧相国世家》说他"以文无害"，显露其才能。楚汉相争，他"转漕关中，给食不乏"；高祖"失军亡众"，他尝以"数万众会上之乏绝"。故曰"广才学"。

⑦山阿：大的山谷。

⑧今日个：今天。个：语气助词。

⑨风波：借指仕途的凶险。宋辛弃疾《鹧鸪天·送人》词："江头未是风波恶，别有人间行路难。"

## 译　文

搓着自己的手掌，一遍遍将宝剑研磨，自古以来世上的大丈夫实在太多。而如今不少人揽镜自照，发现自己已是两鬓斑白，满头银发，真是虚度光阴，怀才不遇，困于茅屋。可叹有谁赏识廉颇的名声，有谁去用萧何的才学。急急忙忙逃到海边，隐居深山去吧。在这世道，平地里也会生起风波。

## 赏　析

在元代，许多文人胸怀大志，但结果只是"白首蹉跎，失志困衡窝"，纵使才高如萧何，声名如廉颇，也得不到赏识重用，还不如赶快去往海滨山里，做一个快活渔樵，又何苦在这险恶的世道上，无端惹风波。这首曲子以辛辣之笔，描述了作者大半辈子的蹉跎经历和壮志难酬的精神痛苦，其中流露出了作者对现实的不满之意。

曲子起首两句，勾画了一个壮志满怀、意气风发的有志青年形象。

“古来丈夫天下多”，自许男儿、不甘人后的气概更是呼之欲出。接下来三句描写的是凄惨的现实情状：岁月蹉跎，两鬓渐白，功名之路上却是坎坷万分，没什么建树。这种大起大落，便带出了全曲的怨意；而前面的“古来丈夫天下多”，也就为将一己的哀伤扩展到“叹世”的主题做了铺垫。第七、八两句，紧承上句对“失志”的原因作出了解释，借廉颇和萧何两个历史人物的故事进一步抒发了怀才不遇、英雄失路的悲慨。接下来并未停留在怀才不遇的感慨上，又进一步触及了元代仕途的险恶，“廉颇”“萧何”们“白首蹉跎”不算，还要逃海滨、隐山阿，而且是“忙忙”兼“急急”，逃隐唯恐不及。为什么呢？原来是“今日个，平地起风波”，灾祸大难随时都会临头。这就暴露出官场倾轧、伴君如伴虎等政治黑暗。这三句从入仕的艰难直接跳入入仕的危机，在某种意义上说是自嘲自解，但更多的是表现了进退失路的绝望。

此曲子言词简短，夹叙夹议，艺术地概括了元代社会尤为严重的扼杀人才的弊政，以及官场的险恶难测，愤懑之情溢于言表，风格苍劲奔放，具有很高的思想性和艺术性。

## 张可久

张可久（1270？—1350？），字小山，一说名伯远，字可久，号“小山”（《尧山堂外纪》）；一说名可久，字伯远，号“小山”（《词综》）；又一说字仲远，号“小山”（《四库全书总目提要》）。庆元（治所在今浙江宁波）人，元朝著名散曲家、剧作家，与乔吉并称“双璧”，与张养浩合为“二张”。现存小令800余首，为元曲作家作品数量最多者。

他仕途失意，诗酒消磨，徜徉山水，作品大多记游怀古、赠答唱和。擅长写景状物，刻意于炼字断句。讲求对仗协律，使他的作品形成了一种清丽典雅的风格。可以说，元曲到张可久，已经完成了文人化的历程。明人李开先对乔吉、张可久赞誉有加：“乐府之有乔、张，犹诗家之有李、杜。”

## 【黄钟】人月圆[1]

### 山中书事

**原　文**

兴亡千古繁华梦，诗眼倦天涯[2]。孔林[3]乔木，吴宫[4]蔓草，楚庙[5]寒鸦。数间茅舍，藏书万卷，投老[6]村家。山中何事？松花酿酒，春水煎茶。

**注　释**

①人月圆：曲牌名。此词调始于王诜，因其词中“人月圆时”句，取以为名。《中原音韵》入“黄钟宫”。曲者，小令用。有幺篇换头，须连用。

②诗眼倦天涯：诗人的眼睛，厌倦了阅历世界。诗眼：诗人的洞察力。宋苏轼《次韵吴传正<枯木歌>》诗：“君虽不作丹青手，诗眼亦自工识拔。”金元好问《继愚轩和党承旨雪诗》之四：“愚轩具诗眼，论文贵天然。”

③孔林：指孔丘的墓地，在今山东曲阜。

④吴宫：指吴国的王宫。南朝梁江淹《别赋》：“乃有剑客惭恩，少年报士，韩国赵厕，吴宫燕市。”唐刘禹锡《武陵观火》诗：“晋库走龙剑，吴宫伤燕雏。”也可指三国东吴建业（今南京）故宫。唐李白《登金陵凤凰台》诗：“吴宫花草埋幽径，晋代衣冠成古丘。”王琦注：“吴宫，谓孙权建都时所造宫室。”

⑤楚庙：指楚国的宗庙。晋张悛《为吴令谢询求为诸孙置守冢人表》：“若使羽（项羽）位承前绪，世有哲王，一朝力屈，全身从命，则楚庙不隳，有后可冀。”

⑥投老：临老，到老。《后汉书·循吏传·仇览》：“母守寡养孤，苦身投老，奈何肆忿于一朝，欲致子以不义乎？”晋陶潜《感士不遇赋》：“夷投老以长饥，回早夭而又贫。”

**译　文**

千古以来，兴亡更替就像繁华的春梦。诗人用疲倦的眼睛远远地望着天边。孔子家族墓地中长满乔木，吴国的宫殿如今荒草萋萋，楚庙中乌鸦飞来飞去。那几间茅草屋里藏着万卷书，于是我回到了以前的家里生活。山中有什么事？用松花酿酒，用春天的河水煮茶。

赏　析

这首曲子是张可久晚年在杭州居住时所作，一改以往淡雅秀丽的风格特点，风格趋于豪放，语言质朴。这首散曲通过感慨历史的兴亡盛衰，表现了作者看破世情、厌倦风尘的人生态度，和纵情山水、寄情诗酒的恬淡情怀。

曲子起首二句总写兴亡盛衰如梦般虚幻，气势雄浑，在感叹历史的同时抒发了徒有凌云之志却无法施展的遗憾。“兴亡千古繁华梦，诗眼倦天涯”两句从历史的盛衰兴亡和现实的切身体验，总结出了社会人生的哲理：一切朝代的兴亡盛衰，英雄的得失荣辱，都不过像一场梦幻，转瞬即逝。作者平生足迹曾遍及江南各省，可谓浪迹“天涯”了。然而终其一生，仅做过路吏、扬州民务官、桐庐典史、昆山幕僚等卑微杂职而已。一个“倦”字，写尽了历经心酸后的疲惫和无可奈何。人生如此坎坷艰辛，怎能不令人厌倦思归呢？“倦”字，已遥为后文写隐居伏根；“天涯”又先替“孔林”三句张本。

“孔林乔木，吴宫蔓草，楚庙寒鸦”三句是一个鼎足对，与上文“千古兴亡繁华梦”相照应，具体铺叙千古繁华如梦的事实，是诗人阅历“天涯”所得。即使像孔子那样的儒家圣贤，吴王那样的称霸雄杰，楚国那样的江山社稷，这些繁华的过往如今又剩下什么呢？只剩下苍翠的乔木、荒芜的蔓草、栖息的寒鸦而已，字里行间都渗透着对世事易变的慨叹。

“数间茅舍”以后诸句具体描写归隐山中自由自在、淡泊闲适的生活。“茅舍”“村家”“山中”，既缴足题面《山中书事》，又突出隐居环境的幽静古朴，恬淡安宁是“倦天涯”之后最适合的归宿。“藏书”“酿酒”“煎茶”，则写其寄情诗酒、潇洒自在的生活乐趣。“万卷”书读之不尽，“松花”“春水”取之不竭；饮酒作诗，读书品茶，足慰晚年。然而表面恬静的诗酒自娱中，隐藏着一股愤世嫉俗、傲杀王侯的潜流。

这首曲子风格豪放，语言浅近朴素，直抒胸臆，情景交融，跌宕起伏间又涵蕴深沉。

## 【黄钟】人月圆

春晚次韵[①]

原　文

萋萋[②]芳草春云乱，愁在夕阳中。短亭[③]别酒，平湖画舫[④]，垂柳骄骢[⑤]。一声啼鸟，一番夜雨，一阵东风。桃花吹尽，佳人何在？门掩残红[⑥]。

## 注释

①次韵：古体诗词写作的一种方式。

②萋萋：形容草的繁茂。《诗经·周南·葛覃》："葛之覃兮，施于中谷，维叶萋萋。"毛传："萋萋，茂盛貌。"唐崔颢《黄鹤楼》诗："晴川历历汉阳树，芳草萋萋鹦鹉洲。"

③短亭：旧时离城五里处设短亭，十里处设长亭，为行人休憩或送行饯别之所。北周庾信《哀江南赋》："十里五里，长亭短亭。"唐李白《菩萨蛮》词："何处是归程，长亭更短亭。"

④画舫：装饰华美的游船。

⑤骄骢：健壮的骢马，泛指骏马。宋辛弃疾《江神子·和人韵》词："何处踏青人未去，呼女伴，认骄骢。"

⑥桃花吹尽，佳人何在？门掩残红：这三句化用唐崔护《题都城南庄》诗："去年今日此门中，人面桃花相映红。人面不知何处去，桃花依旧笑春风。"

## 译文

芳草萋萋，春云缭乱，缕缕愁情融入夕阳中。从前曾在小亭中饮酒饯别，乘着华美的画舟在澄澈平静的湖面荡漾，垂柳似要牵着想要匆匆离去的青骢马。一阵东风传来一声鸟的啼叫，吹来一番风雨。风雨后桃花零落殆尽，那心爱的美人如今在哪里呢？只有重门深掩，残红满地。

## 赏析

作者在暮春傍晚路过昔日送别之地，而佳人不在，作者触景生情，看到旧物感怀不已，表达了作者那种离恨和惆怅的心情。

这首曲子起两句，分别点出春与晚。芳草萋萋，春云撩乱，夕阳笼罩，暮霭凄迷。景色的暗淡表现出作者心情的惆怅，这是一种非常典型的"情景交融"的写法。由此，我们就不难看出作者在"萋萋"两句中，正是写眼前景物所引起的离愁。"短亭别酒，平湖画舫，垂柳骄骢"三句，是对过去送别情景的回忆。那时举杯送行，依依惜别，水陆分途，各奔前程。曲中逐一指出湖、船、柳、马，历历在目，以此表明思念之深。"一声啼鸟，一番夜雨，一阵东风"三句，既是春晚实景，又使意境深化。鸟啼声打断了诗人的沉思，使他从迷惘中回到现实，而春晚的风雨，也是分别以后所经历的人生波折的写照。诗人连续叠用三个数量词，对偶巧妙，韵律优美，独具匠心。结尾三句，顺着风吹雨打的描写，从正面抒发眼前情景和感受。这三句化用了唐代崔护《题都城南庄》诗意，抒发离愁别恨。"佳人不见"，正是作者在春晚时分愁思起伏的原因。整首曲子除"愁"和"佳人"一句，其他都是景语，然浓情蜜意，无不隐寓其中。

## 【黄钟】人月圆

### 雪中游虎丘[①]

原　文

梅花浑似真真[②]面，留我倚阑杆。雪晴天气，松腰玉瘦，泉眼冰寒。兴亡遗恨，一丘[③]黄土，千古青山。老僧同醉，残碑休打[④]，宝剑羞看。

注　释

①虎丘：在江苏苏州西北，由粗面岩等火成岩组成。相传春秋时吴王阖闾葬于此，三天后有老虎蹲踞其上，因此名“虎丘”。有虎丘塔、云岩寺、千人石等名胜古迹。

②真真：唐杜荀鹤《松窗杂记》：“唐进士赵颜于画工处得一软障，图一妇人甚丽，颜谓画工曰：‘世无其人也，如可令生，余愿纳为妻。’画工曰：‘余神画也，此亦有名，曰“真真”，呼其名百日，昼夜不歇，即必应之，应则以百家彩灰酒灌之，必活。’颜如其言，遂呼之百日……果活，步下言笑如常。”后因以“真真”泛指美人。

③一丘：指阖闾坟墓。意谓阖闾曾在当世风云一时，如今所见的也只是一丘黄土而已。

④残碑休打：不要拍打已经残破的石碑。

译　文

雪后的梅花红润娇艳仿佛仙女真真美丽的容颜，吸引我凭着栏杆久久流连。雪后初晴的天气，雪松的腰显得细瘦而泉眼的冰面特别清寒。历史的兴亡给人留下深深的遗憾，阖闾当年曾是纵横天下的英雄，如今只留下一个大大的黄土坟丘，而千古不变的是苍翠的青山。为我导游的老和尚也被美景陶醉，就不要再去观赏拍打残破的古碑，去欣赏那一湾碧绿的剑池景观。

赏　析

这首曲子抒写的是雪中游赏虎丘的所见所感，借景抒情，其中蕴含着国家兴亡之感和士人人生失意、壮志难酬的悲慨。

曲子开头五句写冬季虎丘美丽动人的景色。“梅花浑似真真面，留我倚阑杆”二句用的是拟人手法来描写梅花，说梅花真像美女真真的容貌一样迷人，多情地顾盼、挽留着自己倚靠栏杆观赏，写出了梅花高洁的芳姿和淡泊的神韵，表现出了作者对雪中梅花的无限赞美和喜欢之情。“雪晴天气，松腰玉瘦，泉眼冰寒”写眼前实景：雪后初晴，一片洁白如银的境界；棵棵苍松顶着白雪，亭亭玉立，宛如无数披着素纨的美人，雪覆枝叶，更显得袅娜纤细，玉洁清瘦；那山泉的泉口，泉水与雪片已融合凝起一层薄冰，仿佛冰美人的眼睛，晶莹而凛冽。以上五句皆紧扣题面“雪”字，绘出一幅玉洁冰清的虎丘冰雪图。“兴亡遗恨，一丘黄土，千古青山”三句，抒发了人世沧桑、兴亡遗恨之感。吴王阖闾曾用伍子胥屡败楚兵，攻陷郢都，可谓显赫一时；秦始皇曾来虎丘寻找阖闾殉葬的宝剑，用剑劈成剑泉；南朝高僧竺道生曾坐在千人石上聚众说法；至于历代苏州的才子佳人更是不可胜数。然而，这些风云人物也同样经受不住历史的洗礼，都变成了一丘黄土，只有青山长在，千古不朽。结尾三句抒发作者仕途失意、壮志难酬的羞愧悲愤之情。

此曲由触景、怀古、伤今三部分组成，分别写雪中游虎丘的所见、所感、所叹，脉络清晰，结构严谨，风格清丽自然。

## 【正宫】醉太平

### 原　文

人皆嫌命窘，谁不见钱亲？水晶环入面糊盆①，才沾粘便滚②。文章糊了盛钱囤③，门庭改作迷魂阵④，清廉贬入睡馄饨⑤。胡芦提倒稳⑥。

### 注　释

①水晶环：水晶洁白无瑕，这里喻精明清白的人。面糊盆：本指贪婪昏聩的官吏。此处喻指名利场、官场。

②才沾粘便滚：谓沾上边便越滚越大、越陷越深。比喻即使是好人，一进官场就会变坏。

③盛钱囤：此指储钱库。囤：用竹蔑编成的储粮器具。

④迷魂阵：喻阴谋算计、坑害人的地方。元人以此代指妓院。

⑤清廉：指清正廉洁、秉性刚直的人。睡馄饨：迷迷糊糊的昏睡状态。引申为愚昧无知、软弱无能。馄饨：通“混沌”。

⑥胡芦提：糊里糊涂。稳：平安无事。

### 译　文

人人都嫌恶命运潦倒，谁见了钱会不觉得亲切？就像水晶环跌进了糨糊盆，刚沾着一些，就迫不及待滚了起来。锦绣文章被用来封糊装钱的囤帘，家里的庭院，变成了一个迷魂阵。清廉的品格被人贬斥，全都打入了藏钱财的口袋。倒是糊里糊涂过日子，还能安稳一些。

赏　析

这是一首警世劝世的小令，感情激切犀利，语言冷峻严肃。

这首曲子前两句揭示了自古以来一个普遍的道理：人人都嫌贫爱富。“水晶环入面糊盆，才沾粘便滚”两句具体描绘了“见钱亲”这类财迷的形象。“才沾粘便滚”形象地写出了财迷求取钱财的急不可耐和贪得无厌。“文章糊了盛钱囤，门庭改作迷魂阵，清廉贬入睡馄饨”三句为鼎足对，围绕社会的拜金主义，作了淋漓尽致的揭露和阐述。在钱财面前“文章”“门庭”“清廉”都变得不值钱、无关紧要了。这三句将物欲横流、寡廉鲜耻的社会腐败情状刻画得入木三分。在这样残酷的现实面前，作者无力回天，只能借着醉酒装傻，这样反倒能够安稳一些。

## 【中吕】红绣鞋

### 天台瀑布寺①

原　文

绝顶峰攒雪剑②，悬崖水挂冰帘③。倚树哀猿弄云尖④。血华啼杜宇⑤，阴洞吼飞廉⑥。比人心，山未险⑦。

注　释

①中吕：宫调名。红绣鞋：曲牌名。天台：山名，在浙江天台北。瀑布寺：未详。内容与寺庙无涉，“寺”字疑为衍文。

②攒：聚积。雪剑：寒光闪灼的宝剑，喻群峰。

③冰帘：指瀑布。

④哀猿：叫声凄厉的猿猴。弄云尖：在白云缭绕的山巅啼叫、嬉戏。

⑤血华啼杜宇：即“杜宇啼血华”，谓杜鹃啼血，鲜血变成了鲜红的杜鹃花。华：通“花”。

⑥飞廉：风伯，传说中的风神，此指风。

⑦“比人心”两句：谓同人心相比，这山峰并不算险恶。

译　文

那尖削的山峰像闪着寒光的宝剑聚集在一起，悬崖上挂着一张张冰帘。山上树林中猿猴哀鸣飞跃戏耍在云间。杜鹃鸟凄厉地鸣叫着，阴洞里狂风在怒吼。但是比起人心的险恶，山算不上危险。

**赏　析**

天台山在浙江天台北，山中有方广寺，寺的旁边有瀑布垂直高几十丈，是"天台八景"之一。此曲题作"天台瀑布寺"，写的实为登寺之所见。

"绝顶峰攒雪剑，悬崖水挂冰帘"两句对仗工整，描写瀑布的环境，突出了瀑布之"险"。这时虽然已经是春天，但是峰顶仍是白雪皑皑，作者以"雪剑"喻之，形象贴切。一个"攒'字，表现了积雪攒聚峰顶的巍峨气势。"倚树哀猿弄云尖"描写天台山上高高的树尖中猿猴叫声隐隐传来，如在云尖，缥缈梦幻。"血华啼杜宇"用"杜鹃啼血"的典故增添了整首曲子的悲怆气氛。下句中"阴洞"结合"吼飞廉"三字，令人不寒而栗。前面五句通过这奇妙并层层深化的景物描写，酿造了一种一触即发的"险恶"势态，使得下文描写人心的险恶变得意味无穷。以"比人心，山未险"煞尾，颇出人意料。

作者将写景与议论巧妙结合，寓情于景，将写景与讽世巧妙而自然地结合起来，将一种针砭世情、痛斥奸心的愤恨之情表现得既鲜明又新颖。全曲笔势峭拔雄健，景观瑰奇，针砭有力。

## 【中吕】普天乐

### 西湖即事

**原　文**

蕊珠宫①，蓬莱②洞。青松影里，红藕香中。千机云锦重③，一片银河冻。缥缈④佳人双飞凤，紫箫⑤寒月满长空。阑干晚风，菱歌上下，渔火西东。

**注　释**

①蕊珠宫：道教传说中的仙宫。

②蓬莱：传说中的海上仙山。

③千机云锦重：形容天上的云和彩霞像织女用织机织出的千重云锦。

④缥缈：隐隐约约。

⑤紫箫：古人多截紫竹制箫笛，故称紫箫。

### 译文

西湖的景色仿佛人间仙境。在青松影里，有一座蕊珠宫；在红藕香中，有一个蓬莱洞。空中一片片云朵像千机织成的彩锦，天上一道长长的银河像冰一样明亮皎洁。一对佳人双双骑着飞凤，吹着紫箫向寒月、长空飘逸而去。这时候，晚风轻拂着栏杆，只听得到处是采菱人所唱的歌，只看见四面都是渔船上的灯火。

### 赏析

中国民间早有“上有天堂，下有苏杭”的说法。这首曲子首尾写现实中的西湖景色，中间展开瑰丽的想象，把人们引入仙境，云锦遍布，银河倒映，仙女飞升，月下吹箫。读者既可看到西湖月夜的清丽、缥缈，又可产生如临人间仙境之感。

“蕊珠宫，蓬莱洞”两句描写的是虚景，作者把西湖的美比喻成美不胜收的天宫和仙山，不禁让人联想到西湖如仙境般缥缈的美。“青松影里，红藕香中”描写的是实景，青松为钱塘十景之一，红藕为西湖十景之一，作者以此为代表，照应前文中的“蕊珠宫”“蓬莱洞”，进一步突出了西湖的美。“千机云锦重”，形容天上的云和彩霞像织女用织机织出的千重云锦，幻想与现实相结合，使西湖夜景更加柔媚动人。“千机云锦重”与下文“一片银河冻”在数目上相衬，一个形容多一个形容冷清，无形中增强了画面所表达的感情色彩。“缥缈佳人双飞凤，紫箫寒月满长空”，夏夜湖上的箫声引起作者的遐想。前句写作者隐约地好像看到萧史与弄玉这一对佳人乘着飞凤在长空中飘逸而去，这是虚写；后句写湖上的箫声与天空的寒月引起诗人的遐想，想象丰富。阵阵晚风给人带来湖面的清凉，使人舒适而惬意、满意。上下菱歌打破了西湖寂静，更显出四周的安恬，一派闲适安然的景象。

全曲语言华丽，语句精练，风格典雅，想象丰富多彩，比喻新颖独特，幻想与现实相融合，使西湖夜景显得柔媚动人。

## 【中吕】普天乐

秋怀

### 原文

为谁忙，莫非命。西风驿马[①]，落月书灯。青天蜀道难，红叶吴江[②]冷。两字功名频看镜，不饶人白发星星。钓鱼子陵[③]，思莼季鹰[④]，笑我飘零。

注　释

①西风驿马：指在萧瑟西风中驱马奔忙。
②吴江：即松江，为太湖最大的支流。
③钓鱼子陵：指拒绝汉光武帝征召、隐居垂钓的严光。
④思莼季鹰：指西晋文学家张季鹰莼鲈之思的故事。据《世说新语·识鉴》记载："张季鹰辟齐王东曹掾，在洛，见秋风起，因思吴中莼菜羹、鲈鱼脍，曰：'人生贵得适意尔，何能羁宦数千里以要名爵！'遂命驾便归。俄而齐王败，时人皆谓见机。"后来被传为佳话，"莼鲈之思"也就成了思念故乡的代名词。

译　文

究竟是为谁这样辛苦奔波，莫非是命中注定。西风萧瑟瘦马颠簸，落月下书卷伴着一盏昏灯。蜀道之难难于上青天，红叶满山吴江凄冷。为那功名两字，岁月匆匆不饶人，镜中人已白发频添。垂钓的严光，思念莼羹的季鹰，定会笑我飘零。

赏　析

张可久是一个始终沉抑下僚、不能施展抱负的失意者，这首曲子就是他自觉岁月消磨而功名难遂的悲叹。

本曲以设问起句，将人生的一切皆归于命运，表现出了作者对现实的失望与无奈。"西风驿马，落月书灯"，作者回顾了自己潜心苦读、四处求仕、落魄漂泊的艰辛生涯，感到无限怅惘。"青天蜀道难"化用了李白《蜀道难》的诗意，极力渲染了旅途和人生的艰难。"红叶吴江冷"写漂泊生活的艰辛。"两字功名频看镜，不饶人白发星星"，作者为了功名耗费了青春，一切理想抱负都随流水远去。回顾着自己艰难的人生，作者不禁想起了对功名视而不见的严子陵和为了舒心地吃一口家乡菜而弃官的张季鹰，不由得深感惭愧，自己漂泊一生，终究还是没有实现任何抱负。此曲讲究格律、辞藻，用典较多，语言清丽，文词工巧婉约，感人肺腑。

## 【中吕】山坡羊

闺思

原　文

云松螺髻①，香温鸳被②，掩春闺一觉伤春睡。柳花飞，小琼姬[③]，一声“雪下呈祥瑞”[④]，团圆梦儿生唤起[⑤]。谁，不做美[⑥]？呸，却是你！

## 注　释

①云松：形容头蓬松如乌云。螺髻：古代妇女发式之一，形似螺壳的发髻。唐白居易发《绣阿弥陀佛赞》：“金身螺髻，玉毫绀目。”

②鸳被：绣有鸳鸯图案的被子。唐骆宾王《从军中行路难》诗之一：“雁门迢递尺书稀，鸳被相思双带缓。”

③小琼姬：美丽的小丫头。

④一声：指琼姬在欢叫。祥瑞：吉祥的征兆，即所谓“瑞兆丰年”。

⑤生唤起：硬唤醒。

⑥不做美：不成全别人的好事。

## 译　文

美人那团团的螺髻，如同乌黑的云一样蓬松；美人鸳鸯图案的被子带有淡淡的香味。紧紧关上闺房的门，美人在伤心地大睡。外面如同雪花的柳絮漫天飞舞，漂亮的小丫鬟看得高兴便忘乎所以，喊道：“看！漫天的雪花呈祥瑞。”美人因与意中人团圆的美梦生生被唤醒而坐起，心里真是恼恨至极，是谁这么不作美？待反应过来原来是自己的丫鬟，便嗔怪道：“呸，原来是你！”

## 赏　析

曲子开头三句轻轻几笔就勾勒出一幅意态酣然的美人春睡图。美人蓬松的发髻如彩云般美丽，她掩上闺门睡觉，鸳鸯被中散发着肌肤的清香。春天是一年中最美好的季节，也是外出游兴的好时候，而美人却掩门睡觉，这是为什么呢？其主要的原因是：伤春。鸳鸯被本是情侣共盖之被，如今美人却要独自安睡。这暗暗透露了美人与意中人现在是处于分离的状态。美人为此只能与意中人在梦中相会。可这时偏偏小丫鬟欢呼外面柳絮纷飞似雪花飘舞的一派迷人景色，美人的美梦突然被惊醒，心中十分恼怒，嗔怪这破坏别人好梦的人是谁。后来发现原来是小丫鬟，于是道：“呸，原来是你这个臭丫头。”情态逼真，一位美梦被惊醒、睡眼惺忪而又娇嗔恼怒的美女形象跃然纸上。

## 【中吕】卖花声[1]

怀古

原 文

### 其一

阿房舞殿翻罗袖[2]，金谷名园[3]起玉楼，隋堤古柳缆龙舟[4]。不堪回首，东风还又[5]，野花开暮春时候。

### 其二

美人自刎乌江岸[6]，战火曾烧赤壁山[7]，将军空老玉门关[8]。伤心秦汉[9]，生民涂炭[10]，读书人一声长叹。

注 释

①中吕：宫调名。卖花声：曲牌名。

②阿房舞殿翻罗袖：当年秦始皇曾在华丽的阿房宫里观赏歌舞，尽情享乐。阿房（páng）：据《史记·秦始皇本纪》记载，前212年，秦始皇征发刑徒70余万修阿房宫及郦山陵。阿房宫仅建成前殿，即“东西五百步，南北五十丈；上可以坐万人，下可以建五丈旗；周驰为阁道，自殿下直抵南山”。但阿房宫实际上没有全部完工。

③金谷名园：即金谷园。在河南洛阳西面，是晋代大官僚大富豪石崇的别墅，其中的建筑和陈设异常奢侈豪华。《晋书·石苞传》载：“崇有别馆在河阳之金谷，一名梓泽，送者倾都，帐饮于此焉。”

④隋堤古柳：隋炀帝开通济渠，沿河筑堤种柳，称为“隋堤”，即今江苏北部的运河堤。唐白居易《隋堤柳》诗：“隋堤柳，岁久年深尽衰朽，风飘飘兮雨萧萧，三株两株汴河口。”后蜀何光远《鉴诫录·亡国音》：“炀帝将幸江都，开汴河，种柳，至今号曰‘隋堤’。”缆龙舟：指隋炀帝沿运河南巡江都（今扬州）事。唐皮日休《汴河怀古二首》诗：“若无水殿龙舟事，共禹论功不较多。”

⑤东风还又：现在又吹起了东风。这里的副词“又”起动词的作用，是押韵的需要。

⑥美人自刎乌江岸：言楚汉相争时项羽战败自刎乌江。前202年，

项羽在垓下（今安徽灵璧东南）被汉军围困。夜里，他在帐中悲歌痛饮，与美人虞姬诀别，然后乘夜突出重围。在乌江（今安徽和县东）边自刎而死。这里说美人自刎乌江，是这个典故的活用。

⑦战火曾烧赤壁山：言三国时曹操惨败于赤壁。208年，周瑜指挥吴蜀联军在赤壁之战中击败曹操大军。

⑧将军空老玉门关：言东汉班超垂老思归。班超因久在边塞镇守，年老思归，给皇帝写了一封奏章，上面有两句是："臣不敢望到酒泉郡（在今甘肃），但愿生入玉门关。"事见《后汉书·班超传》。

⑨秦汉：泛指历朝历代。

⑩涂炭：比喻受灾受难。《后汉书·党锢列传》："海内涂炭，二十余年，诸所蔓衍，皆天下善士。"涂：泥涂。炭：炭火。

## 译 文

其一

阿房宫内罗袖翻飞，歌舞升平；金谷园里玉楼拔地，再添新景；隋堤上古柳葱郁，江中龙舟显威名。往事难回首，东风又起，暮春时候一片凄清。

其二

美人虞姬自尽在乌江岸边，战火也曾焚烧赤壁万条战船，将军班超徒然老死在玉门关。伤心秦汉的烽火，让百万生民涂炭，读书人只能一声长叹。

## 赏 析

这组曲子由两首小令组成。两首小令皆以怀古抒情为主。

第一首曲子开头先以鼎足对的形式连缀起历史上有名的三个典故：秦始皇在骊山建阿房宫行乐，西晋富豪石崇筑金谷园行乐，隋炀帝沿运河南巡江都游乐。这三个典故都是穷奢极欲最终难免败亡的典型，但这组仅仅总出事情的发端而不说其结局。后面重点突出了"不堪回首"四字，约略寓概，最终再结以景语："东风还又，野花开暮春时候。"这是诗词中常用的以"兴"终篇的写法，同时，春意阑珊的凄清景象和前三句所写的繁华盛事形成鲜明对照，一热一冷、一兴一衰、一有一无、一乐一哀，真可兴发无限感慨。

第二首曲子开头三句采用了和第一首曲子一样的手法，分别罗列了三个历史典故：霸王别姬、吴蜀破曹、班超从戎。借此发表了对历史的看法：即便那些英雄人物曾立下千古功业，但这都是以"生民涂炭"为代价的，作者想到这里故而伤心。这一来，作者揭示了一个严酷的现实，即不管哪个封建朝代，民生疾苦更甚于末路穷途的英雄美人。在这种对比上，最后激发直呼的"读书人一声长叹"，也就惊心动魄了。这个结尾句意义深刻且耐人回味。最后的"叹"字含义丰富，一是叹国家遭难，二是叹百姓遭殃，三是叹读书人无可奈何。在语言风格上，此曲与前曲的偏于典雅不同，更多运用口语乃至俗语，尤其是最后一句的写法，更是传统诗词中见所未见、闻所未闻的。

这首曲是咏史之曲，慨叹秦汉时期的战争，抒发了连年的战争给百姓带来的深重灾难，表现了作者对劳动人民的同情。

## 【中吕】卖花声

客况

原 文

### 其一

十年落魄江滨[1]客，几度雷轰荐福碑[2]，男儿未遇暗伤怀。忆淮阴年少，灭楚为帅，气昂昂汉坛三拜[3]。

### 其二

登楼北望思王粲[4]，高卧东山忆谢安[5]。闷来长铗为谁弹[6]。当年射虎将军[7]何在，冷凄凄霜凌古岸。

注 释

①落魄江滨：流落江湖，遭遇困顿。

②雷轰荐福碑：书生张镐十分穷困，范仲淹想拓唐代大书法家欧阳询所写的《荐福碑》一千张给张作路费，不料半夜里一声炸雷把荐福碑给轰碎了。事见《冷斋夜话》。后来马致远根据这个故事，写了杂剧《荐福碑》。

③“忆淮阴年少”三句：韩信是淮阴的少年，后来被刘邦登坛拜为大将，指挥军队，打垮项羽，立下了不世的功业，最后却被吕后设计斩于长乐钟室。事见《史记·淮阴侯列传》。

④登楼北望思王粲：东汉末诗人王粲在年轻时到荆州投靠刘表，不被重用，曾作《登楼赋》以抒怀乡之情。

⑤谢安：东晋名臣。出仕前曾在东山隐居。

⑥闷来长铗为谁弹：此句用冯谖客孟尝君之典。战国时，养客之风大盛。齐国孟尝君田文门下食客有三千人。食客吃住等生活待遇都有等级。有一个叫冯谖的食客，受到冷遇。他便弹自己的宝剑而歌：长铗归来乎！后受到重视，对孟尝君巩固他在齐国的地位作出了很大

贡献。

⑦射虎将军：指西汉飞将军李广。他多次射杀猛虎。一次出猎，见草中大卧石，以为是虎而射之，箭头陷进石头，即所谓“射石没镞”。

译 文

其一

落魄江湖十几年，几次经历雷轰荐福碑，作为一个大好男儿怀才不遇暗自伤怀。回想起淮阴侯韩信年轻时也曾抑郁不得志，但最终被刘邦奉为大将大败项羽，封为淮阴侯。

其二

我登上高楼，想起了王粲，卧在高高的东山里，又回忆起了谢安。心情郁闷的时候，我的长剑应该为谁而弹。当年月夜射虎的李广将军，现在在哪里，霸陵古岸上，多么凄凉。

赏 析

第一首曲子前边三句是对自己境遇的描写：落魄江湖已经十年，只能客居江滨，曾经几次遭遇了“雷轰荐福碑”那样的倒霉事情，作为男子汉没有好机遇也只能暗自伤心。后边三句借韩信的史事诉说自己仍存的志向：想到淮阴侯韩信年少时也是颇不得志，同样可以率领汉军打败项羽，气昂昂登坛拜帅，何等扬扬得意。从这样的内容和语气看，这首曲子当是张可久前期的作品。

第二首曲子抒发客居异地时寂寞无聊的苦况，其中也寓含着怀才不遇的忧伤。首句用王粲登楼之典委婉抒发自己的思乡之感，次句用谢安高卧之典表现意欲归隐，也表现要干一番事业而无路可走。第三句用冯谖弹铗而歌之典表达自己连个可发牢骚的对象都没有，连当个食客的机会都没有，还不如当初的冯谖呢。最后用李广之典抒发人事不永，宇宙无穷的深慨。一句一个历史人物，表达自己的一种心情，可以看出作者历史知识的丰富。最后一句当是作者眼前面对的实景，“冷凄凄霜凌古岸”，“冷”和“古”两个字给人以凄凉沧桑的感觉，全篇的调子比较低沉。

## 【双调】庆东原

次马致远先辈韵九篇

原 文

诗情放，剑气①豪。英雄不把穷通②较。江中斩蛟③，云间射雕[4]，席上挥毫。他得志笑闲人，他失脚闲人笑。

注　释

①剑气：宝剑的光芒。喻人的才华、勇气。南朝梁任昉《宣德皇后令》："剑气凌云，而屈迹于万夫之下。"

②穷通：指人生际遇的顺与不顺。《庄子·让王》："古之得道者，穷亦乐，通亦乐，所乐非穷通也；道德于此，则穷通为寒暑风雨之序矣。"《吕氏春秋·高义》："然则君子之穷通，有异乎俗者也。"穷：困厄，处于困境。通：通达。

③江中斩蛟：用的是《晋书》中周处入水斩蛟的典故。周处年轻时纵情肆欲，横行乡里，为乡民所憎恶，乡民将其与山中饿虎、水中蛟龙并称"三害"，周处听说后决定去除掉饿虎和蛟龙，他轻松杀死饿虎后就去水中斩杀蛟龙，蛟龙在水里有时浮起有时沉没，周处与蛟龙一起漂游了几十里远。经过三天三夜，周处终于杀死了蛟龙从水中出来了。当时同乡的人都认为周处已经死了，大家在一起互相庆祝，周处见了才翻然醒悟，决心改过自新。

④云间射雕：用的是北齐斛律光射雕的典故。

译　文

诗情放达，剑气豪侠。英雄从来不把穷通计较。学周处江中斩杀蛟龙，斛律光云间射雕，在席上挥毫泼墨。他得志笑闲人，他失脚闲人笑。

赏　析

这首曲子开篇气势阔大，韵调轩昂，简单概括出了英雄的特征：文采出众，诗情放达；武略超凡，剑气豪侠。而后面则用三个意象，具体可感地描绘出英雄的形象：江中斩蛟、云间射雕展现了英雄的武略；席上赋诗、挥毫撰文展现了英雄的文才。结尾两句照应前面"英雄不把穷通较"一句，对比强烈，力透纸背，展现出豪迈旷达的独特气质。

## 【双调】落梅风

### 春情

原　文

秋千院，拜扫天[1]，柳阴中躲莺藏燕。掩霜纨[2]递将诗半篇，怕帘外卖花人见。

注 释

①拜扫天：即寒食、清明的几天，《东京梦华录·清明节》载：“凡新坟皆用此日拜扫……自此三日，皆出城上坟。”

②霜纨（wán）：指白色的衣袖。宋苏轼《江城子·孤山竹阁送述古》词：“翠蛾羞黛怯人看，掩霜纨，泪偷弹。”

译 文

在那竖着秋千架的小院，在那祭坟扫墓的三月春天，柳树荫间，不时传出燕语莺啭。她抬起白色的衣袖遮掩，悄悄地递出一幅诗笺，怕的是被珠帘外的卖花人将秘密发现。

赏 析

这是一首描写古代青年男女欢情幽会之作，刻画了清明时节秋千院落中青年男女藏身柳下，绣帕递诗传情的情节，演绎了一段动人的爱情故事。

“秋千院”是闺中女子游戏的庭院，“拜扫天”即清明的这几天，两者交代了故事发生的地点、时间，且都与芳春密不可分，为“春情”的展开作了铺垫。清明这几天人们多外出扫墓祭奠，院落中自然清静许多，可以说是幽会的极佳时间和场所。“柳阴中躲莺藏燕”一句意蕴丰富，以鸟儿的娇羞可爱，陪衬出了幽会情人的浓情蜜意。柳阴中莺燕躲躲藏藏，柳阴外的一对青年男女也是背着人相会，需要遮遮掩掩的。小令对他俩未作正面的介绍，仅仅写了女主角以袖遮面暗递情诗的情节。“掩霜纨”的动作是那样传神，将闺中女子在幽会情人时又羞又怕的情态表现得绘声绘色；而“诗半篇”既说明脉脉之情难以尽诉，又是邀请唱和的表示，令人想到那在曲中未曾正面述及的男性情侣。作者对女子这番娇态的解释，是“怕帘外卖花人见”，其实越是担惊受怕，越是见出她初涉爱河的娇羞；而顺笔添出了“卖花人”的第三者，又更增添春天的风情。

曲子题为“春情”，本身即意味着男女之间的风流情感，妙在这一切又都是安排在芳春的典型环境中展示，就更显得旖旎缠绵。

## 【双调】水仙子

次韵

原 文

蝇头《老子》五千言①，鹤背扬州十万钱②。白云两袖吟魂健[3]，赋庄生《秋水》篇[4]，布袍宽风月无边[5]。名不上琼林殿[6]，梦不到金谷园[7]，海上神仙。

## 注 释

①蝇头：像苍蝇头那样小的字。唐吴融《倒次元韵》诗："鱼子封笺短，蝇头学字真。"宋陆游《读书》诗："灯前目力虽非昔，犹课蝇头二万言。"自注："时方读小本《通鉴》。"《老子》五千言：指春秋思想家老子所著《道德经》，全书约五千字。《史记·老子列传》："（老子）至关，关令尹喜曰：'子将隐矣，强为我著书。'于是老子乃著书上下篇，言道德之意五千余言而去。"

②鹤背扬州十万钱：喻幻想中的财富。《殷芸小说》："腰缠十万贯，骑鹤上扬州。"

③白云两袖：言除了天上的白云，一无所有。南朝齐的道人陶弘景，隐居句曲山，与白云为侣，曾作诗回答齐武帝问讯："山中何所有？岭上多白云。只可自怡悦，不堪持寄君。"《古今怪异集成·云》记载：陶弘景在山中娱乐宾客，能振袖放出云气。白云：喻洁白无瑕，纤尘不染。吟魂健：指作诗的灵感勃兴，诗兴浓。吟魂：作诗的灵感。

④赋：这里指诵读。庄生《秋水》篇：《庄子·外篇》的一个篇名。它是以齐万物、一死生为主旨的。

⑤风月无边：言无限美好的景色。

⑥琼林殿：欢宴新及第进士的场所。琼林：即琼林苑，北宋时皇帝赐宴新科进士的场所，在汴京（今河南开封）城西。

⑦金谷园：晋豪富石崇的亭园，极豪华富丽，旧址在今河南洛阳市西北。

## 译 文

每日里用蝇头小楷书写《老子》五千言，腰缠万贯身骑白鹤，两袖白云诗兴勃勃。有时赋颂庄生《秋水》篇，布袍宽松眼前风光月色美无边。名不上那琼林殿，梦不到那豪富的金谷园，做一个海上神仙。

## 赏 析

张可久因其坎坷的人生经历，故而对道家隐逸生活十分向往，他曾在《朱履曲·仙游》中写道："题姓字《列仙后传》，寄情怀《秋水》全篇。玲珑花月小壶天。煮黄金还酒债，种白玉结仙缘，袖青蛇醉阆苑。"

曲子起首两句的对仗工整。"蝇头《老子》五千言"一句不明言自己细读老子《道德经》，而以"《老子》五千言"的蝇头小楷代表了这一意境。这种方式被称为借意手法。"鹤背扬州十万钱"一句则将"腰缠十万贯，骑鹤上扬州"的故事集中于一句之中，而主旨则在于"鹤背"，表现出成仙得道所拥有的极度快意。两句都作奇兀的盘空硬语，显示了诗人倜傥不群、意兴豪迈的情怀。接下来三句刻画出一个超凡脱俗的雅士形象。“白云两袖”是翱翔高处的夸语，却同时也是有关隐士陶弘景的典故。结合这一典故，全句便带上了在肉体和精神上都离尘出世的高士韵味。“吟魂健”，所吟咏赋出的是像庄子《秋水》篇那样的至理名言；身着道家的宽大布袍，胸中包罗了天地万象。末三句则点明了全曲的题旨。“名不上琼林殿”是藐视功名，“梦不到金谷园”是鄙弃富贵。“海上神仙”则是对前两句的诠释，也是对全曲的总结。然而唯因有了“琼林殿”“金谷园”这些人事因素的陪衬，作者所塑造的“海上神仙”，便更多了避世抗俗的积极意味，而与纯粹宗教意义上的求道成仙有了截然的区别。



## 【双调】殿前欢[1]

次酸斋韵

原　文

### 其一

钓鱼台[2]，十年不上野鸥猜[3]。白云来往青山在，对酒开怀。欠伊周济世才[4]，犯刘阮贪杯戒[5]，还李杜吟诗债。酸斋[6]笑我，我笑酸斋。

### 其二

晚[7]归来，西湖山上野猿哀。二十年多少风流怪[8]，花落花开。望云霄拜将台[9]。袖星斗安邦策[10]，破烟月迷魂寨。酸斋笑我，我笑酸斋。



注　释

①殿前欢：指“双调”曲名。

②钓鱼台：指东汉严子陵隐居的钓台。

③野鸥猜：典出《列子·黄帝》：“海上之人有好沤鸟者，每旦之海上从沤鸟游，沤鸟之至者百数而不止。其父曰：‘吾闻沤鸟皆从汝游，汝取来吾玩之。’明日之海上，沤鸟舞而不下也。”此典本说人若有世俗机巧之心，鸥鸟则不肯与之做伴。

④伊周：伊尹和周公。伊尹是商朝开国名臣；周公姓姬名旦，是周朝的辅佐大臣。济世：救世，济助世人。《庄子·庚桑楚》：“简发

而栉，数米而炊，窃窃乎又何足以济世哉？”成玄英疏：“此盖小道，何足救世。”《后汉书·卢植传》：“性刚毅有大节，常怀济世志。”

⑤刘阮：即刘伶与阮籍，同是“竹林七贤”中人物。刘伶，字伯伦，常乘鹿车，携一壶酒，使人荷锸而随之，谓曰：“死便埋我。”阮籍，字嗣宗，与刘伶一样都嗜酒如命。贪杯：好酒嗜饮。《大宋宣和遗事·元集》：“论爱色贪杯，仿佛如金陵陈后主。”

⑥酸斋：贯云石号“酸斋”。

⑦晚：通“唤”。

⑧风流怪：风流人物，俊杰。《晋书·刘毅传》：“六国多雄士，正始出风流。”怪：异常人物。

⑨拜将台：借用东汉显宗时代将28位中兴名将图像绘画于云台之事。

⑩袖星斗安邦策：怀有安邦兴国妙策，喻指辅国大臣。袖星斗：袖藏满天繁星。

## 译　文

其一

严子陵隐居的钓鱼台已经十年没去，野鸥都在猜想我去了哪儿。白云飘忽在青山上面，我对着美酒开怀畅饮。虽没有伊尹、周公的济世之才，但对酒的嗜好却超过了刘伶、阮籍等竹林七贤，对吟诗的爱好不在李白、杜甫之下。贯云石笑我，我笑贯云石。

其二

在西湖的孤山上，野猿不断地哀号，叫我赶快回家乡。二十年来有多少异常杰出的人物，随风雨花落花开。遥望那高耸云霄、中兴名将的拜将台。袖藏满天星斗，心怀安邦妙策，攻破那烟花风月迷魂寨。贯云石笑我，我笑贯云石。

## 赏　析

酸斋是贯云石的号，作者这两首小令是次韵之作，贯云石的原作是：“畅幽哉！春风无处不楼台。一时怀抱俱无奈，总对天开。就陶渊明归去来，怕鹤怨山禽怪，问甚功名在，酸斋是我，我是酸斋。”其中表现了贯云石经历宦海沉浮退出官场后，终得解脱的轻松愉快。

第一首“钓鱼台，十年不上野鸥猜”两句有自愧之意，自己为了生活，长期寄身官场，恐怕那里的野鸥都会猜疑自己有了机巧之心，实在不如酸斋清俊脱俗。“白云来往青山在，对酒开怀”，今日终于重上钓鱼台，只见白云悠悠，青山隐隐，忍不住开怀畅饮，一吐胸中块垒。“欠伊周济世才，犯刘阮贪杯戒，还李杜吟诗债”，畅饮过后，作者审视平生，觉得自己俗心未绝，尚称不上真正的隐士。“欠伊周济世才”，作者长期寄身官场之中，却并无伊尹、周公那样的安邦济世之才，不得重用，其中既有自嘲也暗藏着悲愤。“犯刘阮贪杯戒”，纵然喜欢饮酒，也不过是借酒消愁罢了，并不如刘伶、阮籍那样忘情。“还李杜吟诗债”，仕途失意，只能凭诗文自娱。这三句的“自我检讨”，看似自嘲意味甚浓，实则暴露了张可久内心深处说不出来的酸楚：回首人生，竟无一事可引以自得！

第二首“晚归来，西湖山上野猿哀”由西湖起兴，写猿哀鸣相招引，突出了“归来”的主题。郦道元《三峡》：“每至晴初霜旦，林寒涧肃，常有高猿长啸，属引凄异，空谷传响，哀转久绝。故渔者歌曰：‘巴东三峡巫峡长，猿鸣三声泪沾裳。’”西湖山上，野猿哀啼，声音急切，唤我归去。“二十年多少风流怪，花落花开”两句写时光飞逝，世事沧桑。二十年来，多少风流人物辈出。但时间兀自向前，不论是谁，都如花落花开般消长，没有什么会永垂不朽。因此，生命从来无须固执。“望云霄拜将台。袖星斗安邦策，破烟月迷魂寨”，当目光转向那高耸入云的中兴名将拜将台时，终难抑制内心充溢的壮志。星汉灿烂，皆藏我袖；安邦妙策，皆贮我心；而那烟花风月迷魂寨，能奈我何！酸斋早已体会到退隐之乐，看到我此时既羡慕又扭捏的样子，不免“笑我”。“我笑酸斋”，这个“笑”字里隐含的情感很复杂，它又是一种羡慕的笑，有多少人能像酸斋那样无忧无虑地生活，顺应自己的内心做自己欢喜的事呢？它还是一种含而不露的苦笑，自由是酸斋的，我什么都没有，还必须为了生活继续在宦海存留。

## 【双调】殿前欢

### 离思

**原　文**

月笼沙[①]，十年心事付琵琶[②]。相思懒看帏屏画，人在天涯。春残豆蔻花[③]，情寄鸳鸯帕[④]，香冷荼蘼[⑤]架。旧游台榭，晓梦窗纱。

**注　释**

①月笼沙：用唐杜牧《泊秦淮》诗句：“烟笼寒水月笼沙，夜泊秦淮近酒家。”

②十年心事付琵琶：唐白居易《琵琶行》诗：“弦弦掩抑声声思，似诉平生不得志。低眉信手续续弹，说尽心中无限事。”

③豆蔻花：多年生常绿草本植物。初夏开花，象征春光已残。唐杜牧《赠别》诗：“娉娉袅袅十三余，豆蔻梢头二月初。”豆蔻：比喻

少女。

④鸳鸯帕：绣有鸳鸯图案的罗帕。

⑤荼蘼：草本花名。其花瓣较大，蕊紫色，枝条甚长。

译 文

月色笼罩河沙，十年的心事付于琵琶。想念心上人懒得看那帏屏的画，心上人远在天涯。春天过去豆蔻开花，一片深情寄去鸳鸯帕，百花谢后荼蘼独开冷清肃杀。梦中重游旧时楼台亭榭，梦醒时旭日映照窗纱。

赏 析

此曲写闺中女子自离别后对相隔遥遥的情人的绵绵思绪。

"月笼沙，十年心事付琵琶"，作者一开始就以空灵之笔写出了多情女子那无尽的绵绵离思。情人离别已经十年，女子苦思冥想，不堪忍受，只得把一腔深情寄托在琵琶弦上，反映了女主人公内心的无限伤感和惆怅。两句分别化用杜牧"烟笼寒水月笼沙"、晏几道"琵琶弦上说相思"的诗词句意，因而更能引起读者丰富的想象。"相思懒看帏屏画，人在天涯"两句点题，女主人公的满腔愁绪皆因"人在天涯"而起，并且这十多年来被这愈加浓烈的离思折磨得日渐憔悴，就连墙上的画也懒得看了。"春残豆蔻花，情寄鸳鸯帕，香冷荼蘼架"三句为鼎足对，以方便表达韶华易逝的伤感，另一方面表达了对心上人的一往情深。最后，满腔的情思化成一场春梦。"旧游台榭，晓梦窗纱"，女主人公与心上人重逢携手同游旧时台榭，这是多么美好啊，可是随着曙光悄然而至，原来这一切不过是一场梦，虚幻中留下的不过是无限的惆怅。

全曲笼罩着深深的惆怅和急切的企盼，令人感到一种谐美和悲凉相夹杂的复杂况味。意境空灵蕴藉、凄清幽美，情韵缠绵隽永，艺术技巧很高。

## 【双调】殿前欢

### 客中

原 文

望长安，前程渺渺鬓斑斑。南来北往随征雁，行路艰难。青泥[①]小剑关，红叶湓江[②]岸，白草连云栈[③]。功名半纸，风雪千山。

注　释

①青泥：指青泥岭，又名泥功山。在今陕西略阳县西北，古为入蜀要道，道路崎岖曲折，坎坷难行。

②湓江：古江水名。湓江，又名湓水、湓浦或龙开河 。源出今江西瑞昌西南的清湓山，东流穿过江西九江西部，北经湓浦口流入长江。唐白居易《琵琶行》诗："住近湓江地低湿，黄芦苦竹绕宅生。"

③白草：枯草。连云栈：栈道名，在陕西汉中地区，全长约470里，为古代川陕地区栈道。

译　文

眺望长安，前程一片渺茫，鬓发已银白斑斑，追随那南来北往的征雁，经历多少险难。泥泞路滑青泥岭，蜀中天险小剑关，红叶纷飞湓江岸，白草飞沙连云栈。得了个半纸功名，穿越风雪千山。

赏　析

作者沉沦下僚，虽长期劳碌奔波，终不得志。此曲便是作者对自己辛酸凄苦的人生道路的慨叹，其中包含了对仕途功名的厌倦和否定，以及对社会的不平和感慨。

曲子开头两句"望长安，前程渺渺鬓斑斑"，点出滞留"客中"的缘由。前程渺渺和鬓发斑斑，直贯全篇，已充分显示出作者的哀愁与失望。"南来北往随征雁，行路艰难"二句概述奔波仕途的艰苦。由此生发，笔随意转，接连使用了"青泥小剑关，红叶湓江岸，白草连云栈"这样三个对仗工整的短句，化用前人诗句，形成鼎足式的语言，具体描写"艰难"之状。用人们所熟知的天险，作形象具体的比喻，可见多年来南北漂泊之苦，说明人生旅途中充满艰险。这三句对仗工稳精妙，关合古人诗意，并具有丰富的内涵，有时间的交织，又包含空间的延伸，是全曲最精彩的部分。最后"功名半纸，风雪千山"，用了一个对句，以深沉的慨叹作结，尤觉悲愤之至，也流露出了对功名富贵的鄙薄。

## 【双调】折桂令

### 九日[①]

原　文

对青山强整乌纱[②]，归雁横秋[③]，倦客思家。翠袖殷勤[④]，金杯错落[⑤]，玉手琵琶[⑥]。人老去西风白发，蝶愁来明日黄花[⑦]。回首天涯，一抹斜阳，数点寒鸦。

## 注释

①九日：农历九月初九，为重阳节，中国人素有登高怀乡习俗。

②对青山强整乌纱：化用孟嘉落帽故事。晋桓温于九月九日在龙山宴客，风吹孟嘉帽落，他泰然自若，不以为意。

③归雁横秋：南归的大雁在秋天的空中横排飞行。

④翠袖殷勤：指歌女殷勤劝酒。化用宋晏几道《鹧鸪天》词句“彩袖殷勤捧玉钟”意。翠袖：此处借指女子或妓女。唐杜甫《佳人》诗：“天寒翠袖薄，日暮倚修竹。”

⑤金杯错落：各自举起酒杯。金杯：黄金酒杯。错落：参差相杂。一说酒器名。

⑥玉手琵琶：谓歌女弹奏琵琶助兴。

⑦明日黄花：重阳节之后菊花就衰败了，化用了宋苏轼《九日次韵王巩》诗：“相逢不用忙归去，明日黄花蝶也愁。”

## 译文

面对着青山勉强整理头上的乌纱，归雁横越秋空，困倦游子思念故家。忆翠袖殷勤劝酒，金杯错落频举，玉手弹奏琵琶。西风萧萧人已衰老满头白发，玉蝶愁飞明日黄花。回头看茫茫天涯，只见一抹斜阳，几只远飞的寒鸦。

## 赏析

元代文人多在其作品中表达隐居闲适、纵情诗酒的情怀，但是这里面蕴藏的更多的是仕途不得志的无奈和解脱，真的能够坚决退出官场回归田园中的并不多。作者这首曲子就表现了想要离开仕途回归田园又犹豫不决的心态。

曲子前三句“对青山强整乌纱，归雁横秋，倦客思家”，面对着青山勉强整理头上的乌纱，归雁横越秋空，困倦的游子思念故家。这是诗人登高时所见之景，“秋”“归雁”之意象传达出困倦游子对家的思念。此时，已逾古稀之年的他，早已厌倦官场的倾轧，望着南归的大雁，内心感到无限惆怅。“对青山强整乌纱”这一小细节写得极妙，很好地突出了作者复杂犹豫的心态。接下来“翠袖殷勤，金杯错落，玉手琵琶”三句化用了晏几道的词句，作者由写眼前景转为对昔日生活的回忆，写尽了宴客场景的繁华热闹。昔日官场生活，翠袖殷勤劝酒，金杯错落频举，玉手弹奏琵琶，是多么热闹，这里用的是以乐景写哀的反衬手法，与前面的“归雁横秋，倦客思家”形成强烈的对比，更突显作者此时的孤寂心境。“人老去西风白发，蝶愁来明日黄花”两句化用了苏轼的诗句，是作者有感于眼前之景，有思于今非昔比的境况而发出的深沉感慨：西风吹着满头白发，突然醒悟到，人终有衰老之时，花亦有凋败之日，面对已凋谢的黄花，连蜂蝶都要发愁，何况人呢。人生易老，好景不常，游子不要留恋他乡。“回首天涯，一抹斜阳，数点寒鸦”三句化用宋词人秦观的《满庭芳》词句“斜阳外，寒鸦数点，流水绕孤村”。作者在此以景结情，写出眼前的凄凉景象：回首茫茫天涯，只见一抹斜阳，几只远飞的寒鸦。这是景语，又是情语；这既是实景，又是作者大半生人生路途的写照。苍凉微茫的景色，反映出诗人漂泊无依的情怀，倦客之心、思乡之情溢于笔端。

## 【双调】清江引

### 春思

**原　文**

黄莺乱啼门外柳①，雨细清明②后。能消③几日春，又是相思瘦④。梨花小窗人病酒⑤。

**注　释**

①黄莺乱啼：晚唐诗人金昌绪《春怨》诗：“打起黄莺儿，莫教枝上啼。啼时惊妾梦，不得到辽西。”此处化用其句意。门外柳：暗寓见柳伤别。古人常以折柳指代友人或情人送别。

②雨细清明：化用唐杜牧《清明》诗“清明时节雨纷纷，路上行人欲断魂”句意。

③能消：能禁受。宋辛弃疾《摸鱼儿》词：“更能消、几番风雨，匆匆春又归去。”

④又是相思瘦：意指相思之苦让人憔悴消瘦。作者《庆宣和·春思》曲：“一架残红褪舞裙，总是伤春。不似年时镜中人，瘦损，瘦损！”可与此句互相参照。

⑤病酒：饮酒沉醉。《晏子春秋·谏上》：“景公饮酒，酲，三日而后发。晏子见曰：‘君病酒乎？’公曰：‘然。’”

**译　文**

黄莺在门外柳树梢啼唱，清明过后细雨纷纷飘零。还能再有多少天呢，春天就要过去了，春日里害相思，人儿憔悴消瘦。梨花小窗里，佳人正借酒消愁。

**赏　析**

这首曲子题目是“春思”，写的是思妇在春日里的相思情怀和种种表现，蕴含丰富，极有味道。

曲子的前两句化用了唐人的诗句。“黄莺乱啼门外柳”，思妇的出场是由《春怨》的诗意点染出来的。女主人公正想在那里“寻梦”，让那千种情思、万般缱绻在梦里得到满足，可那“不作美”的黄莺，好像故意与人为难似的在门外乱啼，使人不能成眠，无法在梦里补偿在现实生活中失去了的甜蜜。“雨细清明后”化用杜牧《清明》诗句意，写思妇魂牵梦萦的对象。思妇被黄莺唤起，不是埋怨行人误了归期，而是关心游子在阴雨泥泞的道路上黯然魂消的苦况，进一步深化了曲的意境。“能消几日春”二句，写时光易逝，相思难禁，借春意阑珊来衬托自己怅然无限的相思，令人憔悴，令人瘦损，长此下去，如何是好呢？“梨花小窗人病酒”这句结尾极其漂亮，点明了季节、居住环境和主人公的精神状态，很好地概括了全篇的意蕴，语言经典，含蕴丰厚。

这首曲子之所以自然而不雕琢，典雅而不堆垛，正是作者博搜精粹，蓄之胸中，自然吐属不凡，下笔如有神助。

## 【双调】清江引[①]

### 秋怀

原　文

西风信来家万里，问我归期未[②]。雁啼红叶天[③]，人醉黄花地[④]，芭蕉雨声秋梦里。

注　释

①清江引：曲牌名。

②归期：归来的日期。唐李商隐《夜雨寄北》诗：“君问归期未有期，巴山夜雨涨秋池。”未：什么时候。

③红叶天：秋天。红叶：枫叶。深秋枫叶红遍，霜林如醉。唐杜牧《山行》诗：“停车坐爱枫林晚，霜叶红于二月花。”

④黄花地：菊花满地。

译　文

西风送来万里之外的家书，问我归家的日期？鸿雁在红叶满山的季节呼唤着同伴南迁，而离人却对着黄花遍地的景色沉醉其中，听着雨打芭蕉的声音，却只能借着秋夜的清凉，但愿做个好梦，能梦回家乡探望亲人。

赏　析

曲子开篇便开门见山，直奔主题：秋风中接到家信，远自万里之外寄来，谆谆“问我归期未”，从时间的悠长和空间的遥远着笔，写出了游子的浓浓乡愁，为下文抒写秋怀作好了铺垫。接下来作者并没有直接回答是否有归期，而是转笔写景，以此来表达自己矛盾的心情。“红叶天”“黄花地”，红叶黄花勾勒了清秋的轮廓，色彩鲜明，却有一种苍凉冷颓的情韵。尤其是作者在这一背景中添上了“雁”“人”的活动主角，且雁啼于天，人醉于地，便使这种苍凉冷颓发挥到了极致。“雁啼”最牵愁惹恨，“人醉”则是为了忘忧，而“芭蕉雨声秋梦里”，秋雨的萧疏冷酷，使得乡梦也为之惊醒。这三句景句是作者收信后无言的感受，但它也可以视作诗人因家信问起归期而惆怅苦闷的应接，无不暗寓着人物的客乡况味和主观感受，代表着诗人的“秋怀”。深沉的乡思与有家难归的羁愁，便足以回答“归期未”的提问了。

## 【双调】清江引

### 老王将军

**原　文**

纶巾紫髯风满把[①]，老向辕门[②]下。霜明宝剑花，尘暗银鞍帕[③]，江边草青闲战马。

**注　释**

①纶（guān）巾：丝带做的头巾。《晋书·谢安传》：“（谢）万着白纶巾，鹤氅裘，履版而前。”髯（rán）：两腮的胡子，亦泛指胡子。把：束，量词。唐杜甫《园官送菜》诗：“清晨蒙菜把，常荷地主恩。”

②辕门：将帅领兵作战时的营门。《六韬·分兵》：“大将设营而陈，立表辕门。”唐欧阳詹《许州送张中丞出临颍镇》诗：“心诵《阴符》口不言，风驱千骑出辕门。”

③帕：巾，这里指马鞍上的垫子。

**译　文**

营门下有一位老将军，他戴着丝带做的头巾，紫色的胡须风一吹满满的一束。宝剑生锈，使得剑匣上的花纹更加清晰明显；他的坐骑也由于长期不用，鞍垫上积满了灰尘；在江畔绿油油的青草地上，一匹战马正在那里悠闲地啃着青草。

**赏　析**

张可久一生仕途不顺，怀才不遇，沉沦下僚，时官时隐。这首曲子以委婉之笔表达出他对老将军英雄无用武之地的同情、关切，其中也有作者自己不被任用、强颜事人的不满和牢骚。

全曲写了一位饱经风霜、久战沙场却被闲置无用的老将军。开头两句突出了一个“老”字，营门下有一位老将军，他戴着丝带做的头巾，紫色的胡须风一吹满满的一束，尽显沧桑之感。“霜明宝剑花，尘暗银鞍帕”两句对仗工整，反映了老将军不受重用的现实。霜，此处指铁霜，意思是说宝剑生锈，使得剑匣上的花纹更加清晰明显，意谓宝剑已久置不用；而他的坐骑也由于长期不用，鞍垫上积满了灰尘。这两句从将军的装束、坐骑来渲染他被闲置之久。最后结尾一句“江边草青闲战马”尤有力。在江畔绿油油的青草地上，一匹战马正在那里悠闲地啃着青草。战马闲歇，不去驰骋疆场，作者以战马的悠闲暗写战马主人长期被弃置不用，外松内紧，老将军内心之悲尽在言外，其中也寄寓着作者对于英雄末路的同情和叹惋。

这首曲子语言苍劲悲凉，凝炼传神地写出了英雄暮年抑郁难平的情态。

## 【越调】小桃红

### 寄鉴湖[①]诸友

**原　文**

一城秋雨豆花[②]凉，闲倚平山[③]望。不似年时[④]鉴湖上，锦云[⑤]香，采莲人语荷花荡。西风雁行，清溪渔唱，吹恨入沧浪[⑥]。

**注　释**

①鉴湖：又称镜湖，在浙江绍兴西南，故又作绍兴别称。

②秋雨豆花：农历八月秋雨称为豆花雨。

③平山：指江苏扬州西北蜀岗的平山堂，为欧阳修所建。

④年时：从前。

⑤锦云：如锦的彩云，比喻缤纷的荷花。

⑥吹：传。恨：遗憾。沧浪：本指水清色，此处暗用《楚辞·渔父》“渔父……歌曰：‘沧浪之水清兮，可以濯吾缨；沧浪之水浊兮，可以濯吾足。’”之意。

**译　文**

满城萧萧的秋雨似一朵朵豆花瑟瑟清凉，闲倚平山堂上把远山眺望。眼前景象已不像当年鉴湖风光，那时候荷花鲜艳如云锦，香飘云空，采莲姑娘欢歌笑语荡漾在荷塘。看眼前，阵阵西风大雁南飞，清溪上渔歌传唱，恨不得早日荡游沧浪。

赏　析

鉴湖是浙江绍兴的游览胜地，张可久曾在绍兴为官一段时间，非常喜欢这个地方，在那里他也结交了许多朋友，留下了很多美好的回忆。这首小令作于扬州，通过回忆充分表达了对鉴湖友人的思念之情，同时也借对昔日鉴湖美好生活的回忆，委婉地表达了对漂泊生活的厌倦。

曲子前两句“一城秋雨豆花凉，闲倚平山望”，写眼前景色，点明时间、地点。秋雨过后荒郊原野的豆花也显得更加稀疏冷落。一个“凉”字，既含八月雨后气温转寒之意，又含秋后花稀心境凄凉的况味。这两句写现实之景，在寺中凭栏远眺，我们似乎也能感受到诗人的几许迷茫、几许期盼。

“不似年时鉴湖上，锦云香，采莲人语荷花荡”三句由前两句的眼前之景转到对过去美好岁月的回忆。从前和好友在鉴湖上游玩，荷花荡波凝碧色、荷花飘香，采莲姑娘一边采莲，一边言笑晏晏，何其欢恰，情景俱宜。作者借此表达了对友人及往昔快乐生活的眷恋。

最后三句再由回忆昔时友人欢聚的情景回到现实。“西风雁行”有两层意思：一是由深秋大雁南飞，比喻诗人自己如雁南来北往，在仕途劳苦奔波；二是借大雁南飞把自己怀念友人的深情传达给南方诸友。“恨入沧浪”则表达了一种寄身山水，浪迹江湖，与世无争的人生态度，抒写的也是一种隐逸的情怀。作者想要告诉鉴湖诸友，他要归隐田园，以此结束这长期漂泊的生活。这三句诗感物思人、伤怀，寄寓十分深厚。

## 【越调】天净沙

### 江上

原　文

嗈嗈落雁平沙①，依依孤鹜残霞②，隔水疏林几家。小舟如画，渔歌唱入芦花。

注　释

①嗈（yōng）嗈：雁叫声。《文选·孙绰〈游天台山赋〉》：“觌翔鸾之裔裔，听鸣凤之嗈嗈。”李善注：“《尔雅》曰：‘嗈嗈，和也。’谓声之和也。”平沙：水边平地。南朝梁何逊《慈姥矶》诗：“野雁平沙合，连山远雾浮。”

②依依：轻柔的样子，描述野鸭轻飞的样子。鹜（wù）：野鸭子。此句化用王勃《滕王阁序》“落霞与孤鹜齐飞”的名句。

### 译　文

一群鸣叫的大雁正悠悠地要落在水边的平地上，在落日晚霞中一只野鸭子正轻柔地飞翔，河的对岸稀稀疏疏有几户茅草人家。水面上一叶扁舟，悠悠然然，随着渔人的歌声缓缓地落入了那一片苍茫的芦苇丛中。

### 赏　析

这是一首写景的小品，作者以凝练的笔墨，勾画出了一幅暮秋江边落日图。

“嗈嗈落雁”和“依依孤鹜”形成了动与静的对比，前者热闹，后者孤寂，前者活化了曲中景色，后者则赋予了曲中景色宁静悠远的美。寥寥几笔就勾勒出了平沙落雁、落霞孤鹜的江上美景。面对如此美景，让人不由得羡慕起曲中的那几户人家。末句“小舟如画，渔歌唱入芦花”，锦上添花，一叶小舟、一首渔歌，使画面更加生动，平添了一片从容闲适的情趣。

## 【越调】天净沙

鲁卿①庵中

### 原　文

青苔古木萧萧②，苍云秋水迢迢③。红叶山斋小小，有谁曾到？探梅人④过溪桥。

### 注　释

①鲁卿：一位隐居山寺的隐者。

②萧萧：风吹树林树木摇动的声音。此处形容冷清幽静。唐杜甫《登高》诗：“无边落木萧萧下，不尽长江滚滚来。”唐皎然《往丹阳寻陆处士不遇》诗：“寒花寂寂遍荒阡，柳色萧萧愁暮蝉。”

③迢迢：形容水流绵长。宋姜夔《除夜自石湖归苕溪》诗之一：“细草穿沙雪半销，吴宫烟冷水迢迢。”

④探梅人：指作者自己。梅：比喻高士。

### 译　文

长满青苔的院中一株株古树萧萧，苍云片片的天空下一江秋水迢迢。

满山红叶掩映得山斋小小，有谁曾经找到？高尚的人走过溪桥。

赏析

鲁卿是张可久的一位友人，是一位隐士。这首曲子通过对鲁卿隐居环境的描述，赞颂了他的高洁和脱俗，同时也表达了作者自己对这种悠然自得的隐居生活的向往。

曲子前三句写景，营造了一个与世隔绝的隐居环境。在那远离人群的深山中，岩石上长满了青苔，参天的古木挺拔俏立，直插云霄。远处的青山隐隐约约悬浮于白云绿水中，山色秀丽，环境清幽，鲜有人迹，是再适合不过的隐居场所了。通过这两句景物的烘托，“红叶山斋”脱颖而出。“红叶山斋小小”，写鲁卿山斋所在，有红叶飞落环绕，与肃杀的古木、旷远的云水相比，山斋不过是“小小”的一座。但“山斋”与前两者不同的是，青苔木色、云水长天，都是肃杀清远的“黑白照片”，而环绕“山斋”的“红叶”却是秋季最艳丽的色彩的代表。“红叶”使得“山斋”成了前三句秋山云水图的中心，但“山斋”之“小”突出了它的幽深，这就使得下文“有谁曾到？”的句子显得十分自然了，这也为后文继续展开留下了余地。“梅”不是秋日的物象，但梅的枝劲花清，自古是高士隐者的代表，作家说自己是“探梅人”，就是把鲁卿比作梅一般的高士来赞扬了。

全曲通过对秋云、秋水、秋木的描写，构建出高远、清幽的境界，营造出静谧的禅境。通过对斋庵及其环境的描写，表现了鲁卿高尚、纯洁的品格和自己的向往之情。

## 【越调】寨儿令①

次韵

原文

你见么？我愁他，青门几年不种瓜②。世味嚼蜡③，尘事团抟沙，聚散树头鸦。自休官清煞陶家④，为调羹⑤俗了梅花。饮一杯金谷酒⑥，分七碗玉川茶⑦。嗏⑧，不强如坐三日县官衙！

注释

①寨儿令：曲牌名。又名“柳营曲”。

②青门种瓜：用《史记·萧相国世家》记邵平事：秦东陵侯邵平，秦亡后在长安城东门种瓜，味甜美，时称“青门瓜”或“东陵瓜”。

③嚼蜡：味同嚼蜡，形容极其乏味。

④自休官清煞陶家：以陶渊明自比。清煞：清闲得很。

⑤调羹：指烹调饮食一类事。

⑥金谷酒：晋石崇金谷园中的酒。指美酒。

⑦玉川茶：唐诗人卢仝（号“玉川子”）饮的茶，又称“七碗茶”。卢仝《走笔谢孟谏议寄新茶》诗：“七碗吃不得也，唯觉两腋习习清风生。蓬莱山，在何处？玉川子，乘此清风欲归去。”此指好茶。

⑧嗏：象声词。

**译　文**

你知道吗？我已经多年没有回归田园生活了，真是令人发愁啊。世情味同嚼蜡，尘世纷纷杂杂如抟沙，人世的聚散就像树头的乌鸦。自从弃官归隐以来真是清闲到了极点，就像陶渊明一样；想想当年为了得到御前调羹的恩宠而舍弃了这种与梅花相伴的生活真是傻。喝一杯金谷美酒，分七碗玉川好茶。哎呀，这般生活不比坐三天官衙强得多吗！

**赏　析**

这首曲子写隐居田园的愉悦和对官场生活的厌弃。

曲子前半部分回忆做官的苦况。“青门种瓜”是指躬耕田园，“几年不种”则是指因为忙于仕途而舍弃了这种生活，这给作者留下的不是乐而是愁。下面两句对“愁”进行了具体的抒发，“世味嚼蜡，尘事抟沙，聚散树头鸦”，这是作者多年宦海沉浮、漂泊生活的经历所得。曲子下半部分写现在休官的快乐。作者将自己的隐居生活与陶渊明的作比，突出了隐居生活的清闲、安适，也表现出了对隐居生活的喜爱。田园生活与官场生涯对照鲜明，笔墨酣畅。

## 【越调】凭栏人[①]

江夜[②]

**原　文**

江水澄澄江月明，江上何人搊玉筝[③]？隔江和泪听，满江长叹声。

**注　释**

①越调：宫调名。凭栏人：曲牌名。

②江夜：曲题。

③抣（chōu）：拨动，弹拨。玉筝：对古筝的美称。筝是一种弹拨乐器。

**译　文**

江水澄清，江月空明，江上是谁在弹拨玉筝？隔着江和着泪倾听，满江一片长叹声。

**赏　析**

这是一首描写月夜于江上听筝的小令。

“江水澄澄江月明”写月夜江景，水月映照，空灵明净，显示出澄澈宁谧的气氛。“江上何人抣玉筝”写筝的声音。在月色中，不知是谁弹起玉筝，打破四周的寂寥，增添了神秘幽婉的韵味。筝声无端而至，哀怨无端而生，倏然而来，造成了全曲清凄高妙的风韵。“隔江和泪听”则从听筝人的神态，以背面敷粉的艺术手法，烘托筝声所表达的哀伤感情。“满江长叹声”句写江涛澒洞，它像是被筝声勾起的深沉的叹息。这样的写法，又把感伤之情推进一步。

这首曲子运用了散曲巧体之一的“嵌字体”，各句都嵌有一至二处“江”字，建立了句与句之间的内部联系，巧妙自然。全曲出现的“江水”“江月”“江上”“隔江”“满江”的重复不仅多方位地充实了“江夜”的题意，而且表现了一唱三叹的风韵。

曲子只有短短四句，语言直白如话，意境淡远，感情至深。

## 任昱

任昱，字则明，四明（今浙江宁波）人。生卒年不详，与张可久、曹明善为同时代人，少时好狎游，一生不仕。所作散曲小令在歌伎中传唱广泛。其作品《【正宫】小梁州·闲居》有“结庐移石动云根，不受红尘”、《【中吕】上小楼·隐居》有“不顺俗，不妄图，清高风度”等句，知其为足迹往来于苏、杭的一位“布衣”。散曲作品今存小令59首，均见《乐府群珠》《乐府群玉》，套曲《南吕·一枝花》1套，见《太平乐府》《北宫词纪》《北词广正谱》。《太和正音谱》列其名于150词林英杰之中。

## 【双调】清江引

积雨

原 文

春来那曾晴半日，人散芳菲地①。苔生翡翠衣②，花滴胭脂泪③。偏嫌锦鸠④枝上啼。

注 释

①芳菲地：鲜花开放的地方。

②翡翠衣：苔藓为绿色，覆生在其他的物体上，犹如翡翠做成的衣服。翡翠：原指一种毛色鲜丽的鸟儿，后来多指绿色的硬玉，以缅甸出产的最为优质。

③胭脂泪：落花飘零，如同红色的泪滴。南唐李煜《相见欢·林花谢了春红》词："胭脂泪，相留醉，几时重。"

④锦鸠：一名鹁鸪。因其在将雨时鸣声特急，故古人有"鸠鸣呼雨"的说法。

译 文

春来何曾晴朗过半天，花红草绿的野外，游人早已散去不见。地上生出了翡翠色的厚厚一层苔藓，花朵上滴沾着胭脂般的泪点。枝上鹁鸪啼叫着，最让人讨厌。

赏 析

这首曲子是爱春、惜春之作。"春来那曾晴半日"开宗明义，显示出压抑不住的怨意，怨的是好不容易迎来春天，天公却总是不作美，耽误了人们在"芳菲地"的春游。由于开春以来一直积雨不停，那青草芊绵、百花盛开的郊野已无人前去游赏。然而作者虽心有不甘，还是冒着积雨来到了户外欣赏春色，他驻足雨中，仔细观察雨中春色。以下三句记录了雨中所见之景。淫雨造成了苔藓的疯长，苔衣的绿色让作者联想到了鲜艳的翡翠；花朵上布满了雨水，不断向下滴落，胭脂色的花瓣使晶莹的水珠看上去仿佛红色的泪点。作者尽量将这一切往美处着想，但枝上的鸠啼还是惹起了他"偏嫌"的情感。原来古人有"鸠报雨，鹊报晴"的说法，作者听到鸠啼，想到"积雨"还会没完没了，心情当然轻松不起来。这首曲子句句扣着芳春时节的积雨来叙写，字里行间无不显示出他的惆怅，尤其以绮语表达，就更使人感到这种惆怅的悱恻。

## 【中吕】普天乐

### 花园改道院

原　文

锦江[①]滨，红尘外。王孙去后[②]，仙子[③]归来。寒梅不改香，舞榭今何在？富贵浮云[④]流光快，得清闲便是蓬莱[⑤]。门迎野客[⑥]，茶香石鼎[⑦]，鹤守茅斋。

注　释

①锦江：唐代时成都的蜀锦闻名天下，织锦女郎经常在江中濯洗锦缎，文人将当地的江水美称为“锦江”。唐杜甫《登楼》诗：“锦江春色来天地，玉垒浮云变古今。”

②王孙去后：语出淮南小山《招隐士》：“王孙游兮不归，春草生兮萋萋。”王孙：公子。

③仙子：指道姑。道教主张修仙，故道姑被美称为“仙子”。

④浮云：比喻不把某物放在眼里。《论语•述而》：“不义而富且贵，于我如浮云。”唐杜甫《丹青引赠曹将军霸》诗：“丹青不知老将至，富贵于我如浮云。”

⑤蓬莱：传说中的海上仙境。

⑥野客：隐逸在山野之间的人，不是朝堂做官的人。唐杜甫《醉时歌》诗：“杜陵野客人更嗤，被褐短窄鬓如丝。”

⑦石鼎：陶制的烹茶用具。北周庾信《周柱国大将军拓跋俭神道碑》：“居常服玩，或以布被、松床；盘案之间，不过桑杯、石鼎。”唐皮日休《冬晓章上人院》诗：“松扉欲启如鸣鹤，石鼎初煎若聚蚊。”

译　文

这花园坐落在繁华的江滨，却远远地屏隔了红尘。少了公子王孙，来了道士仙真。寒梅依然开放，散发着旧时的芬馨，那园中的舞榭歌台却已荡然无存。人世的繁华富贵，犹如不可凭依的浮云，年光飞逝，留不住时间的车轮。因此尚能得清闲，就不啻蓬莱仙境。看那大门进出着野客山人，石鼎中飘出茶香阵阵，那道士居住的草屋前，有白鹤忠实地守门。

## 赏析

这首曲子咏歌的是“道院”的现状，却巧妙地不时暗点出昔日“花园”的故事。前六句三组对仗，作者有意识地将“花园”的暗示安排在各个出句之中：这锦江畔的道院原是富家的别墅花园，因为远离尘世，如今被改作了道院。富家子弟们不再到这里来游赏，高洁的隐士则因为此地清幽美丽而移家来住。象征着富贵的舞榭已经不在，而象征着隐者的梅花却依然在。这正是作者所向往的清闲自在的生活。末尾三句的鼎足对，正面详绘了“道院”的景象。这里迎来的是山人修士之类的“野客”，替代了王孙公子；石鼎煮茗，茶香阵阵，盖过了院中的梅香；白鹤把守着道士修行的茅庵，素淡枯寂，与“锦江”的“红尘”也是极大的反差。这一切都是道院的“得清闲”处，但每一处仍隐隐表现出与昔日花园的对照与改变。花团锦簇的热闹地，改作了闲云野鹤的清静场，作者的今昔之感是不言而喻的。但在这里可以与村夫野老相交游，以石鼎烹茶，用鹤守茅屋。

这首曲子运用了许多对比的手法，风格清新，意蕴悠远，充满了哲理意味。

# 【南吕】金字经

### 重到湖上

## 原文

碧水寺边寺①，绿杨楼外楼②，闲看青山云去留。鸥，飘飘随钓舟。今非旧，对花一醉休。

## 注释

①碧水：青绿色的湖水。寺边寺：唐杜牧《江南春》诗：“南朝四百八十寺，多少楼台烟雨中。”

②楼外楼：宋林升《题临安邸》诗：“山外青山楼外楼，西湖歌舞几时休？”

## 译文

碧水边上寺连着寺，绿杨掩映下楼外还有楼。我实在清闲得无事可做，便看青山上的云任意飘荡去留。沙鸥飘然飞翔，追随着钓鱼的小舟。如今已经不是年轻时候，面对如花美景，也只是一醉方休。

赏　析

这首曲子写西湖胜景，抒发物是人非的感喟，属对工稳，曲辞流畅秀美。

曲子开头两句互文见义，在碧绿的湖水边上，在绿色的垂杨之外，寺庙一座挨着一座，楼阁亭台一座连着一座，与碧水绿杨交相辉映，十分壮观美丽。“闲看青山云去留”，一个“闲”字既写出了景物的静雅，也表现出了作者的生活态度。“鸥，飘飘随钓舟”，沙鸥就像是游人的朋友，一点都不认生，反而和人十分亲近，更是将生活的闲适表现到了极致。欣赏着这般赏心悦目的美景，作者不由自主地感叹道：“今非旧，对花一醉休。”通过一个人年轻时和年老时面对同样景物的不同感受，表现了对时光匆匆、美好景物空逝的叹惜和留恋，展现了美好的生活热情。

## 【南吕】金字经

### 秋宵宴坐

原　文

秋夜凉如水，天河白似银①，风露清清湿簟纹②。论③，半生名利奔。窥④吟鬓，江清月近人⑤。

注　释

①“秋夜凉如水”两句：化自唐杜牧《七夕》诗：“天街夜色凉如水，卧看牵牛织女星。”

②簟纹：竹席上的花纹。簟：竹席。

③论：评论、评定。

④窥：偷看，不敢正视。

⑤江清月近人：化自唐孟浩然《宿建德江》诗：“野旷天低树，江清月近人。”

译　文

秋天的夜晚凉爽如水，天上的银河雪白如银子，露水清澈，弄湿了竹席。说一说，半辈子为名利奔波。看看自己的头发，江面清明，月亮离人那么近。

赏　析

这首曲子是作者在秋夜宴席上所作，紧扣秋夜清凉爽净的特点。

曲子的前三句寓情于景，在清净平和的景物描写中表现出平静闲适的心境。“秋夜凉如水，天河白似银”两句用对偶句式，写秋夜作者的触觉与视觉。作者用“水”形容秋夜的凉，给人以舒爽之感，同时还写出了秋夜空气的清新。这样的夜晚让作者深切体会到自然的奇妙，于是开始后悔自己将太多时间花费在功名上，没能好好静下心来体会自然之美。最后一句“江清月近人”化用孟浩然《宿建德江》诗意，表现出作者沉浸自然的愉悦之情，而面对两鬓斑白的现实，又不免流露出对时光一去不复返的怅惘。

曲子语言清雅，意蕴深长，让人回味无穷。

## 徐再思

徐再思（1280？—1330），字德可，号“甜斋”，浙江嘉兴人，元代著名散曲作家。他为人聪敏，有才学，但仅任过嘉兴路吏，曾长期漂泊于江浙一带。今存所作散曲小令100余首，作品与当时自号“酸斋”的贯云石齐名，后人任讷将二人散曲合为一编，世称《酸甜乐府》。

### 【双调】水仙子

夜雨

原　文

一声梧叶一声秋，一点芭蕉一点愁，三更归梦三更后①。落灯花②棋未收，叹新丰③孤馆人留。枕上十年事，江南二老忧④，都到心头。

注　释

①三更：指夜半时分。古代一昼夜分十二时辰或一百刻，其中完全属于夜晚的有四十刻，每十刻一段，连同首尾共五个节点，称为“五更”。把晚上戌初一刻作为一更，亥初二刻作为二更，子时整作为三更，丑正二刻为四更，寅正四刻为五更。归梦：回家的梦。

②灯花：灯心余烬结成的花形。唐杜甫《独酌成诗》诗："灯花何太喜，酒绿正相亲。"

③新丰：地名，在今陕西临潼东北。

④江南：指作者自己的家乡，即浙江嘉兴一带。二老：父母双亲。

## 译文

梧桐叶上的每一滴雨，都让人感到浓浓的秋；芭蕉叶上的每一滴雨，都让人感到深深的愁；夜里做着的归家好梦，一直延续到三更之后。灯花敲落棋子还未收，叹新丰孤馆文士羁留。十年宦海奋斗的情景，江南家乡父母的担忧，一时间都涌上了心头。

## 赏析

这是一首写羁旅愁思的小令，抒发了强烈的思乡念亲的情怀。

曲子开头三句用鼎足对的形式渲染了一种凄凉的气氛："一声梧叶一声秋，一点芭蕉一点愁，三更归梦三更后。"梧桐叶落，飒飒声响，表明是深秋时节；以雨打芭蕉叙出气候，芭蕉叶大而较硬，声音清晰而杂乱，与寂寥旅人的愁绪自然和谐地共鸣起来，仿佛打在心上，千愁万苦，如雨点密集而下，创造了无限凄凉的环境。作者以《夜雨》为题，通篇却不着一个"雨"字，而是从听觉入手，给秋以声，给芭蕉以愁，借"雨"写"愁"；"一声声""一点点"，既形象地写出了秋雨连绵不断的特点，也暗示了主人公的缕缕愁思像这秋雨一样无法断绝，从而深化了曲子的意境。作者以一个"愁"字，点出全曲的感情基调。正是由于万千愁绪，以致夜不能寐。秋声秋雨是愁的起点，而"归梦"则是愁的终点。之后笔触从窗外转入室内。"落灯花棋未收"一句，化用宋代诗人赵师秀《约客》"有约不来过夜半，闲敲棋子落灯花"的诗意，写雨夜客居时的孤寂。雨夜下棋，本为排遣愁闷，然而棋后懒于收拾，进一步表现了深秋雨夜的凄凉和愁苦。

"叹新丰孤馆人留"一句借用唐代名臣马周之典，抒写自己怀才不遇，仕进无门，羁旅他乡，饱受寂寥愁苦的悲惨境况。联想到自己与马周境遇迥异，更是愁上添愁。一个"叹"字，把自己羁旅异乡的孤寂、怀才不遇的愁闷，尽收其中。"枕上十年事，江南二老忧，都到心头"，作者躺在床上，回想起十年来孤身一人漂泊在外的种种往事，年迈的父母远在江南，自己不但未尽孝，反倒让二老担忧，如今功名也未成。孤寂、怨恨、自责、思亲等种种愁苦，都凝结为"都到心头"四字，道出了深秋夜雨时心头愁苦的具体内容。

全曲语言朴实无华、自然清新，情景交融，感情真挚动人。

## 【双调】蟾宫曲

春情

原 文

平生不会相思，才会相思，便害相思。身似浮云[①]，心如飞絮，气若游丝[②]。空一缕余香[③]在此，盼千金游子何之[④]。证候[⑤]来时，正是何时？灯半昏时，月半明时。

注 释

①身似浮云：形容身体虚弱，走路晕晕乎乎、摇摇晃晃，像飘浮的云一样。

②气若游丝：气息已经微弱得像“游丝”了。游丝：指蜘蛛等吐的飘荡在空中的丝。南朝梁沈约《三月三日率尔成章》诗：“游丝映空转，高杨拂地垂。”唐皎然《效古》诗：“万丈游丝是妾心，惹蝶萦花乱相续。”

③余香：指情人留下的定情物。

④盼千金游子何之：殷勤盼望的情侣到哪里去了。千金游子：远去的情人是富家子弟。千金：喻珍贵。何之：往哪里去了。

⑤证候：即症候，疾病，此处指相思的痛苦。

译 文

生下来以后还不会相思，才会相思，便害了相思。身像飘浮的云，心像纷飞的柳絮，气像一缕缕游丝，空剩下一丝余香留在此，心上人却已不知道去了哪里。相思病症候的到来，最猛烈的时候是什么时候？是灯光半昏半暗时，是月亮半明半亮时。

赏 析

这首曲子题目为“春情”，描写的是一位年轻女子的相思之情，读来恻恻动人。

“平生不会相思，才会相思，便害相思”三句开门见山，一下就点明了整首曲子的主旨。连用三个“相思”，表现了闺中女子对丈夫的忠贞和情感的热烈。“平生不会相思”表明女子是初恋，情窦初开，才解相思，正切合“春情”的题目。正因为是初次陷入爱情，所以一旦不见情人，那相思之情便无尽缠绕心间。这三句一气呵成，明白如话，而其中感情的波澜已显然可见。于是下面三句便自然去形容这位患了相思病的少女的种种神情与心态。作者连用了三个比喻将相思之苦、恋情之深形象地表现了出来。“空一缕余香在此”，形容少女孤凄的处境。着一“空”字，写尽了她空房独守、寂寞冷落的情怀。“盼千金游子何之”一句点破了她愁思的真正原因，原来她心之所系、魂牵梦萦的是一位出游在外的高贵男子，少女日夜思念盼望着他。最后四句是一问一答，作为全篇的一个补笔。“证候”照应上文中的“害相思”，写她多愁善感，入骨相思。而这种“证候”什么时候最严重呢？便是夜阑灯昏、月色朦胧之时。这本是情侣们成双成对、欢爱情浓的时刻，而此时女子却是独自一人苦等爱人归来，其中的忧伤与哀愁不言而喻。一连四个“时”字，将这相思绝好地展现出来，强化了主旨的表达。

全曲一气呵成，文笔流畅自然，语言清丽，风韵独到。

## 【双调】殿前欢

### 观音山眠松[1]

原 文

老苍龙[2]，避乖[3]高卧此山中。岁寒心[4]不肯为梁栋，翠蜿蜒俯仰相从[5]。秦皇旧日封[6]，靖节何年种[7]？丁固当时梦[8]。半溪明月，一枕清风。

注 释

①观音山：疑指南京观音门外的观音山。眠松：睡卧状的松树。

②老苍龙：指古老的苍松。《格物总论》：“松树磥柯多节，皮极之粗厚，望之如龙鳞。”

③避乖：远离红尘。乖：抵触。

④岁寒心：松、竹、梅被称为“岁寒三友”，指其具有抵御严寒的意志。故常以喻在困顿中保持高尚的节操。

⑤翠蜿蜒俯仰相从：谓青藤缠绕在松树上，沿松树而俯仰。

⑥秦皇旧日封：《史记·秦始皇本纪》：“二十八年，（始皇）乃遂上泰山，立石，封，祠祀。下，风雨暴至。休于树下，因封其树为‘五大夫’。”

⑦靖节何年种：陶渊明，世称“靖节先生”。其《归去来兮辞》中有“三径就荒，松菊犹存”“抚孤松而盘桓”等语句。

⑧丁固当时梦：丁固，字子贱，三国吴人。《吴书》记载：丁

固为尚书时，曾梦见松树生于其腹上，语人云：“松字十八公也，后十八岁，吾其为公乎！”后果然官至大司徒。

### 译文

这苍翠的青松犹如一条老苍龙，远离红尘高卧在这观音山中。岁寒心让它不愿成为栋梁，青藤缠绕在松树上，沿松树而俯仰。秦始皇曾经封它为五大夫，陶渊明是什么时候栽种的它？丁固曾经梦到过它。如今明月照耀，月光洒向松边的小溪，我则卧于其下，头枕着清风。

### 赏析

此曲借松喻人，寄寓着作者自己的人生理想。

曲子前两句表现出了青松山中隐士般的形象。“老苍龙”短短三字，形象地概括出了青松的特征。一个“老”字，囊括了青松经历的无限沧桑，也是作者对自己如今情况的准确概括。“避乖高卧此山中”写青松就像一个隐士一样远离红尘，高卧在观音山上。“避乖”是全曲的中心思想，也是作者所向往的理想生活。“高”自有一种清高的意蕴，自然引出下面一句“岁寒心不肯为梁栋”。青松清高的品行和节操以及“不肯为梁栋”的决绝淡泊之心是作者所仰慕和追求的。“秦皇旧日封，靖节何年种？丁固当时梦”为鼎足对，运用三个典故。那些隐居的高士们从前也曾受到过朝廷的任用，但最后还是回到了这与世隔绝的山林中，远离红尘俗世。这表现出作者自己曾经也做过像丁固一样的梦，盼望能够得到皇帝的重用，但是认清现实后，还是选择像陶渊明一样归隐田园，与青松相伴。而他现在所向往的就是那种躺在月光洒满的小溪旁的青松下，头枕着清风，一派闲适安逸的生活。

紧扣“眠松”，用曲写实又句句不离咏松，构思精巧。用拟人化手法，又善于联想，长于点染烘托，塑造完美的松树形象，也是作者所仰慕的高人的象征。

## 【中吕】朝天子

西湖[①]

### 原文

里湖，外湖[②]，无处是无春处。真山真水真画图，一片玲珑玉。宜酒宜诗，宜晴宜雨，销金锅、锦绣窟[③]。老苏[④]，老逋[⑤]，杨柳堤梅花墓[⑥]。

## 注释

①西湖：此指杭州西湖。

②里湖、外湖：杭州西湖以苏堤为界分里湖、外湖。

③销金锅：喻挥金如土，用钱如沙，像销金的锅子一样。宋周密《武林旧事·西湖游幸》："西湖天下景，朝昏晴雨，四序总宜。杭人亦无时而不游……日糜金钱，靡有纪极，故杭谚有'销金锅儿'之号。"锦绣窟：言西湖是衣锦披绣的窟穴。

④老苏：即宋代大文豪苏轼。苏轼是北宋中期的文坛领袖，在诗、词、散文、书、画等方面都取得了很高的成就。其文纵横恣肆；其诗题材广阔，清新豪健，善用夸张比喻，独具风格，与黄庭坚并称"苏黄"；其词开豪放一派，与辛弃疾同是豪放派代表，并称"苏辛"；其散文著述宏富，豪放自如，与欧阳修并称"欧苏"，为"唐宋八大家"之一。

⑤老逋：指北宋诗人林逋。他隐居西湖孤山，植梅养鹤，人称"梅妻鹤子"。

⑥杨柳堤：指苏堤。苏堤是北宋元祐五年(1090)，诗人苏轼（苏东坡）任杭州知州时，疏浚西湖，利用浚挖的淤泥构筑并历经后世演变而形成的，杭州人民为纪念苏东坡治理西湖的功绩，把它命名为"苏堤"。"苏堤春晓"为"西湖十景"之一。梅花墓：指林逋墓。

## 译文

西湖春色无处不在，它兼有真山真水和真画图之美，湖水澄澈明净，就像是玲珑美玉。面对西湖，它添人酒兴，给人灵感，它在任何时候都有不同的美。西湖如此之美，一年四季游人不断，人们花在西湖上的钱难以计数。西湖又因苏堤、梅花墓而更显得清雅恬淡。

## 赏析

这是一首描写西湖之美的小令。中国有很多个西湖，但是杭州西湖能闻名天下，正是由于千百年来它深受着文人骚客们的钟情，中国文学史上描写杭州西湖之美的作品不胜枚举，给杭州西湖增添了极其深厚的文化底蕴。作者眼中的西湖，有如"天堂"，曲子融苏轼、林逋的西湖诗词为一体，绘出西湖碧波荡漾、荷花飘香、晴阴皆美的自然风光，令人神往。

"里湖，外湖，无处是无春处"，总览西湖之春，写出了西湖处处花草繁盛、春光大好的优美景致。"无处是无春处"句，并不避讳两个"无"字，自然巧妙，虽不去写具体景观，却展示了一个春到西湖，生机盎然的总印象。"真山真水真画图，一片玲珑玉"两句进一步渲染春满西湖的景象，先以画图作比，又以美玉相喻，景象就更为具体了。三个"真"字，表现出了作者面对西湖美景的震惊，原来图画上西湖的美丽是真的，眼前的西湖就像是从图画中搬出来的，进一步突显出了西湖之美。

“宜酒宜诗，宜晴宜雨”二句，是写西湖的迷人风景无时无处不撩人心动。诗酒唱和于西湖之上，面对绮丽景致，更发人豪兴，牵惹诗魂。连用四个“宜”字，表现出了作者对西湖春景的满意。“销金锅”，喻西湖是个挥金如土、用钱如沙的胜地；“锦绣窟”，喻西湖如衣锦披绣的窟穴。这二句极写西湖之繁盛，含无限感慨，有赞叹，也有思索。结尾“老苏，老逋，杨柳堤梅花墓”，以林逋和苏轼二人的高节，映衬西湖的格调清雅，并以苏堤和孤山作为西湖有代表性的景观，以收束全曲。如果说全曲前半部分写西湖是一片玉，后半部分就是具体写西湖的两颗珠：苏堤和孤山。有全景也有局部，写轮廓也写细部，整个西湖春色就尽收眼底了。

## 【商调】梧叶儿

### 春思

**原　文**

芳草思南浦[1]，行云梦楚阳[2]，流水恨潇湘。花底春莺燕，钗头金凤凰，被面绣鸳鸯：是几等儿眠思梦想！

**注　释**

①思南浦：化用南朝江淹《别赋》“送君南浦，伤如之何”句意。

②行云梦楚阳：化用战国宋玉《高唐赋》“旦为朝云，暮为行雨，朝朝暮暮，阳台之下”句意。

**译　文**

片片芳草让我想起你我分别时的南浦，白云飘飘让我梦回楚阳，滔滔流水牵动我离愁别恨满潇湘。莺歌燕舞花开时，钗头正伴金凤凰，被面上成双成对紫鸳鸯：谁能知道有何等深的愁思梦想？

**赏　析**

这是一首描写女子思念情人的小令。

开头三句连用三个典故，表达对于出门在外的丈夫的想念，诉说离别之苦：就像芳草思念南浦，我常常想起与君送别的地方；就像行云梦绕楚阳，我渴望与君欢会浑身舒畅；就像流水怨恨潇湘，我难熬与君分别的漫长时光。女子由眼前景陷入对往日欢情的怀想，她的行动是从她内心情绪的流转中映现出来的。后四句用成双成对的物件作比，进一步强调并强化自己的思念之情。看到花丛中的莺燕正在呼朋引伴，见到头上斜插着的凤凰金钗，瞥见双双交颈的绣花鸳鸯，这成双成对的形象深深刺激到了女主人公敏感的情思，令她顾影自怜而心生羡妒，产生愁绪。

这首小令取材规整，用典隐蔽，意蕴含蓄而又感情饱满，非常耐得品读玩味。

## 【中吕】朝天子

### 常山江行

**原　文**

远山，近山，一片青无间。逆流溯[①]上乱石滩，险似连云栈[②]。落日昏鸦，西风归雁，叹崎岖途路难。得闲，且闲，何处无鱼羹饭[③]。

**注　释**

①溯：逆着水流的方向。

②连云栈：栈道高险，仿佛架在云中。

③鱼羹饭：渔隐者常用的饭食。

**译　文**

远山，近山，都在一片似有若无的青色间。逆流而上船过乱石险滩，好像在又高又险的栈道上行走。夕阳下鸦雀回巢，秋风里北雁南归，感叹道路崎岖难行。莫如得闲处且轻闲，不愁吃不到渔樵者的鱼羹饭。

**赏　析**

这首曲子写的是逆流行船时的所见所感。作者曾在浙江任职，常山在浙江常山县南边，因此这首曲子可能是作者任职期间往来江上时观景有感所作。

首句采用大写意的手法，渲染出山峦重叠、青葱翠绿的大背景。江南多山，写水自然离不开山；但江行不先写江，而以山起笔，是为了突出环境之险。接下来两句由山过渡到水。“逆流溯上乱石滩，险似连云栈”二句，写溯流而上，到处是险滩，路途艰险，犹如穿越悬在半空的栈道一样。“落日昏鸦，西风归雁”两句，写溯流而行抬头所见：落日余晖，寒鸦数点；秋风凛冽里，北雁南飞。这二句点明了秋季黄昏的时令，营造了悲凉的气氛。此时此刻，就连整日在外奔波的昏鸦和大雁都已经回家，而自己却仍然在外漂泊，不得不令人慨叹："叹崎岖路难。"一个"叹"字，耐人寻味，表面上看是对眼前山路崎岖、途路艰难的感叹，实际上是对整个人生道路曲折艰险的叹喟。以"叹"引起的结尾二句表现出了作者历经了人生的艰难，厌倦了官场的险恶，深味了人生的凄苦，从而有了归隐山林，享受鱼羹之乐的想法。

这首曲子融情于景，寓理于景，由景生情。句句扣住"江行"，又处处隐喻世事人情，直到结尾，才使人豁然开朗，顿悟作者旨趣。

## 【中吕】普天乐

### 西山夕照

**原 文**

晚云收，夕阳挂，一川枫叶，两岸芦花。鸥鹭栖，牛羊下。万顷波光天图画[1]，水晶宫[2]冷浸红霞。凝烟暮景，转晖老树，背影[3]昏鸦。

**注 释**

①天图画：天然的图画。
②水晶宫：在此比喻江水清澈明净。
③背影：此处指乌鸦背上带着太阳的余辉。

**译 文**

晚云渐收，夕阳斜挂，秋霜染红了漫山枫叶，两岸是雪白的芦花。鸥鹭在芦花中栖息，牛羊从枫林中走来。万顷波光有如一幅天然的画图，红霞映入水中为水晶宫增添绚丽的色彩。淡淡的暮霭笼罩着山川，夕阳的余晖移动着老树的身影，鸦背驮着夕阳向远方飞去。

**赏 析**

吴江位于江苏苏州，临近太湖，风景如画。这是徐再思创作的组曲《吴江八首》中的第八首，描写的是吴江西山黄昏时分的美丽景色。

前两句"晚云收，夕阳挂"写的是远景，晚云散去，夕阳斜挂在天边。接下来两句"一川枫叶，两岸芦花"写的是中景，满山皆是红色的枫叶，江岸都是白色的芦花。这两句点明了时令为秋季，通过强烈的色彩对比，突出了秋季西山的美。"鸥鹭栖，牛羊下"两句写的是近景，鸥鹭已经飞回栖息，牛羊也开始下山回圈。这一静一动中透露出浓浓的生活气息。前六句的描写按照作画的一般顺序，由远及近，动静相间，既有层次感，又极富色彩感，将夕照下西山的景致描写得极为动人，极有画面感。“万顷波光天图画”一下转写湖面和湖滨的景色，同样是由远及近，通过强烈的色彩对比，将景色写得极有层次感。这首小令宛如一幅恬淡的风景画，写得空灵平淡，仿佛不带任何主观色彩。纵观全曲，既注意大笔写意，又侧重细节描绘，力求神貌兼备；色彩运用大胆、自如，夺人眼目；虽不着感情色彩却使人悟出热烈与向往之情，赋予客观景物以新意。

## 【黄钟】人月圆

### 甘露①怀古

原　文

江皋楼②观前朝寺，秋色入秦淮③。败垣芳草，空廊④落叶，深砌苍苔。远人南去，夕阳西下，江水东来。木兰花在，山僧试问，知为谁开？

注　释

①甘露：即甘露寺，位于今江苏镇江北固山后峰。建于三国东吴甘露元年（265），后屡毁屡建。相传为刘备东吴招亲之处。

②江皋楼：指甘露寺一带的楼阁，如清晖亭、江声阁、多景楼、祭江亭等。皋：江边的高地。

③秦淮：即秦淮河，位于今江苏南京。

④空廊：指响屧廊。《吴郡志》：“响屧廊在灵岩山寺，相传吴王令西施辈步屧（木底鞋），廊虚而响，故名。”

译　文

登上江边的高楼眺望前朝的甘露寺，秦淮河上已是一片秋色。残垣断壁荒草萋萋，廊殿空寂落叶飘零，厚厚的青苔爬上了台阶。游人都已归去了，暮色已深，只有大江日夜奔流不息，淘尽了千古英雄人物。木兰花开，似见一点生机，因无人观赏不知为谁而开。

赏　析

这首曲子怀古伤今，抒发人世沧桑之感和羁旅寥落之情。

曲子写怀古却对前朝旧事只字未提，也无对史事的议论评价，而是通过对登上江皋楼远望甘露寺所见之景的观感来牵起对世事沧桑变化的感喟。开头一句点题，写自己登临江皋楼远望甘露寺，虽不知作者是怀着怎样的心情登上的江皋楼，但是眼前所见之景触目惊心。“秋色入秦淮”点明了时令为秋季，秋季景色多为萧瑟败落，而观赏景色的人也多是愁绪满怀。这为下文铺写甘露寺周围景色营造了一个萧瑟苍茫的大环境。“败垣芳草，空廊落叶，深砌苍苔”三句为鼎足对，粗略描写了甘露寺此时的环境，寺院只剩断壁残垣，院中荒草萋萋，空荡的走廊只有树叶飘落，台阶上长满了青苔将其深深掩盖。“败”“空”“深”写出了寺庙此时的败落萧条，再加以“芳草”“落叶”“苍苔”的点染，更显出一种冷落萧瑟之感。“远人南去”以下有人物登场，“远人”匆匆登场又匆匆离去，最终只剩下山僧。想当年，三国刘备前来吴国，就是在甘露寺招亲，据说当他看到北固山雄峙江滨，水天开阔，风景壮美，不禁赞叹道：“此乃天下第一江山也。”甘露寺雄踞在北固山后峰的顶上，所以北固山有“寺冠山”之说。孙刘联姻往事历经千年，不论是人以物传世，还是物以人扬名，联姻的故事在北固山和甘露寺留下了浓墨重彩的一笔。作者估计也是慕名前来，眼前的苍凉景色却让他心生慨叹。

## 【中吕】阳春曲

### 皇亭①晚泊

**原　文**

水深水浅东西涧，云去云来远近山。秋风征棹②钓鱼滩，烟树③晚，茅舍两三间。

**注　释**

①皇亭：《元散曲选注》：“疑当作‘皋亭’，因形近而误。皋亭在杭州西北。”

②征棹：指远行的船。北周庾信《应令》诗：“浦喧征棹发，亭空送客还。”唐陈子昂《遂州南江别乡曲故人》诗：“楚江复为客，征棹方悠悠。”

③烟树：云烟缭绕的树木、丛林。南朝宋鲍照《从登香炉峰》诗：“青冥摇烟树，穹跨负天石。”唐孟浩然《闲园怀苏子》诗：“鸟从烟树宿，萤傍水轩飞。”

**译　文**

涧水或东或西、时深时浅，山峦亦远亦近，云雾盘桓。秋风鼓起征帆驶过了钓鱼滩头，暮霭渐深，树影朦胧，树影间依稀可见江村里两三户人家。

**赏　析**

这是一个秋天的傍晚，作者行船途经皇亭，靠岸投宿，为周围景色所吸引而作的一首小令。

曲子开头两句化用了唐代诗人白居易《寄韬光禅师》诗中“东涧水流西涧水，南山云起北山云”两句，与全诗意象融为一体，创造了一个极为优美的意境。“水深水浅东西涧”表现了涧水千姿百态的灵动之美，这都是日暮时分所见的景象。诗人以虚实相间的笔墨，勾画了涧水远近交错、深浅不一的景观，虽淡淡几笔，却情寓景中，趣在墨外。“云去云来远近山”描写了远望云绕青山，风卷云舒的景象。云忽隐忽现，缠缠绵绵，衬托了山的朦胧雾化。后两句描写了湖面和湖边的近景，秋风给人一种苍凉广漠的恬淡宁和。随着诗人的视线，把自然之美过渡到有近景的生活之美。日落黄昏后雾意渐浓，朦胧中的婆娑树影和星星点点的茅舍组成一幅静美、澄旷的水墨画，其气韵生动清淡、简远自然。其中“钓鱼滩”又暗合东汉隐士严子陵隐居垂钓之事，其中多少也包含了作者自己的理想。全诗纯然写景，既有描写的细致，又有远近、动静的生动对比，读来饶有趣味。

## 【越调】天净沙

### 探梅

**原　文**

昨朝深雪前村，今宵淡月黄昏，春到南枝几分。水香冰晕[①]。唤回逋老[②]诗魂。

**注　释**

①水香冰晕：形容梅花淡淡的香和雪中看梅梅花所带的光晕。

②逋老：指宋代隐士林逋，以喜爱梅花闻名。

**译　文**

昨天早晨前村下了一场大雪，今天傍晚时分在淡淡月光下，梅花在朝南的树枝上开了几分。我来到梅花前仔细观赏，只见梅花淡淡的幽香，如同冰雪一样的容姿和晕染后的靓装，真是漂亮，能唤回我创作诗篇的强烈欲望。

**赏 析**

这首曲子描写的是探梅赏梅的闲情逸致，其中典型地体现了元人喜欢融诗句、诗意入曲的特点。

曲子前两句“昨朝深雪前村，今宵淡月黄昏”，交代了自己探梅赏梅的时间和地点，描绘了梅花生长的环境。“春到南枝几分”写一场大雪后朝南的树枝上开出了几朵梅花，一个“春”字体现了作者见到梅花的惊喜。后两句写见梅后的观感。“水香冰晕”四字，既写了花香，也写了花姿，又显示了花品。当闻到梅花的清香，看到梅花的娇姿时，作者胸中顿时升腾起浓浓的诗兴。此曲通过寻梅写出了诗人对梅花的喜爱和赞赏。

## 【越调】凭栏人

### 春情

**原 文**

髻拥春云松玉钗，眉淡秋山羞镜台[①]。海棠开未开？粉郎[②]来未来？

**注 释**

①秋山：愁山。比喻伤春的皱眉。羞镜台：含羞对着梳妆镜。

②粉郎：原为三国何晏的美称。何晏面色白净如玉，魏明帝疑他擦了粉，一次夏天吃热汤饼，何晏吃得冒汗，用衣袖擦脸，越擦面色越白净，后常以何郎代指美男子。此处指情郎。宋柳永《甘草子》词：“却傍金笼共鹦鹉，念粉郎言语。”

**译 文**

发髻高耸头上像堆拥春云，又松插一枚玉钗；淡眉像辽远的秋山，懒得去梳妆，含羞照着镜子。不知海棠花开没开？情郎哥哥能不能来？

**赏 析**

这支小令写闺中女子的相思情态，细致逼真，生动传神。

曲子前两句运用特写的镜头写女子晨起梳妆的状态，表现她微妙的心理和神情，极具画面感。透过曲子我们可以看到：一个美丽的女子绾得很高的发髻因为睡觉后出现了偏斜，头发上的玉簪也松脱了，之前精心画好的眉线也消退得只剩淡淡一层，望着镜中这般慵懒凌乱的自己，女子脸上不禁露出了娇羞的神情。这两句描写也令人想起李煜“云鬓乱，晚妆残”和温庭筠“鬓云欲度香腮雪”的美丽诗句。后两句连用两个问句，闺中人似乎在问别人，又像是暗自思忖。这两句似从李清照“试问卷帘人，却道海棠依旧”中脱出，平白如话，声吻毕肖，给曲中人平添了一种雅趣。整首曲子虽只有短短四句，却活脱脱写出了闺中女子隐秘复杂的神情举止。

## 【双调】清江引

### 相思

**原　文**

相思有如少债的[1]，每日相催逼。常挑着一担愁，准不了[2]三分利。这本钱见他时才算得。

**注　释**

①少债的：欠债的。
②准不了：折不了，抵不得。

**译　文**

相思就像欠人债，每日里债主紧紧来催逼。日日挑着一担愁，却抵不了三分利，这本账只有见到他时才算得清。

**赏　析**

这首曲子写相思独辟蹊径，将相思比作债务，可谓新颖别致又恰如其分。相思如同债务，一方付出一方偿还，因此放不下，抹不掉，日日纠缠，时时萦绕，而且利息日益积累，这般隐喻更体现出相思之苦的与日俱增。“每日相催逼”通过对债务双方关系的描述，准确地表现了情人相思的真实状态。“常挑着一担愁，准不了三分利”两句将情人间相思的状态进行了进一步生动的描写。末句“这本钱见面时才算得”，巧妙地写出相思这笔债务的特殊之处——两人相见，债务才能了结。

前人对这首曲子的表现手法很赞赏。自古以来，表现相思之情的诗词曲作品很多，用以比喻相思的事物也很多，然而以欠债喻相思的却不多。尽管以欠债喻相思不是徐再思的首创，但他用得自然，产生了较大的影响。

任半塘在《曲谐》中评价这首词：“以放债喻相思，亦元人沿用之意。特以此词为著耳。”

## 【双调】沉醉东风

### 春情

原 文

一自多才间阔[①]，几时盼得成合。今日个猛见他，门前过，待唤着怕人瞧科[②]。我这里高唱当时《水调歌》[③]，要识得声音是我。

注 释

①多才：对所爱之人的爱称。间阔：即久别。

②瞧科：看见，发现。

③水调歌：宋王灼《碧鸡漫志》载：隋炀帝开凿汴河时，曾制《水调歌》。《水调》，是唐时大曲，其歌头称为《水调歌头》，此处的《水调歌》，当指《水调歌头》。

译 文

自从与他分别多日，日夜盼望相会的日期。今日猛然间见他从门前走过，想呼唤他又怕被别人发现。我故意高声唱过去给他唱过的《水调歌》，他会听得出来唱歌的是我。

赏 析

全曲由女子的口吻描写人物的内心独白，把怀春少女与心上人离隔多日而骤然相见的情景生动传神地勾勒出来，一个恋爱中急切情真的女子形象呼之欲出。“一自多才间阔，几时盼得成合”，表明从分手后那一刻起，她的思念就没有停止过，而且这份相思之情是那么地强烈。“多才”是对所爱的人的称呼，“几时”两字可见思念之殷切。“猛见他”的“猛”字，反映出从离别相思到相见的意外惊喜。但情郎并未瞧见她，惊喜之余又感到不足和不安。由此直逼出第五句：“待唤着怕人瞧科。”想奔出去喊住他，又怕别人看见，这时候她非常着急。最后两句是作品的高潮：“我这里高唱当时《水调歌》，要识得声音是我。”姑娘急中生智，高声唱起旧日的情歌，她想凭着熟悉的声音，情郎一定会回过头来找她。曲子到这里便戛然而止，似有未完之意，以此给读者留下了无穷的想象空间和余味。 全曲仅用白描，语言朴素清新，简练明快，将少女的内心活动刻画得细腻微妙，入木三分，饶有风趣。

## 吴西逸

吴西逸，名、里、生卒年及生平均不详，元仁宗延祐末1320前后在世，工散曲。现存小令47首，他的作品产生过较大的影响。其散曲《【中吕】红绣鞋·自况》云："万顷烟霞归路，一川花草香车，利名场上我情疏。蓝田堪种玉，鲁海可操觚，东风供睡足。"可从中窥见其性情。散曲内容多写自然景物、离愁别恨或个人的闲适生活，风格清丽疏淡。

### 【越调】天净沙

闲题[①]

**原 文**

楚云[②]飞满长空，湘江不断流东。何事离多恨冗[③]？夕阳低送，小楼数点残鸿[④]。

**注 释**

①闲题：本题共作四首曲子，此为第二首。
②楚云：这里泛指南方的云。
③冗（rǒng）：繁、多。
④残鸿：指在夕阳中渐渐远去而残剩的雁影。

**译 文**

南方的浓云在广阔的天空中飞舞，湘江水不停地流向东边。什么事让你有了这么多离愁别绪？夕阳垂落，几只大雁飞过小楼。

**赏 析**

这首曲子是作者所作组曲《天净沙·闲题》的其中一首，描写的是夕阳西下之景，借此抒写了游子的思乡愁绪。

“楚云飞满长空，湘江不断流东”两句以白描的手法勾勒出作者所处的环境，以满天低飞之云、一江流东之水来衬托离愁别绪，虽不新鲜，但“飞满”“不断”之语却勾勒出恨溢天地、愁绪绵绵的氛围，也逼出了“何事离多恨冗”一句。“何事离多恨冗？”作者以一个设问句将曲子的重点由风景转向自己，巧妙过渡到另一画面，使情感向深层推进，属画龙点睛之笔。“夕阳低送，小楼数点残鸿”，作者寓情于景，委婉地表达了自己的心意。鸿雁尚有夕阳相送，人却只能独立楼头，望尽天涯。怅惘孤寂的情绪更加难以忍受。看到鸿雁逝去，希望它能带去思念，捎来消息，也使诗的感情内涵更加深沉悠远。

## 【双调】清江引

*秋居*

### 原　文

白雁[1]乱飞秋似雪，清露生凉夜。扫却[2]石边云，醉踏松根[3]月，星斗满天人睡也。

### 注　释

①白雁：白色的雁。雁多为黑色，白色的雁较为稀少。元代谢宗可有《咏白雁》诗。

②却：除、去。

③松根：松树根。

### 译　文

成群的白色大雁好似秋天里飞起的雪片，清冷的露珠使秋夜更凉。扫去石边的云雾，踏碎松下的月影，醉意正浓，在满天星斗之下睡入梦乡。

### 赏　析

这首曲子名为《秋居》，描绘的是秋日山中无限清丽的景色，抒写的是山居生活的惬意怡人，风格淡雅，意境萧阔，展现了作者洒脱旷达的品格。

曲子开头两句以“白雁”“清露”两个具有秋天特征的意象，描写秋夜的静谧、清凉。白雁是深秋的象征，入夜了为何会“白雁乱飞”，作者没有讲，但同下半句的“秋似雪”必有关系。这里说“似雪”，是因为秋天满布着白霜；大雁可能是受到了这漫天白霜的惊扰，所以才会乱飞。次句续写凉夜露水增重的秋景，依然是凄清的笔调，视角却从天空转移到地面。这样就为人物的出现腾出了环境。后三句作者从自己写起，将自己夜饮归来醉眼朦胧、席地而卧的形象刻画得出神入化，特别是将自己扫云踏月的醉态描摹得活灵活现。“扫却石边云”，古人以为云出石中，故以“云根”作为山石的别名，这里无疑是指夜间岩壁旁的雾气。作者袍角“扫却”了它们，那就几乎是擦着山石而疾行，也不怕擦碰跌绊，这其间已经透出了作者的醉意。下句“醉踏松根月”，则明明白白承认了自己的醉态。“松根月”是指地面靠近松树树根的月光，明月透过松树的荫盖，落到地上已是斑斑驳驳，作者专寻这样的“月”来“踏”，这就显出了他脚步的趔趄。这样的大醉急行，是很难坚持到底的。果然，他仰面朝天躺倒在地，起初还能瞥望“星斗满天”，随后便将外部世界什么也不放在心上，酣然入眠，“人睡也”。

在这首曲子中，作者突出了对意象的细节描写，来体现自由自在的田园乐趣。该诗表达了作者追求远离污浊的尘世，回到大自然的怀抱，保持高雅的情操。

## 【双调】雁儿落带过得胜令①

**原 文**

春花闻杜鹃，秋月看归雁。人情薄似云，风景疾如箭。留下买花钱，趱②入种桑园。茅苫③三间厦，秧肥数顷田。床边，放一册冷淡渊明④传；窗前，钞几联清新杜甫篇⑤。

**注 释**

①雁儿落带过得胜令：由《雁儿落》与《得胜令》两个曲牌组成的带过曲。

②趱（zǎn）：赶快。

③苫（shàn）：用草覆盖。

④渊明：即东晋著名隐士陶渊明。

⑤钞：通“抄”，抄录。杜甫：唐代大诗人杜甫，有“诗圣”的美称。

**译 文**

在春天的花丛中，我听见了杜鹃鸟的啼叫；在秋天的月亮下，我看着那大雁飞去。人情薄得像浮云一样，时光如箭一般飞快度过。留下买花的钱，我快步跑到桑园里。盖起三间茅屋，秋天在几顷肥田中收获。床头放着一本《陶渊明传》，窗台边抄写了几联杜甫的清新诗篇。

赏 析

这是一首描写向往归隐的曲子。

曲子的前四句主要写向往归隐的缘由。由春花秋月引起光阴似箭之叹，由鸟啼雁归生出人情淡薄之慨。“春花闻杜鹃，秋月看归雁”，春暖花开不久，杜鹃鸟就来送春了；秋月正好时，飞雁却要回去了。这一联形容大好时光之短促。春天百花齐放的美景无法取悦作者，花丛中传来的“不如归去”的杜鹃啼声反而勾起了他的思乡之情；秋天月光如水的景致也不能给作者增添快乐，那南飞的大雁却引起了他的思乡之情。“人情薄似云，风景疾如箭”两句写人情世态变化之快，令人不可捉摸。这四句，概括地写了岁月流逝，人生无常，人情冷暖，世事沧桑，集中地表达了作者内心的苦闷，也隐约地反映了作者对元代不合理社会的不满情绪。同时，也为后面的正面推崇归隐提供了依据，作了有力的铺垫。

后八句主要写向往中的田园隐居生活。不再付出买花的钱，赶紧走入种着桑树的田园。住的是茅草盖的三间大屋，吃的是数百亩肥沃田里长出来的粮食。床边放着书，悠闲地躺在床上读，其中表达了作者对陶渊明、杜甫的仰慕之情，流露出作者怀才不遇、不得已退居田园的痛苦心理。作者借歌颂村居生活，极力渲染归隐的乐趣。

## 李德载

李德载，名、里、生卒年及生平均不详，元仁宗延祐中1317前后在世。工散曲，存《赠茶肆》小令10首。

### 【中吕】阳春曲

赠茶肆

原 文

茶烟一缕轻轻扬，搅动兰膏[①]四座香，烹煎妙手赛维扬[②]。非是谎，下马试来尝。

## 注　释

①兰膏：泽兰子炼成的油，可点灯。此借指茶的水色。

②烹煎妙手赛维扬：烹茶人的手艺超过扬州的烹茶人。维扬：扬州的别称。

## 译　文

一缕缕清烟轻轻地飘扬，搅动着茶四座都是香气，烹煎的高手在扬州举世无双。这不是吹牛说谎，请下马来品尝品尝。

## 赏　析

中国是茶的故乡，中国人饮茶，据说始于神农时代，少说也有4700多年了，且长盛不衰，传遍全球。先秦时期的《诗经》总集就有茶的记载。在汉朝，茶叶已成为佛教“坐禅”的专用滋补品。魏晋南北朝时期，已有饮茶之风。唐朝时，茶业昌盛，茶叶成为人家不可一日没有的事物，这时出现了茶馆、茶宴、茶会，提倡客来敬茶。中唐时期陆羽所作的《茶经》是中国历史上第一部专门记载茶叶产地及品级、煎茶所用之水产地和品级的书籍。宋元时期，茶区继续扩大，种茶、制茶、点茶技艺精进。

这首曲子以茶为唱咏对象，夸赞了茶肆烹茶师傅的高超功夫。开头两句描写的是茶肆中烹茶的情景，接着赞扬烹茶师傅的高超技艺，都是从正面加以叙述和评价的。最后两句以店家招徕叫卖的语气，请人品尝，强调了前面内容的真实可信，同时进一步夸赞茶馆中的茶。

# 顾德润

顾德润，字均泽，一作君泽，号“九山”，松江（今属上海）人，生卒年不详。曾任杭州和平江路的小吏。工散曲，《太和正音谱》评其曲为“如雪中乔木”。尝自刊《九山乐府》《诗隐》二集。

## 【南吕】骂玉郎过感皇恩采茶歌

### 述怀

原　文

蛛丝满甑尘生釜[①]，浩然气[②]尚吞吴。并州[③]每恨无亲故。三匝乌[④]，千里驹[⑤]，中原鹿。走遍长途，反下乔木[⑥]。若立朝班[⑦]，乘骢马[⑧]，驾高车。常怀卞玉[⑨]，敢引辛裾[⑩]。羞归去，休进取，任揶揄[⑪]。暗投珠[⑫]，叹无鱼[⑬]。十年窗下万言书。欲赋生来惊人语，必须苦下死工夫。

注　释

①甑：古代蒸食炊器。釜：古代的炊事用具，相当于现在的锅。

②浩然气：指浩大刚正的精神。《孟子·公孙丑上》："我善养吾浩然之气。"

③并州：古州名，即今山西太原。相传禹治洪水，划分域内为九州，据《周礼》《汉书·地理志上》记载，并州为九州之一。

④三匝乌：化用三国曹操《短歌行》中诗句："月明星稀，乌鹊南飞。绕树三匝，何枝可依？"

⑤千里驹：千里马。《三国志·魏书·曹休传》："太祖谓左右曰：'此吾家千里驹也'。"

⑥反下乔木：境况反倒不如以前了。《诗经·小雅·伐木》："出自幽谷，迁于乔木。"

⑦朝班：即朝位班序，是指帝王主持朝议时各级官吏所应处的位置先后左右之班次。《宋书·徐湛之传》："显居官次，垢秽朝班，厚颜何地，可以自处。"

⑧骢马：青白色相杂的马。

⑨卞玉：即和氏玉。楚人卞和曾两次献宝玉，均未被赏识，却遭受刖刑。

⑩辛裾：即辛毗引裾的典故。据《资治通鉴》载：三国魏文帝曹丕"欲徙冀州士卒家十万户实河南。时天旱蝗，民饥，群司以为不可，而帝意甚盛。侍中辛毗与朝臣俱求见……毗随而引其裾，帝遂奋衣不还，良久乃出，曰：'佐治，卿持我何太急邪！'毗曰：'今徙，既失民心，又无以食也，故臣不敢不力争。'帝乃徙其半。"

⑪揶揄：耍笑、嘲弄、戏弄、侮辱之意。

⑫暗投珠：即明珠暗投，比喻珍贵的物品落到不识货的人手里，亦比喻有才能的人得不到重用。《史记•邹阳列传》："臣闻明月之珠，夜光之璧，以暗投人于道路，人无不按剑相眄者。"

⑬叹无鱼：据《战国策•齐策》，孟尝君的门客冯谖曾弹剑而歌曰："长铗归来乎！食无鱼。"

译　文

甑结蛛丝釜生尘，不改大丈夫的浩然之气。常恨离家在外举目无亲。绕树三匝的乌鸦找不到栖身之处，千里马遇不到能赏识它的伯乐，像范冉一样推着鹿车奔走四方。长途漫漫，境况愈艰。也想去入朝做官，驾高车驷马，纵然有辛毗那样犯颜直谏的勇气，也会像卞和那样怀宝玉无人赏识。羞于弃官归田，不肯乞求功名，任凭他人说长道短。有如明珠暗投，不能像冯谖那样一鸣惊人。苦读十年上书万言也无济于事。要想语出惊人，还是得苦下功夫。

赏　析

作者胸蓄大志，身怀书策，奔走长途，求取功名，意欲有一番作为。然而事与愿违，在屡遭碰壁和白眼后，只得黯然地返回故园。本曲题名《述怀》，是作者抒发怀抱的作品。曲子由《骂玉郎》《感皇恩》《采茶歌》三部分组成，分别述写了忆昔、感遇、反思的内容，奏出了失意士子心中的悲歌。

曲子起句"蛛丝满甑尘生釜"描述了自己困窘的现状：饭锅已经生灰、结蜘蛛网，生计之困窘可想而知。但即便是生活如此艰难窘迫，作者追求功业的豪气没有削减。"并州每恨无亲故"一句则点出了自己漂泊游子的身份，其中自然蕴含着无限的悲愁。四至六句转写时光流逝、群雄争展骥足的外界形势，七、八句述出失意还乡的事实，九至十三句又表陈自己一旦得官遂志的假设，接下去则以六句诉说当下"羞归去"的感想。结尾"欲赋生来惊人语，必须苦下死工夫"的接入更奇，既似自勉，又似自嘲，总之是宣泄心中的不平之气。这样的写法可以理解为作者的思绪万千，意到笔随；不过平心而言，更多的则是体现了倚声填词硬性拼凑的影响。

## 【中吕】醉高歌过摊破喜春来

旅中

原　文

长江远映青山，回首难穷望眼。扁舟来往蒹葭[①]岸，烟锁云林又晚。篱边黄菊经霜暗，囊底青蚨逐日悭[2]。破情思晚砧[3]鸣，断愁肠檐马[4]韵，惊客梦晓钟寒。归去难，修一缄回两字报平安。

## 注 释

①蒹葭：芦苇。《诗经·国风·蒹葭》："蒹葭苍苍，白露为霜。"
②青蚨：金钱的别称。悭（qiān）：指稀少。
③砧：捣衣的座石或垫板。
④檐马：悬于檐下的铁瓦或风铃。

## 译 文

我回首眺望，只见长江外青山数点，江水浩浩茫茫，无际无边。长满芦苇的岸旁，小船来来往往，穿梭不断。又到了黄昏时分，林子罩上了一层暮烟。篱边的黄菊经秋霜而凋谢，而我日益拮据，一天天消耗着行囊中不多的金钱。那暮色中的捣衣声常常扰乱了我的情怀，檐下铁马叮咚作响，使我肝肠寸断；而清冷的晓钟声，又无数次惊破了我的梦，再也无法入眠。要回家是那样地艰难，我只能写一封信，报上“平安”两字，以抚慰家人对我的惦念。

## 赏 析

这是一首描写羁旅愁情的小令。曲子前半部分主要通过景物描写来反映心情。“长江远映青山，回首难穷望眼”，作者的行船随着长江前行，一路青山掩映着江水，渐渐远去，回头一望，渺渺茫茫，再不见家的方向。从长江的远映青山、难穷望眼，反映了作者已在江上行过漫长的旅程。“扁舟来往蒹葭岸”，江流浩瀚，扁舟来往，这一切都会牵惹起“旅中”强烈的漂泊情绪；而“烟锁云林又晚”，呈现出一派暮气沉沉的客乡景象，一个“又”字还带有羁旅日久、光阴蹉跎的感慨意味。寥寥几笔便将作者浪迹天涯的无限客愁描绘了出来。曲子下半部分融情于景。“篱边黄菊经霜暗”句点出时令为深秋，营造了一种冷瑟的氛围。“囊底青蚨逐日悭”，则述出了客中困顿失意的处境。接着，诗人用三句鼎足对，细绘了旅宿中不寐的伤心情状。“晚砧”声声，让作者想起家中守候着自己的亲人，他们肯定也在苦苦期盼着自己能早早归去。“檐马”声声牵起了作者思家的愁肠，“古道西风瘦马”那悲愁满怀的断肠人形象仿佛就在眼前。“晚砧”“檐马”“晓钟”的声响的转换暗示了羁旅生活的来去匆匆，故而这些凄冷的声音让他变得敏感，因而彻夜难眠，平白增重了诗人的孤寂感和失落感。这种孤苦的情味，是旅中孤独凄清的又一重客愁的表现。曲子所有的情感都包含在“客梦”二字之中。结尾两句，晓钟惊梦，再难成眠，于是只能将想归而不得归的满腔思家之情全部倾注到家书中。这一笔看似寻常，细细体味，却是饱含辛酸。

## 宋方壶

宋方壶，名子正，华亭（今属上海）人，生卒年不详。传说有座仙山名“方壶”，而宋子正“不择地而有其乐，则非‘方壶’而‘方壶’也”，因得名。工散曲，现存套数5套、小令13首。其曲作之中，倾吐了对元代社会的不满，对官场的鄙弃，对奸党的恨恶，对下层妓女的同情。

### 【中吕】红绣鞋

阅世

原　文

短命的偏逢薄幸①，老成的偏遇真成②，无情的休想遇多情。懵懂的怜瞌睡③，鹘伶的惜惺惺④，若要轻别人还自轻。

注　释

①短命：此处指缺德的人。薄幸：无情的，负心的。指无情无义的人。

②老成：指世故、社会经验多的人。真成：真挚老实的人。

③懵（měng）懂：痴呆，不晓事。指糊里糊涂的人。怜：爱，喜欢。瞌睡：糊涂、混日子的人。

④鹘（gǔ）伶：精灵鬼，狡猾的。惺惺：机警的，聪明的。两者都是指聪明的人。

译　文

缺德之人偏偏遇到薄情寡义之人，老成世故的人偏偏遇到真挚诚实的人，无情的人就不要想遇到多情的人。糊里糊涂的人喜欢和混吃等死的人在一起，机灵狡猾的人喜欢和聪明机警的人在一起，要轻视别人还得先轻视自身。

赏 析

这首曲子题为《阅世》，描写的也是世情，其中蕴含了作者人生经历的感悟和生活箴言。曲子以三句一组分为两层。每三句的前两句写人所共知的现象作为陪衬，目的是引出作为对世人警策的第三句。正所谓“物以类聚，人以群分”，你是怎样的人，身边就多是这样的人。作者从社会普遍存在的道德人情方面的问题去审视人与人的关系，观察总结出了一些具有积极意义和普遍意义的人生哲理。

## 【中吕】山坡羊

道情

原 文

青山相待，白云相爱，梦不到紫罗袍①共黄金带。一茅斋，野花开。管甚谁家兴废谁成败，陋巷箪瓢②亦乐哉。贫，气不改；达，志不改③。

注 释

①紫罗袍：古代高级官员的服装。

②陋巷箪瓢：《论语·雍也》：“一箪食，一瓢饮，在陋巷，人不堪其忧，回也不改其乐。”

③“贫，气不改”两句：《论语·学而》：“贫而无谄，富而无骄。”《论语·子罕》：“三军可夺帅也，匹夫不可夺志也。”《孟子·滕文公下》：“富贵不能淫，贫贱不能移，威武不能屈。此之谓大丈夫。”这两句话，是上述引文的概括。

译 文

我爱青山，愿与它相伴；我爱白云，想让它相陪。做梦也梦不到穿上紫罗袍系了黄金带。只要有一间茅屋，四周野花盛开，管他谁家兴旺，谁家衰败。过着穷日子，我也挺愉快。贫穷时，骨气不丢；富贵了，志气不改。

赏 析

这是一首描写隐逸生活乐趣的小令。

“青山相待，白云相爱”两句对仗工整，青山和白云构成了清新和谐的美丽风景。青山和白云就像是作者的老友，彼此相亲相爱，谁也离不开谁，表现出了作者与自然为伴的快乐，这也是“梦不到紫罗袍共黄金带”的原因。因为寄情于自然，内心已经得到满足，故而对于紫罗袍和黄金带并不感兴趣了。“一茅斋，野花开”两句进一步描写自己生活的小环境，茅屋一间，周围野花开遍，这便是作者所喜欢的隐居环境。“管甚谁家兴废谁成败，陋巷箪瓢亦乐哉”两句承接前三句，表现出作者不问世事、忘情自然，持守自己内心淡泊气节的志趣。“贫，气不改；达，志不改”两句是对于人生道路和道德情操的一种宣言，这个结尾简单而有力，发人深省。



## 【双调】清江引

### 托咏[1]

原　文

剔秃圞[2]一轮天外月，拜了低低说：是必[3]常团圆，休着些儿缺，愿天下有情底都似你者[4]。

注　释

①托咏：以物寓志，托物咏怀。
②剔秃圞（luán）：又亮又圆的样子。圞：团圆，圆貌。
③是必：一定要。
④底：通“的”。者：句末语气助词。

译　文

那一轮天外的月亮又亮又圆，我向着它拜了拜低声说：你一定要经常保持圆满的状态，不要有一点儿的缺少，希望天下的有情人都能像你一样。



赏　析

这首曲子描写的是一个女子对月深拜，寄托心愿的情景。

曲子开头的“剔秃圞”是元曲中较为常见的词汇，用作圆的形容词。“拜了低低说”一句，颇有情致，表现了女主人公祈祷之真挚虔诚，形神具备。祝愿月亮常圆，却用了“是必”两字，似乎由祈求变成了命令，这样写，正是为了表现当事人那专一的要求和迫切的心情。“休着些儿缺”，永远不让圆月有一点儿缺损，看似无理，而正是这无理之中蕴含着真情。末句“愿天下有情底都似你者”，正扣托月咏怀的题目，似月之常圆，正是对“如花美眷”的祝愿。

整首曲子通俗明了，真切感人，朴实而生动，如闻其面。

## 【双调】水仙子

### 居庸关中秋对月

**原　文**

一天蟾影映婆娑①，万古谁将此镜②磨？年年到今宵不缺些儿个，广寒宫③好快活，碧天遥难问姮娥④。我独对清光⑤坐，闲将白雪歌⑥，月儿你团圆我却如何！

**注　释**

①蟾影：月影。相传月中有蟾蜍，故以“蟾”为“月”的代称。婆娑：形容月中桂树影子舞动的样子。

②此镜：指月。

③广寒宫：传说唐明皇游月中，见一大宫殿，榜曰“广寒清虚之府”。见《龙城录·明皇梦游广寒宫》。后人因称月宫为“广寒宫”。

④姮娥：即嫦娥，相传是月宫的仙女。

⑤清光：清冷而明亮的月光。

⑥白雪歌：古代楚国比较高雅的乐曲。战国宋玉《对楚王问》：“客有歌于郢中者，其始曰《下里》《巴人》，国中属而和者数千人……其为《阳春》《白雪》，国中属而和者不过数十人。”

**译　文**

看那天上的月宫中仿佛桂影在舞动，万古以来是谁将这轮如镜的明月磨得这么亮？每年到了中秋这个时候，都能看见这轮又圆又亮的明月。广寒宫中是否一片快活的场景，天离我们太遥远无法去向嫦娥询问。我独自一人对着这皎洁明亮的月光坐着，悠闲地吟咏着白雪歌，感叹着：月儿啊你是圆满了，我却怎么办啊！

**赏　析**

中秋节是中国的传统节日，又名“团圆节”，古往今来，中秋佳节借月咏怀的作品不胜枚举，而其中多以思念亲友爱人的感情线索为主。这首曲子也是一样。

曲子首句“一天蟾影映婆娑”将读者的视线引向了广阔的夜空，描绘出了一个纤尘不染、月光皎洁、下照人寰的中秋之夜的独特境界，引人入胜。“万古谁将此镜磨”由眼前月思及“万古”，把时间扩展到了无限遥远，诱人寻思。“年年到今宵不缺些儿个”，轻轻一笔，又将情思带回眼前，紧扣题目“中秋对月”。“广寒宫好快活”，转入即景抒情，羡慕之意，溢于言表。“碧天遥难问姮娥”，无限遗憾，宛转出之，妙趣横生。作者把酒对月，遥想那嫦娥仙子在桂影舞动的广寒宫里，好不快活！不禁让人艳羡。这和作者孤苦无依、孑然一身的情况形成对照，反衬其“团圆节人未圆”的现状。“我独对清光坐”，突出了一个孤独者的自我形象，与在广寒宫过快活生活的仙女们形成鲜明的对比。“闲将白雪歌”，一个“闲”字，道出了作者内心的寂寞。“月儿你团圆我却如何！”作者心中积蓄的怨情终于在这里爆发：月儿你是圆了，我却要如何！怨气冲天，响亮传神，统摄全篇，集中抒发了作者漂泊江湖、孤独寂寞的不满情绪。

## 吕止庵

吕止庵，别有吕止轩，疑即一人。生卒年、生平经历不详。散曲作品内容感时悲秋，自伤落拓不遇，间有兴亡之感，可能是一宋亡不仕的遗民。明朱权《太和正音谱》评其词“如晴霞结绮”。所作散曲作品现存小令33首，套数4套。

### 【仙吕】后庭花

秋思

原　文

西风黄叶稀①，南楼北雁飞②。揾③妾灯前泪，缝君身上衣。约归期，清明相会，雁还也人未归。

注　释

①西风黄叶稀：化用唐贾岛《忆江上吴处士》“秋风生渭水，落

叶满长安”诗意。

②南楼北雁飞：化用唐赵瑕《寒塘》“乡心正无限，一雁度南楼”诗意。

③揾（wèn）：擦拭。

### 译文

西风吹过，黄叶渐渐稀少，站在南楼只见北方的大雁正往南飞。在这萧瑟的深秋，我独自一人坐在昏暗的灯前一边擦拭着不住的眼泪，一边缝着准备送给你的秋衣。我们曾相约在清明相会，但是那些南飞的大雁都回来了，你还没回来。

### 赏析

这是一首描写女子深秋情思的小令，旨在表达对远方亲人的思念之情，写得一波三折，极尽顿挫之妙，令人回味无穷。

曲子开头用西风、黄叶营造了萧瑟冷落的气氛。“西风黄叶稀”点明了时令为深秋。“南楼”点明了地点，曾是情人游赏之地，但此时已人去楼空，“北雁飞”暗指亲人远去。“揾妾灯前泪，缝君身上衣”两句描绘了一个思妇的形象：在深秋的夜晚，女子坐在灯前为郎君缝衣，滚滚的相思泪模糊了妆容。作者选取这一生活细节，把人物的心理活动形象地表现了出来。“约归期，清明相会，雁还也人未归”是思妇的心理活动，略带几分娇嗔。曾经相约清明相会，情郎却没有履行约定，按时回来，这令女子很忧伤。前面写深秋时节北雁南飞，而这几句却写清明相会，表现了女子等待已非一个春秋，进一步深化了苦苦等待情人归来的思妇形象。“人未归”将这种相思之苦推向高潮。本来是存着相会的希望，可此时希望破灭，从而突现了人物那种无法摆脱的痛苦心情。

## 【仙吕】醉扶归[①]

### 原文

频[②]去教人讲，不去自家忙[③]。若得相思海上方[④]，不道得害这些闲魔障[⑤]。你笑我眠思梦想，则不打到你头直上[⑥]。

### 注释

①醉扶归：仙吕宫曲牌。句式：五五、七五、七五。
②频：频繁、急迫、紧急。
③忙：此处指内心忙乱、急迫不安。

④海上方：指有奇效的仙方。秦始皇曾派方士到海上去寻求长生不老的药方，故名。

⑤不道得：意为不见得，不至于，不一定。闲魔障：此指相思病。

⑥打到：俗语，碰到。头直上：即头上、上面。

**译 文**

频繁地去看望，怕人们说闲话，要是一天不去，自己就坐立不安，心里发慌。如果能得到治相思病的好药方，就用不着这样被相思折磨得像犯了魔障。你嘲笑我故作多情胡思乱想，要是轮到你头上你也会这样。

**赏 析**

这是一首描写情人相思的小令，语言直白俏皮，十分有趣。“频去教人讲，不去自家忙”集中表现了主人公思念情人，想去相会却又怕被别人说闲话，不去又相思难禁的矛盾痛苦的心理。“若得相思海上方，不道得害这些闲魔障”，这相思病要是有灵药可解那就好了，也不必时时刻刻饱受着相思的煎熬，可惜并没有。这里集中表现了主人公对情人用情之深，相思之甚。“你笑我眠思梦想，则不打到你头直上”是女人公对情人的娇嗔之语，进一步表现出了主人公对情人日思夜想，思念之情溢于言表。

## 景元启

景元启，元代散曲作家，名、里、生卒年及生平均不详，元仁宗延祐中1317前后在世，明朱权《太和正音谱》将其列于“词林英杰”150人之中。工散曲，所作散曲今存小令15首，套数1套。

### 【双调】殿前欢

梅花

**原 文**

月如牙[①]，早庭前疏影印窗纱[②]。逃禅老笔[③]应难画，别样清佳。据胡床再看咱[4]，山妻骂："为甚情牵挂？""大都来梅花是我、我是梅花[5]。"

## 注释

①月如牙：指新月。

②早：已经是。疏影：指梅花在月光照射下的投影。

③逃禅老笔：一说指南宋画家杨无咎，号"逃禅老人"，以善画梅著称，时常对家中老梅写生。一说指北宋僧人华光长老（名仲仁，因住衡州华光山而称"华光长老"），擅画梅，常在月夜就窗间梅花疏影用水墨晕写，称墨梅，传有《华光梅谱》。

④胡床：交椅。看咱：即"看啊"。咱：语气助词。

⑤大都来：只不过。梅花是我，我是梅花：意为作者在画梅的艺术构思中，不觉已成了梅花的化身。

## 译文

在一弯新芽般明月的映照下，疏落的梅影映满庭院的窗纱。即使用我修禅人的老练笔墨，也难以画出这别样清新佳美的图画。不由得坐在胡床上痴神地看得连眼也不眨。惹得妻子骂我有了邪心："为什么情事牵挂？"我告诉妻子："只不过是迷上了梅花，大概那梅花就是我、我就是那月下的梅花。"

## 赏析

梅花，是历代诗人吟咏的题材。这首咏梅的曲子在构思和表现手法上都有其独特之处，令人耳目一新。

"月如牙，早庭前疏影印窗纱"，一个月初的早晨，一弯斜月照着庭院，院中梅树上那疏淡的梅花在纱窗上留下了美丽的剪影。这两句写梅花的形象，但不直赋其形，而只描画其影，如梦如幻，呈现出清逸的神韵。"逃禅老笔应难画，别样清佳"是对梅花的赞美，梅花这"清佳"的形象又岂是凡人的画笔所能描绘出来的。"据胡床再看咱"写自己全神贯注地坐着欣赏而且有点走神的神态。"山妻骂：'为甚情牵挂？'"一句，是神来之笔，作者以妻子的嗔怪，侧写自己如痴如醉般专注地赏识梅花，更表现出了作者对梅花的喜爱。末两句"梅花是我，我是梅花"的疑问，既表明欣赏梅花进入物我两忘的化境，也表明在看梅的过程中，对人的生活有所体悟。作者说自己与梅花浑然一体，无法分辨，蕴含着以梅花高尚纯洁的品格自喻的用意。

## 唐毅夫

唐毅夫，字、里、生卒年及生平均不详，元仁宗延祐中1317前后在世。工散曲，明朱权《太和正音谱》将其列于“词林英杰”150人中。

### 【双调】殿前欢

大都西山①

原 文

冷云间，夕阳楼外数峰闲。等闲②不许俗人看，雨髻烟鬟。倚西风十二阑，休长叹。不多时暮霭风吹散，西山看我，我看西山。

注 释

①大都西山：即北京西山，属太行山脉之余段，为历史上的著名风景区。

②等闲：寻常。

译 文

隔着夕阳映照下的楼殿，在阴冷的浓云之间，西山露出冷冷清清的几座峰尖。那山头就像烟雨中的美人髻鬟，朦朦胧胧，不肯轻易让俗人看清它的真面目。我在秋风中倚遍栏杆，又何必为之长叹。不多时晚风将夜雾驱散，西山注视着我，我也端详着它的容颜。

赏 析

这首小令写的是雨后大都西山的景色，其中寄托了作者的人生感受。

曲子以“冷云间”三字领起，描写了特殊条件下的西山景观，营造出一种冷寂悠远的意境。“冷云”是阴云、浓云，观之令人心情沉重。先以“冷云”起笔为整幅画面奠定了一个凄凉的背景，随后“夕阳”“楼外”“数峰闲”，就有依次破云而出的动感，渐渐将之前那种清冷寂寞的气氛打破，这也是作者登临过程中心境随着眼界的变化所产生的变化。“闲”是贯穿全曲的主题，也是作者的人生态度。“等闲不许俗人看，雨髻烟鬟”两句，翻出一层波折。“雨髻烟鬟”以女子的发式代指山峦，写出了雨后烟水迷蒙的西山的朦胧景致。诗人将“数峰”的朦胧，说成是“等闲不许俗人看”，为西山加重身份，也表现出自己是它的知音。所以他在西风中倚遍栏杆，悠闲地等待，并不为眼前的景象而惆怅和感慨。没过多久，果然峰回路转，暮霭吹散，掀去了雨雾的面纱。自此，整首曲子的境界豁然开朗。最后“西山看我，我看西山”更体现了作者闲适淡然的心境和人生态度。

## 查德卿

查德卿，名、里、生卒年及生平均不详，元仁宗延祐中1317前后在世。工散曲，《太平乐府》中选录甚多，明朱权《太和正音谱》将其列于“词林英杰”150人之中。

### 【仙吕】寄生草

感叹

**原　文**

姜太公贱卖了磻溪岸[①]，韩元帅命博得拜将坛[②]。羡傅说[③]守定岩前版，叹灵辄[④]吃了桑间饭，劝豫让[⑤]吐出喉中炭。如今凌烟阁[⑥]一层一个鬼门关，长安道一步一个连云栈[⑦]。

**注　释**

①姜太公：即吕尚。磻溪：在陕西宝鸡东南。相传溪上有兹泉，为姜太公垂钓遇文王处。

②韩元帅：即韩信。汉高祖拜为大将，后被吕后设计杀害。命博得：用生命换取。

③傅说：殷商时傅说隐居傅岩（今山西平陆）时，曾为人版筑（用框架筑土墙）。殷高宗“夜梦得圣人，名曰说”（《史记·殷本纪》）。

④灵辄：春秋时晋人。据《左传·宣公二年》载：晋灵公的大夫赵宣子曾于首阳山打猎，在桑阴中休息，看到饥饿的灵辄，便拿饭给他吃，并给了他母亲饭和肉。后晋灵公想刺杀赵宣子，派灵辄作伏兵，他却倒戈相救，以报一饭之恩。

⑤豫让：春秋晋人。据《史记·刺客列传》载：豫让为晋国大夫智伯家臣，备受尊宠。后智伯为赵襄子所灭，他便“漆身为癞，吞炭为哑”，企图行刺赵襄子，为智伯报仇。后事败为赵襄子所杀。

⑥凌烟阁：唐太宗图画唐代开国功臣的殿阁。此借指高官显位。

⑦长安道：指仕途。连云栈：陕西褒谷与斜谷间的栈道。在今陕西褒城一带，是由陕入蜀的要道。此喻危险的仕途。

## 译　文

姜太公受到了周文王的重用而放弃了隐居的生活，韩信因为得到汉高祖的器重而最终送了性命。羡慕傅说能够坚定地守着岩前的筑版，叹息灵辄吃了翳桑之饭，劝说豫让吐出喉咙中的炭块。当今社会，仕途上是一层一个鬼门关，官场上是一步一个连云栈。

## 赏　析

这首曲子揭露仕途的艰难和官场的险恶，劝诫人不必为虚名卖命。连举五个古人典故，论述权力功名的危害，以古鉴今，感情愤激。

曲子起首两句对仗工整，以姜子牙和韩信的故事来进行抒发。对于姜子牙离开磻溪岸入朝任相，作者用了“贱卖了”三字，是说他放弃渔钓隐居生活太不值得，表现出对他入仕的鄙夷不屑。同样，对于韩信登坛拜将的隆遇，作品用了“命博得”三字，一针见血地指出了在功业爵禄之后隐伏的危机，韩信最后凄惨的结局也印证了这一点。“羡傅说守定岩前版，叹灵辄吃了桑间饭，劝豫让吐出喉中炭”三句为鼎足对，例举了傅说、灵辄、豫让三人的历史典故。第一句出乎意外地用了个“羡”字，但细看羡的内容，是“傅说守定岩前版”。傅说若果真守定岩前版的话，只不过是个卑贱的奴隶，而事实上他根本没有“守定”，出去做了殷高宗的大臣，可见这一句纯粹是反话，是嘲讽。第二句如实地用上一“叹”，而所叹的是灵辄“吃了桑间饭”，作者认为这样一来，他就只能以听命于人、舍己报主作为饭钱了。第三句对豫让则用了“劝”，“劝豫让吐出喉中炭”，作者对豫让用性命报知遇之恩，视作多此一举的愚蠢行为。通过前面的五个典故，作者最终得出了一个结论：“凌烟阁一层一个鬼门关，长安道一步一个连云栈”，仕途险恶，功名高不可攀，为了追求功名而使自己深陷险境，这是十分不值得的。

## 【仙吕】寄生草

### 间别[①]

原 文

姻缘簿[②]剪做鞋样，比翼鸟搏了翅翰[③]，火烧残连理枝[④]成炭，针签瞎比目鱼儿眼[⑤]，手揉碎并头莲[⑥]花瓣，掷金钗攧[⑦]断凤凰头，绕池塘挼碎鸳鸯弹[⑧]。

注 释

①间别：隔别、分离。

②姻缘簿：旧谓月下老人注定男女姻缘的簿册。

③比翼鸟：喻爱侣。《尔雅·释地》："南方有比翼鸟焉，不比不飞，其名谓之鹣鹣。"搏：通"膊"，肢体分裂。翅翰：即翅膀上的羽毛。

④连理枝：传说韩凭妻为宋王所夺，夫妇以死反抗。宋王不让他们合葬，可两个坟上的树枝连在了一起。喻夫妻恩爱，生死与共。唐白居易《长恨歌》诗："在天愿作比翼鸟，在地愿为连理枝。"

⑤签：刺。比目鱼：鱼名，双眼均生于身体一侧。

⑥并头莲：即"并蒂莲"，并排长在一根茎上的两朵莲花。

⑦攧（diān）：摔、跌。

⑧挼（ruó）：揉、搓。鸳鸯弹：即鸳鸯蛋，指禽鸟的蛋。

译 文

把书写婚姻缘份的簿子剪成鞋样，把双飞的比翼鸟的翅膀折断，把连理枝烧成灰炭。用绣针扎瞎比目鱼的眼，又亲手揉碎那并蒂莲的花瓣，再抛掷金钗摔断凤凰头，绕池塘去打碎那见到的鸳鸯蛋。

赏 析

这首曲子题为《间别》，描写的是一位个性泼辣的女子不甘与情人分别独守空闺的情事。"姻缘簿""比翼鸟""连理枝""比目鱼""并头莲""凤凰""鸳鸯"这些都是爱情和婚姻的美好象征，多被用来赞美和歌颂男女之间深厚的情感，但是这首曲子中女主人公与一般的思妇不同，将姻缘簿剪成了鞋样，要将比翼鸟的翅膀折断让它们不能比翼齐飞，要将连理枝烧毁，要将比目鱼的双眼刺瞎，要将并头莲花的花瓣揉碎，要将双股凤凰金钗摔断，要将池塘中鸳鸯的蛋捏碎，女主人公似要将所有与爱人、爱情有关的美好的东西都摧毁，欲给这段婚姻予以彻底的否定，这不但表现出了女主人公泼辣强烈的性格，也借此反衬出了女主人公的用情之深，与情人分离对她带来的伤害之大。

## 【中吕】普天乐

别情[①]

### 原　文

鹧鸪词[②]，鸳鸯帕[③]，青楼梦断，锦字书[④]乏。后会绝，前盟罢。淡月香风秋千下，倚阑干人比梨花。如今那里？依栖何处？流落谁家？

### 注　释

①别情：原题共有二首，这里选的是第二首。

②鹧鸪词：按照“鹧鸪天”“瑞鹧鸪”词牌填写的词。

③鸳鸯帕：绣有鸳鸯的罗帕。

④锦字书：指代抒写相思之情的书信。锦字：前秦才女苏惠作织锦回文诗寄给远方的丈夫。

### 译　文

我曾为她填写鹧鸪词，她曾赠给我鸳鸯帕，再不能到青楼与她相会，连她的音讯都已杳然。重逢的机会已经没有了，以前的海誓山盟都成了空话。想从前相会在秋千架下，淡淡的月色温馨的春风，你凭依栏杆美如梨花。如今你在哪里？依附于谁？游荡在何处？

### 赏　析

《普天乐·别情》原题两首，这是其中第二首，写的是男子对旧日情人的怀恋。

“鹧鸪词”“鸳鸯帕”都是古代男女定情之物，象征着美好的爱情。一般来说往下便是情人间美好情事的描写，但是此曲第三句起便曲风突转，写“青楼梦断，锦字书乏”，与她的分离让往日的美好变成了一场梦，自别后也未曾收到过她的一封信一个音讯，故而生出了“后会绝”的感叹。音讯断了重逢的希望也就断了，这证明两人缘分已尽，从前的山盟海誓也付诸东流。可是即便男主人公知晓这一点，还是无法将情思割断。“淡月香风秋千下，倚阑干人比梨花”两句是对以前两人欢会时情景的回忆。“人比梨花”，这就是男主人公心中爱人的样子，如花的美貌令他难以忘怀。最后连发三问：我的爱人你如今身在何处？流落到了谁家？表现出了男主人公对旧情人的一片深情。

## 朱庭玉

朱庭玉，生平、里籍均不详。

### 【越调】天净沙

秋

**原文**

庭前落尽梧桐，水边开彻芙蓉[①]。解与诗人意同。辞柯[②]霜叶，飞来就我题红[③]。

**注释**

①芙蓉：指荷花。

②辞柯：离开枝干。

③题红：在红叶上题诗。唐僖宗时，有一名宫女在红叶上写了一首诗：“流水何太急，深宫尽日闲。殷懃谢红叶，好去到人间。”树叶顺着御沟水流出宫墙。书生于祐拾到后添写道：“曾闻叶上题红怨，叶上题诗寄阿谁？”置于流水上游又流入宫中。后两人终成良缘。

**译文**

庭院前落尽了梧桐的叶子，水中的荷花也早失去当日的风姿。仿佛是通晓诗人我的心思。一片经霜的红叶离开树枝，飞近身来让我题诗。

**赏析**

这首曲子是作者对景抒怀之作。“庭前落尽梧桐，水边开彻芙蓉”两句对仗工整，“庭前”对“水边”，“落尽”对“开彻”，“梧桐”对“芙蓉”，运用白描的手法勾勒了作者在园林中所望见的秋景。“庭前”和“水边”是两处代表性的地点，暗示出作者四处徘徊、百般寻觅的惆怅之情。一个“尽”、一个“彻”将秋天的意味和作者内心的愁闷很好地点染了出来。曾经繁茂的树叶落尽，曾经遍布池塘的荷花凋零，这现实与记忆之间的巨大反差，自然会勾惹起悲秋的心情。但是作者接下来并没有直接抒发愁怀，而是说红叶善解人意，因迎合人的心绪而自甘衰残。这样，一来反衬出作者心中的无可奈何，二来也表现了他对园林中美好事物的一往情深。“辞柯霜叶，飞来就我题红”两句承接上句而来，为神来之笔，在心情上发生了一个完全的转折。一片“辞柯霜叶”缠上了他飞到了作者的眼前，其“飞来”完全是主动的、有目的的及含情脉脉的行为，正合了诗人想要提笔作诗的心意。“题红”在其“红叶题诗”典故的原始意义上，则饱含着真、善、美的生活激情。秋天固然有萧瑟的一面，但对热爱生活的诗人来说，却同时意味着希望和奋起。这一“辞”一“就”，尽翻前案，将初时悲秋消沉的气氛一扫而空，起到了化腐朽为神奇的效果。

## 李致远

李致远（1261—1325？），字致远。至元中，客居溧阳（今属江苏）。与仇远相交甚密，仇远写给李致远的《和李志远秀才》诗中说他“有才未遇政何损”“一瓢陋巷誓不出，孤云野鹤心自由”，可以看出他仕途不顺，一生郁郁不得志，但性格孤傲清高。工散曲，存小令26首，套数4套及杂剧《还牢末》。《太和正音谱》列其为曲坛名家，评其曲曰：“如玉匣昆吾。”

### 【中吕】红绣鞋[①]

晚秋

**原　文**

梦断陈王罗袜[②]，情伤学士琵琶[③]。又见西风换年华[④]。数杯添泪酒[⑤]，几点送秋花。行人天一涯[⑥]。

## 注释

①中吕：宫调名。红绣鞋：北曲曲牌名，又名“朱履曲”，入“中吕宫”，亦入“正宫”。首二句对。第四、五句多作五字对句。与南曲不同。

②梦断：梦被截断。指从梦中惊醒。陈王：指三国魏文学家曹植。他最后的封地是陈郡（今河南淮阳），谥号“思”，故被称为陈思王、陈王。罗袜：丝袜。语出曹植《洛神赋》“凌波微步，罗袜生尘”句。传说曹植曾求甄逸之女为妻，未果。甄女后归曹丕，为郭后害死。曹植入京见其遗物，伤心落泪。归途中经过洛水，“感宋玉对楚王神女之事”，作《洛神赋》，其中描写神女体态轻盈、款步飘然，使用了“罗袜”一词。

③学士琵琶：指唐代大诗人白居易《琵琶行》诗，诗中对琵琶女寄予了深切的同情，并有感于自己与琵琶女“同是天涯沦落人”而格外伤感。

④西风换年华：秋风萧飒，一年将尽。

⑤添泪酒：化用宋范仲淹《苏幕遮·碧云天》词中“酒入愁肠，化作相思泪”句意。

⑥天一涯：天各一方。指相隔遥远。

## 译文

从与洛神相会的梦中醒来，有如白居易作《琵琶行》那样感伤。秋风又起，流年易逝。几杯酒下肚勾起伤心的眼泪，黄花几点送走了秋光，独自一人浪迹天涯。

## 赏析

这首曲子以《晚秋》为题，描写送别时的伤感。

曲子开头连用“陈王罗袜”“学士琵琶”两个典故，点明了主题。作者借着述说古事，意在暗示自己与曹植、白居易同病相怜，表达自己的失意之情。诗人已明知“梦断”，却依然禁不住“情伤”，可见他的一往情深，这种注定无法再现的情梦，便为全曲定下了一种惆怅与失落的基调。通过前两句的铺垫，自然推出了“又见西风换年华”一句，这既是作者的真切感受，又与前面的典故相应和，正面表现了作者心中的悲伤与惆怅。接着又用“泪酒”和“秋花”两个意象，在秋天的悲凉气氛中，作者又以苦酒与残花为陪衬，叙出了自己“天一涯”的漂泊现实，大大加强了曲子的伤情色彩。面对漂泊天涯的处境，只能酒泪齐下，有着无限的哀思。挥手自兹去，天涯两地人，加上作品中着意突出深秋的肃杀，收到了令人黯然神伤的效果。

## 【双调】落梅风

原 文

斜阳外，春雨足，风吹皱一池寒玉[①]。画楼[②]中有人情正苦，杜鹃[③]声莫啼归去。

注 释

①风吹皱一池寒玉：风吹得池水皱起了波纹。语出五代南唐冯延巳《谒金门》词中“风乍起，吹皱一池春水”句。这里形容内心掀起的情感波澜。寒玉：翠玉。比喻清凉晶莹的池水。

②画楼：华美的楼房。此处指闺房。

③杜鹃：一种小鸟，俗称“布谷”，亦称“杜宇”。传说为蜀帝杜宇所化，叫声凄惨，听上去好似“不如归去”。

译 文

黄昏时分，淅淅沥沥的春雨终于停了，春风在池塘中吹起了层层晶莹的水波。此时闺房中有个人正在为情所苦，希望杜鹃鸟不要再发出“不如归去”的凄厉叫声。

赏 析

这首小令抒写的是离情。前三句写景，后二句写情。开头以“斜阳”“春雨”渲染了春天傍晚雨后的寂静落寞。“风吹皱一池寒玉”一句化用了冯延巳《谒金门》词中“风乍起，吹皱一池春水”句意，表面是对外在世界的描写，其实亦是对主人公的内心感受的揭示，情人的离去让原本平静的生活顿时掀起了波澜。“画楼中有人情正苦”，随着主人公的出场，直接道出离人之“苦”。最后一句“杜鹃声莫啼归去”正是女主人公此时的心声，表达了企盼离人早归的殷切之意。

## 张鸣善

张鸣善，名择，字鸣善，号“顽老子”，生卒年不详。原籍平阳（今属山西），久居江浙一带（据孙楷第《元曲家考略》）。曾官至宣慰司令使、江浙提学。元灭后称病辞官，隐居吴江。元钟嗣成《录鬼簿》列为“方今才人相知者”，《太和正音谱》评为“诚一代之作手，宜为前列”。散曲存套数2套，小令13首。

### 【双调】水仙子

讥时

原　文

铺眉苫眼早三公①，裸袖揎拳享万钟②，胡言乱语成时用③，大纲来④都是哄。说英雄谁是英雄？五眼鸡岐山鸣凤⑤，两头蛇南阳卧龙⑥，三脚猫渭水飞熊⑦。

注　释

①铺眉苫(shān)眼：即舒眉展眼，装模作样，盛气凌人的样子。三公：辅助君主掌握军政大权的最高官员。周以太师、太傅、太保为三公，西汉以大司马、大司徒、大司空为三公，东汉以太尉、司徒、司空为三公。唐、宋仍有三公之名，但已没有实权。

②裸袖揎拳：捋袖露肘，摩拳擦掌。万钟：优厚的俸禄。

③胡言乱语成时用：胡说八道的人，反而成为时代的有用之才。

④大纲来：总之，概而言之。在元曲中，也作“大刚”“特刚”。

⑤五眼鸡：罕见的怪物。岐山：周的发源地，在今陕西岐山东北。传说周代将兴的时候就有鸑鷟（凤凰的别名）鸣于岐山，故又叫“凤凰山”。这句说五眼鸡这样的怪物反而成了岐山的凤凰。

⑥两头蛇：不祥之物。传说凡见两头蛇者必死。南阳卧龙：指汉

末三国时的诸葛亮。据《三国志•蜀书•诸葛亮传》记载，诸葛亮隐居在南阳，徐庶向刘备推荐诸葛亮，说诸葛亮是卧龙。

⑦三脚猫：俗指只会败事的人，喻不完善的东西。渭水飞熊：指姜太公吕尚。据《史记•齐太公世家》记载，西伯侯姬昌在渭水边遇到垂钓的吕尚，重用了他。吕尚辅佐西伯侯姬昌及其子姬发，建立了周朝。

### 译　文

装模作样却早早当上了大官，整天打打闹闹却享受着万钟的俸禄，胡说八道成了当下最受用的伎俩。总的来说，全是胡闹。都在说英雄，可谁才是英雄？好斗的公鸡被当作岐山鸣叫的凤凰，两头蛇被当成了南阳的诸葛亮，三脚猫成了渭水边那应了周文王飞熊梦的姜子牙。

### 赏　析

这是一首讽世讥时的小令，通过冷嘲热讽的笔法，揭露了当时上层社会腐朽无能、虚伪暴虐的丑恶本质。曲子开头三句对现时上层社会的形态作了绘声绘色的刻画：那些享受着丰厚俸禄的高官都是些装腔作势、蛮横粗暴的人，他们凭借着胡言乱语受到重用。通过上面三句的铺垫，作者在下一句点破了世态：总之，这一切都是胡闹。在这样的时代英雄的标准已经被扭曲了，五眼鸡成了吉祥的凤凰，两头蛇敢冒充南阳的卧龙先生，三脚猫也敢号称是渭水边的姜太公。最后三句为鼎足对，通过三组对比表现出了对当时上层社会中那些人的深恶痛绝，极尽讽刺之能事。

## 【中吕】普天乐

咏世

### 原　文

洛阳花①，梁园月②，好花须买，皓月须赊③。花倚栏干看烂熳开④，月曾把酒问团圆夜⑤。月有盈亏花有开谢，想人生最苦离别。花谢了三春⑥近也，月缺了中秋到也，人去了何日来也？

### 注　释

①洛阳花：即洛阳的牡丹花。

②梁园月：即梁园的月色。梁园：西汉梁孝王所建。

③赊（shē）：原指买卖货物时延期付款或收款，这里也指买。

④花倚栏干看烂熳开："倚栏干看花烂熳开"的倒装，下句同此。熳：通"漫"。

⑤月曾把酒问团圆夜：化用宋苏轼《水调歌头》词："明月几时有？把酒问青天。"

⑥三春：孟春、仲春、季春，借指春天。

## 译　文

在洛阳赏花，到梁园赏月，好花应不惜钱去买，明月也应不惜钱去买。依着栏杆观赏花开放得一片烂漫，举酒问明月为何如此团圆。月有圆有缺，花有开有谢，想到人生最苦的事情莫过于离别。花谢了到了三春再开，月缺了到了中秋又圆，人去了什么时候能再来呢？

## 赏　析

这首小令题为《咏世》，实写离愁，同时也表达了作者的人生态度和人生感慨。这世间最美的花应该就是洛阳花了，最好的月亮应该就是梁园月了，而花谢了还能再开，月缺了还能再圆，生生不息，然而人呢？"人去了何日来也？"人间一别，便渺茫难期，更有甚者，一去不返。此篇末一议，更感喟深沉。返观前句，对照之间也更彰显了行乐当及时的人生态度：对人生中的美好，便当"好花须买，皓月须赊"。曲子前六句写洛阳牡丹盛开和梁园赏月的胜景，以欢乐场面为下面曲情做形象化的铺垫。这世间最美的花应该就是洛阳花了，最好的月亮应该就是梁园月了，好花须买来观看更觉美好，明月须赊来观赏更觉明亮，面对如此美好的景物，我们无须吝啬，应尽情地去享受，要在花开烂漫的时候倚栏观赏，月儿又圆又亮时把酒问天，其中包含了作者及时行乐的人生态度和对美好生活的追求。到七、八句笔锋一转，借月盈月缺、花开花谢的自然规律，抒发了美景难留，"人生最苦离别"的感慨。最后三句排比而兼鼎足对，是进一层补充说明七、八两句的意思，用花落会再开、月缺又重圆来对比，反衬"人去了何时来也"的人生感慨。

# 【双调】落梅风

咏雪

## 原　文

漫天坠，扑地飞，白占[①]许多田地。冻杀吴民[②]都是你！难道是国家祥瑞[③]？

注 释

①白占：强取豪夺。

②吴民：明蒋一葵《尧山堂外纪》原作“无民”。《全元散曲》校记：“疑‘无民’为‘吴民’之讹。如作‘吾民’亦通。”

③难道是：哪里是。祥瑞：吉祥的征兆。

译 文

漫天飘坠，扑地飞舞，白白地占了许多的田地。把黎民百姓都冻坏了！说什么是国家祥瑞？

赏 析

据明蒋一葵《尧山堂外纪》卷七十六载：“张士诚据苏时，其弟士德攘夺民地以广园囿，侈肆宴乐……一日雪大作，士德设盛宴，张女乐，邀明善咏雪，明善倚笔题云……”这首曲子借咏雪讽刺豪强恶霸，为百姓鸣冤，寓意深刻。曲子表面对雪大声斥责，指出其冻杀人的罪恶行径，沉痛严峻，其实是以雪来代指那些欺压百姓的官绅，揭露了他们强占百姓良田，使得百姓白白冻死的丑恶罪行，为身处水深火热中的百姓鸣不平，显示了元人北曲犷悍朴质的风格。

## 杨朝英

**杨朝英，元代文学家，生卒年及生平事迹均不详，《录鬼簿》及《录鬼簿续编》皆失载。青城（今山东高青）人。曾任郡守、郎中，后归隐。与贯云石、阿里西瑛等交往甚密，相互酬唱。时人赞为高士。**

### 【商调】梧叶儿

客中闻雨

原 文

檐头溜[①]，窗外声，直响到天明。滴得人心碎，聒得人梦怎成？夜雨好无情，不道[2]我愁人怕听。

注　释

①檐头溜：檐下滴水的地方。

②不道：不管，不顾。晚唐温庭筠《更漏子》词："梧桐树，三更雨，不道离情正苦。一叶叶，一声声，空阶滴到明。"

译　文

雨水从屋檐上流下，窗外雨水滴滴答答的声音一直响到了天亮。滴得人心都碎了，吵得人哪里能成美梦？这夜雨是多么无情啊，也不管我这满怀愁情的人害怕听见它。

赏　析

这首曲子题为《客中闻雨》，描写的是身处异乡的游子被夜雨牵起的离愁别恨。

曲子前三句描写夜雨：游子为了生活不得以远离家乡和亲人，孤身一人漂泊在外，本就愁绪满怀，而这种情感在夜晚来临时更加强烈。这个时候偏偏还下起了连绵不绝的雨，淅淅沥沥的雨水先落在了屋顶，顺着瓦檐滴落窗外，整整下了一夜。后四句描写了这夜雨给游子造成的影响：这点点滴滴的声响在寂静的夜晚被无限放大，大到影响到了游子的心情，这令本来就心绪不佳的游子又添上一层烦愁。"聒得人梦怎成？"应和了前面的"直响到天明"，这夜雨一滴滴让人心碎，游子被这雨纠缠了一夜，辗转难眠，这不免让作者对雨心生怨恨："夜雨好无情，不道我愁人怕听。"这形象地抒发了夜雨无情不解人意，使愁人怕听的绵绵愁思。

## 【双调】清江引

原　文

秋深最好是枫树叶，染透猩猩血[1]。风酿楚天[2]秋，霜浸吴江[3]月。明日落红[4]多去也。

注　释

①猩猩血：形容鲜红色。唐方干《孙氏林亭》诗："瑟瑟林排全巷竹，猩猩血染半园花。"

②楚天：泛指南方的天空。宋柳永《雨霖铃》词："念去去，千里

烟波，暮霭沉沉楚天阔。”

③吴江：泛指江南的河流。

④落红：此处指枫叶凋落。

译　文

深秋时节最美的景色当属枫树叶了，红得就像是染透了鲜红的血。西风让楚天的秋意更加浓郁，晚霜让沉浸在吴江中的月亮更加洁白。明天这美丽的枫叶也将随风凋落。

赏　析

这首曲子通过描写经霜变红的枫叶来描写江南深秋的景色。深秋时节，秋风劲吹，寒霜铺地，万物萧条，唯有枫叶猩红，装点着江南的秋天，十分赏心悦目，也引发人的情思。全曲以简明雅致的语言，在楚天、吴江的阔大背景上，描绘出一幅万山红遍，层林尽染，色彩浓艳的深秋风景画。末句“明日落红多去也”，透露出作者对枫叶即将凋落的惋惜之情，虽感慨时日无多，实际上仍是赞叹枫叶装点的江南秋色的美好。

## 【双调】水仙子

自足

原　文

杏花村里旧生涯，瘦竹疏梅处士①家。深耕浅种收成罢。酒新篘②，鱼旋打③，有鸡豚④竹笋藤花。客到家常饭，僧来谷雨茶⑤，闲时节自炼丹砂⑥。

注　释

①处士：没有做官的读书人。此指隐士。

②酒新篘（chōu）：酒刚刚滤出。篘：竹制的滤酒器具，这里指滤酒。

③鱼旋打：鱼刚刚打起。旋：旋即，刚刚。

④豚：小猪。

⑤谷雨茶：谷雨前采摘的春茶。谷雨：二十四节气之一，在清明之后，立夏之前。

⑥炼丹砂：古代道教提倡炼丹服食，以延年益寿。丹砂：即朱砂，矿物名，水银和硫磺的化物，道家多用之炼丹。

译　文

在杏花村里过着平平淡淡的日子，瘦竹为朋疏梅为友就是我的家。春天深耕浅种，秋日收获庄稼。喝新酿的水酒，尝新打来的鲜鱼，还有自养的鸡、猪，新摘的竹笋藤花。客人到来用家常饭招待，僧侣造访烹煮谷雨时采摘的香茶，空闲时自己修炼丹砂。

赏　析

这首曲子写隐居田园生活的闲适自得。“杏花村里旧生涯，瘦竹疏梅处士家”两句写村居的环境，清幽闲雅。“瘦竹”“疏梅”大大提升了作者的雅趣，也表现出了作者清高的品格。以下几句写隐居的日常生活，点明了“自足”的主题。三至六句写自享劳动成果的满足和喜悦，洋溢着丰衣足食之乐，极具生活的意趣。最后三句写交往和赋闲的乐趣，所结皆高洁之士，来往无利禄之徒，达到了远离世俗、清心寡欲，清静自然的目的。

## 周德清

周德清（1277—1365），字日湛，号“挺斋”，高安（今江西高安）人。北宋哲学家周敦颐的后代，终身不仕。工乐府，善音律，著有音韵学名著《中原音韵》。贾仲明《录鬼簿续编》对他的散曲创作评价很高，称赞道：“故人皆谓德清之韵，不独中原，乃天下之正音也；德清之词，不唯江南，实天下之独步也。信哉！信哉！”《全元散曲》录存其小令31首，套数3套。

### 【正宫】塞鸿秋[①]

浔阳即景[②]

原　文

长江万里白如练[③]，淮山数点青如淀[④]。江帆[⑤]几片疾如箭，山泉千尺飞如电。晚云都变露[⑥]，新月初学扇[⑦]。塞鸿[⑧]一字来如线。

## 注释

①正宫：宫调名。塞鸿秋：曲牌名。

②浔（xún）阳：今江西九江的别称。即景：写眼前的景物。

③练：白绢，白色的绸子。

④淮山：在安徽省境内，这里泛指淮水流域的远山。淀：通“靛（diàn）”，即靛青，一种青蓝色染料。

⑤江帆：江面上的船。

⑥晚云都变露：意思是说傍晚的彩霞，都变成了朵朵白云。露：这里是“白”的意思。

⑦初学扇：意思是新月的形状像展开的扇子。

⑧塞鸿：边地的鸿雁。

## 译文

万里长江犹如一条长长的白色绸缎伸向远方，淮河两岸青翠的远山连绵起伏。江上的片片帆船急速地行驶着，如同离弦的箭；山上的清泉从高耸陡峭的悬崖上飞奔而下，仿佛迅捷的闪电。道道晚霞都变成了白白的云朵，一弯新月宛若刚刚展开的扇子。从塞外归来的大雁在高高的天上一字排开，宛如一条细细的银线。

## 赏析

这首曲子为作者傍晚时分登浔阳城楼即兴之作。

曲子开头连用四个排比句，铺叙江天美景，生动地表现了江山的秀美，为全篇设置了一个宏阔、高远的背景基调。“长江万里白如练，淮山数点青如淀”是作者远眺长江所见之景：举头远望，目所能及，有秋江万里，澄澈耀眼，静如白练；有秋山“数点”，葱郁苍翠，青如蓝靛，给人一种秋天特有的苍茫、寂静、高远的感受。“万里白”和“数点青”形成对比，既写出了长江的磅礴气势，又描绘出色彩对映之美。这两句以工对的形式出现，就更容易使人注意到它们的互补。“江帆几片疾如箭，山泉千尺飞如电”将镜头稍稍拉近，转向了对江帆和山泉的描绘，充满动感：俯瞰脚下，江上点点白帆，轻疾如离弦之箭；仰望高崖瀑布，飞流直下快如闪电。“江帆”实因大江的流急而益显轻灵，“山泉”也得力于山崖的陡峭，虽未明言，却可想见。“晚云都变露，新月初学扇”两句，作者转换了视角，由前边写地上的景物转换为写天上的景物，抓住事物的特征描绘了“晚云”与“新月”的情态变化和背景的明暗变化，同时也点明了此时的时令为秋季。“塞鸿一字来如线”紧接前两句的视角，写从塞外归来的大雁，排成长长的一字形掠过烟波浩渺的江天，仿佛就像一条细长晶莹的银色丝线。这一描写将前面六幅画面串联起来，使人感受到雁阵冲寒所蕴含的苍凉秋意，引起人们无边的秋思。

这首曲子作者按照由远及近、自下而上的空间顺序，采用了比喻、对仗并用的修辞手法，借助于动态描写的艺术表现形式，为读者勾画了一幅生动传神的浔阳江动态秋景图，意境宏阔，气势非凡。

## 【中吕】红绣鞋

郊行

### 原文

茅店小斜挑草稕[①]，竹篱疏半掩柴门，一犬汪汪吠行人。题诗桃叶渡[②]，问酒杏花村[③]，醉归来驴背稳[④]。

### 注释

①草稕（zhùn）：旧时酒家的标志。用草或布缀于竿头，悬在店门前，招引游客，俗称“望子”。

②题诗桃叶渡：《古乐府注》：“王献之爱妾名桃叶，尝渡此。献之作歌送之曰：‘桃叶复桃叶，渡江不用楫。但渡无所苦，我自迎接汝。’”

③问酒杏花村：唐杜牧《清明》诗：“借问酒家何处有？牧童遥指杏花村。”后因以“杏花村”指酒家。

④醉归来驴背稳：这里暗用孟浩然、李贺等人骑驴寻诗的故事。

### 译文

郊外小酒馆的酒旗斜斜地插着，竹篱稀疏，柴门半掩着，院中有一条狗在汪汪地对着行人叫。在桃花渡头题写诗篇，向村人询问卖酒的杏花村，在那里喝醉后稳稳地坐在驴背上归来。

### 赏析

曲子前三句描写的是作者郊游途中所见，极具乡村生活气息，应和了“郊行”的主题。“题诗桃叶渡，问酒杏花村，醉归来驴背稳”，记作者此行所做之事。既然是郊游，自然是尽情地释放自己，作者也正是这样去做的。郊外的一派迷人景色，乡村的悠闲生活，激起了作者的诗意，于是在“桃花渡”题下了诗篇。乡村的美景不但激起了作者的诗兴，还激起了作者的酒兴，于是作者向村人询问“杏花村”的所在。看到最后一句，我们自然也知道作者一定是找到了酒馆，并且尽兴而归。古人写闲暇之行，往往用“骑驴”。骑着一头小毛驴，慢慢行来，别有一番悠闲自在的趣味。

# 【中吕】朝天子

## 秋夜客怀

原　文

月光，桂香，趁着风飘荡。砧声[1]催动一天霜。过雁声嘹亮。叫起离情，敲残愁况[2]，梦家山身异乡。夜凉，枕凉，不许愁人强[3]。

注　释

①砧声：捣衣声。古人于秋日捣练帛以制冬衣寄远人。唐李颀《送魏万之京》诗："关城树色催寒近，御苑砧声向晚多。"金元好问《短日》诗："短日砧声急，重云雁影深。"

②敲残愁况：把忧愁的心境敲得更加破碎。

③强：通"犟"，倔强。

译　文

月亮发出清光，桂树散发着清香，月光与桂香在风中飘荡。捣衣声回荡在布满霜的天空，那飞过的大雁声音格外响亮。雁声勾起了游子的离情，捣衣声敲碎了游子的愁心，我梦见了家园而人却在他乡。夜很凉，枕头也很凉，这般情景让游子没法倔强。

赏　析

这首曲子借秋夜的月光、桂香、砧声、雁声等意象抒发了游子思乡的离愁别恨。"月光，桂香，趁着风飘荡"，月光清冷，桂香在随风飘荡，作者先从视觉、嗅觉上铺就了一个大环境，描绘了秋夜月色朦胧、桂花飘香的画面，营造了清幽、寂静、凄凉的氛围。"桂花"在古代多容易引起人的思乡之情，因为"桂"音近"归"，在这里的作用是巧妙地衬托出诗人思乡的情绪。紧接着，砧声和雁声陆续打破了秋夜的沉寂，从听觉上勾起了游子的离愁别绪，营造了怀乡的氛围，为抒发思乡情作铺垫。雁鸣可以牵起愁绪，"叫起""敲残"把看不见、摸不着的离愁写得可闻可感，生动形象地表达了游子内心的愁苦。"夜凉，枕凉，不许愁人强"三句结得极妙，游子有心要外出开创一番事业，又时时为乡情所缠绕，内心深处时常激起感性和理性的矛盾，就这样，在凉如水的秋夜里作者辗转反侧，久久不能入眠。

## 【中吕】满庭芳

### 看岳王[1]传

原 文

披文握武[2]，建中兴庙宇[3]，载青史图书。功成却被权臣妒，正落奸谋[4]。闪杀人望旌节中原士夫[5]，误杀人弃丘陵南渡銮舆[6]。钱塘[7]路，愁风怨雨，长是洒西湖。

注 释

①岳王：即岳飞，宋宁宗时追封为鄂王，故称岳王。

②披文握武：指文武双全。

③建中兴庙宇：岳飞为国竭智尽忠，挫败了金兵的侵略，使宋朝得以中兴。

④正落奸谋：落入奸臣贼子的阴谋。

⑤闪杀人望旌节中原士夫：弄得中原人民只能遥望宋军撤退，而不能恢复祖国的统一。这句指岳飞破金打至朱仙镇被宋廷召回的事。闪杀人：指代中原百姓。闪杀：抛闪。旌节：指旌旗仪仗。士夫：宋朝的官员。

⑥误杀人弃丘陵南渡銮舆：奸臣杀害了岳飞，致使大宋皇帝渡江南逃，大片国土沦于金人之手。误杀人：指代皇帝，即宋高宗赵构。丘陵：泛指国土。銮舆：天子车驾，代指皇帝，即宋高宗赵构。

⑦钱塘：即今杭州，岳飞在此遇害，后迁葬西湖。

译 文

能文能武的全才，足可以使南宋中兴，名字永垂青史。其功绩遭到权臣的怨恨，误中权臣的奸计。中原父老再也盼不来北进的王师，赵宋王朝丢弃祖宗的陵庙向南逃去。钱塘路上，风雨凄凄，满含愁怨，洒落在西子湖上。

赏 析

这首曲子中歌颂的是宋代名将岳飞，前半部分以叙事为主，后半部分将议论与抒情融为一体，整体上层次分明，一气呵成，动人心魂。开头三句对岳飞作概括性的介绍和评价："披文握武"，称赞岳飞文武双全，才略非凡；"建中兴庙宇，载青史图书"，指岳飞有中兴宋王室的功绩，足以流芳百世。后两句“功成却被权臣妒，正落奸谋”，追述岳飞被以秦桧为首的主和派诬陷身亡的悲剧，一个“却”字，饱含悲愤、痛惜。“闪杀人望旌节中原士夫，误杀人弃丘陵南渡銮舆”两句揭示由此产生的后果：丢弃宗庙南逃，收复失地无望。最后三句“钱塘路，愁风怨雨，长是洒西湖”，落笔于岳坟，抒写了对岳飞不幸遭遇的极度悲愤和惋惜之情，同时也表露出作者的爱国思想和民族意识。那“愁风怨雨”所凝聚的，正是千古不灭的民族正气，为忠臣的冤魂长掬一腔热泪。

## 【双调】蟾宫曲

别友

原　文

倚篷窗无语嗟呀①，七件儿②全无，做什么人家？柴似灵芝，油如甘露，米若丹砂③。酱瓮儿恰才梦撒④，盐瓶儿又告消乏⑤。茶也无多，醋也无多。七件事尚且艰难，怎生教我折柳攀花⑥。

注　释

①篷窗：用篾席遮拦起来的窗户。嗟呀：叹息。

②七件儿：即七件事，指日常生活中的七种必需品。元武汉臣《玉壶春》：“早晨起来七件事，柴、米、油、盐、酱、醋、茶。”

③“柴似灵芝”三句：言米珠薪桂，生活资料十分昂贵。灵芝：仙草，古人认为服之可以长寿。甘露：甜美的露水。古人认为天下太平，上天才降甘露。丹砂：即朱砂。古人认为服食它可以延年益寿。

④梦撒：本意为散失，此与下句“消乏”同义。

⑤消乏：耗散完了。

⑥折柳攀花：指眠花宿柳，旧日文人恶习。但卢前《元曲别裁集》作“折桂攀花”，则句意为追求科举功名，因古人谓中科举曰“攀桂”，中状元要戴宫花，饮御酒。如此立意更佳。

译　文

倚靠着篷窗说不出话，一声声叹气。日常必需品全都没有，还怎么过日子？柴火贵得像灵芝一样，油像甘露一样难得，米的价格也和丹砂一样。酱缸里的酱油刚刚用完，盐瓶中的盐又没了。茶也不多了，醋也不多了。凑齐这生活必需品就如此艰难，还怎么让我去攀折柳树和鲜花。

**赏　析**

这是一首自诉生活窘迫、艰辛、悲苦的曲子。首句“倚篷窗无语嗟呀”引出下文，极言生活艰辛的无可奈何。所叹为何？原来是“七件儿全无”，柴米油盐酱醋茶这些都是生活必需品，可是作者直言连这些都没了，这生活是窘迫到了极点，的确是无法做人家，也难怪作者会靠着破窗无语叹息。作者通过对自己生活的描写，展现了那个时代读书人普遍的生存状况。

## 钟嗣成

钟嗣成（1279？—1360？），字继先，号“丑斋”，汴梁（今河南开封）人，寓居杭州，屡试不中。顺帝时编著《录鬼簿》二卷，有至顺元年（1330）自序，载元代杂剧、散曲作家小传和作品名目，是研究金元戏曲最重要的参考资料。所作杂剧今知有《章台柳》《钱神论》《蟠桃会》等7种，皆不传。所作散曲今存小令59首，套数1套。

### 【南吕】骂玉郎过感皇恩采茶歌

恨别

**原　文**

风流得遇鸾凤配，恰比翼便分飞，彩云易散琉璃脆。没揣地[1]钗股折，厮琅地[2]宝镜亏，扑通地银瓶坠。香冷金猊，烛暗罗帏。支刺地搅断离肠，扑速地[3]淹残泪眼，吃答地[4]锁定愁眉。天高雁杳，月皎乌飞[5]。暂别离，且宁耐[6]，好将息[7]。你心知，我诚实，有情谁怕隔年期。去后须凭灯报喜[8]，来时长听马频嘶。

## 注 释

①没揣地：不料、突然、猛然。

②厮琅地：表象声，物体破碎声。

③扑速地：即“扑簌地”，象声词，表落泪。

④吃答地：象声词。形容落锁。

⑤月皎乌飞：化用宋周邦彦《蝶恋花·早行》词中“月皎惊乌栖不定”句意。

⑥宁耐：忍耐。

⑦将息：休息、调养。

⑧须凭：当要凭依。灯报喜：旧谓灯心爆结灯花，预兆喜事临门，远行亲人当回来。

## 译 文

风流情得到遇合，鸾与凤欢乐相聚，但是刚聚首便比翼分飞被迫分离。像浮云容易飘散，琉璃瓦刹时被摔碎，又像金钗突然从中当腰折断，厮琅一宝镜破裂难再圆，银瓶扑通一下落地坠毁。金猊香炉的香早已熄灭，锦绣罗帐里的红烛光也暗晦。吱喇地一声响搅得离肠寸断，扑簌簌泪珠儿流得满脸满腮，吃答一声紧锁柳眉。天穹高远雁阵南行，月光皎洁乌鸦独飞。暂时的别离，先耐心地等待，等待传来好消息。你心中定知道，我对爱情忠诚专一，有情人真心相许就不怕隔年不见的别离。我去后你会从那暴响的灯花得知我归期，我归来时你会听到骏马欢快地鸣嘶。

## 赏 析

这是一首“骂玉郎”“感皇恩”“采茶歌”三个同属南吕宫的曲牌组成的带过曲。这支小令题为《恨别》，是写一对感情深厚的情侣刚刚欢爱后就要别离的难舍难分的情思。

“风流得遇鸾凤配，恰比翼便分飞”两句用比喻叙述刚刚获得幽会机会马上又要分离的现实。“彩云易散琉璃脆”用两个比喻描述两人间这种爱情的脆弱，在抱怨和不满中暗含了深深的忧伤。“没揣地钗股折，厮琅地宝镜亏，扑通地银瓶坠”三句以三件美好事物的轻易损坏表现爱情容易受损的情形。“香冷金猊，烛暗罗帏”回忆两人在一起时的美好情景。“支剌地搅断离肠，扑速地淹残泪眼，吃答地锁定愁眉”三句写女子为情所伤而伤心流泪的情景。“天高雁杳”以下五句写男子面对离别的无可奈何，只能以此语去安慰情人，也是自我安慰。“你心知，我诚实，有情谁怕隔年期”三句既是对情人的安慰之词，也是男子自己美好的愿望。“去后须凭灯报喜，来时长听马频嘶”两句写男子设想自己归来时的情景，是对心爱女子的进一步宽慰，他让女子耐心等候，自己一定会回来的。此曲风格明朗，工于抒怀，善用排比，语意明快，以女子诉怨、男子宽慰的写法铺陈开来。

## 【正宫】醉太平

**原　文**

绕前街后街，进大院深宅。怕有那慈悲好善小裙钗[①]，请乞儿一顿饱斋[②]。与乞儿绣副合欢带[③]，与乞儿换副新铺盖，将乞儿携手上阳台[④]。设贫咱波奶奶[⑤]！

**注　释**

①小裙钗：年轻的女子。
②饱斋：饱饭。斋：施舍的饮食。
③合欢带：绣有花卉图案的腰带，多为新婚时所系。
④阳台：楚襄王与巫山神女会遇之处，因代指男女的交欢之所。
⑤设贫：念贪。咱波：语尾助词，略同于“着呀”，表示希望、请求的语气。

**译　文**

从前街转到后街满处跑，大院深宅里也去走一遭。只怕有那慈悲好善的小娘子，施舍一顿饭让乞儿我吃个饱。给我绣一条合欢带系在腰上，给我换一副簇新的铺盖好睡觉，带我双双携手喜度良宵。可怜可怜穷叫花，奶奶行行好！

**赏　析**

作者模拟乞儿的口吻，将乞儿遍街行乞的内容搬进曲中，言谈话语没有丝毫顾忌，出人意外。

“前街后街”“大院深宅”，作者利用近义词的重叠，加上“绕”“进”两个动词，概括了乞儿乞讨的频繁和乞丐生活的特点。第三句特表出“小裙钗”，突出了乞儿胆大的特点，他根本没有将深宅大院里的有钱人放在眼里。而因前方用了“慈悲好善”的定语，又有“怕有那”的条件限制，所以我们对于乞儿的希冀并不感到有什么异常的惊诧，“一顿饱斋”的请求也还是在情在理的。这里用一个“请”字，表明乞儿并没有将自己放在低贱的地位。接着三句更为大胆，从“合欢带”“新铺盖”到与小裙钗“携手上阳台”，表现出了乞儿的异想天开。最后一句还使用“设贫咱波奶奶”的元代乞讨语言，便令人读着忍俊不禁，啼笑皆非。

## 【双调】凌波仙

### 吊乔梦符[①]

原　文

平生湖海少知音，几曲宫商[②]大用心。百年光景还争甚[③]？空赢得雪鬓侵。跨仙禽路绕云深。欲挂坟前剑[④]，重听膝上琴[⑤]。漫[⑥]携琴载酒相寻。

注　释

①乔梦符：名吉，元曲作家。一生潦倒，寄情诗酒。

②宫商：中国历代称宫、商、角、变徵、徵、羽、变宫为七声。“宫商”即指音乐歌曲。

③还争甚：还差什么。争：差之意。

④欲挂坟前剑：《史记·吴太伯世家》：“季札之初使，北过徐君。徐君好季札剑，口弗敢言。季札心知之，为使上国，未献。还至徐，徐君已死，于是乃解其宝剑，系之徐君冢树而去。”

⑤重听膝上琴：《世说新语·伤逝》记载，王子猷为其弟子敬吊丧，坐在灵床，弹子敬生前所爱之琴，不成曲调，为人琴俱亡而大为感伤。

⑥漫：聊且之意。

译　文

平生浪迹江湖难遇知音，只能心思倾注在词曲之上。人生不满百年还差些什么？潦倒一生只落得两鬓如霜。故人已逝有如跨鹤远游。多想像季札那样在徐君的坟前挂剑，像王子猷那样重弹亡弟所爱之琴。哀思无尽，只能携琴载酒将往日的深情追寻。

赏　析

钟嗣成在其所编的《录鬼簿》中对同辈人才皆有吊词，这首曲子就是其中一首。写出了乔梦符一生潦倒，不得知音，只能把心思放在词曲之上。如今逝去，作者哀思无尽，引用了两个典故来缅怀故去的友人。

## 周浩

周浩，生平不详。与钟嗣成同时代人。其散曲仅存1首，为赞钟嗣成《录鬼簿》所作。

### 【双调】蟾宫曲

题《录鬼簿》

原　文

想贞元朝士[①]无多，满目江山，日月如梭。上苑[②]繁华，西湖[③]富贵，总付高歌。麒麟冢衣冠坎坷[④]，凤凰城人物蹉跎[⑤]。生待如何？死待如何？纸上清名，万古难磨。

注　释

①贞元朝士：此处指前辈剧作家。贞元：唐德宗年号（785—805）。朝士：指官员。

②上苑：皇帝的园林，此处指元朝首都大都（今北京）。

③西湖：杭州西湖，代指杭州。大都和杭州是元代戏曲家活动的两个中心。

④麒麟冢：王侯贵族的坟墓。衣冠：指官员。坎坷：指销声匿迹，声名无闻。

⑤凤凰城：凤城，指京城。蹉跎：指虚度年月。

译　文

我想到像前人一样的才人已经不多了，满眼是湖光山色，日月交替，时光飞逝。上林苑中的繁华，西湖边的富人贵族，都只留在歌里了。这坟冢中的人都已销声匿迹，那京城中的显贵也都虚度了人生。活着又怎么样？死了又怎么样？只有那史书上的清名，多久都不会被磨灭。

赏 析

钟嗣成在《录鬼簿》中，记载了元代150多位杂剧作家和散曲作家的生平事迹以及他们为戏剧事业作出的功绩。这些人都身居下层，地位不高。钟嗣成在该书自序中，公然声言："酒罂饭囊，或醉或梦，块然泥土者，则其人虽生，与已死之鬼何异？"而赞扬"门第卑微，职位不振，高才博艺"的已亡名公才人为"不死之鬼"。这种不惜"得罪于圣门"的奇谈怪论，表现了钟嗣成将豪门权贵、正统文人学士与梨园曲家相对立的可贵意识。这首小令的作者周浩，读过《录鬼簿》后，感慨万端，他从历史的风云变幻起笔，世事沧桑，自古帝王将相、英雄俊杰，也难免残酷的现实带来的坎坷蹉跎。死生祸福，一切都是过眼云烟，终将消逝，因而不必过分执着。唯有"纸上清名"，才能万古长存，永不磨灭。作者认为曲坛名家的名声，将随着他们不朽的作品和《录鬼簿》流芳后世，而有些身居高位的官僚，生前显赫而身后却没有留下任何痕迹。作者爱憎分明，道出了《录鬼簿》的意义。

## 汪元亨

汪元亨，字协贞，号"云林"，别号"临川佚老"，饶州（今江西鄱阳）人，生卒年不详。元至正间出仕浙江省掾，后迁居常熟，官至尚书。他生在元末乱世，厌世情绪极浓。贾仲明《录鬼簿续编》说他"有《归田录》一百篇行于世，见重于人"。现存小令恰100首，其中题名《警世》者20首，题作《归田》者80首。

### 【正宫】醉太平

警世

原 文

憎苍蝇竞血[①]，恶黑蚁争穴[②]。急流中勇退[③]是豪杰，不因循苟且。叹乌衣一旦非王谢[④]，怕青山两岸分吴越[⑤]，厌红尘万丈混龙蛇[6]。老先生去也。

注　释

①苍蝇竞血：像苍蝇争舔血腥的东西一样。喻争权夺利为极可鄙的事。

②黑蚁争穴：形容争名夺利。唐李公佐《南柯太守传》中的大槐安国与檀萝国争夺领土，也可鄙可恶。恶(wù)：厌恶。

③急流中勇退：比喻做官的人在顺利或得意时，抽身退隐，以避祸远害。

④叹乌衣一旦非王谢：言繁华易歇，好景不常。乌衣：指乌衣巷，六朝时王、谢豪族所居。唐刘禹锡有名诗《乌衣巷》。

⑤怕青山两岸分吴越：吴、越是两个互为仇敌的国家。因以喻敌对的势力。

⑥混龙蛇：喻好坏不分，贤愚莫辨。

译　文

我讨厌苍蝇争舔那些血腥的东西，也讨厌蚂蚁争抢巢穴。在急流中懂得后退的才是英雄豪杰，他们从不因循惯例或苟且偷生。可叹的是乌衣巷中顷刻间没有了王、谢两家的身影，我担心那青山会分开吴越两地，厌倦了这鱼龙混杂的世界。我这老头走了！

赏　析

这首曲子前两句以比喻的形式描写自己憎恨腐败官场中人如苍蝇竞相吸血，如黑蚁争相钻穴的黑暗现实。紧接着两句作者发表了自己的观点：知道急流勇退的才是真的英雄豪杰，自己绝不会因循苟且。最后几句作者先用“乌衣巷”的典故领起，写他叹息乌衣巷曾经的繁华转瞬成云烟，厌倦了红尘俗世，想要离去归隐。

## 【双调】沉醉东风

归田

原　文

远城市人稠物穰[1]，近村居水色山光。熏陶成野叟情[2]，铲削去时官样[3]，演习会牧歌樵唱。老瓦盆边[4]醉几场，不撞入天罗地网[5]。

## 注释

①人稠物穰：人口稠密，物品丰富。

②熏陶成野叟情：感染和陶冶成为老农民似的情性。野叟：野老，老农。

③时官样：时髦官员的模样，流行的官僚架势。

④老瓦盆边：粗陋的陶制酒器。这是元曲中习用的词语。

⑤天罗地网：喻法制森严、危机四伏，无法逃出官场中设置的陷阱。

## 译文

远离了城市的喧嚣，住在山水风光的乡村，不知不觉有了老头子的情怀，把当官的烙印都消除了，学会了民歌野曲，端着老瓦盆和几个农夫喝碗小酒，再也不投身那天罗地网的官场。

## 赏析

“远城市人稠物穰，近村居水色山光”两句用喧嚣热闹的都市与清幽恬适的村庄比照。都市的富贵繁华，没有给予作者优越的舒适感，反而觉得自己像久在笼中的鸟，失去自由，失去乐趣，失去本性，而竹篱茅舍、环山傍水的宁静村庄，可以让人无拘束无忧虑，心情舒畅地过着淳朴的生活，故“近村居水色山光”，是说自己要投入到新环境新生活中去。“熏陶成野叟情，铲削去时官样”两句用虚假多变的“时官样”与纯真率直的“野叟情”比照，折射出他对生活价值的取向，官场的生活已让他厌倦，他想退出仕途，去过那“演习会牧歌樵唱”的田园生活。他乐田躬耕，是为了最终能够摆脱官场的“天罗地网”，过上自由自在的生活；他歌咏隐逸，“老瓦盆边醉几场”，庆幸自己身心得到了解放。在两种境界的对照中，展现的不仅仅是作者摆脱羁绊而获自由的幸福之情，更是对自身价值的重新认识。摆脱束缚而流露的欣喜之情，在于表明作者具有积极的追求精神和改变自己的勇气；为归田村居生活而深感自豪，在于表明作者具有纯朴的人生价值和安贫乐道的思想。

## 倪瓒

倪瓒（1301—1374），初名珽，字泰宇，后字元镇，号“云林子”“荆蛮民”“幻霞子”等。江苏无锡人。倪瓒家富，博学好古，四方名士常至其门。

元顺帝至正初忽散尽家财，浪迹太湖一带。倪瓒擅画山水、墨竹，师法董源，受赵孟頫影响。早年画风清润，晚年变法，平淡天真。疏林坡岸，幽秀旷逸，笔简意远，惜墨如金。以侧锋干笔作皴，名为“折带皴”。墨竹偃仰有姿，寥寥数笔，逸气横生。书法从隶入，有晋人风度，亦擅诗文。与黄公望、王蒙、吴镇合称“元四家”。存世作品有《渔庄秋霁图》《六君子图》《容膝斋图》等。著有《清闷阁集》。

## 【黄钟】人月圆

原　文

伤心莫问前朝①事，重上越王台②。鹧鸪啼处，东风草绿，残照花开。怅然孤啸，青山故国，乔木苍苔③。当时明月，依依素影④，何处飞来？

注　释

①前朝：此指宋朝。

②越王台：在浙江绍兴府山南麓。据《越绝书》载，台在勾践小城内。后世多次被毁，又多次重建。

③青山故国，乔木苍苔：用南朝宋颜延之《还至梁城作》“故国多乔木”句意。

④素影：皎洁银白的月光。

译　文

别问前朝那些伤心的往事了，我重新登上越王台。鹧鸪鸟哀婉地啼叫，东风吹着初绿的衰草，残阳中山花开放。惆怅地独自仰天长啸，崇山峻岭依旧，故国已不在，满目尽是乔木布满苍苔，一片悲凉。头上的明月，柔和皎洁，仍是照耀过前朝的那轮，可它又是从哪里飞来的呢？

赏　析

曲中的“前朝事”是将越王台沿经的历史一网打尽，并不专指宋朝；但历史的盛衰、岁月的无情，一样会引起怀古者的“伤心”。起句“伤心莫问前朝事”，将作者的绝望和无奈的感情表现得淋漓尽致。春秋末年，越王勾践曾在这“越王台”操练兵马，打败吴国。而如今只剩满目疮痍，尽显历史沧桑。于是诗人禁不住“怅然孤啸”。“啸”是感情激越、一舒抑塞的表现，而一个“孤”字，又有心事无人知会的意味。“青山故国，乔木苍苔”是登台的所见，它较之前片的“东风草绿，残照花开”更增加了悲凉的色彩。这三句作者慨叹江山虽在，却已人去台空的悲怆之思。“当时明月”三句借助了刘禹锡《石头城》“淮水东边旧时月，夜深还过女墙来”和李白《苏台览古》“只今唯有西江月，曾照吴王宫里人”的诗意，明月是历史的见证，如今“依依素影”又高悬在越王台的上空。诗人独发一问：“何处飞来？”问得似乎突兀，但含义是十分显明的：“当时”的江山久已换主，那么“当时”的明月怎么又会飞来重临呢？作者此处借助嗔怪明月的多事、无情，抒发自己的怀古幽思。

## 【越调】小桃红

**原　文**

一江秋水淡寒烟，水影明如练①，眼底离愁数行雁。雪晴天②，绿蘋红蓼参差见。吴歌③荡桨，一声哀怨，惊起白鸥眠。

**注　释**

①练：熟绢。南朝齐谢朓《晚登三山还望京邑》诗：“余霞散成绮，澄江静如练。”

②雪晴天：极其澄彻的晴空。雪：特别，极，今江苏方言犹有之。

③吴歌：江南一代的民歌。

**译　文**

一江澄澈的秋水上漂浮着一层淡淡的寒烟，水面清澈得像一条白练，天空中数行归雁映入眼帘，激起了心中的离愁。这大好的晴天，绿蘋红蓼参差可见。吴地的人荡着浆唱着歌，歌中充满了哀怨，惊起了正在休息的白鸥。

**赏　析**

倪瓒的这首曲子描写江南水乡的景色，极为细腻动人，具有王维“诗中有画，画中有诗”的特点。

曲子描写了在晴朗的天空下，绿色的浮萍、粉红色的蓼花高低错落地生长在水边的情景。作者将白、蓝、绿、红几种色彩巧妙地调和在一起，构成一幅十分宜人的画卷，把秋色点缀得异常绮丽、多姿多彩。一江秋水，数行飞雁；雪后初晴，小船载着歌声，惊起沉睡的白鸥。然而，离愁数行，一声哀怨，词人内心的悲凉，却完全溢于画卷之外。景物动静交错，其中夹杂着淡淡的愁绪，颇有情致。作者一方面把大自然写得很美，一方面又透露出内心的不平静，完整地展现了他的内心世界。

## 【越调】凭栏人

### 赠吴国良[1]

原　文

客有吴郎吹洞萧，明月沉江春雾晓。湘灵[2]不可招，水云中环佩[3]摇。

注　释

①吴国良：作者友人，不详。

②湘灵：传说中舜的妃子，死后成为湘水女神，号湘夫人。《九歌·湘君》写湘君期待湘夫人不至，吹箫以寄托哀思。

③环佩：古代女子身上的玉饰。

译　文

客人中有个叫吴国良的，他擅长吹箫，箫声犹如碧波明月的清彻凄冷，又如春日晓雾的朦胧袅绕。美妙的箫声虽然未能招来湘水的女神，但听者在水云交织的迷蒙中仿佛听到悦耳的玉饰摇动、碰击的声音。

赏　析

自古文人皆是往来无白丁，所结交之人皆非凡俗之辈，不是文人就是身怀绝技的艺人。倪瓒本人也是能文善艺，诗画并佳。这首曲子所赠之人吴国良，也是一位吹箫高手，倪瓒与他以艺会友，相互欣赏，交往颇深。此曲盛赞友人善吹箫，乐曲优美动人。用通感的修辞方法，把听觉感受诉诸视觉形象，意境深幽，神韵悠然。

## 【双调】折桂令

### 拟张鸣善[1]

原　文

草茫茫秦汉陵阙[2]，世代兴亡，却便似月影圆缺。山人家堆案图书③，当窗松桂，满地薇蕨④。侯门深何须刺谒⑤？白云自可怡悦。到如今世事难说，天地间不见一个英雄，不见一个豪杰！

## 注　释

①拟：模拟。张鸣善：元代后期散曲作家。此曲从内容上看，可能是模仿张鸣善的《水仙子·讥时》。

②陵阙：指帝王的坟墓。

③山人家：山居的人，作者自称。堆案图书：形容藏书丰富。案：桌子。

④薇蕨：皆草本植物。伯夷、叔齐不食周粟，隐居首阳山，采薇而食。后世以“薇蕨”为隐者之粮。

⑤侯门：泛指官宦显贵人家。刺谒：求见、拜访。刺：类似后世的名片。

## 译　文

秦汉的帝王陵墓已经埋在茫茫草野之下，那以后历代江山易主，就像天边的月亮时圆时缺那样迅速变幻，司空见惯。我家里堆的是书画，窗前栽的是松桂，满地长的是薇蕨。侯门深似海，何必去拜访呢？白云自有自己的快乐。到如今世事依然不堪，看茫茫天地之间，竟见不到一个英雄，一个豪杰。

## 赏　析

这首曲子抒发了作者对历史和现状的感慨，直接表现了他的生活态度。

曲子前三句“草茫茫秦汉陵阙，世代兴亡，却便似月影圆缺”直接入题，从吊古切入，秦汉以来多少英雄豪杰，叱咤风云，气吞山河，但最终不过化作历史的尘埃，成为历史遗迹。这为下文的感叹埋下了伏笔。“山人家堆案图书，当窗松桂，满地薇蕨”三句写自己以及与自己一样的文人的生活状况，以松桂喻自己清高的品行，以薇蕨喻自己不慕荣利的高尚节操。“侯门深何须刺谒？白云自可怡悦”两句直接述志，进一步表示不肯向权贵摧眉折腰的高洁品格。最后三句再回到历史与现实上来，呼唤、期盼一个重整乾坤的大英雄的出现，来改变黑暗的现实。

此曲缘情状物，精练晓畅，气势豪爽，叹历代兴亡，抒发对现实极度不满，追求山林乐趣的情怀，愤慨之情溢于言表。

## 【双调】水仙子

原　文

吹箫声断更登楼，独自凭栏独自愁。斜阳绿惨红消瘦，长江日际流。百般娇千种温柔。《金缕曲》[①]新声低按，碧油车[②]名园共游，绛绡裙罗袜如钩。

注　释

①《金缕曲》：词牌名。亦指以爱惜青春、及时行乐为表现内容的乐曲，源自唐佚名《金缕衣》诗："劝君莫惜金缕衣，劝君惜取少年时。"

②碧油车：妇女所乘的一种有篷小车。

译　文

那吹箫的声音停了下来，我登上高楼，独自一人倚靠着栏杆，独自一人忧伤难过。夕阳西下，绿草凄凄惨惨，红花也变得消瘦了。悠长的江水向天边流淌，我想起了她的百般娇媚，千种温柔。我们把新谱的《金缕曲》轻轻地吟唱，坐着华美的小车一起在名园游赏。她那时穿着绛红色的丝裙，罗缎做成的袜子像天边的新月一样。

赏　析

古代诗歌中，将"箫"和"楼"并列在一起，往往是在暗用萧史弄玉的典故：萧史喜吹箫，受到了秦穆公女儿弄玉的爱慕。两人结为夫妇后，箫声引来了凤凰止于屋上，人们将他俩吹箫的小楼称为"凤楼""凤凰楼"。有一天，夫妇俩双双骑着凤凰飞上了天空……这个故事可以说是爱情最理想的象征了，而这首曲子似乎也有几分相似的韵味，只是描写的不是男女间你侬我侬的欢爱情景，而是有情人离别后哀怨的相思愁绪。

首句的"更"字，暗示主人公登楼已非初次，而次句的两个"独自"，强调了他孤独的处境。"斜阳绿惨红消瘦，长江日际流"两句以写景相配合。凭栏所见是夕阳斜照、绿惨红瘦的暮春晚景，再加上一条悠悠的长江寂寞空流，是何等令人伤愁的景象！"长江日际流"，显出了作者无尽的羁旅之愁和绵绵的相思之情。"百般娇千种温柔"，是巧妙的承上启下。它既是主人公现时的写照，使人想见他愁极无奈而又柔情脉脉的意态；又是他凭栏思忆的发端，往日他同情人欢乐相聚的种种情景一下子涌上心头。这三句极力铺陈，同“独自凭栏独自愁”的现状形成了强烈的今昔对照，两相反衬，使全曲显得哀感凄艳，缠绵悱恻。

## 刘庭信

刘庭信，原名廷玉，排行第五，身黑而长，人称“黑刘五”。益都（今山东青州）人，生卒年不详。贾仲明《录鬼簿续编》说他“风流蕴藉，超出伦辈，风晨月夕，唯以填词为事”。

### 【双调】折桂令

忆别

原　文

想人生最苦离别，雁杳鱼沉，信断音绝①。娇模样其实丢抹②，好时光谁曾③受用？穷家活逐日绷拽④，才过了一百五日⑤上坟的日月，早来到二十四夜祭灶⑥的时节。笃笃寞寞⑦终岁巴结，孤孤另另彻夜咨嗟⑧。欢欢喜喜盼的他回来，凄凄凉凉老了人也。

注　释

①“雁杳鱼沉”两句：古代有雁足系书和鱼腹藏书的传说，“雁杳鱼沉”形容书信全无，音讯渺茫。

②娇模样其实丢抹：《盛世新声》《词林摘艳》《乐府群珠》中均作“娇模样甚实曾丢抹”。丢抹：即丢丢抹抹，梳妆打扮之意。

③谁曾：何曾。

④绷拽：勉强支持。

⑤一百五日：即寒食日。清明节前一（或二）日距上一年冬至日，刚好一百零五天。

⑥二十四夜祭灶：旧俗，每年农历腊月二十四（或二十三）日夜

间祭“灶王爷”。

⑦笃笃寞寞：周旋、徘徊。

⑧咨嗟：叹息。

译　文

想人生最苦的是离别，鸿雁杳无踪迹鱼儿沉入深处，书信断，音讯绝。娇美的模样好屈辱，大好的时光有谁曾经受用？穷家的日子一天天难以支撑，才过了一百零五天上坟扫墓的日月，又到了二十四日夜晚祭灶的时节。实实在在的终年祈祷，孤孤零零通宵叹息。欢欢喜喜把他盼了回来，凄凄凉凉人已老了头发已斑白。

赏　析

刘庭信创作的组曲《忆别》共有12首，这是其中一首，通过一个女子之口，唱出她与情人离别时的痛苦心情。

起句“想人生最苦离别”开门见山，直接点题，为曲子奠定了凄恻缠绵的基调。“雁杳鱼沉，信断音绝”写离别现状，自别后没有一封书信，音讯全无，彻底断了联系。“娇模样其实丢抹，好时光谁曾受用？”正所谓女为悦己者容，可如今爱人已经远别，妆化得再美又给谁去看，这大好的春光又跟谁去玩赏，只不过是平添愁绪罢了。“穷家活逐日绷拽，才过了一百五日上坟的日月，早来到二十四夜祭灶的时节”三句极写痴情女子在与情人分别后的度日如年的煎熬。没有了情人，生活失去了乐趣，相思情深，日子一天比一天难过，转眼又到了清明时节。最后四句，写女子无时无刻不在祈祷情人能够早日回来，最后终于把情人盼来了，可此时人已经两鬓斑白。几组叠词的运用将女子心中的悲凉与凄苦渲染得更加凄恻感人。

## 【双调】水仙子

### 相思

原　文

恨重叠，重叠恨，恨绵绵，恨满晚妆楼；愁积聚，积聚愁，愁切切，愁斟碧玉瓯；懒梳妆，梳妆懒，懒设设①，懒爇黄金兽②。泪珠弹，弹珠泪，泪汪汪，汪汪不住流；病身躯，身躯病，病恹恹，病在我心头。花见我，我见花，花应憔瘦；月对咱，咱对月，月更害羞。与天说，说与天，天也还愁。

注　释

①懒设设：懒洋洋。
②爇（ruò）：点火，加热。黄金兽：兽形的铜制香炉。

译　文

一重重暗恨绵绵不绝，在黄昏的妆楼间弥漫。我怀着越来越浓重的愁情，把碧玉的酒杯斟满。没有心情梳妆，懒懒地将炉香点燃。泪水夺眶而出，一行行没个间断。恹恹无力，全身难受，这心头才是真正的病源。我伴着花，那本来瘦弱的花枝更加憔悴；我对着月，月亮见了我也害羞地躲进云间。这一腔心事无人倾诉，只能诉于青天，青天因而也带上了愁颜。

赏　析

衬字的运用是这首曲子最大的特色，如果将衬字去掉，那按照平仄的要求曲子就成了："重叠恨满晚妆楼，积聚愁斟碧玉瓯，梳妆懒爇黄金兽。泪珠不住流，病恹恹在我心头。花应瘦，月更羞，天也还愁。"与原曲比较，两者在艺术感染力上相去甚远。本篇的衬字在数量上超过了正字，在形式上更是运用了叠字（如"绵绵""切切"等）、联绵字（如"重叠""积聚"等）、反复（如"病身躯，身躯病""与天说，说与天"等）、回文（如"花见我，我见花""月对咱，咱对月"等）、顶真（如"重叠恨，恨绵绵""积聚愁，愁切切"等）多种修辞手法，从而将曲中的"恨""愁""懒""泪""病"的情态内容一一精雕细琢，将"花""月""天"等环衬的外物表现得缠绵多情。回环反复，满纸愁云，淋漓地绘现了女主人公悱恻悲凄、如泣如诉的相思情状。

## 【双调】雁儿落过得胜令

原　文

懒栽潘岳花[①]，学种樊迟稼[②]。心闲梦寝安，志满忧愁大。无福享荣华，有分受贫乏。燕度春秋社[③]，蜂喧早晚衙[④]。茶瓜，林下渔樵话。桑麻，山中宰相家[⑤]。

注　释

①潘岳花：晋代潘岳为河阳令，令全县种遍桃李花。南北朝庾信《春赋》："河阳一县并是花。"唐李白《赠崔秋浦》诗："河阳花作

县。”②樊迟稼：樊迟是孔门弟子，曾向孔子求教种庄稼的事，被孔子斥为“小人”。

③春秋社：立春后第一个戊日为春社，祈祷丰年；立秋后第五个戊日为秋社，设祭酬神。

④蜂喧早晚衙：排列有序之物称为“衙”，蜂房排列整齐，故称为“蜂衙”。

⑤山中宰相家：南朝梁陶弘景隐居句曲山，梁武帝请他出山做官，他不肯，朝廷遇大事，便派人到山中向他求教，故有“山中宰相”之称。

**译 文**

心慵意懒无心像潘岳那样去栽花，却心甘情愿像樊迟那样学种庄稼。心中闲静睡觉也能睡得香甜，如要踌躇满志势必招来忧愁。没有福分去享受荣华富贵，过着清贫的日子才是本分。燕子春来秋去，蜜蜂早晚在蜂房边喧闹。饮一杯清茶，品尝着瓜果，在林荫下与渔人樵夫闲话。采桑种麻，像陶弘景那样过着隐居的生活，做一个“山中宰相”。

**赏 析**

这首曲子在对比中表达愿意过一种放弃追求功名利禄而寄情于山水田园的生活态度。

曲子开头两句作者便明确了自己的人生道路：不想学潘岳那样汲汲于功名，而想像樊迟那样心无旁骛，躬耕田园。“心闲梦寝安，志满忧愁大”两句又是一组对比，无欲无求自然没什么好担心的，觉自然也睡得安稳，志向远大就会忧虑重重，生出无限烦恼。“无福享荣华，有分受贫乏”两句表明了作者不慕荣利、安贫乐道的人生态度。“燕度春秋社，蜂喧早晚衙”两句描写的是乡村中自然生活的图景。“茶瓜，林下渔樵话。桑麻，山中宰相家”几句描写的则是作者隐居生活的日常，悠闲自在，轻松写意。

## 【南吕】一枝花

### 春日送别

**原 文**

丝丝杨柳风，点点梨花雨。雨随花瓣落，风趁柳条疏。春事成虚，无奈春归去。春归何太速，试问东君[①]，谁肯与莺花[②]做主？

注　释

①东君：传说中的司春之神。

②莺花：莺啼花开，泛指春天景物。

译　文

杨柳在丝丝微风中飘荡，梨花在点点细雨中绽放。雨点随着花瓣飘落，柳条在风中显得格外疏朗。春天过去了，谁也没有办法把春天留住。春天为什么走得这样快，请问司春的东君，谁能保护大好春光为莺花做主。

赏　析

这是刘庭信所作的套曲《春日送别》的第一曲，描写的是一位深闺少妇与丈夫离别时的情景。

开头四句，作者扣住题中的“春日”，用绮丽的笔墨，描绘了一幅形象生动的春景图。杨柳随风，梨花带雨，风与杨柳，雨与梨花，皆互为映衬，相得益彰。风乃“丝丝”风，雨乃“点点”雨，“丝丝”“点点”两个叠词，把春天特有的轻柔韵味尽情透出。而杨柳的出场，也暗示了送别。“雨随花瓣落，风趁柳条疏”两句使用的是互文手法，梨花瓣落，因为雨打，更因为风吹；柳条稀疏，因为风拂，也因为雨洗。花落柳疏，也透露出隐隐的哀愁。梨花瓣落，春将归去，故云“春事成虚”。这里的“无奈春归去”也指即将远去的“人”；同样，“春归何太速”一语，既是对匆匆而尽的“春”的质问，也是对匆匆离去的“人”的埋怨。而最后的“试问东君，谁肯与莺花做主？”，便由怨而转为幽愤了，亦暗扣了题旨“送别”。

全曲先写景而后抒情，由景生情，从而达到了情景交融的艺术境界。

## 汤式

汤式，字舜民，号“菊庄”，浙江象山人，生卒年不详。元末明初重要散曲作家。元末曾补本县县吏，后落魄江湖。入明不仕，但据说明成祖对他“宠遇甚厚”，常有恩赏。为人滑稽，所作散曲甚多，名《笔花集》，今存抄本。作品多写景、咏史之作，颇工巧可读。他的散曲反映了朝代的更替和百姓的疾苦，进而总结历史、感叹人生；描述了元朝灭亡时候的衰残景象，同时传达出对新王朝的期盼；而他以散曲体裁表达悼念之情，开创悼亡散曲的肇端。《太和正音谱》称赞为“如锦屏春风”。汤式算得上是元散曲跨越时代的殿军，可说得上是在明散曲这新舞台上走旧台步的揭幕人。

## 【正宫】小梁州

### 九日渡江①

原　文

秋风江上棹②孤舟，烟水悠悠，伤心无句赋登楼。山容瘦，老树替人愁。樽前醉把茱萸③嗅，问相知几个白头。乐可酬，人非旧。黄花时候，难比旧风流。

注　释

①九日：重阳。江：指长江。

②棹：划船。

③茱萸：植物名，有浓香。九月九日重阳节登高佩茱萸是中国古时风俗之一，《西京杂记》卷三：“九月九日，佩茱萸，食蓬饵，饮菊花酒，令人长寿。”

译　文

我在秋风吹拂的江上划着孤零零的小船，烟雾弥漫的水面多么渺茫，我心中忧伤，登上高楼，想不出诗句。群山消瘦了，老树也在替我发愁。我手持酒杯，醉意中闻着茱萸的香气，问我的知己有几个能到白头？也有欢乐的应酬，人却不是旧时的人了。菊花开时，已没有了往日的姿色。

赏　析

汤式所作《小梁州·九日渡江》共二首，这是第一首，抒写了适逢佳节倍思亲，感叹岁月如梭、风流难再、壮志难酬的情思。

前五句写“渡江”之秋景，映衬出一个泛江观景韶华已逝的游子形象。“秋风江上棹孤舟，烟水悠悠”两句，作者是将自己乘坐的“孤航”也作为江景的构成部分，强调了“秋风江上”“烟水悠悠”的大块背景，而点现出己身的孤独。起首一个“秋”字点明了时令，定下了景物的色彩基调，暗合作者此时的心情。“伤心”二字集中体现了此时游子的心情。作者登高远望，只见一片萧瑟景象，心中的哀愁不免愈加浓重。“山容瘦”则是对秋季树木凋零、万物萧条的形象表现。作者心怀哀情，所见的自然也是哀景。“老树替人愁”，作者的愁绪用树的愁态间接地抒发出来。曲子下半部分以佳节思亲的离情点明“九日”的主题。九月九日重阳佳节本是团聚之时，而漂泊在外的游子只能“醉把茱萸嗅”来怀人，这是何等的凄苦与孤独。时光在漂泊中悄悄流逝，此时的作者已白了头，昔日相交酬的人如今多已不在，真是物是人非，沧桑变化，表达出年华易逝的伤感。



## 【中吕】醉高歌带红绣鞋

### 客中题壁

**原文**

落花天红雨[1]纷纷，芳草地苍烟衮衮。杜鹃啼血清明近，单注[2]着离人断魂。深巷静，凄凉成阵；小楼空，寂寞为邻。吟对青灯几黄昏？无家常在客，有酒不论文，更想甚江东日暮云[3]。

**注释**

①红雨：指落花。

②单注：指关注之意。

③有酒不论文，更想甚江东日暮云：化用唐杜甫《春日忆李白》诗意：“渭北春天树，江东日暮云。何时一樽酒，重与细论文。”

**译文**

落花有如红雨纷纷扬扬，芳草地上弥漫着苍烟。在杜鹃的啼叫声中已近清明时节，这一切仿佛专为离人而设令人断魂。深巷阒静，一片凄凉；小楼虚空，与寂寞为邻。在青灯下吟咏诗文挨过一个个黄昏。离家在外，常年为客，纵然有酒也无心与人论文，还想什么远方的友人。



**赏析**

这首曲子是一个落魄文人在清明佳节时客居在外的感伤之作。

“落花天红雨纷纷，芳草地苍烟衮衮”是对整个大环境的描写，点明了时令。落英缤纷，绿草如茵，此时作者的心情也如同这景色一样是一片纷乱迷离。“杜鹃啼血清明近，单注着离人断魂”，杜鹃是自己在叫，而作者却说它是在跟自己过不去，故意弄得自己心烦意乱，这无理的嗔怪更表现出了此时离人的愁闷心情。“深巷静，凄凉成阵；小楼空，寂寞为邻”写自己独居客店，整个胡同一片寂静，自己的小楼也是空空荡荡。这更增添了游子内心的寂寞无聊。“吟对青灯几黄昏？”进一步抒写游子孤独忧伤的情感。“无家常在客，有酒不论文，更想甚江东日暮云”三句翻用杜甫《春日忆李白》诗意，表现出对自己漂泊状态的无奈和忧伤。

## 【双调】天香引

西湖感旧

### 原　文

问西湖昔日如何？朝也笙歌，暮也笙歌[①]。问西湖今日如何？朝也干戈[②]，暮也干戈。昔日也二十里沽酒楼香风绮罗[③]，今日个两三个打鱼船落日沧波[④]。光景蹉跎，人物消磨[⑤]。昔日西湖，今日南柯。

### 注　释

①“朝也笙歌”两句：言朝朝暮暮都在演奏音乐。极力渲染西湖的繁华。

②干戈：指战争。

③昔日也二十里沽酒楼香风绮罗：仍形容西湖之繁华。

④今日个两三个打鱼船落日沧波：描绘西湖之荒凉。落日沧波：夕阳西下时的碧波。

⑤人物消磨：人们意志消沉。

### 译　文

西湖过去是怎么样的？那时候早晨一片笙歌，晚上也是一片笙歌。西湖现在是什么样？现在早晨一片干戈，晚上也是一片干戈。过去呀，二十里长堤酒楼相连，春风里身着锦绣的游人络绎不绝。如今呀，偌大湖面只见两三只打鱼船，在沧波落照间隐没。好时光已一去不返，多少风流人物消磨殆尽。过去的西湖呀，已是今日的梦里南柯。

### 赏　析

整首曲子都紧扣“西湖感旧”这个主题展开，通过西湖的今昔对比，来表现人世沧桑、时光易逝、繁华难在、往事如烟的感慨。

史书记载，元顺帝至正十六年（1356）到至正二十五年（1365）这十年间，杭州城遭到张士诚起义军、元军以及朱元璋队伍的互相攻战，几易其主，兵戈不断，战火连绵，这座曾繁盛一时的江南名城也面目全非。

曲子开始便发一问：“问西湖昔日如何？”紧接着便是回答：“朝也笙歌，暮也笙歌。”表现了杭州作为南宋都城时的繁盛和西湖的景色怡人，正合了林升《题临安邸》“山外青山楼外楼，西湖歌舞几时休”的描写。然而“西湖昔日如何”的发问是针对今日而设的，再看看今日的西湖“朝也干戈，暮也干戈”，道尽西湖常年战乱的苦难。昔日杭州城歌舞升平、繁华富丽，今日却是只剩下孤零零“两三个打鱼船”出没在落日残照中，一片凄凉惨淡的景色。最后四句，作者由景入情，直切主题，总结全篇。感叹大好的光阴在战争中蹉跎流逝，而人的锐气也在战乱中消磨殆尽，一切的美好追求最终都化作了一场梦。

## 【双调】庆东原

### 京口[①]夜泊

**原　文**

故园一千里，孤帆数日程，倚篷窗自叹漂泊[②]命。城头鼓声，江心浪声，山顶钟声。一夜梦难成，三处愁相并[③]。

**注　释**

①京口：今江苏镇江。

②漂泊：流离无定。

③三处愁相并：三处，指城头、江心和山顶。钟鼓之声容易引起人们光阴蹉跎之感。浪声容易使人联想起险恶的仕途人间：“长恨人心不如水，等闲平地起波澜。”

**译　文**

离开家乡有千里之遥，我这一叶孤帆已经行了好几日，倚靠着蓬窗叹惜自己漂泊命苦。城头的鼓声、江心的浪声、山顶的钟声交织在一起，牵起了我这个游子的离愁，让我一夜好梦难成。

**赏　析**

这首小令将游子思乡之情写得缠绵悱恻，呜咽低回，一唱三叹。

“故园一千里，孤帆数日程”两句，分别从空间（一千里）和时间（数日程），极言离家之遥远。“故园”对“孤帆”，更显羁旅之孤独，流离漂泊的失意怅惘之情不言而喻。“倚篷窗自叹漂泊命”句写作者倚船窗自叹漂泊，怅然若失，乡愁不绝，悲从中来。最终作者将这归咎于“命”，可见作者是何等地无可奈何。“城头鼓声，江心浪声，山顶钟声”三句写夜泊所闻，既烘托出夜泊的环境，又使抽象的乡愁有了具体的依托，体现作者思乡之切。这鼓声易使人生出光阴蹉跎的感慨，浪声易使人联想起险恶的仕途人间，钟声易激起凄凉惆怅的落拓情怀。乡思本在睡梦中才能得到排解，可“城头鼓声、江心浪声、山顶钟声”搅得人不得安宁。“三处愁相并”，将三处声响混合成同一个旋律，编织成一首悲哀的乡愁交响曲。

## 赵天锡

赵天锡，名禹珪，又名祐，字天锡。元钟嗣成《录鬼簿》记其为“汴梁（今河南开封）人”，并做过“镇江府判”，列其为“前辈已死名公才人，有所编传奇行于世者”。

### 【双调】蟾宫曲

题金山寺①

原 文

长江浩浩西来，水面云山②，山上楼台。山水相辉，楼台相映，天与安排③。诗句就④云山动色，酒杯倾天地忘怀⑤。醉眼睁开，遥望蓬莱⑥。一半儿云遮⑦，一半儿烟埋⑧。

注 释

①金山寺：在江苏镇江市西北的金山上，为东晋时所建。
②云山：形容山势高峻，云烟缭绕。
③天与安排：上天给（我们）安排好的。与：给，替。
④诗句就：意为诗句吟成。
⑤天地忘怀：忘记天地间一切事物和所有忧愁。

⑥蓬莱：《汉书·郊祀志》："自威宣、燕昭使人入海求蓬莱、方丈、瀛洲，此三神山者，其传在渤海中。"后因以泛指想象中的仙境。这里当指金山寺的蓬莱宫。

⑦云遮：被云雾遮掩。

⑧烟埋：被烟雾水汽掩埋。

### 译文

长江水浩浩荡荡从西面涌来，水面上矗起云山，云山上簇拥楼台。云和水相辉耀，楼与台相掩映，天造地设巧安排。对着大好云山秀美景色吟成新诗句，对着浩瀚天地倾杯酣饮忘去愁怀。睁开醉眼，远望蓬莱仙岛：一半被云幕遮断，一半被烟霭掩埋。

### 赏析

这是一首登临抒怀之作。题作"题金山寺"，表明作者是乘船经过金山，而非登临金山寺。金山寺在镇江市西北，这首曲当是赵禹圭任镇江府判时作的，可谓胸襟万里，气象斐然，有如仙境。

因为是乘船经过，只能是远远眺望，所以作者从整体大环境着墨，并未对金山寺作细致的描写。曲子起句写长江浩渺，气势磅礴，视野开阔；接着写水面上飘浮的"云山"，山上的亭台楼阁，都倒映在水中，清澄明丽，摇曳生辉。这样由低到高，呈层层波及、步步高升之感。重点突出了金山寺"山水相连，楼台上下"的特点。这自然造化的美景犹如蓬莱仙境，令诗人赞叹不已，也令其酒兴诗情齐发。"诗句就云山动色，酒杯倾天地忘怀"两句对仗工整，写作者自己的主体感受，将作者饮酒赋诗的豪情与周围的美景相交织，情景交融，自然宕出一层境界，表现了作者豪迈的气概和开阔的胸怀。当他睁开醉眼时，眼前又是另外一番景色：云遮雾障，缥缥缈缈，就像是那传说中的海上蓬莱仙境，实在是诗中有画，画中有诗，意蕴深远，境界高妙。

全曲写登临金山寺的所见所感，写景由远及近，形象生动，意境深远蕴藉。

## 【双调】风入松

忆旧

### 原文

怨东风不到小窗纱，枉辜负荏苒韶华[①]。泪痕泅透香罗帕，凭阑干望夕阳西下。恼人情愁闻杜宇[②]，凝眸处数归鸦。

## 注释

①荏苒：形容时间渐渐过去。韶华：美好的青春年华。
②杜宇：即杜鹃。

## 译文

怨恨东风竟吹不到小窗纱，白白让时光溜走，辜负了这美好的青春年华。伤心的泪水浸透了香罗帕，靠着栏杆远远望着夕阳西下。在心中情愁泛滥的时候偏偏杜鹃哀啼，看着几只归巢的乌鸦更将愁情牵起。

## 赏析

这是一首闺中女子回忆旧情思念情人的曲子。

“怨东风不到小窗纱”，开篇便以一个“怨”字领起，说闺中女子怨恨春风一点都不怜惜自己，竟都不跑到自己闺房中来。表面是怨恨东风，实际上也是对情人抛下自己离去的幽怨。“东风不到”暗示着情人的远离。这充分表现出了思妇心中的悲凉和孤独。“枉辜负荏苒韵华”，说是因为东风不到而使时光匆匆溜走，辜负了自己美好的青春年华；其实是女子因思念情人而无心再去欣赏春光美景，暗含了对时光荏苒、韶华易逝的无奈和忧伤。因为思念情人，女子整日以泪洗面，湿透罗帕。凭栏望远，对夕阳，不禁伤心落泪。“凭阑干望”将女子呆呆地盼望情人归来的痴态描绘得淋漓尽致。而此时杜鹃的鸣叫，使闺中怨妇更加愁苦；乌鸦归巢，更使思妇怨恨那不归的离人。

## 吴仁卿

吴仁卿，字弘道，号“克斋先生”，金台蒲阴（今河北安国）人。至顺元年（1330）前以府判致仕，他还担任过知县。元钟嗣成《录鬼簿》将其列入“方今才人相知者”，并谓《录鬼簿》卷上所载曲家，皆“余友陆君仲良，得之于克斋先生吴公”。《太和正音谱》评价其词为“如山间明月”，贾仲明补《录鬼簿》吊词称赞他“锦乐府天下盛行”。

## 【南吕】金字经

**原　文**

今人不饮酒，古人安在哉？有酒无花眼倦开。鼓吹台①，玉人扶下阶。何妨碍，青春不再来②。

**注　释**

①鼓吹台：奏乐的歌台。

②“青春”句：语出唐林宽《少年行》诗：“白日莫闲过，青春不再来。”

**译　文**

当今之人不喝酒，岂不是白活在世！你看古人去了一批又一批，如今哪能寻到他们的影子？就是有了美酒，没有名花，也还是倦倦地提不高兴致。美人把喝醉了的我扶下台阶，台上的鼓乐歌吹还未终止。这样的求乐，又何须吹毛求疵？要知道青春一旦消逝，就不会重至。

**赏　析**

这是一首规劝人们珍惜青春年华，及时行乐的曲子。

曲子开头两句通过“今人”与“古人”的对照，表现出了时间不等人。“古人安在哉”是不言而喻的事实，固然与“今人”饮不饮酒毫不相干，但今人谁也逃不脱“作古”的结局，既然如此，何不先图一时的痛快，以免落入“古人安在”的悲伤悔恨之中。这两句凭空而入，确定了全曲放旷的基调。

能够畅快饮酒自然是没有辜负了今生，但是作者觉得今生光有酒还不算完美。“花”就是使今生臻于完美的一项必要条件。宋陈尧佐《答张顺之》“有花无酒头慵举，有酒无花眼倦开”两句诗即可为证。作者还在陈诗的基础上加上了新的补充，即“鼓吹”与“玉人”。有花，有鼓乐，有美人伴酒，实在是赏心乐事，美好到了极致。不过，诗人并非全然兴高采烈、纵情狂欢。“何妨碍，青春不再来”是颇带豪情的壮语，却也有自我辩护的意味。青春一去不复来，所以要好好珍惜，好好享受眼前这有花有酒的大好时光。

## 邵亨贞

邵亨贞（1309—1401），字复孺，号“清溪”。云间（今属上海松江）人。原籍严陵（今浙江桐庐），曾任松江府学训导。邵亨贞生当元、明之际，入明后生活近30年。终于儒官，足迹不出乡里。著有《野处集》《蚁术诗选》《蚁术词选》等。

### 【仙吕】后庭花

拟古

**原　文**

铜壶[①]更漏残，红妆春梦阑。江上花无语，天涯人未还。倚楼闲，月明千里，隔江何处山。

**注　释**

①铜壶：古代的计时器，以铜壶盛水，昼夜滴漏，以刻度为计，称为“漏”。

**译　文**

铜壶更漏快要滴尽了，红妆佳人从春夜梦中醒来。江上的花默默无语，心上人远在天涯尚未归还。倚楼闲望，在明月千里之外，在江的那边是望不到尽头的远山。

**赏　析**

本篇题为《拟古》，抒写的是一个居住在江边楼头的女子思念远人的情景。“铜壶更漏残”写这时已是拂晓时分，“红妆”表明女子并未卸妆，这暗示女子是怀着心事靠着小憩罢了，而读者自然可以想见女子心怀的是怎样的心事。即便是做梦也是梦见和爱人相会，这进一步表现出女子对爱人感情之深，相思之甚。一场春梦被窗外的浪声惊醒，女子可能是以为爱人归来了，就登上高楼远远地张望，却仍然寻不见爱人的身影，心中无限惆怅与悲伤。此曲中思妇的感情是浓烈的，但作者将它化浓为淡。花、楼、明月、远山，形象色彩都是不鲜明的，思念也似有若无。但读过之后，谁都会被这少妇的情思萦绕，久久难以释怀。

## 无名氏

### 【正宫】塞鸿秋

山行警

原　文

东边路西边路南边路，五里铺七里铺十里铺[①]。行一步盼一步懒一步，霎时间天也暮日也暮云也暮。斜阳满地铺，回首生烟雾，兀的不[②]山无数水无数情无数。

注　释

①铺：原指古时驿站。
②兀的不：犹言“这（怎）不”。兀的：这。

译　文

东边路西边路南边路，五里铺七里铺十里铺。走一步盼一步懒一步，突然发现天色晚了太阳西斜晚霞漫天。落日的余晖撒满大地，回头望一望烟雾迷蒙，山无数水无数情无数。

赏　析

这首曲子运用隔离反复的修辞手法，抒发炽热的离别之情和人生之思，步步有情，景物含情，直率自然，别具韵致。

“东边路”和“五里铺”两句说明曲中人行路之多，且曲中人的旅途远没有结束。接下来“行一步盼一步懒一步”，写行人在条条岔路前茫然四顾，家已在身后好远，因生活所迫不得已远行，走过一程又一程，长亭更短亭。此间又频频回顾，直至家掩在烟尘重山外，难窥踪影。“行”“懒”“盼”写出了行人满心的疲倦与迷茫。行人一路行一路思，完全忘了时间，等发现时已经是暮色苍苍，斜阳铺满一个又一个山头，一眼望去又是走不完的漫漫长路。再回首向家乡的方向望去，早已隔了不知多少重山水，来时路只有暮色苍茫炊烟渐散夜雾弥漫。曲末的“情无数”意味深长，行人的惆怅、迷惘、疲倦、忧伤……尽在其中。

## 【仙吕】游四门

### 原　文

海棠花下月明时，有约暗通私。不甫能等得红娘至①，欲审旧题诗。支，关上角门②儿。

### 注　释

①不甫能：即“甫能”，刚刚，恰才。红娘：《西厢记》中促成崔、张姻事的侍女。

②角门：边门。

### 译　文

海棠花下月如霜，盼到了幽会的好时光。好不容易等来了小红娘，想问问她传去诗简是什么情况。没料到“吱”的一声响，她早把角门紧关上！

### 赏　析

宋代以后，由于经济的发展和市民阶层的出现，封建礼法观念在普通百姓中间逐渐淡化，金代出现了董解元所写的诸宫词《西厢记》，诸宫词是当时的一种说唱艺术，类似现代的评弹，用琵琶和筝伴奏，边说边唱。《西厢记》第三本中，写到张生托红娘暗递诗简，得到了莺莺的回音：“待月西厢下，迎风户半开。拂墙花影动，疑是玉人来。”及至张生兴冲冲应约前往，却不料遭受莺莺沉下脸一阵抢白，差点“准备着精皮肤吃顿打”。这横生波折而又充满着生活真实气息的插曲，也许正启发了佚名的作者，写出这首谐谑性味十足的小令。

“海棠花下月明时”，有花有月，可谓良辰美景，为男女约会营造了一个浪漫美妙的氛围。故而引出了下面的“有约暗通私”。月亮的“明”

与“通私”的“暗”相映成趣，不难使读者想象出张生此际既兴奋又紧张的心情。然而虽然得到了约会的期许，但是二人尚未确定关系，所以他眼睁睁地盼着牵线搭桥的红娘前来，而后者果然如期而至。于是张生“欲审旧题诗”，想向她打听自己献给莺莺小姐的情诗得到了何等的反应。“不甫能”恰才表现出张生的急切热望。走笔至此，小令一直是顺风满帆，张生的得意到了十分，期望值也到了极点。然而，结果竟然大大出人意外，一声“吱——”的关门声替代了红娘的回答。“关上角门儿”暗示着“通私”之门的关闭，影示了《西厢记》中张生初次幽会未谐的结局。

## 【双调】水仙子

### 喻纸鸢①

原　文

丝纶长线寄生涯，纵放由咱手内把。纸糊披就里没牵挂②，被狂风一任刮。线断在海角天涯。收又收不下，见又不见他，知他流落在谁家?

注　释

① 纸鸢(yuān)：纸扎的风筝。

② 纸糊披：用纸蒙面的风筝架子。就里：其中，内里。

译　文

一根长长的丝线，寄下了它的全部活动，要纵要放，全凭我一手操纵。纸蒙的架子，无牵无挂，内里空空，被一阵狂风任意吹送。线刮断了，飘向天涯海角的远空。我收又收不回来，见又见不到它影踪，不知它流落到了谁的家中？

赏　析

这首曲子题为《喻纸鸢》，纸鸢只是寓象之物。作者借写放风筝来写婚姻，述相思。

曲子妙在双关，字面上句句是咏写风筝。风筝借长线得以放飞，操纵权本在放飞者手中。但它本身对长线的主人并无甚牵挂，跟上了狂风，结果线儿刮断，不知影踪。纵放者虽然念念不忘，却也无可奈何，只能发出“知他流落在谁家”的长叹。

从深层的喻意来说，正所谓“千里姻缘一线牵”，男女之间情爱的关系也像是放风筝一样，女子就像是风筝，而男子就像是放风筝的人，男子自以为万无一失，殊不料对方是“纸糊披就里没牵挂”，风筝被狂风刮断了线带走了，自此音讯全无。男子找不到她，心里又放不下她，痛悔之余，只能为她今后的命运深深叹息。

从这样的意义来说，曲子曲折地现出“纸鸢”主人的心理变化。起首两句顺风满帆，志得意满。“纵放由咱手内把”，也透露出了几分掉以轻心。“纸糊披就里没牵挂，被狂风一任刮。线断在海角天涯”三句急转直下，惊疑中又掺杂着几分后悔与无奈。“收又收不下，见又不见他，知他流落在谁家？”三句则是接受了“线断”的既成事实后的感想，显示了男子的一往情深。

## 【双调】山丹花

**原　文**

昨朝满树花正开，胡蝶[1]来、胡蝶来。今朝花落委[2]苍苔，不见胡蝶来、胡蝶来。

**注　释**

①胡蝶：即蝴蝶。胡：通“蝴”。
②委：委身。

**译　文**

昨天满树花开正盛，蝴蝶翩翩飞来，一群又一群。如今花落，委身于苍苔之间，再不见蝴蝶的来临。

**赏　析**

唐人武瓘有一首五绝《感事》诗：“花开蝶满枝，花谢蝶还稀。唯有旧巢燕，主人贫亦归。”前两句与本曲有相近之处，但武诗中“蝶满枝”“蝶还稀”是为了衬垫“嫌贫爱富”的主旨。而本曲则饱含感情，题旨也落在感慨青春及繁华易逝的大处。所以两者的艺术感染力，是不可同日而语的。

这首曲子用“昨朝”与“今朝”的对比展示了晚春时节花的衰败之快，借此表达了人生苦短、好景不长的感叹。在“昨朝”繁花满树时，作者不明言自己的赞美和欢喜，而是借用“胡蝶来”的一笔含蓄地表现了出来：蝶尚且恋花，人就可想而知了。同样，当“今朝”落红满地时，作者也只是用蝴蝶的不见，来表现自己的惋惜和哀伤。曲中前半部分中“胡蝶来、胡蝶来”的重复，给人以蝴蝶众多及翩翻飞舞的感觉；后半部分中“不见胡蝶来、胡蝶来”的叠句，则有反复寻觅而不得的效果。

全曲立意深刻，构思巧妙，音韵谐和，质朴无华，很有民歌特色。

## 【正宫】醉太平①

原　文

堂堂②大元，奸佞③专权。开河变钞祸根源④，惹红巾万千⑤。官法滥⑥，刑法重，黎民怨。人吃人⑦，钞买钞⑧，何曾见？贼做官，官做贼，混愚贤。哀哉可怜！

注　释

①醉太平：此曲见元末明初人陶宗仪《南村辍耕录》卷二十三。原注云：“《醉太平》小令一阕，不知谁所造。自京师以至江南，人人能道之。”

②堂堂：气象宏大庄严。

③奸佞：巧言谄媚的坏人。指元末丞相脱脱、参议贾鲁等人。

④开河：《元史》记载：“九年（1349）冬，脱脱既复为丞相，慨然有志于事功，论及河决，即言于帝，请躬任此事，帝嘉纳之……十一年……命鲁（贾鲁）以工部尚书为总治河防使，……发汴梁大名十有三路民十五万人，庐州等戍十有八翼军二万人供役，一切从事大小军民，咸禀节度，便宜兴缮。”又《草木子》云：“朝廷所降食钱，官吏多不尽给，河夫多怨。”变钞：元朝建国起就用楮币，先后发“中统元宝交钞”“至元通行宝钞”，又于至正十年（1350）另发“至正交钞”，致使物价飞涨，民怨沸腾。

⑤惹红巾万千：引起成千上万起义的红巾军。红巾：即红巾军，元末农民起义军，用红巾裹头，故名。

⑥官法滥：指官吏贪污成风和拿钱买官。《草木子》记载：“元朝末年，官贪吏污……自秦王伯颜专政，台宪官皆偕价同而得，于是有司承风，上下贿赂，公行如市。”

⑦人吃人：《草木子》：“元京饥穷，人相食。”

⑧钞买钞：指钱钞贬值，用旧钞倒买新钞。

译　文

堂堂大元朝，贪官污吏当权。河水泛滥成灾，新钞大量印造，货币迅速贬值，民不聊生，引起了红巾军千万人起义。苛捐杂税繁杂苛刻，刑法太重，百姓怨声载道。都到了人吃人、钱换钱的地步，什么时候见过这种情形？奸人做了官，做官的又都是贪官污吏，贤明的人得不到重用。悲哀啊真是可怜！

### 赏析

这是一首讽世讥时的曲子，最早见于陶宗仪《南村辍耕录》。

曲子以“堂堂大元”之语开篇，通篇都以直接尖刻的语言在控诉当时社会的黑暗现实，字字铿锵有力，深入人心，真实反映了当时社会的情景，代表了广大人民的心声。元朝末年，奸佞当权，朝政极端腐败。元顺帝君臣骄奢淫逸，大肆挥霍浪费，弄得国库虚竭，财政极度困难。为了弥补财政亏空，元政府除了加重赋税，于至正十年(1350)发行新纸币，新钞大量印造，货币迅速贬值，造成了恶性的通货膨胀，使人民的生活更为困难。同时，由于元朝政府不关心生产，水利设施年久失修，黄河在至正四年(1344)接连决口，泛滥成灾，使老百姓大量死亡，并且严重影响到元政府的财政收入。因此，元政府又在至正十一年(1351)下令征调农民和兵士十几万人治理黄河。黄河两岸农民本已饱受灾荒之苦，到工地上又横遭监工的鞭打，被克扣口粮，个个无比愤怒。于是，“开河”和“变钞”就成为农民大起义的导火线，导致了红巾军起义的爆发。全曲以“哀哉可怜”收尾，传达了作者对腐败的统治阶级切肌入骨的痛恶之情，和对身处水深火热中饱受压榨的百姓的深切同情。

## 【正宫】醉太平

讥贪小利者

### 原文

夺泥燕口，削铁针头，刮金佛面细搜求，无中觅有。鹌鹑嗉里寻豌豆[①]，鹭鸶[②]腿上劈精肉，蚊子腹内刳[③]脂油。亏老先生[④]下手！

### 注释

①鹌鹑：鸟名，也叫“鹑”。头小尾秃，似鸡雏。嗉（sù）：鸟类喉咙下装食物的地方。

②鹭鸶：水鸟，又称白鹭。脚高颈长而喙尖。

③刳：剖，刮。

④老先生：此为元代对朝官的称呼。

译文

从燕子嘴里抢夺筑巢的泥巴，从针上面削铁屑，在金佛的脸上仔细刮取搜求金粉，从无中觅有。在鹌鹑的食袋里找豌豆，从鹭鸶腿上劈精肉，到蚊子的肚子里刳油脂。亏您老下得去手！

赏析

这是一首讽世讥时的曲子。

曲子起首三句，通过夺燕口之泥、削针头铁屑、从金佛脸上刮取金粉三个生动的描述，在不着一“贪”字的情况下，让贪者的形象跃然纸上。“无中觅有”是对前三句的总括，无中也要搜刮出一些东西来，真是贪得无厌。“鹌鹑嗉里寻豌豆，鹭鸶腿上劈精肉，蚊子腹内刳脂油”三句用三个逐步深入的意象，继续挖掘贪者之心：对一切可以捞一把的事物，从不轻易放过。鹌鹑吞到嗉里的豌豆，他要掏出；鹭鸶细长的腿上，他要劈下精肉；蚊子小肚内，他要刮出脂油。结句“亏老先生下手”极为精警，抨击有力。所谓“老先生”者，实指元代的各级官吏。作者通过一系列艺术的夸张和形象的比喻，泼辣而明快地刻画出贪官污吏及为富不仁者贪婪凶狠的本相。

## 【中吕】朝天子

### 志感

原文

不读书有权，不识字有钱，不晓事倒有人夸荐[①]。老天只恁忒心偏[②]，贤和愚无分辨。折挫英雄，消磨良善，越聪明越运蹇。志高如鲁连[③]，德过如闵骞[④]，依本分只落的人轻贱。

注释

①夸荐：夸奖、抬举。

②只恁忒（tuī）心偏：竟是如此地偏心。恁：如此。忒：太、特。

③志高如鲁连：志行高洁像战国时的鲁仲连。鲁连：战国时齐国高士，即鲁仲连。

④德过如闵骞：德行超过了春秋时的闵子骞。闵骞：名损，字子骞，春秋时鲁国人，孔子弟子。

## 译文

不读书的人有权，不识字的人有钱，不明事理的人有人夸奖有人举荐。老天爷为何如此偏心，连贤和愚都分不清。让英雄受挫折，让良善受折磨，越是聪明运气就越差。志气像鲁仲连那样高，德行赛过闵子骞，本本分分做人却只落得被人轻贱的下场。

## 赏析

这是一首愤世之作，锋芒直指元代政治制度，字里行间都洋溢着对社会阴暗面的不满。“不读书有权，不识字有钱，不晓事倒有人夸荐”为整首曲子的主旨。元代知识分子受到统治阶级的打压，社会地位并不高，而且元代统治阶级并不重视科举取仕，科举考试一度被废止近80年，读书人要想以此入仕真是比登天还难。在这样的社会环境下，那时的读书人举步维艰，大多沉沦下僚。“老天只恁忒心偏，贤和愚无分辨”两句与其说是对老天的抱怨，不如说是对当时统治阶级的愤慨和控诉。“折挫英雄，消磨良善，越聪明越运蹇”代表了当时文人们普遍的生存状态。“志高如鲁连，德过如闵骞”两句与如今落魄的现实形成对照，表现出了作者一腔报国之心、一身才华无处施展的无奈与悲愤。这曲满含激愤的悲歌可以说是代表了元代知识分子的心声。

# 【商调】梧叶儿①

### 嘲贪汉

## 原文

一粒米针穿着吃，一文钱剪截充，但开口昧神灵②。看儿女如衔泥燕③，爱钱财似竞血蝇。无明夜攒金银④，都做充饥画饼⑤。

## 注释

①梧叶儿：商调曲牌名，亦入“仙吕宫”，又名“知秋令”。小令兼用。北曲格律与南曲不同。此曲为北曲。

②昧神灵：欺骗良心。

③看儿女如衔泥燕：对待儿女像燕子衔泥一样地辛勤。

④无明夜：没日没夜地、不分昼夜地。攒：积攒，聚集。

⑤充饥画饼：谓财再多也是身外之物，到头来画饼充饥一场空。

## 译文

一粒米用针穿着吃，一文钱剪成几块来花，一言一行无不昧着良心。对待自己的儿女就像衔泥筑巢的燕子，辛辛苦苦；对待钱财则如同嗜血的苍蝇，丝毫也不放过。没日没夜地积攒着钱财，到头来还是画饼充饥一场空。

## 赏析

这首曲子是对贪财之徒的讽刺。

“一粒米针穿着吃，一文钱剪截充”，以极尽夸张的手法，勾画出贪汉可笑可鄙的神态，形象地表现出贪汉悭吝的特点。“但开口昧神灵”，贪汉不但悭吝，他们为了钱财，无时无刻不昧着良心，直截了当地揭露了贪汉的丑恶本质，可谓一语中的。接下来，作者用两个比喻形容贪汉两种截然不同的形态：“看儿女如衔泥燕，爱钱财似竞血蝇。”他们对待自己的儿女就像衔泥筑巢的燕子，辛辛苦苦，勤勤恳恳；对待钱财则如同嗜血的苍蝇，玩命地吮吸，丝毫也不放过。这组鲜明的对照将这类人贪得无厌、极端自私的性格突出得更为明显。他们不但满足自己的私欲，还要为子孙后代作打算，想要将自己的财富千秋万代地传下去。为此，他们不惜做损人利己的勾当，拼命地攫取钱财。贪汉如此贪婪，结果却是：“无明夜攒金银，都做充饥画饼。”没日没夜地积累钱财，最后不过是一场空。贪汉的这一下场，可以说是历史和社会发展过程中普遍的现象，作者对此进行了精到的总结，发人深省。

# 【南吕】骂玉郎过感皇恩采茶歌

鏖兵[①]

## 原文

牛羊犹恐他惊散，我子索[②]手不住紧遮拦。恰才见枪刀军马无边岸[③]。唬的我无人处走，走到浅草里听，听罢也向高阜处偷睛看。吸力力振动地户天关[④]，唬的我扑扑的胆战心寒。那枪忽地早刺中彪躯，那刀亨地[⑤]掘倒战马，那汉扑地抢下征鞍。俺牛羊散失，您可甚人马平安？把一座介丘县，生纽做枉死城，却翻做鬼门关[⑥]。败残军受魔障[⑦]，德胜将马顽奔[⑧]。子见他歪刺刺赶过饮牛湾，荡的那卒律律红尘遮望眼，振的这滴溜溜红叶落空山。

## 注　释

①鏖兵：军队激战。

②子索：只得。

③无边岸：无边无涯。

④吸力力：形容旋风的象声词。地户天关：指地的深处与天的高处。

⑤亨地：呼的一声。下句“扑地”，即噗的一声。

⑥“把一座介丘县”三句：元代说唱文学习语，常作“介休县翻做鬼门关”，当是从有关唐代尉迟恭的说唱故事中衍出。介丘县：即介休县，今属山西。

⑦魔障：灾难。

⑧德胜：即“得胜”。顽奔：当作“奔顽”，马不停蹄地奔跑。

## 译　文

只怕骚动的牛羊散了群，我不得不张开手紧紧拦住它们。这才发现刀枪林立，军马纷纷，一眼望不到穷尽。吓得我往偏僻无人处躲逃，先伏在短草丛中细听，听了一会儿，才摸到高高的山坡上，悄悄窥望着情形。只见两军杀气震地冲天，吓得我胆战心惊。那杆枪猝不及防，刺入了魁梧的身躯；那刀呼的一声砍倒了战马，马上的汉子噗的一下栽倒在地上。我固然牛羊散失受损，你人马又何尝得到太平？把一块和平正常的地面，硬变成尸横遍地的恐怖之境。打败的一方溃不成军，遇上了灾星。得胜的一方乘势追击，战马不住地狂奔。只见队伍哗啦啦赶过了饮牛的河滨，卒律律的风扬起一团团烟尘，视线为之迷混不清。震落了空山中的秋叶，滴溜溜在地上旋舞打滚。

## 赏　析

这首曲子以一个牧人的亲身经历，描写了两军之间的一场恶战，情结扣人心弦，场面惊心动魄。

起笔从“牛羊”开始。牛羊感觉敏锐，觉察到情况异常，发生了骚动。牧人起初并未意识到危险，“犹恐”说明他全副心思都集中在牛羊的失常上，“子索”“不住”，显示出他竭力控制牧群的手忙脚乱。好在经过“紧遮拦”的一番努力后牧群得到了控制，但是他发现了一件更糟糕的事情——“枪刀军马无边岸”，这是牲畜受惊的外界原因，但这次的事情并不是牧人所能控制的了。于是被吓得不轻的牧人只能急忙往无人处逃跑。这一起笔细腻而真实，借机交代了对阵两军的突然出现与渐次逼近。原本和平的牧野转眼间变成了剑拔弩张的战场，这就更增添了战争的残酷意味。接着作者写牧人由“走”到“听”，“听罢”再探出草丛爬上高阜“偷睛看”，渲染出一种两军对垒时紧张的氛围。“吸力力振动地户天关，唬的我扑扑的胆战心寒”，通过牧人主观的所见所感来表现战争场面的浩大，局势的紧张，让没经历过的人吓破了胆。“那枪忽地早刺中彪躯”“那刀亨地掘倒战马”“那汉扑地抢下征鞍”三句，细致地描绘了战场上刀来枪往的三组具体镜头，使激烈的战况显得惊心动魄。对于像牧人这样的平民百姓来说，这些血淋淋的景象是平生未见，也是终生难忘的，而牧人惊魂未定中的现场感受，也让读者身临其境，印象深刻。

曲子下半部分写这场惊心动魄的交战接近尾声，胜负已成定局，于是败军仓皇逃窜，而胜方则毫不留情地乘势追击。末三句便表现了追赶的情形。特意表出“饮牛湾”，以及“红尘遮望眼”“红叶落空山”的景色描写，都是在同时强调战争对宁静生活的骚扰与破坏。其中最妙的尤数中间穿插的两组感受和评论：“俺牛羊散失，您可甚人马平安”两句通过牧人牛羊失散和交战双方人马损失来说明战争给人们带来的只有灾难和伤害。“把一座介丘县，生纽做枉死城，却翻做鬼门关”三句更是将战争的残酷性一语道出。至此我们更可理解作者安排牧人为曲中主角的用意，正是为了表现无辜百姓对战乱带来惊恐威胁的愤怒与控诉。

## 【双调】水仙子过折桂令

行乐

原　文

一春长费买花钱，每日花边一醉眠。喜春来百花都开遍，任簪花压帽偏①。花间士女秋千，红相映桃花面②。人更比花少年，来寻陌上花钿③。来寻陌上花钿，正是那玉楼人醉杏花天④。常言道惜花早起，爱月夜眠。花底相逢少年，赴佳期梨花深院，约定在花架傍边。柳影花阴，兀的⑤是月下星前。

注　释

①任簪花压帽偏：古代习俗，不仅女子喜欢戴花，男人也戴花。男人戴花，将花簪于帽上。

②红相映桃花面：化用唐代诗人崔护《题都城南庄》诗句“人面桃花相映红”。

③花钿：用金银珠宝等制作的花形首饰。

④玉楼人醉杏花天：化用宋代诗人陆游《临安春雨初霁》诗句：“小楼一夜听春雨，深巷明朝卖杏花。”

⑤兀的：这，这样，这般，含有惊异之意。

## 译文

入春以来因买花有破费，每日里对花饮酒醉卧花边。春天是百花盛开的季节，怎能不令人欣喜，头戴簪花的帽子，一任那花枝将帽子压偏。少男少女们在花间荡起秋千，人面和桃花相映，都是那样红润娇艳。人比花更富有青春魅力，少年人来到田野路边，来寻找美人游春时遗落的花钿，这时玉楼里的闺中少女正陶醉于这杏花开放的春天。俗话说爱惜花的人早起看花，爱惜月色的人晚睡看月。少男少女们在花底相逢，到开满梨花的院落深处去赴约，约会的地点就在花架的旁边。正是在这柳影花阴的浓密处，黄昏后星光月色的下面。

## 赏析

带过曲也是一种组曲，是由两个或三个（不能超过三个）音律相通而相互衔接的曲子连缀而成的，它的体制介于小令和套数之间，有些曲调，彼此之间的音律基本一致，而且相互之间有着连带关系，于是往往两个或三个连缀在一起，组成一个不可分割的整体。例如正宫《端正好》后面常接《滚绣球》，《脱布衫》后年常接《小梁州》；中吕《快活三》后面常接《朝天子》；双调《雁儿落》后面常接《得胜令》等。

这首咏花的曲子别有新意，不仅句句带“花”，而且所用的两支曲牌亦以花名：“水仙子”与“折桂令”。曲子前四句写买花、赏花、簪花，无处不流露出对花的喜爱。“一春”“每日”语虽夸张，却也不难看出花在人心中的地位之高。但是写花主要还是为了写人，“花间士女秋千”以下皆是对花好月圆下青春男女欢爱之情的描写，是一个美丽动人的爱情故事。春季是爱情开花的季节，花前月下，正是与恋爱氛围最为和谐的环境。比鲜花更加青春美好的少男少女相遇于朝露莹莹的花丛之中，一见钟情，含羞的少女将定情信物故意遗落让少男捡到，痴情的少男在花好月圆之夜前往梨花深院与少女相会，一切都是那么浪漫美好。青年人的恋情，正像朝花一样鲜艳，又像是月下的花阴一样朦胧。

# 【越调】小桃红

情

## 原文

断肠人寄断肠词，词写心间事。事到头来不由自。自寻思，思量[①]往日真诚志。志诚是有，有情谁似？似俺那人儿！

注　释

①思量：考虑，想念。

译　文

断肠人寄断肠词，词中写的是心间的情事。可这事到底还是不由自己决定。自寻思，想着往日的那片真情。这份真情谁有？正是我爱的那个人！

赏　析

此曲为抒写思妇情怀之作，然而别出心裁，运用顶真续麻体，其特点是上句之尾字与下句之第一字相同相接，读来累累如贯珠，节奏感很强。

曲子一开始便以“断肠人”将哀情点出，这三字便是对闺中思妇形象最好的刻画，无需赘言。思妇因何断肠，自然是思念情郎。情郎不在，相思难述，故忍不住写成了“断肠词”，并决定寄给情郎，催促他早归。“事到头来不由自。自寻思，思量往日真诚志”三句表现出了思妇复杂矛盾的心理。虽然相思难禁，心有怨愁，但思妇并没有因为相思的冲动而无理取闹，而是对其身在远方的情郎作设身处地的体谅：事到头来不由自。思妇认为，情郎之所以未如期回家，定是为要事牵连，是不由自主的。于是心中对情郎的一番埋怨，顿时烟消云散。如此刻画，展现出了思妇温柔体贴的一面。但是情郎的迟迟不归还是让她很没安全感，故也曾产生过猜疑，可思妇对如此猜疑很快就冷静地作了反思：“自寻思，思量往日真诚志。”思妇回忆她和情郎在一起的时候，他对她确实是情真意切，她坚信如今虽然暂时分别，情郎不会贪新忘旧。这表现出了思妇对情郎的信任和对爱情的信心。“志诚是有，有情谁似？似俺那人儿！”在思妇心中，情郎就是天下唯一的情种。由此可见，思妇对其情郎爱之深切，可谓痴情至极。

## 【越调】柳营曲

范蠡

原　文

一叶舟，五湖游，闹垓垓①不如归去休。红蓼②滩头，白鹭沙鸥，正值着明月洞庭③秋。进西施④一捻风流，起吴越两处冤仇⑤。趁西风闲袖手，重整理钓鱼钩。看，一江春水向东流⑥。

## 注释

①闹垓垓：亦作“闹咳咳”。嘈杂貌。

②红蓼：蓼科蓼属一年生草本植物。

③洞庭：古称“云梦”“九江”和“重湖”，处于长江中游荆江南岸，跨湘、鄂两省。

④西施：本名施夷光，春秋末越国美女，一般称其为西施，后人尊称其“西子”。与王昭君、貂蝉、杨玉环并称为“中国古代四大美女”。东汉人所写的《越绝书》中记述：“西施亡吴国后，复归范蠡，同泛五湖而去。”

⑤起吴越两处冤仇：春秋末期，吴王夫差率军打败越国后，西施忍辱负重，以身救国，与郑旦一起被越王勾践献给吴王夫差，成为吴王最宠爱的妃子，乱吴宫，以霸越。

⑥一江春水向东流：此句直接套用南唐后主李煜《虞美人》词中“问君能有几多愁？恰似一江春水向东流”句意。

## 译文

驾一叶扁舟，泛游五湖，这尘世纷闹扰人倒不如辞官归隐罢了。开满红色蓼花的浅水滩，白鹭与沙鸥上下翻飞，此时洞庭湖上恰好是明月高悬的秋夜。进献西施促成了吴王的风流韵事，引起了吴越双方互相争斗结冤仇。趁着秋风乍起又闲居无事，把钓鱼钩重新整理。看，一江春水滔滔向东流去。

## 赏析

范蠡是春秋末年越国大夫。传说他曾经向吴王夫差进献西施，帮助越国灭掉吴国，后来毅然辞官，功成身退，泛舟五湖。范蠡在建立了卓著功勋后，激流勇退，远祸全身的睿智，是无数元代知识分子心中的理想。

曲子从范蠡辞官归隐、泛舟五湖写起，点明了“归去”这一主旨，“闹垓垓”的纷争时局正是他归去的原因。接着写“游”中所见洞庭之秋景，描绘出一幅疏朗清淡的景象。“进西施一捻风流，起吴越两处冤仇”两句描写范蠡辅佐越王复仇吴国的情景，恰好是“闹垓垓”的具体写照。“趁西风闲袖手，重整理钓鱼钩”两句进一步描写范蠡归隐后悠然闲适的生活。结尾借用李煜《虞美人》中的名句，李煜词句以水喻愁，为忧愁不尽之意，而此曲将该句翻出新意，表现隐者飘逸洒脱的情怀。

全曲从各个方面表现了范蠡逍遥闲适、悠然自得的归隐生活，传达了作者的羡慕向往之情，同时也透露出元代知识分子在黑暗封建统治下矛盾、复杂的特殊心态。